華山歸還 화산귀환

목차

18장 명문은 대가리가 없대? 007

19장 끝은 또 다른 시작이지 201

20장 네가 불씨가 될 수 있을까? 379

18장

명문은 대가리가 없대?

화산의 모든 제자가 다시 연무장으로 모여들었다.
"이번엔 또 무슨 일이야?"
"글쎄?"
갑자기 이뤄진 소집에 어안이 벙벙해진 그들은 연신 수군거리며 앞을 흘끔거렸다.
"누가 방문했다고 하던데, 그 일 때문인가?"
"글쎄. 어쨌든 장문인께서 전할 말씀이 있으시겠지."
"쉿. 저기 나오신다!"
도열한 화산의 제자들 앞으로 세 사람이 걸어 나왔다. 장문인 현종과 현상, 현영 두 장로였다. 현종이 모두를 고루 응시하고는 천천히 입을 열었다.
"모두 모였느냐?"
"예! 장문인!"
현종이 가볍게 고개를 끄덕였다.

"조금 전 소림의 승려가 다녀갔다. 숭산에서 천하무림대회를 개최한다고 하는구나."

제자들의 눈이 살짝 커졌다. 현종은 그런 제자들의 반응을 보며 말을 이어 나갔다.

"그리고 그 천하무림대회에서 후기지수 비무 대회가 있다고 한다. 이립 이하의 일대제자까지는 누구라도 참가할 수 있다. 하여 화산에서는 모두 열다섯이 참가하기로 했다."

그 말이 끝나기 무섭게 여기저기서 웅성웅성 소란이 일었다. 현종은 소란을 굳이 달래려 하지 않고 아이들이 자유롭게 이야기를 나누도록 기다렸다. 잠시 후 소란이 어느 정도 가라앉자 그가 상세히 설명을 이어 갔다.

"구파일방과 오대세가는 물론이고, 강호의 모든 유력가가 참가하는 자리가 될 것이다. 심지어 소림이 주최하니 거절할 곳은 많지 않겠지. 너희는 그 모든 이들이 지켜보는 가운데 자신을 스스로 증명해 보여야 한다."

제자들을 바라보는 시선에 따스함과 염려가 동시에 묻어났다.

"할 수 있겠느냐?"

도열해 있던 운자 배들이 일제히 백자 배와 청자 배를 바라보았다. 현재 운자 배에는 이립 이하가 없으니 질문에 답해야 하는 건 저들이다.

그때, 그들의 대표라고 할 수 있는 백천이 말없이 앞으로 한 발짝 나섰다. 그러고는 담담하게 답했다.

"화산에 여전히 매화가 피어 있음을 세상 사람들에게 증명하겠습니다."

열기와 오기를 배제한, 담백한 목소리였다. 그래서 더 믿음이 간다.

백천을 보며 빙그레 웃은 현종이 고개를 끄덕였다.

"그래. 그 말을 들으니 마음이 놓이는구나. 혹여 불안한 이들이 있을지 모르나, 그럴 것 없다. 들었는지 모르겠지만 우리는 과거 화산의 검을 되찾았다. 너희가 남은 시간 동안 매화검존의 이십사수매화검법을 익혀 낼 수 있다면 천하의 누구도 너희를 무시할 수 없게 될 것이다."

"예, 장문인!"

제자들의 눈에 기이한 열기가 들어찼다.

매화검존의 이십사수매화검법.

이미 소문이 쫙 퍼져 있기에 놀라는 이는 없었지만, 막상 장문인의 입을 통해 들으니 그 기대감이 더없이 강하게 증폭되었다.

"대회까지는 적어도 육 개월은 걸릴 것이다. 그러니 너희는 앞으로 그 육 개월간 수련에만 매진하도록 해라. 가장 뛰어난 성취를 보이는 열다섯을 숭산에 데리고 갈 것이다. 알겠느냐?"

"예, 장문인!"

의욕에 가득 찬 제자들을 보며 현종이 흐뭇하게 고개를 끄덕였다.

"현상. 다른 무학보다 우선적으로 이십사수매화검법을 전수하게."

"예! 그리하겠습니다, 장문인."

현상의 대답에 그는 뿌듯한 얼굴로 고개를 끄덕였다.

'하늘께서 저들로 하여금 화산의 검을 선보이게 하시는구나.'

딱 좋은 시기에 대회가 열린다. 청명의 말대로 화산은 잃을 게 없다. 화산이 이십사수매화검법을 되찾았다는 사실만 알려도 세상의 시선이 달라질 테니까.

"너희의 어깨가 무겁구나. 나와 장로들 역시 최선을 다해 너희를 도울 테니, 성심을 다해 다오!"

"예!"

단호하게 선언하는 장문인과 그의 곁을 지키는 장로들, 자신들은 참가할 수 없음을 아쉬워하는 일대제자들, 그리고 의욕에 불타는 이대제자와 삼대제자들. 여기까지만 보면 참 아름다운 그림이지만…….

"그럼 가서 수련하도록 하거라!"

"예!"

"허허허허."

현종과 장로들이 자리를 떴다. 그리고 그 뒤를 따라 운자 배들도 연무장을 빠져나갔다. 하지만 백자 배와 청자 배는 여전히 연무장을 떠나지 못한 채 우물쭈물 자리를 지켰다.

백천이 저벅저벅 걸어 나와 백매관 쪽을 턱짓했다.

"저쪽으로."

그러자 일순 백자 배와 청자 배들의 눈빛이 달라졌다. 조금 전까지만 해도 의욕에 불타는 야수 같던 눈빛이 도살장에 끌려가는 눈물 많은 소처럼 변했다.

"어서."

"……예."

백매관의 뒤쪽, 가장 으슥한 곳으로 터덜터덜 몰려간 이들은 미리 그곳에 자리를 잡고 앉아 있던 이를 바라보았다. 쭈그리고 앉아 당과를 꿴 작대기를 어금니로 질겅질겅 씹던 청명이, 앞에 늘어서는 이들을 보며 잔뜩 인상을 찌푸렸다. 흡사 동네 노는 형이 아이들을 집합시킨 모양새였다.

"상황은 장문인께 들었지?"

"……어."

"퉤."

작대기를 입에서 뱉은 그가 목을 좌우로 우드득 꺾으며 자리에서 일어났다.

"천하무림대회라…….."

목소리에서 한기가 배어났다. 그 기세를 읽은 이들은 일제히 몸을 부르르 떨었다.

"물론 장문인께서는 최선을 다하는 것만으로 충분히 가치가 있다고 여기시겠지만…… 나는 좀 달라."

청명이 고개를 획획 저었다.

"경험? 경험은 다른 데서도 충분히 할 수 있어. 대회는 경험을 쌓는 데가 아니야. 우리가 얼마나 강한지를 증명하는 자리다! 이번 비무 대회! 무조건 우리가 우승한다. 그것도 압도적으로!"

평소에도 광기 어려 있는 눈이지만, 이젠 아예 핏발까지 섰다.

"저 썩을 구파일방 새끼들이 화산에 무슨 짓 했는지 모르는 놈들 있어?"

"어, 없지."

"안 그래도 언제 대가리를 깨야 하나 고민하고 있었는데, 이것들이 알아서 판을 깔아 주네. 이번 대회에서 무조건 다 상위에 입상하고, 화산의 부활을 만천하에 알려야 해. 다들 각오는 되어 있겠지?"

"무, 물론이지!"

"당연하다!"

"그래."

청명이 고개를 끄덕이던 순간이었다. 잠자코 있던 백상이 살짝 손을 들었다.

"말해 봐."

"혹시나 해서 물어보는 건데……. 정말 혹시나 해서."

"그러니까 물어봐. 시간 끌지 말고."

그는 마른침을 꿀꺽 삼키고 어렵게 입을 뗐다.

"호, 혹시 우리가 그 대회에서 다른 문파 놈들에게 지면 어떻게 되는 거지?"

모두가 묻고 싶지만 차마 할 수 없었던 질문이었다. 주위가 찬물이라도 끼얹은 듯 고요해졌다. 청명이 입을 헤벌쭉 벌리며 환하게 웃었다.

"알고 싶어?"

"아, 아니, 내가 지겠다는 말은 아닌……."

"정말……."

음산한 목소리가 흘러나오고, 청명의 고개가 기이하게 옆으로 꺾였다.

"……정말 알고 싶어?"

……아니. 모르는 게 낫겠다, 얘. 백자 배와 청자 배들이 동시에 하늘을 올려다보았다. 하늘 한번 우라지게 맑았다.

이미 청자 배와 백자 배는 청명을 충분할 정도로 겪어 보았다. 만약 다른 문파의 제자들에게 패하는 상황이 생길 경우 무슨 일이 벌어질지는 충분히, 아주 충분히 상상할 수 있었다.

'너무 상상이 잘돼서 문제지.'

'차라리 죽는 게 낫겠다.'

제자들이 한숨만 푹푹 내쉬자 청명이 혀를 찼다.

"자신이 없어?"

"아, 아니, 자신이 없는 게 아니라……."

"그렇지? 아니지?"

백상의 얼굴이 살짝 희게 질렸다. 이놈 설마 진짜 할 생각인가? 도대체 어떤 말로 어떻게 말려야 할지 고민하는데, 지금까지 입을 다물고 있던 삼대제자 염진(廉晉)이 슬그머니 입을 열었다.

"그런데 청명아."

"응?"

"내가 너를 의심하는 건 아닌데…….."

"쫌생이처럼 왜 그래? 그냥 시원하게 말해 봐. 어디 내가 말꼬투리나 잡는 그런 사람이야?"

"어."

"……그래?"

그랬었나? 이상하네.

"……그럼 이번에는 꼬투리 안 잡을 테니까 그냥 이야기해 봐."

염진이 미묘한 표정으로 잠깐 고민하더니 입을 열었다.

"정말 우리가 구파의 제자들을 이길 수 있느냐?"

청명이 눈살을 찌푸렸다.

"내가 없는 이야기 하는 것 봤어?"

"어."

"……그래?"

거참 이상하다……. 그런 적이 없는 것 같은데.

"이번에는 진짜야. 이길 수 있다."

염진의 표정이 조금 더 묘해졌다. 청명은 어깨를 으쓱했다.

"뭘 그리 겁내. 이미 종남 놈들도 깨부숴 봤잖아."

"그렇긴 한데……."

염진이 확답을 듣고도 머뭇거리자 백상은 쓴웃음을 지으며 대신 입을 열었다.

"이긴 건 삼대제자와 너지. 이대제자는 모두 졌다."

"여하튼 결과적으로 이겼으면 됐지, 뭐."

"그리 생각하면 속이 편하겠지만 내심 다른 생각을 하지 않을 수가 없다. 만일 그때 그 삼대제자들이 이대제자의 배분이 되어 종남의 상승무학을 제대로 익혀 낸다면 정말 이길 수 있을까?"

청명의 뚱한 눈빛을 마주하며 백상이 말을 이었다.

"천하삼십육검의 맛도 제대로 보지 못한 이들을 이겼다 해서 종남을 꺾었다고는 할 수 없다는 소리다. 종남을 이긴 건 너지, 우리가 아니다."

청명이 간단하게 상황을 정리했다.

"그러니까, 제대로 된 무학을 익힌 구파일방이나 오대세가의 제자들을 이길 자신이 없다?"

"말하자면 그렇지."

잠시 생각하던 청명이 피식 웃었다.

"거, 듣고 보니 좀 이상하네. 저기 저 허여멀건 양반이 그 검룡인가 뭔가를 꺾어서 이미 증명했잖아. 화산이 무당보다 세다는 걸."

"……사숙한테 손가락질하는 거 아니다."

그리고 허여멀겋다고 하는 것도 아니다, 이 새끼야! 백천의 얼굴이 붉게 달아올랐다. 이를 본 백상은 나직이 웃고는 말했다.

"백천 사형은 특별한 사람이지 않으냐."

청명이 천천히, 아주 천천히 백천을 돌아보았다. 눈이 마주치자 백천의 볼이 살짝 떨렸다. 얼굴 펴라, 이 새끼야. 아무리 그래도 그렇지. 사숙한테 그리 대놓고 썩은 표정 보이기 있냐?

"그리고 윤종과 조걸, 유 사매도 특별한 사람이지. 그들의 재능은 모두가 인정한다. 하지만 우리의 재능은 평범하기 그지없지."

"그래서 자신이 없다고?"

백상이 고개를 내저었다.

"청명아. 오해하지 마라. 네가 오기 전까지, 우리는 패배가 일상이었던 사람들이다. 지는 게 두려워서 이러는 게 아니다. 그저 겁이 날 뿐이다."

지는 건 두렵지 않은데 겁이 난다? 이건 또 무슨 말인가? 청명의 의문 어린 시선에 백상이 쓴웃음을 머금었다.

"화산은 더없이 빠르게 과거의 영광을 되찾아 가고 있다. 나는 내가 그런 화산에 걸림돌이 될까 봐 겁이 난다. 화산은 너를 비롯한 다섯 외에는 아무것도 아니라는 말이 나오게 될까 봐. 그래서 겁이 난다."

"흐으으음."

청명이 미간을 확 찌푸렸다. 잠깐 무거운 정적이 흘렀다. 평소라면 뭐라도 말했을 청명이 입을 다물어 버리자, 살짝 조급해진 백천이 입을 열었다.

"뭐가 그리 겁이 나더냐? 화산은 이제 과거의 무학도 되찾았고, 너희는 자소단도 복용하지 않았더냐. 남은 기간에 자소단 기운을 흡수하고 이십사수매화검법을 익혀 낼 수 있다면 뭐가 두렵겠느냐?"

"사형. 상대는 구파일방과 오대세가에서 고르고 고른 후기지수들입니다. 우리가 자소단을 복용했다 하나, 그들의 내력은 그런 우리보다 높을 것입니다. 또한, 우리는 이제 막 이십사수매화검법을 익히는 것이지만, 저들은 어릴 때부터 각 문파의 상승무학을 익혀 왔을 겁니다."

백천이 잠깐 망설이다 결국 입을 다물었다. 백상의 말이 그리 틀리지 않다는 걸 그도 잘 알고 있기 때문이었다.

"그러니……."

"아아, 됐어! 우는소리 듣는 건 질색이야."

그때, 청명이 백상의 말허리를 딱 끊어 버렸다. 심지어 양손으로 귀를 막고 고개를 휘휘 내젓더니 어깨를 쭉 폈다.

"그러니까 결론만 놓고 말하면, 다른 문파의 정예들과 싸워 이길 자신이 없다는 거 아냐."

"……자신이 없다까지는 아니고, 그냥 걱정……."

"백천 사숙 같은 양반은 이길 수 있겠지만 사숙들은 아니다?"

백상이 쉽사리 대답하지 못했다. 그런 그를 두고 청명이 가볍게 손뼉을 쳤다.

"그럼 결정 났네."

청명은 씨익 웃으며 백천을 가리켰다.

"그럼 앞으로 육 개월 내에 저 양반만큼만 강해지면 되는 거잖아. 그게 되는 사람들만 대회에 나가면 되겠네."

백상의 눈이 툭 튀어나왔다.

"아, 아니, 이놈아. 그게……."

"아, 됐어. 뭐 별로 어려운 일도 아닌데 뭐."

……어렵지 않아? 백상이 슬쩍 눈치를 살폈다. 백천은 반쯤 해탈한 표정으로 먼 하늘을 바라보고 있었다.

"청명아. 그게 그렇게……."

"됐다니까."

"아니."

"별거 아니라니까 그러네."

"내 말은……."

"됐어! 됐어!"

사람 말 좀 들어, 인마! 백상이 속이 터지다 못해 아파 오는 가슴을 움켜잡았다. 이놈이랑 대화하다 보면 절로 도가 닦이는 기분이다. 청명이 그런 그를 보며 피식 웃었다.

"사숙도 참 쓸데없는 걱정을 사서 하네. 사숙들이 그딴 놈들한테 지게 내가 내버려 둘 것 같아?"

청명이 눈을 희번덕거렸다.

"질 수 있으면 어디 한번 져 봐."

사색이 된 백상은 더듬거리며 대답했다.

"처, 청명아. 내 말은……."

"걱정하지 마, 사숙. 사숙이 왜 걱정하는지 내가 아주 잘 알고 있으니까. 충분히 이해하고 있어."

청명이 눈을 부라리며 말했다.

"노오력이 부족한 거지, 노오력이! 정말 내가 뒈질 만큼 열심히 했으면 그런 생각이 들 수가 없어. 눈에 보이는 놈들은 다 대가리를 깨 버리 겠다는 생각만 들지."

청명아. 잘 생각해 봐라. 그건 노력이 아니라 인성의 문제다. 평범한 사람들은 아무리 노력해도 그런 생각은 안 한단다, 청명아.

"한동안 살 만하다 싶으니까 그런 생각이 드는 거야. 이건 다 내 탓이다. 내가 사숙들을 더 열심히 굴렸으면 지금쯤 자신감이 들어차서 반쯤 날아다녔을 텐데! 내가 게을러서! 이 내가 게을러서!"

눈에 핏발을 세우고 미친 사람처럼 소리치는 청명에 제자들의 낯빛은 점점 시커멓게 죽어 갔다. 그리고 그들의 시선은 이내 백상에게로 모였다.

'아니, 왜 쓸데없는 말을 해 가지고!'

'망할! 망할! 이렇게 될 줄 몰랐나? 왜 긁어 부스럼을 만들어!'

등 뒤로 매섭게 꽂히는 시선을 느끼며 백상은 몸을 부르르 떨었다.

'나만 그렇게 생각한 거 아니잖아, 이놈들아!'

이 광경을 가만 보던 백천이 빙그레 미소를 지으며 한 발 앞으로 나섰다.

"그리 당황하지 마라."

"사형!"

백상이 지옥에서 부처님을 만난 듯한 표정으로 백천을 바라보았다. 그래, 그나마 이 미친놈을 말려 줄 수 있는 사람은…….

"나도 청명의 말에 동의한다. 내가 해 봐서 아는데, 진짜 뒈질 만큼 열심히 수련하다 보면 겁이 없어진다. 이만큼 했는데 질 리가 없다는 생각만 가득해지더구나."

"……네?"

"그러니 너희도 할 수 있다! 나도 열심히 거들어서 너희가 질지도 모른다는 불안을 품지 않도록 해 주겠다!"

백천이 굳게 다짐하며 주먹을 꽉 쥐었다. 실로 비장한 표정이었다. 백상은 혼이 날아간 표정으로 사형을 바라보았다. 지옥에서 마주친 게 부처님인 줄 알았더니 아수라였다.

'아니, 그런데 진짜로 이 양반들은! 대체 운남행에서 무슨 짓을 하고 돌아온 거야.'

왜 청명 같은 놈이 늘어나냐고! 지금도 지옥 같은데!

"틀린 말은 아니에요."

설상가상으로 유이설이 백천을 거들고 나섰다.

"자신이 쌓아 올린 것. 그게 자신감의 원천."

"그렇지."

백천이 마음에 든다는 듯 고개를 주억거렸다.

"겁이 난다는 말은 정말 지옥같이 굴러 보고 나서나 생각해 볼 수 있는 말이다. 아직 너희는 그런 말을 할 자격이 없다."

"……사형은 겪어 본 것처럼 말합니다?"

순간 백천의 입매가 비틀렸다.

"나? 글쎄. 잘 모르겠구나. 너희가 나와 같은 짓거리를 해 보고도 과연 그 말을 할 수 있을지 말이다."

"……."

"걱정할 것 없다. 나도, 유 사매도, 그리고 윤종과 조걸도 너희를 도울 것이다. 우리가 겪은 그대로!"

사형. 왜 그 좋은 말을 하면서 이를 가십니까? 저희한테 분풀이하시는 건 아니죠? 그렇죠, 사형? 제발 말씀을 좀 해 보세요.

"예! 저희도 돕겠습니다!"

"걱정하지 마십시오! 최선을 다하겠습니다."

세상에는 꼭 분위기 파악을 못 하는 것들이 있다. 하필 그런 것들을 사질로 둔 것이 백상의 불행이었다.

그리고 그가 가진 불행 중 가장 큰 불행이 사뭇 진지한 얼굴로 입을 열었다.

"사숙들도, 사형들도 알아야 할 게 있어."

"으응?"

청명이 모두를 한번 바라보고는 그답지 않게 낮은 목소리로 입을 열었다.

"내가 약해서 질 수는 있어도, 화산의 무학이 약해서 지는 일은 없어. 사숙들, 사형들이 이십사수매화검법만 제대로 익혀 낼 수 있다면 상대가 누구든 겁먹을 필요 없다. 그게 무당이든 소림이든."

그리 크지 않은 목소리. 낮고 조용한, 그래서 더욱 진정성 있게 들리는 음성이었다.

"걱정하지 마. 내가, 그리고 화산이 사숙들과 사형들을 강하게 만들어 줄 거야. 천하의 누구도 감히 무시할 수 없도록 말이야."

백상은 저도 모르게 홀린 것처럼 고개를 끄덕였다. 그뿐만이 아니었다. 청명의 말이 효과가 있었음일까? 제자들 사이에서 기이한 열기가 끓어오르기 시작했다. 저놈이 헛소리는 자주 해도 거짓말은 하지 않는다는 걸……. 아니, 거짓말도 가끔 하기는 하지만 이럴 때는…….

음……. 여하튼 거짓말 같지는 않았다.

백천이 청명의 말을 받아서 이었다. 모두를 둘러보고는 묵직하게 입을 열었다.

"잊지 마라. 장문인과 장로님들께서 이끌어 주시고, 사숙들께서 도와주시지만, 결국 화산의 영광을 재현해야 할 이들은 바로 우리다. 우리가 주체가 되어야 한다. 그러니 어깨를 펴라. 잊지 마라. 너희는 당당한 화산의 검수들이다."

"예, 사형!"

"명심하겠습니다! 사숙!"

청명이 목을 우두둑우두둑 좌우로 꺾었다.

"그럼 다 동의한 것으로 알고……."

그러더니 허리춤의 검을 검집째 뽑아 들었다.

"시작하자고."

"……벌써?"

"뭐 굳이 시간 끌 것 있나? 시간 아깝게."

청명이 턱짓하자 백천과 유이설이 이대제자들 앞에 섰다. 윤종과 조걸은 삼대제자들 앞에 섰다.

"이제 기초는 얼추 다졌으니, 실전으로 넘어가야지. 육 개월. 딱 육 개월이다. 육 개월만 죽었다고 생각해. 거기서 살아남으면……."

청명이 씨익 웃었다.

"매화검수라 불릴 자격을 얻게 될 테니까."

매화검수(梅花劍手). 아득하게 잊혔던 그 이름을 듣는 순간 화산의 제자들이 모두 몸을 떨었다. 한때 매화검수라는 이름은 화산의 상징이나 마찬가지였다. 이제는 감히 누구도 자칭할 수 없는 그 이름이 청명의 입에서 나온 것이다.

청명은 서늘하게 말했다.

"대신, 모든 이름에는 대가가 따르는 법이야. 이름을 얻는다는 건 그에 대한 책임도 함께 짊어진다는 뜻이지. 산 채로 지옥을 보지 않고서 그 이름을 얻을 수 있을 거라고 생각하지 마."

제자들의 눈빛이 결연해졌다.

"어차피 지금도 지옥인데 뭘 새삼스럽게."

"시작하자. 네 말대로 시간 끌지 말고."

"어쭈?"

청명은 조금 놀라서 모두를 보다 피식 웃었다. 조금 전까지는 징징거리던 것들이, 이제 결심이 좀 선 모양이다.

"시작해."

"알겠다."

그가 뒤로 슬쩍 물러나자 백천이 소리쳤다.

"앞에서부터 한 명씩 나서라. 대련한다. 대련을 마친 이들은 청명에게로 가서 다시 대련할 것이다. 시간 끌지 말고 움직여!"

"예!"

가장 앞에 서 있던 이들이 짓쳐 달려들었다. 힘이 넘쳤다. 청명이 입꼬리를 말아 올렸다.

'햇병아리 같은 것들이.'

그래도 이제는 조금씩 깃털이 보이기 시작하는 것 같다.

남은 시간 동안 이십사수매화검법을 전수하고 지옥같이 굴린다면? 할 수 있을 것이다. 천하무림대회는 화산의 부활을 선포하는 자리가 될 것이다.

'겸사겸사 구파일방 대가리도 좀 깨고.'

씨익 웃은 청명이 하늘을 올려다보았다.

사형. 장문사형. 조금만 기다리쇼! 내가 화산의 이름을 천하에 떨쳐드릴 테니까.

낄낄 웃은 청명이 검을 움켜잡았다.

시간은 유수와 같이 흐른다. 화산의 시간 또한 공평하게 흘러갔다.

하루.

이틀.

그리고 한 달.

그렇게 육 개월이라는 시간이 순식간에 지나갔다.

그리고 어느덧, 천하무림대회에 참가할 날이 코앞으로 다가왔다.

· ❖ ·

창으로 들어오는 부드러운 햇살. 그리고 짹짹짹, 기분 좋게 울려 퍼지는 새소리. 천천히 눈을 뜬 현종은 빛이 잔뜩 쏟아지는 창을 응시했다. 그러다 이내 새하얀 이불을 걷어 내고 자리에 앉아 조금 새삼스럽다는 눈빛으로 주변을 둘러보았다.

'오늘이로군.'

마침내 숭산으로 떠나는 날의 아침이 밝았다.

가볍게 세안을 마친 현종은 앞에 놓인 의복을 바라보았다. 화려한 매화 문양이 새겨진 검은 무복. 빛을 받아 반사되는 옷의 빛깔이 한눈에 보아도 고급지다. 굳이 그럴 필요가 있느냐고 해도 무조건 새 옷을 지어 입어야 한다고 부득부득 주장한 현영의 작품이었다. 현종이 작게 웃음을 지었다.

'그만큼이나 이번 행사가 중요하다는 뜻이겠지.'

몇십 년 만에 화산이 강호의 동도들 앞에 모습을 드러내는 자리다. 쉬이 얕보이고 싶지 않은 마음을 그라고 왜 모르겠는가? 평소보다 몇 배는 경건한 자세로 의복을 차려입은 그는 요대를 질끈 동여매고는 가만히 눈을 감았다.

'더 해야 할 준비는?'

없다. 이미 모든 준비는 완벽하게 마쳤다.

지난 반년간 현종과 장로들은 말 그대로 눈코 뜰 새 없이 바쁜 시간을 보냈다. 그리하여 마침내 천하무림대회에 참가할 준비를 완벽하게 마쳤다고 자신할 수 있었다. 한데 왜…….

"으으음."

현종은 그리 밝지 못한 낯빛으로 문 쪽을 바라보았다. 낮게 한숨을 내쉬고 터덜터덜 걸음을 옮겼다. 느릿한 손길에 문이 열리고, 그는 맑디맑은 하늘을 응시하다 또다시 한숨을 쉬었다.

"장문인, 나오셨습니까?"

"음, 그래."

문 앞에 시립하고 있던 운암이 그를 마중했다.

"제자들은 준비를 마치고 장문인을 기다리고 있습니다."

"벌써?"

"날이 날이니만큼 잠이 잘 오지 않았던 모양입니다."

"허허. 먼 길을 가야 할 터인데."

푹 쉬고 출발하는 것이 가장 좋기는 하지만, 굳이 제자들을 탓하고 싶지는 않았다. 설레고 떨려 잠을 제대로 이루지 못한 것은 현종도 마찬가지니까. 이제는 감정이 웬만큼 닳아 버린 현종도 이러한데, 어린 제자들의 마음이야 오죽하겠는가.

"가자꾸나."

"예, 장문인."

운암이 앞장서서 걷기 시작했다. 그 뒤를 가만히 따르며 현종이 다시금 하늘을 올려다보았다.

'날씨도 더없이 좋고.'

청명한……. 아니, 이 표현은 좀 피하고 싶으니까……. 아주 맑은 하늘이 그들의 길을 축복해 주는 것 같다. 그러니 원래라면 발걸음이 아주 가벼워야 하는데…….

"끄응."

"예?"

"아니. 아무것도 아니다."

저도 모르게 앓는 소리를 내어 버린 현종이 손사래를 쳤다. 마침내 대연무장에 도착한 그는 깊게 심호흡하고 단상 위로 올랐다. 이미 장로들이 그 위에서 기다리고 있었다. 여기까진 좋다. 여기까지는 참 좋은데…….

단상 앞에 그동안 노력해 준 백자 배와 청자 배들이 있다. 그 힘들었던 수련을 불평 한마디 없이……. 아니, 불평은 더럽게 많았지만, 어쨌든 포기하지 않고 따라와 준 제자들을 보면 뿌듯한 마음이 절로…… 생겨나야 하는데.

힘없이 단상 가장 앞으로 걸어간 현종은 도열해 있는 이대제자와 삼대제자들을 바라보았다. 그러고는 그만 눈을 질끈 감고 말았다.

'저게 어딜 봐서 도가 제자들의 몰골이란 말이더냐!'

슬그머니 실눈을 뜨니 우락부락한 화산의 제자들이 보인다. 딱 벌어진 어깨. 옷 위로도 보일 만큼 탄탄한 팔뚝. 거기까진 좋다 이거다.

저 터질 듯한 가슴 근육과 구릿빛 피부, 그리고 한눈에 봐도 험상궂기 짝이 없는 얼굴까지……. 게다가 왜 도가의 제자들 눈빛에서 저리 살기가 번들거리는가? 멋모르는 이가 지금 화산에 들어서면 일단 가진 전낭과 패물들을 모조리 바닥에 내던지고 살려 달라 싹싹 빌 판이다. 그게 아니면 언제 화산이 화산채로 바뀌었느냐는 소리가 나오겠지. 빌어먹……. 아니, 무량수불!

현종은 이 모든 일의 원인이 된 이를 물끄러미 바라보았다. 도열한 이들 뒤쪽에, 넉살도 좋게 의자까지 가져다가 떡하니 앉아 있는 청명을 보고 있자니 수십 년간 쌓아 온 수양이 일거에 무너지는 기분이었다.

"장문인. 얼굴 펴십시오, 얼굴. 이 좋은 날에 표정이 왜 그러십니까?"

"……끄응."

네가 더 문제야, 이놈아! 실실 웃고 있는 현영을 보고 있으니 속이 터지다 못해 복장이 뒤집혔다.

"끄응. 준비는 다 끝났느냐?"

"예, 장문인. 한마디 하시지요."

한마디? 무슨 한마디? 반드시 작업에 성공해서 오늘 밤에는 술과 고기를 먹자? 지나가는 놈들은 모조리 잡아들여라? 도무지 도가 사람의 몰골이 아닌, 화산의 자랑스러운 동량들을 보던 현종은 눈물을 머금고 말았다. 하늘이 부옇다.

괜찮을까? 정말 이래도 괜찮은 걸까? 선조이시여. 아아, 나의 화산이…….

"장문인."

"크흠, 그래."

현종이 크게 헛기침하고는 잠긴 목소리로 말했다. 상황이 어떻게 되었든 간에 오늘은 숭산으로 출발하는 뜻깊은 날이다. 그간 노력한 아이들을 봐서라도 사기를 북돋워 주어야 할 것이다.

"다들 고생이 많았다."

많았겠지. 고생이 많았으니 그 생기발랄하던 놈들이 전쟁터에서 십 년은 구르다 온 백전노장 같은 얼굴로 서 있는 거겠지.

"아닙니다, 장문인!"

"고생이랄 것도 없었습니다."

"구파 놈들의 대가리를 깨 버리겠습니다!"

서글픈 건 저 마지막 말을 한 놈이 청명이 아니라는 점이다.

'화산채도 아니구나.'

이건 숫제 청명파가 아닌가? 대충 낙양이든 어디든 내려보내서 자리만 잡게 해 주면 한 달도 걸리지 않아서 뒷골목을 모조리 접수할 기세다.

"……이번 천하무림대회는 친선을 다지는 자리다. 우선은 회합이라는 생각을 가지고…….."

현영이 빙그레 웃으며 말을 끊었다.

"장문인."

"으응?"

"씨도 안 먹힐 소리 하지 마십시오. 애들이 웃습니다."

……야, 인마! 너는 도사라는 놈이, 그게 어? 말이 어?

"얼른 끝내십시다. 누가 보면 장문인은 안 가시는 줄 알겠습니다. 같이 갈 건데 뭘 그리."

"……네가 마무리하거라."

"아, 그럴까요?"

현영이 빠르게 나서서 모두를 쭉 훑었다.

"오늘 우리는 숭산으로 간다. 다들 자신은 있겠지?"

"물론입니다!"

"아무 걱정 마십시오, 장로님!"

현영이 고개를 끄덕였다.

"각자 챙길 물건 다 챙겼는지 확인 한 번씩 더 하고, 일대제자들과 각 항렬의 대제자들은 아이들 짐을 한 번씩 확인하거라."

"예!"

그 말과 동시에 한쪽에 서 있던 운자 배들이 바지런히 움직이기 시작했다. 현영이 눈을 부리부리하게 치뜨며 강한 어조로 말했다.

"지금 우리가 가는 곳은 내로라하는 문파들이 모두 모이는 곳이다. 너희들의 행동 하나하나, 몸가짐 하나하나가 모두 화산을 평가하는 요소가 될 것이다. 그러니 모두 몸가짐을……. 어딜 보냐, 너희들?"

모두의 시선이 일제히 뒤로 돌아갔다. 그 시선의 끝에 당연하게도 청명이 있었다.

"응? 나 왜?"

"……아니, 뭐 그냥."

"어쩐지 한번 봐야 할 것 같아서."

청명이 피식 웃었다.

"에이, 왜 이래. 나만큼 얌전한 사람이 또 어디 있다고."

'저 조동아리를 확!'

'진짜 묻어 버리고 싶다.'

육 개월 동안 청명에게 철저하게 시달린 탓인지 그를 노려보는 제자들의 눈에는 한층 더 짙은 독기가 어려 있었다. 심지어 화산에 입문한 지 얼마 되지 않은 당소소조차 눈을 부라리며 청명을 흘기고 있었다.

제자들 사이에 살기가 오가는 그 참담한 광경을, 현영은 더없이 따뜻한 눈으로 바라보았다.

"준비 끝났으면 출발하자꾸나."

"예!"

"조심히 다녀오십시오!"

가장 앞에 서 있던 제자들이 앞으로 나서자 뒤에 선 제자들이 다들 큰 목소리로 그들을 응원했다.

"지면 돌아올 생각 하지 마라."

"숭산에서부터 여기까지 기어서 와라. 알았어?"

"져 봐. 한번 져 봐. 모가지를 따서 매화나무에 걸어 버릴 테니까!"

따뜻하기 짝이 없는 응원에 대표로 나선 이들이 빙그레 미소를 지었다.

"뭐래. 약해 빠진 놈들이."

"마당이나 잘 쓸고 있어라."

그야말로 훈훈하기 이를 데 없는 광경이었다. 현종이 푸근한 미소를 지었다.

'화산은 망했어.'

여긴 이제 글러 먹었다. 불과 육 개월 사이에 어쩌다 여기까지 와 버렸는가.

"내가 죽어서 선조들을 어찌 봬야 한단 말인가."

"뭐 그런 소리를 하십니까. 다들 칭찬하실 텐데."

"으응?"

"애들 보십쇼."

현종이 고개를 슬쩍 들어 제자들을 바라보았다.

"명문의 제자다운 기세 아닙니까."

……현영아……. 네가 아는 명문이랑 내가 아는 명문이 조금 다른 것 같은데…….

현종이 한숨을 푹 내쉬었다. 하지만 그나마 어깨를 펼 수 있는 이유가 하나 있었다.

'확실히 기세는 굉장하구나.'

쫙 편 어깨에서 대단한 자신감이 느껴진다. 그리고 이건 단순히 근거 없는 자신감만은 아니었다. 칼날 같은 기세. 어디에도 당당하게 '검수'라 말할 수 있는 기세다. 과거의 화산에서는 상상도 할 수 없었던 일이 아닌가.

"이 아이들을 보면 구파일방도 인정할 수밖에 없을 겁니다. 화산이 이제 더는 몰락해 가는 문파가 아님을 말입니다."

현종이 무겁게 고개를 끄덕였다.

"다들 나서거라."

그들이 소림으로부터 받은 것은 금첩. 금첩으로 동행할 수 있는 수는 마흔이다. 모두가 함께 갈 수는 없으니 그중에서 대표를 뽑을 수밖에 없었다.

여러 가지 고민이 있었지만, 결국 현종이 선택한 것은 백자 배와 청자 배의 아이들을 하나라도 더 데려가는 것이었다.

화산에게 있어 이 무림 대회는 단순히 과시를 위한 기회가 아니다. 화산의 아이들에게 더 넓은 세상을 경험하게 할 기회다. 그렇기에 현종은 아이들을 관리하기 위한 최소한의 인원을 제외하고, 남는 자리를 모조리 백자 배와 청자 배로 채워 넣었다.

"운암아. 미안하구나."

"아닙니다, 장문인."

운암이 빙그레 미소를 지었다.

"숭산으로 가 화산의 이름을 떨치는 것은 더없이 중요한 일이나, 화산을 지키는 것 역시 그보다 못한 일이라고는 할 수 없습니다. 걱정 말고 다녀오십시오. 제자가 최선을 다하겠습니다."

"그래. 내 믿고 있으마."

마음이 놓인다는 듯 푸근하게 웃던 현종은 돌연 살짝 도끼눈을 뜨고 옆을 흘겼다.

"……거, 나이도 먹을 만큼 먹은 놈이."

"어디 저를 빼놓고 가려고 하십니까!"

"끄응."

그러다 포기한 듯 고개를 휘휘 저었다. 본래라면 장문인 대신 남아 화산을 돌봐야 할 현영이 부득부득 따라가겠다고 악을 쓴 덕에 운암이 남아 장문 대리를 보게 되었다.

그리하여 소림에 가는 어른은 현자 배 셋과 아이들을 관리할 운검까지 하여 총 넷이었다. 남은 이들은 모두 백자 배와 청자 배였다.

"관리할 인원이 너무 적은 건 아닐까?"

"관리한다고 그게 되겠습니까?"

"……그도 그렇다."

현종이 허탈하게 웃고는 봇짐을 진 아이들을 바라보았다.

가장 앞에 백천이 서 있었다. 새로 만든 매화 무복을 입고, 머리에 영웅건까지 두른 백천을 보자 절로 마음이 훈훈해졌다. 그야말로 꿈에 그리던 화산 검수의 모습이 아닌가. 그 옆에 선 윤종과 조걸의 모습 역시 헌앙하기 그지없다.

그래도 마음이 조금 놓였다. 나쁘게만 볼 게 아니다. 장문인이라면 제자들을 좋은 눈으로 봐 줘야지. 우선은 내가 저 아이들을 믿…….

"안 갑니까?"

……을 수 있을 리가 없지. 그새를 못 참고 뒤쪽에서 고개를 빼꼼 내미는 청명을 보니 뿌듯하게 차올랐던 자랑스러움이 화산 절벽 아래로 추락했다.

"……청명아."

"네?"

"옷은 왜 안 갈아입었느냐?"

"새 옷이잖아요."

"그게 왜?"

청명이 씨익 웃었다.

"가는 길에 흙먼지 묻을 텐데, 새 옷은 거기 가서 입어야죠."

……똑똑하다. 우리 청명이 정말 똑똑하구나. 그래. 이왕 똑똑할 거, 단체 생활이라는 게 뭔지도 알면 좋을 텐데.

하지만 애초에 청명에게 그런 기대를 하는 게 헛되다는 것을 알고 있는 현종은 눈을 질끈 감고 고개를 돌렸다.

"크흠. 가자!"

"예!"

그가 화산의 산문을 향해 걸음을 떼었다. 그 뒤를 현자 배와 운자 배가 따르고, 백천을 위시한 제자들도 따라나섰다. 단호한 걸음으로 나아가던 현종이 산문 앞에서 멈춰 섰다. 그러고는 가만히 산문 너머를 바라봤다.

현영과 현상이 입을 다물었다. 장문인이 왜 멈췄는지를 짐작하기 때문이다.

그가 화산의 장문인이 된 지 벌써 수십 년. 하지만 그간 단 한 번도 화산의 장문인으로서 행사를 치르기 위해 화산을 벗어나 본 적이 없다. 이제껏 그가 화산을 나섰던 건 돈을 꾸기 위해 애원하거나 빚쟁이들을 만나 사정하기 위해서가 전부였다. 그러니 감회가 새로울 수밖에.

이 걸음은 현종이 처음으로 화산의 장문인으로서 산문을 나서는 한 걸음이나 다름없다. 그걸 알기에 아무도 현종을 재촉하지 않았다.

조금의 시간이 흐르고, 한동안 산문 너머를 바라보던 현종의 귓가에 낮은 목소리가 들려왔다.

"장문인."

현종은 뒤를 돌아보지 않았다. 목소리의 주인이 누군지 너무 잘 알기 때문이다.

"그 일 보는 화산에 있어 역사적인 한 걸음이 되겠지요."

현종의 입가에 미소가 맺혔다. 저 망둥이 놈.

"가자꾸나."

그가 마침내 미련 없이 걸음을 내디뎠다. 산문을 넘어 화산을 빠져나가는 제자들을 향해 환호성이 쏟아졌다.

"이기고 돌아와라!"

"장문인! 장로님! 몸 건강히 돌아오십시오!"

"화산의 이름을 만방에 떨치고 오셔야 합니다!"

"청명아! 올 때 당과!"

"방금 어느 새끼야?"

화산의 문도들이 보무도 당당하게 화산을 내려가기 시작했다.

아주 작은 일. 하지만 강호에 있어선 커다란 변화의 시작점이 될 일. 그 발걸음이 향한 곳은 소림이 있는 숭산이었다.

◆ ❖ ◆

이른 가을바람을 타고 들려온 소식에 강호가 뜨겁게 달아올랐다.

— 천하무림대회가 열린다!

심지어 소림이 주최하는 천하무림대회다.

소림이 어떤 곳인가? 까마득한 옛날부터 강호의 북두라 불리던 곳이 아닌가. 천하에 숱한 문파가 존재하지만, 감히 소림의 영향력에 비견할 만한 곳은 존재하지 않는다. 백 년 전 마교의 발호 이후로 은인자중하던 소림이 마침내 그 침묵을 깨고 거인의 발걸음을 떼기 시작한 것이다.

큰 사건 없이 지내 왔던 강호인들의 이목은 당연히 숭산으로 쏠릴 수밖에 없었다. 강호인들이 둘 이상 모이는 자리에서는 반드시 그 이야기가 나왔고, 셋 이상 모이는 자리라면 다들 밤이 다 가는 줄도 모르고 온갖 말을 늘어놓기 바빴다.

낙양의 조월객잔(照月客棧)에서도 그 이야기가 한창이었다. 쥐상의 사내가 침을 튀기며 열변을 토했다.

"회합은 물론 중요한 일이지! 하지만 정말 중요한 건 그게 아니라네. 이번 대회에서는 비무 대회도 열린다고 하지 않는가? 이게 정말 중요한 일이라 이 말일세."

그 말을 듣던 말상의 사내가 눈을 찌푸렸다.

"비무 대회라고 해 봐야 후기지수들이나 싸우는 자리가 아닌가? 그게 뭐가 그리 중요하다고."

"쯧쯧쯧. 모르는 소리. 그래서 자네는 각 문파의 장로들이 나와서 싸우는 비무 대회를 들어 본 적이나 있는가?"

"……음. 듣고 보니."

말상의 사내가 미간을 찌푸렸다. 그러고 보면 각 문파의 중진들이 서로의 실력을 겨루는 비무 대회 같은 건 듣도 보도 못했다. 쥐상의 사내가 거보라는 듯 거만하게 의자에 등을 기댔다.

"원래 비무 대회란 그런 걸세. 체면에 목숨도 거는 이들이 남 앞에서 누가 더 강한지를 겨룰 수 있겠는가? 그러니 자신들이 얼마나 훌륭한 제자를 키워 냈는가로 대신 승부를 겨루는 게지."

"그게 의미가 있는가?"

"당연히 있지!"

의문 품은 목소리에, 그가 버럭 소리를 높였다.

"그 비무 대회의 결과로 평가하는 건 지금 어느 문파가 가장 강하냐가 아닐세. 십 년 뒤에 누가 주도권을 잡을까지."

"십 년?"

"이번 비무 대회에 참가하는 이들은 다 이립 이하의 후기지수들일세. 이립이면 서른 살이니, 십 년만 지나면 마흔에 가깝지 않겠는가?"

"그야 당연한 소리 아닌가."

"마흔이면 슬슬 문파의 중추가 될 시기일세. 다시 말해, 지금 대회에 나오는 이들이 십 년 뒤에는 이 강호의 중심이 된다 이 말이네. 그러니 이번 비무 대회는 앞으로의 강호 정세를 미리 가늠해 볼 수 있는, 더없이 중요한 자리인 거지!"

"과연 그렇구먼!"

말상의 사내가 감탄했다는 듯 고개를 연신 끄덕였다. 지금의 천하제일 문파가 어딘지는 알 수 없어도, 비무의 결과에 따라 후대의 천하제일문파는 가늠할 수 있다는 뜻이다. 그리고 반드시 우승하지 않더라도 좋은 결과를 내는 문파는 당연히 그 명성이 높아질 게 분명하다.

"그래서 자네는 이번 대회에서 누가 우승할 것이라고 보는가?"

"흐으음. 그거 어려운 질문이로군."

쥐상의 사내가 슬쩍 술병을 움켜잡았다. 그러더니 눈을 찌푸리며 어느새 가벼워진 병을 이리저리 흔들어 보았다.

"끄응. 말을 하고 싶은데 이거 목이 너무 타서 원……."

"이보오! 점소이! 여기 당장 화주 한 병 가져다주시게!"

"화주라. 화주 좋지. 그런데…… 그 독한 화주를 먹으면 목이 따가워서 제대로 말이나 할 수 있을는지."

"점소이! 화주 말고 죽엽청으로!"

화주보다 세 배는 더 비싼 죽엽청을 주문하자 그제야 쥐상이 히죽 웃었다.

"누가 우승할 것 같냐라. 당연히 비무 대회의 결과를 두고 이야기함이겠지?"

"뻔한 소리를 하는군."

"그게 참 어렵다니까. 천하에 어디 뛰어난 후기지수가 한둘이고, 뛰어난 명문가가 한둘이냐 이 말이지."

애매모호한 말에 말상이 쯧쯧 혀를 찼다.

"이거 술까지 먹여 주는데 아주 허당이로군! 나만 해도 답은 쉽게 찾을 수 있네."

"호오? 어디 한번 말해 보게."

"주목해야 할 이들은 당연히 오룡 아니겠는가."

쥐상이 짙은 비웃음을 흘렸다.

"끌끌끌. 그래서 자네가 아직 안 된다는 걸세."

"응? 어째서인가?"

"오룡이 무엇인가? 후기지수들 중 가장 뛰어난 성취를 보인 다섯을 뜻하지 않는가?"

"그렇지! 그러니 당연히 그들이 우승 후보 아니겠는가."

"모르는 소리. 그 뛰어난 후기지수를 평가하는 기준이 무엇인가?"

"그야……."

말상은 쉽사리 답하지 못하고 우물쭈물했다. 그러자 쥐상이 낄낄대며 말했다.

"강호의 평가라는 게 그런 법일세. 결국 그 평가라는 것은 그가 강호에서 어떤 일을 했는가를 기준으로 할 수밖에 없다 이 말이지. 다시 말하자면 오룡이란 지금까지 강호행을 한 이들 중 특별히 돋보였던 이들이다 이거야."

쥐상의 사내는 잠깐 말을 멈추고 점소이가 날라 온 죽엽청을 획 낚아채더니 병째 벌컥벌컥 들이켰다. 술병을 반 남짓 한꺼번에 비운 뒤에야 다시 말이 이어졌다.

"지금 숭산으로 몰려들고 있는 이들 중에서는 아직 강호행을 하지 않은, 진흙 속의 보석도 우글거릴 거란 말일세. 그러니 어찌 오룡만이 빛날 거라 할 수 있겠는가?"

"하지만 낭중지추라 하지 않는가. 그리 뛰어나다면 아무리 감춘다고 해도 소문이 날 수밖에 없지."

"그렇지, 그렇지. 예를 들면 남궁세가에서도 백 년에 한 번 나올 기재란 평을 받는 단악검(斷岳劍) 남궁도위(南宮度偉), 청성의 장문인이 아낀다는 청운비검 능하운(能夏雲)같은 이들이지."

"내 말이 바로 그 말일세. 그런 것들을 모두 감안하여 우승자를 예측할 수 있어야 진정한 지자(智者)라 할 수 있지 않겠는가?"

"허어. 이놈이 사람의 자존심을 긁는구나. 오냐, 좋다. 그렇게까지 나온다면 나도 더는 뺄 수 없지."

쥐상의 사내가 탁자를 손으로 강하게 내리쳤다.

"나더러 돈을 걸라면 무당에 걸겠네! 무당이 지금은 조금 기세가 떨어졌다고는 하나 명문의 이름이 괜히 있는 게 아닐세. 아마도 이번 비무대회에서 천하의 무당을 다시 보게 될 걸세."

"으음, 무당. 무당이라……. 글쎄, 무당이 그럴 힘이 있을까? 얼마 전 화산에게 톡톡히 망신당하지 않았던가."

"뭐? 자네 혹시 무당의 무진이 화산신룡에게 패했다는 그 헛소문을 믿는 건가?"

"헛소문이라기에는……."

"이런 멍청한 친구를 보았나."

쥐상이 좁쌀만 한 눈을 확 일그러뜨렸다.

"아니, 그래도 나름 강호 밥 좀 먹었다는 사람이 그런 말도 안 되는 소리를 믿는단 말인가. 어디 고수가 하늘에서 뚝 떨어지던가? 어린 나이에 강호의 고수들을 연파하는 신진고수 같은 건 옛이야기에나 나오는 법일세."

그러더니 목이 탄다는 듯 술을 연신 들이켠 후 말을 이어 갔다.

"무릇 무학이란 좋은 술과 같아서 오래 묵힐수록 더욱 그 향이 짙어지는 법이지. 갓 만든 술이 맛이 있어 봐야 얼마나 있겠는가? 더구나 술이 제대로 익기 위해서는 좋은 환경도 필요한 법일세. 망해 자빠진 화산에서 그런 고수가 나온다? 어림도 없는 소리지!"

하지만 말상은 여전히 납득할 수 없다는 듯한 표정이었다.

"하지만 화산은 종남도 이기지 않았는가?"

"듣자 하니 종남에서 패배했던 건 삼대제자뿐이라고 하더구먼! 본디 명문의 제자들은 오로지 기초를 갈고닦는 데에만 어린 시절을 다 보낸단 걸 모르지 않을 텐데?"

"흠……."

"삼대제자는 모두 지고 이대제자는 모두 승리한 게 그 증거 아니겠나. 지금 그 삼대제자들이 다시 싸운다면 화산이 이길 수 있겠는가? 흥! 어림도 없지!"

"아니……. 그래도 화산신룡은……."

"마찬가지야! 근본이 없는 이들은 한계가 있다 이 말이지! 내 장담하지! 이번 대회에 화산이 참가할지 안 할지는 모르겠지만, 만약 나온다면 크게 망신을 당할 걸세! 어디 근본도 없는 것들이 설쳐 댄단 말인가!"

"거, 말이 좀 심한 것 아닌가?"

"헤헹! 말이 심하기는! 두고 보게나! 이번 천하무림대회의 천하비무대회에서 가장 크게 망신을 당할 이들이 있다면 분명 화산일 테니까. 뭐, 근본도 없고 다 쓰러져 가는 문파가 언감생심 천하무림대회에 얼굴이나 내밀 수 있겠냐마는. 하하핫!"

쥐상이 재미있다는 듯 웃음을 터트릴 때도 말상은 조금 떨떠름한 표정이었다.

그때였다. 객잔의 문짝이 부서질 듯 요란하게 쾅 하고 열렸다. 그리고 이내 한 사내가 저벅저벅 걸어 들어왔다. 깜짝 놀라 고개를 돌린 두 사람은 일제히 입을 다물었다.

검은 무복, 그리고 가슴팍의 선명한 매화 무늬. 최근 너무도 많이 들었던 복장이다. 그러니까 저게…….

순간 정적이 내려앉았다.

'화산?'

'서, 설마.'

문을 부서지도록 열어젖힌 화산의 무인이 저벅저벅 걷는 소리만 객잔 안에 울렸다. 터덜터덜 걸어오는 무인은 살짝 마른 듯했지만 누가 봐도 체형이 탄탄했다. 같은 사내가 봐도 준수하다고 고개를 끄덕일 만한 얼굴 생김새였다. 하지만 이 모든 것보다 더 인상 깊은 건, 얼굴에 떠올라 있는 어찌할 수 없는 짜증이었다.

"점소이!"

"예, 손님!"

대기하고 있던 점소이가 부리나케 무인에게 달려갔다.

"밥!"

"……예?"

"밥!"

"아, 예! 어떤 걸로 드릴깝쇼?"

"고기 가득 백이십 인분!"

"배, 백이십요?"

"사람은 사십 명! 빨리!"

사람은 사십 명인데 백이십 인분이라고? 뭔 계산이 그래?

"빨리!"

"예? 아…… 예! 알겠습니다!"

점소이가 잽싸게 몸을 돌리려는데, 화산의 무인이 다시 그의 어깨를 덥석 잡았다.

"그리고 술! 뭐든 좋으니까 이 가게에서 제일 시원한 술로 당장 한 병!"

"예, 옙! 지금 바로 가져다드리겠습니다!"

"서둘러!"

점소이가 부리나케 주방으로 달려가자 무인은 목을 좌우로 꺾더니 터덜터덜 걸음을 옮겼다. 그러고는 대화를 하고 있던 두 사내의 옆 탁자에 털썩 앉았다.

"여기 있습니다, 손님!"

"좋아!"

나온 술을 낚아챈 화산의 무인이 병째 꿀꺽꿀꺽 시원하게 들이켰다.

세상 다시없이 시원하다는 표정으로 병을 내려놓은 사내는 소매로 입가를 쓱 문질러 닦고 외쳤다.

"크으으으으! 이 맛에 사는 거지!"

그제야 표정이 조금 누그러진 사내는 뭔가를 생각하는 듯하더니 고개를 획 돌렸다. 난데없이 나타난 화산 무인의 눈치를 보던 사내들은 그와 눈이 마주치자마자 화들짝 놀라 목을 움츠렸다. 기다려 봐도 무인의 시선이 거둬지질 않으니 결국 쥐상이 조심스레 입을 열었다.

"그런데……."

"예?"

"……왜 그러십니까?"

"아뇨, 뭐."

화산의 무인이 목을 좌우로 우득우득 꺾더니 히죽 웃었다.

"듣자 하니 무척 재미있는 이야기를 하고 계신 것 같아서. 그래서 화산이 뭐가 어떻다고요?"

움찔한 쥐상이 낮게 헛기침했다.

"크흐흠. 혹여 그쪽이 화산의 제자이시오?"

"네. 공교롭게도 그 화산의 제자네요."

쥐상은 살짝 당황한 얼굴로 조그만 눈을 열심히 굴렸다. 하지만 나름 강호에서 굴러먹은 경험이 있어서인지 금세 표정을 관리하고는 태연한 어조로 답했다.

"으음, 오해가 있었던 모양인데. 나는 귀문을 폄훼하려 했던 게 아니오. 그저 귀문의 화산신룡이라는 이가 조금 과대평가되었다는 말을 하려던 것뿐인데……."

"아, 그래요?"

"그렇소. 오해……."

화산의 무인이 돌연 술병을 들고 자리에서 일어났다. 쥐상이 조금 당황하며 물었다.

"……왜 일어나시는 거요?"

"아, 제가 오해한 게 있듯이 그쪽도 오해하는 게 있는 것 같아서 제대로 좀 알려 드리려고요."

"뭘 말이오?"

화산의 무인이 빙그레 웃었다.

"혹시 제 이름이 뭔지 아세요?"

"……그걸 내가 어찌 알겠소."

"그럼 잘 알아 두세요. 제 이름이 청명이거든요."

"아, 청명. 좋은 이름……."

잠깐……. 청명? 청명이라고? 쥐상의 눈이 툭 튀어나왔다.

"그, 그럼 그쪽이?"

"네. 과대평가된 그 사람이죠."

볼이 파르르 떨린다. 등에 식은땀이 배어나고, 심지어 앉아 있는데도 다리가 후들거렸다. 하지만 쥐상은 쉬이 절망하는 대신 필사적으로 머리를 굴렸다. 강호에서 상대의 험담을 하다가 걸린다는 건 당장 검을 뽑아 생사결을 시작해도 할 말이 없는 일이다. 명예를 중시하는 강호인이라면 누구라도 절대 참지 않을 것이다.

"하……. 하하. 천하에 이름 높은 화산신룡을 만나게 되어……."

"뭘 그렇게 떨고 그러세요. 사실 그 말이 맞죠. 제가 한 것도 없는데 좀 과대평가되긴 했어요. 아직 제대로 보여 준 것도 없는데 말이죠. 헤헤헤."

예상치 못한 반응에 쥐상은 눈을 가늘게 떴다. 비꼬는 건가? 그건 아닌 것 같은데? 그렇다면……

'참 도인이란 말인가?'

그는 청명을 새삼 다시 바라보았다. 자신을 낮잡는 말을 듣고도 그 사실을 인정하고 겸손할 수 있을 사람이 몇이나 되겠는가? 살짝 얼굴을 붉힌 쥐상은 겸연쩍게 말했다.

"내 화산신룡의 말을 들으니 부끄럽기가 한량없소이다. 강호의 선배가 되어 못난 꼴을 보였소. 나는 강호에서 쾌서(快鼠)라 불리는 조말생이외다. 사과의 의미로 화산신룡께 술 한잔 드리려 하니 이 불초의 사과를 받아 주시오."

"아, 괜찮아요. 사실이 그런데 뭐가 문제겠어요. 사과고 뭐고 할 문제는 아니죠. 신경 쓰지 마세요."

청명이 빙그레 웃으니 쾌서 조말생은 실로 감탄하였다.

'진정 화산이 부활했다는 말인가?'

당당한 도문의 제자로서 부끄러움이 없는 언행이다. 감탄한 조말생이 막 말을 이으려는 찰나였다.

"다만, 나는 그렇다 치고."

"……아?"

청명이 고개를 삐딱하게 꺾으며 조말생을 내려다보았다.

"어디가 근본이 없다고?"

……그 순간 조말생은 보았다. 조금 전까지 한없이 부드러운 도인의 미소를 머금고 있던 청명의 눈빛이 삽시간에 살기로 번들대는 모습을 말이다.

"화, 화산신……."

"빠아아아아악!"

조말생의 말은 더 이상 이어지지 못했다. 청명이 들고 있던 술병으로 냅다 그의 이마를 후려쳐 버렸기 때문이다.

"끄륵!"

조말생은 머리를 부여잡고 옆으로 넘어갔다. 신기한 것은 무인이 까무룩 넘어갈 정도로 거세게 후려쳤는데도 술병이 깨지기는커녕 금도 가지 않았다는 점이다.

옆에서 상황을 지켜보던 말상의 입이 쩌억 벌어졌다. 아니, 아무리 그렇다고 해도 보통 저렇게 다짜고짜 사람을 후려치나? 그것도 도문의 제자가?

청명이 술을 꼴꼴 들이켜더니 크으 하며 술병을 거꾸로 잡았다.

"이 양반이 내 앞에서 화산을 욕해?"

쓰러진 조말생의 다리가 파들파들 떨렸다.

"근본 없는 게 뭔지 모르는 모양인데. 오냐! 내가 오늘 근본이 없는 놈이 어디까지 갈 수 있는지 보여 줄 테니, 어디 한번 똑똑히 봐 둬라."

"히이이이익!"

"근본? 근본? 이게 화산의 근본이다, 이 새끼야!"

"사, 살려 줘어어어어!"

세상에서 제일 도사 같지 않은 도사를 만난 것이 조말생 인생의 최대 불운이었다.

◆ ❖ ◆

"끄으응."

현종이 골치가 아프다는 듯이 앓는 소리를 흘리고는 이마를 꾹 눌렀다. 그러다 도끼눈을 뜨며 버럭 소리쳤다.
"팔 똑바로 들지 못하겠느냐?"
청명이 슬그머니 내렸던 팔을 다시 번쩍 들어 올렸다. 그는 가엾게도 객잔의 한쪽 구석에서 무릎을 꿇고 팔을 들어 올리는 벌을 받는 중이었다.
"야, 이놈아! 그 잠깐을 못 버티고 사고를 치느냐!"
"아니……. 저 새끼들이 먼저 화산을 욕했다니까요!"
"그래도 이 녀석이!"
"쳇!"
"끄으으으으응!"
현종이 목덜미를 잡고 넘어가려 하자 현상이 재빨리 곁에서 부축했다.
"괜찮으십니까, 장문인."
"끄윽……. 수명이 줄어드는 것 같다."
현상은 걱정하는 빛이 역력한 얼굴로 현종을 바라보았지만, 옆에서 그 광경을 지켜보는 현영은 심드렁하기 짝이 없었다.
"회춘하면서 많이 늘었을 테니 좀 줄어도 됩니다. 그보다 왜 애 밥을 굶기고 그럽니까! 벌을 주더라도 밥은 먹여야지. 청명아, 어서 일어나거라. 밥 먹어야지!"
또다시 현종이 버럭 언성을 높였다.
"내가 지금 벌을 주고 있잖……!"
하지만 현종은 움찔하며 말을 멈췄다. 현영이 핏발이 선 눈으로 그를 바라본 탓이었다. 저건…… 사람이라도 잡아먹을 기세가 아닌가?
"장문인."

음산하다 못해 한기가 도는 목소리에 현종의 표정이 떨떠름해졌다.

"잊으셨습니까? 문파에 곡식이 떨어져 애들이랑 같이 산짐승을 사냥하고 나무뿌리 캐 오던 기억을?"

"……아니. 안 잊었지."

"명문이라 자부하던 화산이 먹을 게 없어서 풀뿌리나 캐게 됐을 때, 제가 어떤 결심을 했는지 아십니까?"

"그, 글쎄?"

현영이 이를 악물고 말했다.

"나중에 돈을 벌어 먹고살 만해지면, 내가 뒈지는 한이 있어도 애들 밥은 안 굶길 거라고 다짐했습니다. 벌주는 것도 좋지만 밥때는 안 넘기셨으면 좋겠습니다. 제 말 이해하십니까?"

"……응."

그제야 낯빛을 푼 현영이 온화하게 웃으며 청명을 돌아보았다.

"청명아. 가서 밥 먹어라. 어서."

"넵!"

청명이 벌떡 일어나서 고기가 가득한 식탁으로 달려갔다. 그 모습을 보며 현종은 통증이 밀려드는 머리를 감싸 쥐었다. 내가 전생에 무슨 죄를 지어서…… 저런 게 사제고, 저런 게 문도란 말인가. 한숨을 푹푹 내쉰 그는 고개를 슬쩍 돌려 현영과 청명을 바라보았다.

"그래……. 하긴, 어려운 시절을 잘……."

그때였다.

"장로님! 술 시켜 먹어도 돼요?"

"그래, 그래! 마음대로 먹어라! 이왕 먹을 거면 최고 좋은 걸로 먹어야지!"

"꺄르륵! 꺄륵!"

"옳지! 옳지! 내 새끼."

현종이 눈을 질끈 감았다. 차라리 귀를 막고 싶지만 그럴 수가 없다는 게 서글펐다.

'신경을 끊자.'

저런 걸 보고 있어 봐야 기껏 늘려 놓은 수명이 줄어드는 결과밖에 남지 않는다.

현종은 앞에 앉은 이들을 굳은 얼굴로 바라보았다. 그중 한 사람은 눈탱이가 밤탱이가 되었고 입술이 죄 터졌다. 이 꼴을 보고 있자니 면목이 없다 못해 눈물이 앞을 가렸다.

"……죄송하게 되었습니다."

"아, 아닙니다."

청명에게 신나게 얻어맞은 조말생이 겸연쩍은 표정으로 손사래를 쳤다. 그 옆에 앉아 있던 말상의 사내, 문평(門平)이 쓴웃음을 지으며 입을 열었다.

"괘념치 마십시오, 장문인. 타 문파의 흉을 보다가 들키는 날에는 목이 달아나도 할 말 없는 곳이 강호 아닙니까. 그나마 이 정도로 끝내 주신 것에 감사합니다."

"끄응……. 그래도……."

"이 친구도 이번 일로 배우는 것이 있을 겁니다. 평소 말을 너무 함부로 해서 언젠가는 호되게 경을 치는 날이 올 거라고 생각은 했는데……."

문평이 슬쩍 조말생을 돌아보았다. 그도 이에 대해선 할 말이 없는지 입만 삐죽거릴 뿐이었다. 문평이 혀를 찼다.

'그래, 내 언제 한번은 이런 일이 있을 줄 알았지.'

강호에서는 무엇보다 입을 조심해야 한다. 말을 함부로 하는 이는 반드시 화를 입기 마련이다. 화산이 나름 도가이고 정파를 자처하는 곳이라 이 정도로 끝난 것이지, 손속이 잔인한 자를 만났다면 그 자리에서 목이 잘려 변명조차 못 했을 것이다.

다만, 놀라운 것은……. 문평의 시선이 슬쩍 돌아갔다. 저쪽 탁자에 앉아서 호쾌하게 술을 들이켜는 청명의 모습이 보였다.

화산신룡에 대한 소문은 익히 들었지만, 설마 저 정도일 줄은 몰랐다. 사실 그의 옆에 앉아 있는 조말생도 가벼운 입과는 달리 나름대로 힘깨나 있는 사람인데, 반항도 해 보지 못하고 일방적으로 얻어터졌다.

기습? 설마. 무인이 기습 운운하는 것보다 추한 것이 없다. 강호를 살아가는 이라면 언제나 기습과 암수에 대비하는 것이 기본이니까. 조말생이 그걸 모를 사람도 아니니, 정말 실력으로 패했다는 뜻이다.

'화산의 실력이 듣던 것 이상이구나.'

어쩌면 이번 비무 대회에서 화산이 폭풍을 불러올지도 모르겠다. 심지어 화산신룡뿐만이 아니다. 문평의 시선이 이번엔 청명의 옆에서 고기를 뜯는 화산의 제자들에게로 향했다.

"점소이! 여기 고기 추가!"

"만두도!"

"술! 수울…….'

백천이 눈을 부라리자 술을 외치던 백자 배 제자가 찔끔하여 고개를 푹 수그렸다.

"꼭 한 발 더 나가는 놈이 있지."

"……죄송합니다."

"확 마."

말 그대로, 게걸스럽게 음식을 퍼먹는 화산의 제자들. 문평은 헛웃음을 짓고 말았다.

'생각하던 화산과는 조금 다르긴 하네…….'

화산이라 하면, 뭐랄까……. 무당에 비해 도가적인 성향이 조금 약한 대신에 검에 대한 자존심이 높은 검수들의 집단이라는 느낌이었다. 그런데 지금 그의 눈에 보이는 화산은 그야말로…….

"산적 같은 놈들."

"그래, 산저……. 너는 입을 좀 다물어라!"

입을 삐죽이며 한마디 했던 조말생이 문평의 호통에 입을 꾹 다물었다. 물론 문평 역시 조말생의 말에 동의했다. 진짜로 산적 같기는 했다. 동물 가죽이 아니라 질 좋아 보이는 무복 차림인 데다 몸가짐이 산적보다야 정갈해 보이니 망정이지, 옷만 벗겨 놓으면 딱 마을 털러 내려온 산적들이다. 허리춤에 달랑달랑 매달린, 매화가 새겨진 검만 아니었다면 문평도 이들이 정말 화산인지 의심했을 것이다.

"크흠."

작게 헛기침한 문평이 현종에게 넌지시 물었다.

"그럼 지금 천하비무대회에 참가하기 위해서 가시는 중입니까?"

"그렇소이다. 식사도 미리 주문할 겸 아이를 먼저 보냈는데, 설마 그 사이 이런 일이 벌어질 줄이야……. 제가 면목이 없습니다."

현종이 어찌할 바를 몰라 하자 문평은 고소를 머금었다.

'이분은 지위에 맞지 않게 순박하시구나.'

타 문파의 장문인이었다면 사정을 듣는 즉시 감히 자신의 문파를 무시한 조말생의 죄를 물으려 들었을 것이다. 그를 단죄한 화산신룡은 벌을 받기는커녕 오히려 상을 받았을 확률이 높다. 그런데 이토록 미안한 표정이라니. 슬쩍 화산의 제자들을 다시 본 문평이 헛웃음을 흘렸다.

'더없이 도인 같은 장문인과 전혀 다른 제자들의 조합이라. 대체 이 문파가 어떤 모습을 보일지 궁금하구나.'

그러고는 자세를 조금 더 낮추었다.

"장문인. 죄를 지은 건 저희건만 이리 곤란해하시면 저희가 너무 죄송스럽습니다. 제가 이 사람을 대신해 사과를 드릴 터이니, 부디 넓은 마음으로 이해해 주십시오."

"없는 곳에서는 나랏님도 욕한다는데, 그게 어찌 죄가 되겠습니까?"

"없는 곳에서는 욕하지만, 있는 곳에서 욕을 하다가는 목이 달아나는 게 당연하지 않겠습니까."

"으음."

문평이 빙그레 미소를 지었다.

"강호에 말 많은 친구들은 저희를 마서이객(馬鼠二客)이라 부르곤 합니다. 저희가 강호의 소식에는 나름 빠른 편이니, 죄도 갚을 겸 천하비무대회에 관한 은밀한 이야기가 들려오면 전해 드리도록 하겠습니다."

"그래 주신다면 더없이 감사한 일이지요."

문평이 빙그레 미소를 짓고는 포권을 했다.

"허락해 주신다면 저희는 이만 가 보도록 하겠습니다."

"여기 묵으시는 것이 아니었습니까?"

"아닙니다. 잠시 들른 것뿐입니다."

사실은 오늘 이곳에서 묵을 생각이었지만, 상황이 이리되고도 자리를 차지하고 앉을 낯짝은 없었다. 문평이 불만 어린 얼굴로 슬쩍 눈치를 주자 조말생이 한숨을 쉬며 자리에서 일어났다.

"정말 거듭 죄송합니다, 장문인. 제가 방정맞게…….”
"아닙니다. 정말 괜찮습니다.”
"이 은혜는 반드시 갚도록 하겠습니다.”

깊게 읍을 한 조말생이 어색한 얼굴로 몸을 돌렸다. 문평도 읍을 하고는 그를 따라나섰다. 상황이 마침내 정리되자, 현종은 한숨을 내쉬며 장로들을 돌아보았다.

"걱정이구나.”
"뭐가 말입니까?”
"벌써 저리 사고를 쳐 대는데…… 숭산에서는 과연 조용할지.”

그 말을 들은 현영이 피식 웃었다.

"사고 좀 치면 어떻습니까?”
"으응?”

현영의 표정이 살짝 싸늘해졌다.

"힘없는 놈이 사고를 치면 사고라 하지만, 힘 있는 놈이 사고를 치면 기개가 되는 법이지요. 막말로 지금까지 소림이나 무당 놈들이 남 일에 끼어들어 개판 낸 적이 어디 한두 번입니까? 그때마다 강호인들이 뭐라 했습니까? 그게 다 기개고 협의라고 하지 않았습니까. 그러니 내버려두십시오. 어차피 우리가 죽고 나면 저놈들이 이끌어야 할 화산입니다. 무작정 우리가 아는 틀에 맞추는 것이 능사가 아닙니다.”

"……저 청명이를 내버려두라고?”

현종의 말에 현영이 슬쩍 뒤를 돌아보았다.

"아악!”

청명은 제 고기를 노리는 조걸을 젓가락으로 무자비하게 찔러 대고 있었다.

"……쟤는 좀 자제시키긴 해야 할 것 같은데."
"끄응."
현영도 차마 반박하지 못했다.

현종의 걱정과는 달리, 화산의 여정은 순조롭게 진행되었다. 물론 중간중간 청명이 엉뚱한 짓을 저지르기는 했지만, 이제는 사고 수습에 이골이 나 버린 백천의 뒤치다꺼리와 현영의 중재 덕분에 다행히 큰일까지는 벌어지지 않았다.
그러기를 며칠.
화산의 제자들이 마침내 숭산의 아래에 도착했다.
"오! 숭산!"
숭산을 바라보던 화산의 제자들이 저마다 감탄을 내뱉었다. 천하에서 가장 유명한 산은 아닐지언정, 강호에서 가장 유명한 산이라고는 불릴 만한 것이 바로 숭산이다.
이유는 간단하다. 바로 이 숭산에 소림이 자리하고 있기 때문이다.
천년소림(千年少林). 숭산의 소실봉(少室峰)에 자리하고 있다 하여 소림이라 이름 붙은 이 불가 문파는 오랜 세월 동안 굳건히 강호를 이끌어 왔다. 언제나 말로만 듣던 소림을 방문하게 되었으니, 모두의 마음이 설렘으로 가득 찬 것도 당연했다.
"산이 뭔가 있어 보이지 않냐?"
"산이 다 똑같은 산이지. 있어 보이기는 무어가."
"아니, 그래도 화산이랑은 느낌이 많이 다르잖아."
화산이 고고하고 드높다면, 숭산은 부드럽고 완만하다. 모든 것을 포용할 듯한 따뜻한 느낌이 든다고 해야 할까? 그것만 해도 화산의 제자들에게는 색다른 느낌이 들기에 충분했다. 게다가…….

"사람이 뭐 이렇게 많아?"

"무인이 아닌 것 같은데?"

소실봉으로 향하는 길은 향화객과 난전을 연 장사치들로 인산인해(人山人海)를 이루고 있었다. 언제나 한적하고 고즈넉한 화산에 익숙해져 있던 제자들에게는 이것만으로도 별세계나 다름없었다. 윤종이 의아한 듯 물었다.

"장로님. 숭산은 원래 이리 방문자가 많습니까?"

"으음, 글쎄. 나도 숭산에 이리 직접 와 본 건 처음이라."

장로들이라고 별다를 게 있을 리 없었다. 평생 화산에만 매여 살았던 건 제자들이나 장로들이나 마찬가지였다. 새삼 소림의 위상을 실감하니 벌써 살짝 기에 눌리는 듯한 느낌마저 들었다.

그때 청명이 심드렁하게 말했다.

"평소엔 이 정도까진 아니야. 아마 대회를 보러 온 사람들이 몰려서 그럴 거야."

윤종이 답을 해 준 청명을 돌아보았다.

"그런데 너는 그런 걸 어떻게 아냐?"

"……어. 예전에 거지 생활할 때 한번 와 봤어."

"산에 뭐 얻어먹을 게 있다고?"

"절밥 먹으러 왔다."

청명은 인산인해를 이룬 사람들을 물끄러미 보다 퉁명스레 말했다.

"예전에는 화산이 이랬겠지."

별것 아닌 듯 나직한 그 목소리가 화산 문도들의 마음을 깊숙하게 찔렀다. 백천이 차분한 목소리로 말했다.

"장문인. 이번 무림 대회가 끝나면 화산도 사람들로 인산인해를 이루겠죠?"

"음, 당연히 그리되어야겠지."

현종이 빙그레 미소를 지었다. 청명은 기지개를 크게 쫙 켰다.

"그럼, 어디 명문정파라는 분들이 얼마나 대단하신지 한번 구경 가 보죠."

장로들이 고개를 끄덕였다. 그와 동시에 그들의 머리에 한 가지 생각이 들었다. 물론 명문정파를 제대로 경험하는 건 그들에게도 처음 있는 일이다.

'하지만 저들에게도 처음이겠지.'

청명 같은 놈을 겪는 건 말이다. 그리 생각하니 되레 저들이 불쌍해지는 장로들이었다.

"가자꾸나!"

"예!"

화산의 제자들이 결연한 의지를 품고 숭산을 오르기 시작했다.

가장 뒤에서 따라가던 청명은 입꼬리를 살짝 말아 올렸다.

'너희가 생각하는 무림 대회는 이미 끝났어.'

이 무림 대회는 오로지 화산을 위한 대회가 될 것이다. 바로 이 청명이 그리 만들 테니까.

◆ ❖ ◆

"……사람이 많아도 너무 많은데?"

"나는 이제 멀미가 나려고 한다."

화산의 제자들이 질린 얼굴로 주변을 돌아보았다. 그도 그럴 게, 걸으면 걸을수록 주변의 사람이 더 늘어나는 느낌이었다.

"촌에서 온 티 좀 그만 내고 입 좀 다물어라!"

백천의 말에 백자 배들이 삐쭉거렸다.

"촌에서 온 건 맞잖습니까. 화음이면 촌이죠, 뭐."

"아니지. 화음 정도면 나름 도시라고 할 수 있지."

"낙양 보니 전혀 아니던데?"

"……낙양이랑 비교하면 안 되지."

백천이 고개를 내저었다. 물론 그렇다고 사제들의 반응을 아예 이해 못 하는 건 아니었다.

'신기하긴 하겠지.'

백자 배든 청자 배든 대부분은 아주 어릴 적부터 화산에 입문하여 평생을 산만 보고 살던 이들이다. 사람들이 이리 몰린 모습을 볼 일이 있었겠는가?

"소림이라고 해서 고아한 절간을 생각했는데. 이건 뭐……."

백상의 말에 조걸이 쓴웃음을 머금으며 답했다.

"천하에서 가장 유명한 사찰입니다. 향화객이 내는 불전만으로도 천하에서 가장 부유한 문파를 자처할 수 있는 곳인데 어찌 한적하겠습니까. 유명한 문파는 가만히 있어도 돈이 벌립니다. 문파들이 자신들의 강함을 증명하려 드는 이유가 꼭 무학에만 있지는 않다는 뜻이지요."

"그렇지."

앞쪽에서 조걸의 말을 듣고 있던 현종도 가만히 고개를 끄덕였다. 화산만 하더라도 화종지회에서 승리한 이후부터는 금전적인 어려움에서 완전히 벗어나지 않았던가. 화산이 그럴진대 소림은 오죽하겠는가?

'그러니 이만한 대회를 열 수 있겠지.'

금첩이니 은첩이니 하며 참가할 수 있는 이들의 수를 제한한 것은 사실이지만, 천하에 명문이라 불리는 이들은 다 헤아리기도 힘들다. 이 대회에 참가하기 위해 오는 이들의 수는 못해도 일천을 우습게 넘어갈 것이다.

향화객이나 구경 오는 이들이야 숙식을 알아서 해결한다고 해도, 이곳에 초청받아 오는 이들을 먹이고 재우는 일도 보통 일이 아니다. 화산이라면 꿈도 못 꿀 일을 소림은 아무렇지 않게 하는 것이다.

"새삼 이 대회가 얼마나 대단한 건지 알겠다. 이거 하나를 보기 위해 이토록 많은 이들이 숭산에 오르는 것만 보아도."

"백 년 내에 이런 일이 없었잖습니까."

"그렇다고는 해도 오늘은 비무가 열리는 날도 아닌데."

"미리 올라 좋은 자리를 보아 두겠다는 뜻이겠죠."

"으음, 과연."

아니나 다를까, 산을 오르는 그들을 본 이들이 수군거리는 소리가 들려온다.

"어디지? 초청을 받았으면 나름 유명한 문파일 텐데."

"글쎄……. 매화를 상징으로 쓰는 문파가 있었나?"

"매화? 옳다. 화산이로구나!"

"화산?"

"거 있잖은가, 예전에 잘나갔던."

백천의 얼굴이 살짝 일그러졌다. 예전에 잘나가? 지금도 잘나갑니다, 이 양반들아!

생각 같아서는 한마디 해 주고 싶었지만, 구경꾼들과 드잡이질하여 좋을 게 없다. 그리고 다행히 듣기 좋은 소리도 조금씩 들려...

"요즘 기세가 좋다고 하던데? 무당과 붙어서 이겼다는 말

"에이, 설마."

"소문이지, 소문. 하지만 강호의 소문은 꽤나 도는 게
세."

"강호의 소문만큼 믿을 게 없는 것도 사실 아닌가."

"그도 그렇지."

백천이 살짝 입꼬리를 말아 올렸다.

"하지만 그래 봤자지. 어디 구파일방이나 오대세가의 상대가 되겠는가? 이번에는 참가에 의의를 두는 수준이겠지."

저들은 나름 몰래몰래 작게 말하고 있지만, 수련을 빙자한 청명의 패악질과 갈굼으로 무위가 드높아진 화산의 제자들에게는 너무도 똑똑히 들렸다. 발끈한 백자 배들이 고개를 돌리려 했다. 하나, 그 순간.

"뭐 해, 안 올라가고?"

뒤쪽에서 뒷짐을 지고 있던 청명이 심드렁하게 잘랐다. 그러고는 뭔가 할 말이 있는 듯한 백자 배들을 보며 피식 웃었다.

"저 양반들이랑 싸워서 증명하게?"

그 말이면 충분했다. 어차피 평가란 어떤 모습을 보이는가에 따라 달라지는 것. 화산이 예전과 다르단 것은 비무 대회를 통해 증명하면 된다.

"조금 서두르자꾸나."

"예, 장문인."

현종이 발걸음을 재촉했다. 시간이 촉박한 건 아니었다. 도착해야 할 시각까지는 아직 시간이 충분히 남아 있다. 그러나 제자들이 자꾸 주변

에 시선을 뺏기는 건 좋은 일이 아니다. 일단 여기서 괜히 그들을 단속하기보다는, 얼른 소림에 도착하여 짐을 푸는 쪽이 나아 보였다.

하지만 현종의 이 선택은 딱히 달갑지 않은 결과를 낳고 말았다. 빠른 걸음으로 인파를 헤치고 산을 오르던 그는 위쪽을 보곤 눈살을 찌푸렸다. 현상도 앞쪽의 인파를 보았는지 살짝 당황한 목소리로 입을 뗐다.

"장문인."

가장 만나기 껄끄러운 이들이 산을 오르고 있는 게 보인 탓이었다.

"으음······. 종남이구나."

"예."

현종은 슬며시 걸음을 늦추었다. 종남 역시 이번 대회에 참가했고, 피할 수 없는 상대가 될 것이란 건 알고 있었다. 하지만 대회 전에 만나는 것은 역시 피하고 싶었다.

그러나 세상일이 언제나 그렇듯, 상황은 그가 생각하는 것처럼 흘러가지 않았다. 일행의 후미에 있던 종남의 제자가 잠깐 뒤를 돌아보았다가 화산 일행을 발견한 것이다. 움찔한 그는 재빨리 앞쪽으로 말을 전했다.

"아무래도 알아본 모양입니다."

현종이 미간을 찌푸렸다. 결국 종남의 제자들이 일제히 그 자리에 멈춰 섰다. 곤란한 상황이었다. 하필이면 소림으로 와 처음 마주한 문파가 '그' 종남이라는 게 어이없고 우습다. 물론 저들 역시 불편하기는 마찬가지겠지만, 그래도 상황이 이리된 이상 인사를 하지 않을 수는 없었다.

저쪽에서도 그리 생각한 모양이었다. 제자들을 헤치며 한 사람이 뒤쪽으로 걸어 나왔다.

"먼 땅에서 이리 마주하게 되니, 기쁘기 한량없습니다. 그간 무탈하셨습니까, 장문인."

건장한 풍채와 새하얀 백발이 인상적인 노인이 먼저 포권을 해 왔다.

현종은 표정을 애써 갈무리했다. 그는 눈앞의 이자를 너무도 잘 알고 있었다. 현종과는 너무도 다른 삶을 살아온 자. 오랫동안 구파의 말석에 불과했던 종남을 당당한 구대문파의 중진으로 키워 낸 자.

바로 종남의 당대 장문인인, 천하검(天下劍) 종리곡(鍾離穀)이었다.

현영이 옆구리를 살짝 찌르자 움찔한 현종이 자신의 실책을 알아채고는 재빨리 맞포권을 했다.

"다시 뵙게 되어 반갑습니다, 장문인."

그러고는 사람 좋은 미소를 지어 보였다. 속이야 어떻든 만나면 웃어야 하는 것이 그들의 입장이 아니던가.

"가히 십 년 만인 것 같습니다."

"그렇지요. 워낙 서로 바쁘다 보니 왕래할 시간이 너무도 부족합니다."

종리곡이 빙그레 웃었다.

"지척에 서로를 두고도 가까이하지를 못하니, 화산과 종남의 관계가 예전만 못한 것 같습니다. 이 기회를 통해서라도 조금 더 친교를 나눌 수 있다면 더없이 좋은 일 아니겠습니까?"

"옳으신 말씀이십니다."

현종은 새삼스러운 마음으로 종리곡을 응시했다.

같은 장문인이라고는 하나 워낙 처한 상황이 다르다 보니 자주 보지는 못했다. 하지만 어쨌든 둘 다 섬서에 위치한 문파를 대표하다 보니 아주 가끔씩은 볼 일이 있었는데, 그럴 때면 현종은 늘 속이 들끓는 느낌을 받곤 했었다. 옛 영광을 잃어 가는 화산의 장문인인 그의 처지가, 하루하루 발전해 가는 종남의 장문인인 종리곡의 처지와 너무도 비교되었기 때문이다. 그를 만나고 돌아온 날마다 현종은 남몰래 술잔을 기울이며 쓰린 속을 달래고는 했다.

하나 지금은 이상하게도 속이 아주 편안하기만 하다. 되레 언제나 여유로웠던 저 종리곡이 여유를 잃은 듯한 표정으로 자신을 보고 있지 않은가?

"그런데 모습이 많이 바뀌신 것 같습니다?"

"마음이 편해지니 좋은 일이 있더군요. 허허."

종리곡이 가만히 현종을 보다가 눈꼬리를 휘었다.

"하하. 좋은 일이라. 좋은 일. 그렇지요. 이전 종화지회에서는 신세를 많이 졌습니다. 화산이 그토록 발전했을 줄이야……. 다시 한번 축하드립니다, 장문인."

현종이 미소를 지었다. 발전을 축하한다는 건 윗사람이 아랫사람에게나 하는 말이다. 저 말에는 뼈아픈 패배를 겪었음에도 종남은 여전히 화산을 아래로 보고 있다는 의미가 담겨 있다.

"운이 좋았을 따름입니다."

"운……. 운이라."

종리곡이 미묘한 미소를 머금었다.

"운이 반복된다면 그 운 역시 실력이라 할 수 있겠지요. 어떻습니까? 이번 대회에서도 좋은 성적을 낼 수 있겠습니까?"

"글쎄요. 잘은 모르겠지만……."

현종이 슬쩍 뒤에 선 제자들을 바라보았다.

종남. 화산의 제자들에게는 뱃속에 들어앉은 돌덩이 같은 이름이다. 과거 화산의 제자들은 종남의 제자들을 볼 때마다 기가 죽거나 화를 내곤 했다.

하지만 지금은 어떠한가. 그들은 이제 딱히 감정이 실리지 않은, 담담한 눈으로 종남을 바라보고 있었다. 이제 더는 상대하지 못할 이들로 보지 않는 것이다. 제자들이 그리 생각하는데 장문인인 그가 기가 죽을 수는 없다.

"그저 최선을 다할 뿐입니다."

담담히 대답하는 현종을 보며 종리곡의 입가가 살짝 씰룩였다.

"하하. 과연 자리가 사람을 만든다고 하더니, 장문인께서도 많이 달라지셨군요. 과거와는 비할 수 없는 당당함이 참 보기 좋습니다."

두 장문인의 대화를 조금 떨어진 자리에서 듣고 있던 윤종이 속삭이듯 입을 열었다.

"청명아."

"응?"

"해석해라."

"예전에는 내 앞에서 고개도 못 들던 놈이 많이 컸다."

"……야, 장문인한테."

"해석하라며."

"끄응."

청명의 해석에, 제자들이 일제히 종리곡을 노려보았다. 하지만 그 모욕을 눈앞에서 받은 현종은 여전히 담담할 뿐이었다.

"허허. 제가 당당할 게 뭐가 있겠습니까? 그저 화산의 선조들께서 이끌어 주시는 대로 따를 뿐이지요."

"해석."

"역사로 따지면 대대로 화산 마당이나 쓸던 새끼가 아가리는 잘 터는구나."

"……장문인도 입심이 보통이 아니시네."

제자들이 새삼스레 현종을 바라보았다. 세상에, 우리 장문인께서 저리 고급진 엿을 먹일 수 있는 분이셨다니. 종리곡 역시 현종의 속뜻을 알아들었는지 살짝 눈을 가느스름하게 떴다.

"화산의 자신감에는 근거가 충분합니다. 종화지회의 패배는 우리 아이들에게도 뼈아픈 일이었지요. 하지만 덕분에 오만했던 우리 아이들이 뼈를 깎는 수련으로 새로이 거듭날 수 있었습니다. 하하. 이번에는 화산도 쉽지 않을 겁니다."

"참 좋은 일입니다."

종리곡이 짙은 미소를 지었다.

"그러니 화산도 한 번쯤 같은 경험을 해 보는 게 그리 나쁘지는 않을 겁니다."

"그런 좋은 기회를 저희가 차지해서야 되겠습니까? 종남에 양보하겠습니다."

종리곡은 입에 미소를 거두지 않은 채로 생각했다.

'이놈이.'

아주 한 마디를 지지 않는다. 과거였다면 상상할 수도 없을 일이다. 더 이상 불쾌함을 감추기 어려워진 그는 서둘러 대화를 정리했다.

"과연, 과연. 장문인의 말씀이 옳습니다. 어차피 강호란 결과로 보여 주는 곳이 아니겠습니까? 이번 비무 대회, 화산의 선전을 기원하겠습니다."

"종남 역시 좋은 결과를 얻으시길 기원합니다."

두 사람이 서로 맞포권을 했다. 윤종이 다시 물었다.

"누가 이긴 거야?"

"우리 장문인이 저쪽을 패 죽인 급이지."
"역시나."
윤종의 입가에 자랑스러워하는 미소가 피어올랐다. 그는 종리곡이 휘적휘적 제자리로 돌아가는 모습을 똑똑히 눈에 새겨 두었다.
"가자!"
"예!"
커다란 목소리와 함께, 이쪽을 노려보던 종남의 제자들이 모두 몸을 돌렸다. 하지만 단 세 사람만은 여전히 이쪽으로 시선을 주고 있었다.
하나는 진금룡. 진금룡의 시선은 처음부터 청명에게서 조금도 떨어지지 않고 있었다. 그 적의와 열기가 뒤섞인 시선을 받으며 청명이 피식 웃었다. 아서라. 그러다 맞아 죽는다. 사람이 주제를 알아야지! 주제를!
그리고 다른 하나는 이송백이었다. 이송백 역시 청명에게 시선을 주고 있지만, 의미는 확연히 달라 보였다. 진금룡이 청명을 잡아먹을 듯한 눈으로 보고 있다면, 이송백은 뭔가 경외 어린 시선을 보내는 중이었다. 흠모가 가득 담긴 그 눈빛을 보니…….
'아, 간지러워.'
차라리 진금룡의 시선이 낫다고 생각하는 청명이었다.
어쨌든, 이 둘이야 익숙한 얼굴이고. 문제는 세 번째 시선이었다. 청수한 인상의 중년인이 이쪽을 가만히 바라보고 있다. 다만 그 시선이 닿은 곳은 청명이 아니라 바로 청명의 앞쪽에 있는 백천이었다. 슬쩍 백천의 곁으로 간 청명이 중년인에게 시선을 고정한 채 물었다.
"아버지야?"
"……그래."
"반갑겠네, 동룡이."

"……그렇게 부르지 말라고."

청명이 낄낄 웃으며 백천의 어깨를 툭 쳤다.

"말로는 설명할 수 없지. 보여 줄 건 검뿐이야. 그렇지 않아?"

"물론이지."

담담한 대답이 돌아왔다. 청명은 슬쩍 백천을 돌아보았다. 표정에서 조금의 동요도 엿보이지 않는다.

'많이 컸네.'

예전에 진금룡 앞에서 감정을 주체하지 못하던 그 백천이 아니다. 검이 성장한 만큼 사람도 성장했다. 새삼 뿌듯함을 느낀 청명이 고개를 끄덕였다. 종남이 빠른 걸음으로 멀어지자 백천이 화산의 제자들을 돌아보며 가만히 입을 열었다.

"잘 봤지."

"예, 사형."

"저놈들은 아직 우리가 만만한 모양이다. 얻어맞고도 정신을 차리지 못하는 놈들은 어찌 해 주어야 하겠느냐?"

"정신을 차릴 때까지 패 줘야지요."

"그래, 그거다."

백천이 미소를 지었다.

'미안하지만 너희는 더 이상 우리의 상대가 아니다.'

그 상대가 형인 진금룡이라고 해도 마찬가지다.

"가자."

"예."

다시 산을 오르기 시작한 화산의 제자들은 오래지 않아 소림의 산문에 도달했다.

대소림사(大少林寺)라 적힌 거대한 편액을 올려다보던 그들은 결연한 얼굴로 소림의 산문 안에 발을 들였다.

이제 그들을 증명할 시간이 왔다.

• ❖ •

"여기입니다."

"감사하외다."

"별말씀을. 그럼 편히 쉬십시오. 저녁쯤에 따로 일정을 말씀드리겠지만, 아마 내일쯤 장문인 회합이 있을 것입니다. 그리고 혹여 불편한 것이 있으시면 안내를 맡은 이에게 말씀하시면 됩니다."

"알겠소."

"예, 그럼."

안내를 맡은 소림승이 반장 하며 고개를 숙이고 밖으로 나갔다. 소림승이 사라지자 화산의 제자들이 주변을 두리번거렸다.

"그래도 객청 하나를 따로 내주네요."

"금첩까지는 객청을 따로 주는 모양이구나. 은첩부터는 큰 곳에서 같이 거하는 모양이고."

현영의 말에 운검이 고개를 끄덕였다. 청명이 난리를 쳐 금첩을 받아 낸 덕에 번잡함을 피할 수 있었다. 여러 문파가 같이 쓰는 커다란 객청에 들어갔다면 아무래도 신경 쓸 것이 많았을 것이다.

"한데, 과연 소림은 소림입니다."

"그렇구나. 이 많은 이들을 수용하기도 쉽지 않을 텐데 객청 하나를 이리 떡하니 내어 주다니. 얼마나 많은 전각과 불전이 있는지 상상도 하기 힘들구나."

오늘만 해도 여러 번 소림의 재력에 놀랐다.

"듣자 하니 내일은 장문인들의 회합이 있을 예정이고, 모레부터 대회를 열 모양입니다."

"그렇겠지. 실제 중심이 되는 것이 비무 대회라고는 하나, 여하튼 천하무림대회라는 형식을 빌렸으니 그에 걸맞은 모양새를 갖춰야겠지."

현종은 쓴웃음을 지었다.

사실 형식이란 대체로 별 쓸모가 없지만, 알맹이를 포장하는 데에는 퍽 유용한 역할을 한다.

현종 역시 그 포장지를 예쁘게 다듬는 일을 거들어야 할 것이다.

'그래야 저 아이들의 활약이 조금 더 빛이 날 테니까.'

이곳까지 오면서 기가 눌릴 만도 한데, 그런 기색 하나 없이 당당하게…….

'아니, 오히려 좀 껄렁한데?'

불전함을 털러 온 산적 같은 모양새로 서 있는 아이들을 보니 뿌듯함과 서글픔이 함께 밀려오는 현종이었다.

"현영."

"예, 장문인."

"아이들이 짐을 풀고 쉴 수 있게 해 주거라. 나는 조금 둘러볼 것이 있다."

"예, 장문인. 걱정하지 마십시오."

현종이 밖으로 나가자, 현영은 아이들을 보며 말했다.

"적당히 방에 짐을 풀거라. 오늘은 저녁 먹기 전까지 쉬는 걸로 하겠다. 대신 사고 치지 말고. 백천! 윤종!"

"예, 장로님!"
"말씀하십시오!"
앞으로 튀어나온 백천과 운종을 보며 현영이 비장하게 말했다.
"너희는 각 항렬의 대제자로서!"
"예!"
"청명이 놈 옆에서 한시도 떨어지지 말거라!"
……어……. 아, 예……. 그거 무척 중요한 일이지요.
그때 청명이 눈을 동그랗게 뜨고 물었다.
"제가 왜요?"
"청명아."
현영이 빙그레 웃었다.
"내가 너를 믿어 의심치 않는다만, 여기는 공을 벌어 오는 곳이 아니라, 체면을 생각해야 하는 곳이다. 이 사실을 명심, 또 명심하여 절대 사고를 치지 말거라."
"에이, 장로님도. 제가 애도 아니고."
"애면 걱정도 안 하지."
애가 아니니까 문제다. 애라면 사고를 쳐 봐야 뭐 얼마나 치겠는가? 애가 아닌 청명이니까 걱정하는 것이다.
"여하튼 이곳에는 각 파의 중진들이 모두 모여 있고, 혈기 왕성한 각 문파의 제자들이 우글우글 몰려다니고 있다. 그러니 다들 문제가 생기지 않도록 각별히 유의하거라. 알겠느냐?"
"예, 장로님!"
현영이 고개를 끄덕이고는 봇짐을 들었다. 그에게도 짐을 정리할 시간이 필요했다.

"운검이도 방을 잡거라."
"예."
웃어른들이 이 층으로 올라가자 아이들도 저마다 주섬주섬 봇짐을 집어 들었다. 비어 있는 방을 찾아다니면서도 그들의 입은 쉬지 않았다.
"걸어올 땐 그렇게 복잡하더니, 숙소가 있는 곳은 나름 한적하네?"
"향화객들의 출입을 막아서 그래. 여기 안 그래도 신경 날카로운 놈들이 많을 텐데 사람마저 북적이면 칼부림 나는 건 일도 아니지."
"그렇겠지?"
"어휴. 그러니까 조심해라. 아까 마주친 놈들 눈빛 봤지? 애들이 얼마나 험악한지……."
뒤에서 듣고 있던 백천은 황당하다는 표정으로 그들을 바라보았다.
'얘들은 자기들이 어떻게 보이는 줄 모르나?'
사람이 자신의 상태를 알기 위해서는 비교 대상이 필요한 법이다. 산에 처박혀 검술만 익혀 온 화산의 제자들은 자신들이 험악하게 보인다는 인식이 없는 모양이다. 참 순진하다고 해야 할지. 하지만 사람들이 슬슬 피하는 기색이 역력한데도, 그게 자신 때문이라는 자각이 조금도 없다는 건 역시 문제 아닐까?
대충 짐을 푼 화산의 제자들은 다시 일 층의 거실로 모여들었다.
"장로님 두 분과 운검 사숙은 자리를 비우신 모양입니다."
백상의 말에 백천이 의아하다는 듯 물었다.
"어딜 가셨지?"
"글쎄요……."
그때 청명이 귀신같이 입을 뗐다.
"가자."

"뭘?"

"나가야지!"

백천의 얼굴이 와락 일그러졌다.

"뭔 소리를 하는 거냐! 장로님 말씀 못 들었어? 사고 치지 말라고 하셨잖느냐!"

"쯧쯧. 이래서 사람은 말귀를 잘 알아먹어야 한다니까. 장로님이 뭐라고 하셨는데?"

백천이 고개를 갸웃하자, 청명이 말했다.

"내 옆에서 떨어지지 말고 사고 치지 말라고 하셨잖아."

"그래! 잘 들었구나!"

"거기 어디에 나가지 말라는 말이 있는데?"

"……응?"

어? 그러고 보니……?

청명은 혀를 쯧쯧 차더니 대놓고 백천을 비난했다.

"윗분이 하는 말씀을 찰떡같이 알아듣는 것도 제자 된 덕목인 것을. 사숙은 아직 멀었구나?"

이 새끼가? 백천의 눈이 살짝 돌아갔다. 다른 놈도 아니고 저놈에게 '제자 된 덕목'이라는 말을 듣다니. 이보다 더한 수치가 또 어디에 있단 말인가!

"여하튼 안 된다!"

"뭘?"

"못 나간다! 꿈도 꾸지 말거라."

단호한 말에 청명은 한심하다는 듯한 시선을 보냈다.

"사숙."

"뭔 말을 하려고! 안 된다니까!"

"아니야. 아니야. 사숙, 내 말을 일단 들어 봐."

"……."

"봐 봐. 여기는 소림이잖아."

"그렇지."

"우리가 소림에 언제 다시 오겠어? 어쩌면 이번이 소림을 보는 마지막일지도 몰라. 그런데 소림에 와서 소림 구경도 못 하고, 이 객청 안에서 벽이나 보다가 돌아가자고?"

백천의 눈빛이 살짝 흔들렸다.

"잘 생각해 봐, 사숙. 진짜 괜찮아?"

주변이 술렁이기 시작했다.

"하긴, 그래도 소림까지 왔는데……."

"아까 보니까 다른 문파 애들은 다 구경 다니는 것 같던데."

"화산에서 지옥같이 구르다가 왔는데……. 여기서도 벽만 보다 돌아가야 한다니. 이거 너무 가혹한데."

백천은 차마 아무 말도 하지 못했다. 확실히 청명은 몰라도 다른 제자들에게는 너무한 짓이다 싶었다. 청명이 때를 놓치지 않고 혀를 날름거리며 유혹을 시작했다.

"잘 생각해 봐, 사숙. 사숙은 죽으나 사나 내 옆에 붙어 있어야 하잖아. 그런데 내가 여기에 계속 있으면 사숙도 여기에 계속 있어야 해!"

백천이 움찔했다. 눈동자가 흔들리기 시작했다.

"보고 싶잖아. 솔직히 보고 싶을 거야. 얼마나 대단하기에 다들 소림, 소림 하는지. 잠깐 나가서 구경만 하고 오는 게 뭐 그리 대단한 일이라고. 그치?"

'이 사갈 같은 놈이!'

문제는 저 말이 그리 틀리지 않다는 점이다. 백천도 사람인데 왜 관심이 가지 않겠는가? 강호의 북두라는 소림까지 와서 구경도 제대로 못 해 본다니, 이건 고문이나 다를 바 없다.

"사숙. 내가 사고를 안 치면 되잖아. 그렇지? 잘 생각해 봐. 사숙이 내 옆에 착 달라붙어 있는데 무슨 일이 벌어지겠어?"

지켜보던 윤종과 조걸이 뒤쪽에서 속닥거렸다.

"거의 넘어온 것 같죠?"

"다리가 들썩이시는데?"

유혹에 넘어가기 직전인 백천의 앞에서 청명은 한없이 순한 표정을 짓고 있었다. 청명의 엉덩이 쪽에서 여우 꼬리가 살랑거리는 것처럼 느껴졌다.

"……대신 절대로 사고 치면 안 된다."

"헤헤. 당연하지."

"끄응."

뭔가 속아 넘어가는 기분이었지만…… 어차피 장로님들 없이 저놈을 여기 잡아 놓을 자신도 없었다. 그럴 바에야 하고 싶은 걸 하게 해 주는 대신, 적절히 통제해 보는 게 나을 것이다. 백천은 그렇게 자신을 위안하며 자리에서 일어났다. 그러고는 모두에게로 휙 고개를 돌렸다.

"대신 너희 모두 함께 움직인다."

"예? 갑자기 왜……."

백천이 고개를 돌려 청명을 바라보았다.

"나 혼자서는 못 막아. 그러니 무조건 함께 간다! 반론은 받지 않는다!"

말없이 청명을 바라본 모두가 고개를 끄덕였다. 얼핏 타당한 결정이었다.

하지만 이때만 해도 백천은 전혀 알 수 없었다. 이 결정이 얼마나 그릇된 것이었는지 말이다.

"오오. 고풍스럽다."
"저 전각은 못해도 몇백 년은 된 것 같은데?"
화산의 제자들이 이곳저곳을 우르르 몰려다니기 시작했다. 다행히도 향화객이 미친 듯이 몰려 있던 산문과는 다르게, 내부는 그리 복잡하지 않았다. 여기저기 바쁘게 다니는 소림승들의 모습이 눈에 띄고, 화산의 제자들처럼 소림의 내부를 구경하는 타 문파의 제자가 몇몇 보일 뿐이었다.

"사형! 여기 불상이 있습니다!"
"이놈아! 이건 석불이라고 하는 거다!"
"석불이 불상 아닙니까! 뭐 다르다고!"
"달라!"
신이 나서 왁자지껄 떠들어 대는 화산의 제자들을 보며 백천이 빙그레 미소를 지었다.

'부끄럽다.'

주변에 사람이 없어서 다행이다. 이 모습은 누구에게도 보여 주고 싶지 않다. 화산을 세상 누구보다 자랑스럽게 여기는 백천이지만…… 옥에도 티가 있기 마련이고, 그 티는 남에게 보여 주고 싶지 않은 게 인지상정이니까.

"뭔 절이 이렇게 넓습니까? 끝까지 가려면 한참 걸리겠습니다."

화산도 넓다, 얘들아. 왜 이리 과장하니.

"히익. 저 전각에는 백 명도 들어가겠는데?"

화산에도 저만한 건 있잖니. 얘들아, 제발 진정 좀 해라. 백천이 한숨을 내쉬었다.

'그래. 그럴 만도 하지.'

사실 이들이 정말 소림의 규모에 놀라 이런 반응을 보이는 게 아니다. 화산을 벗어나 처음으로 와 본 다른 문파가 신기한 것이리라. 아마 지나가는 고양이를 보고도 놀랄 준비가 되어 있겠지.

하지만 그런 그들의 모습이 꼴같잖게 느껴지는 이들도 있는 모양이었다.

"쟤들은 대체 뭐야?"

"촌놈들인가?"

귀를 파고드는 아니꼬운 목소리에 화산의 제자들이 일제히 고개를 돌렸다. 그 작은 속닥거림을 저 인원이 모두 들을 줄은 몰랐는지, 촌놈 운운하던 놈들이 움찔하며 입을 닫았다.

백천은 고소를 머금었다. 사실 그리 보일 만도 했으니까. 기분이 좋은 건 아니나, 어쨌든 굳이 일을 키울 건 없으니 좋게 넘기려던 그 순간이었다.

"……화산?"

그들의 가슴팍에 수놓인 매화의 문양을 본 그들이 묘한 표정을 지었다. 그리고 그 표정은 금세 적나라한 비웃음으로 변해 갔다.

"누군가 했더니 이거, 화산 분들이셨군. 설마 화산도 초청을 받았을 줄이야. 소림은 대자대비하다더니 그 말이 틀리지 않았군."

백상이 어처구니가 없다는 듯 둘을 바라보았다.

"저것들은 뭐야?"

"어? 사, 사형. 쟤들…….."

"응?"

백상이 눈을 가늘게 떴다. 그러자 그들의 오른쪽 가슴에 새겨진 물결무늬가 보였다. 푸른색으로 수놓인 세 개의 물결무늬. 천하에 저 표식을 문파의 상징으로 삼는 문파는 단 하나뿐이다.

"삼파랑(三波浪)! 해남파(海南派)!"

해남파라는 말에 화산 제자들의 얼굴이 일제히 굳었다. 화산의 제자들이 세상에서 제일 싫어하는 문파는 누가 뭐라고 해도 종남이다. 하지만 화산의 제자들이 세상에서 가장 이기고 싶어 하는 문파는 따로 있었다. 그게 바로 해남파다.

"응? 다들 표정이 왜 이래?"

영문을 모르는 청명이 고개를 갸웃했다. 백천이 고개도 돌리지 않고 답했다.

"해남이다."

"그게 왜?"

"구파일방의 해남이라고."

"구파일……. 해남파가 구파일방이라고?"

백천이 고개를 끄덕였다.

"화산이 빠진 뒤 구파일방에 들어앉은 게 바로 해남파다."

"어?"

그러고 보니 그런 말을 들었던 것도 같다. 워낙 관심이 없어서 머릿속에서 지워 버렸지만.

그렇게 생각하고 보니 청명도 제자들의 반응이 이해되었다. 해남은 존재만으로도 화산의 현실을 떠올리게 하는 곳일 테니까. 하지만 그건 그거고.

'쯧. 뭐 그런 걸 가지고.'

스스로의 힘을 회복하면 언제든 되찾을 수 있는 자린데, 이리 적의를 보일 필요까지는…….

그때였다.

"뭐야! 무슨 일이야!"

"야! 애들 다 불러 와!"

제 동기들 앞에 수십 명이 몰려 있으니, 이를 본 해남의 다른 제자들이 우르르 몰려들기 시작했다.

의도치 않게 순식간에 대치 상황이 만들어졌다. 백천의 얼굴에 당황한 기색이 어렸다.

'어? 이러면 안 되는데……?'

장로님과 장문인이 절대 사고 치지 말라고 당부하셨던 게 떠올랐다. 생각보다 일이 좀 커졌지만, 어떻게든 좋게 끝내야 한다. 백천의 가슴속에 사명감이 불쑥 치솟았다.

그런데 해남파의 제자들이 저들끼리 쑥덕거리기 시작했다.

"무슨 일이냐?"

"대사형, 화산 놈들입니다."

"뭐?"

대사형이라 불린 이가 도끼눈을 뜨고 이쪽을 노려보았다. 백천은 낮게 한숨을 쉬었다.

'왜 너희들이 우릴 그렇게 보냐.'

화를 내려면 이쪽이 내야지. 남의 자리까지 차지한 주제에 적의까지 보일 필요는 없을 텐데. 어쨌든 백천이 예의는 갖추자는 생각으로 나섰다.

"만나서 반갑습니다. 저는 화산의 이대……."

"망한 문파 놈들이 뭐 주워 먹을 게 있다고 여기까지 기어 왔느냐?"

"……제자……. 뭐, 인마? 야. 너 이리 와 봐."

백천이 욱하자, 윤종과 조걸이 황급히 그의 양쪽 어깨에 손을 올렸다.

"사숙."

"워워워."

"끄으응."

만류에 막힌 백천은 치솟은 화를 억지로 누르며 물러섰다. 하지만 저쪽은 멈출 생각이 없어 보였다.

"구파일방에서 쫓겨났으면 창피한 줄 알고 현판을 내려도 모자랄 판에, 부끄러움도 모르고 여기까지 기어들었구나. 천하에 이름 높던 화산이 어쩌다 이 지경이 되었나."

"하하하하하핫!"

"그러지 마십시오, 사형. 안 그래도 쫄쫄 굶고 산다던데 절밥 소리만 들어도 군침이 흐르지 않겠습니까."

"식당은 저쪽이다. 얼른 가 봐라. 식은 밥 정도는 남았을 게다!"

백천의 몸이 부르르 떨렸다. 이건 화가 나서 떠는 게 아니었다. 저놈들의 말이 정도를 벗어난 건 사실이지만, 백천은 이 정도로 화를 낼 만큼 수양이 얕……. 아니, 뭐 방금 아주 조금 발끈하기는 했지만, 여하튼 이 정도는 참을 수 있다. 문제는…….

"아니, 근데 저 새끼들이?"

그 말을 참아 낼 인내심이 없는 놈이 여기에 껴 있다는 점이다. 그것도 가장 위험한 놈이.

백천은 천천히 고개를 돌렸다. 아니나 다를까 청명이 회까닥 돌아 버린 눈을 희번덕대고 있었다.

"……처, 청명아."

청명이 씨익 웃으며 혀를 내어 입술을 핥았다.

"걱정하지 마, 사숙. 나는 절대 사고 안 쳐."

"그래. 네가 참아야지."

"그런데."

"……응?"

"사문이 모욕당했는데 참는 놈이 화산에서 밥을 처먹을 자격이 있어?"

"……."

"저 새끼들이 화산을 욕했는데?"

……백천이 천천히 고개를 앞으로 돌렸다. 그런데 어째 그의 고개도 청명과 마찬가지로 삐딱하게 꺾여 있었다.

"어이."

백천의 말에 해남파 제자들의 시선이 일제히 그에게로 쏠렸다.

"어디 해남도 촌놈들이 그딴 말을 지껄이는 거냐?"

"……저놈이?"

"저게 미쳤나!"

"됐고."

백천이 딱 상황을 끊으며 손을 내저었다.

"쓸데없이 사고 치지 말자. 괜히 여기서 입 털어 봐야 서로 좋을 거 없으니까."

윤종과 조걸이 안도의 한숨을 내쉬었다. 그래, 역시 이 상황을 차분히 정리해 주는 건 백천 사숙…….

"푸욱!"

그 순간 백천이 허리춤에 차고 있던 검을 검집째 빼 들더니 땅에 그대로 꽂아 버렸다.

"그러니까 불만 있는 새끼는 나와. 해남도까지 기어가게 해 줄 테니까."

윤종과 조걸이 멍하니 서로를 돌아보았다. 그래……. 그러고 보니 저 양반도 제정신은 아니었지. 자꾸 예전 기억 때문에 까먹는단 말이야…….

새삼스러운 사실을 절절히 깨닫는 두 사람이었다.

• ❖ •

차가 잔에 쪼르륵 차오르며 자극적이지 않고 은은한 향이 방으로 퍼져 나갔다. 소림이라는 공간과 퍽 잘 어울리는 차향이었다.

잔을 앞쪽으로 슬쩍 내민 소림의 방장 법정(法整) 대사가 미소를 지었다.

"차가 입에 맞으실지 모르겠습니다."

현종이 황송하다는 듯 고개를 숙였다.

"방장께서 직접 따라 주시는 차인데, 입에 맞고 안 맞고가 있겠습니까. 생전 처음 받아 보는 호사입니다."

법정이 가만히 고개를 내저었다.

"차는 그저 차일 뿐이지요. 황제가 따라도, 양민이 따라도 그저 다 같은 차일 뿐입니다. 편히 드시지요."

"예, 감사합니다."

현종이 잔을 받아 들고는 슬쩍 주변을 돌아보았다. 입이 쩍 벌어지는 소림의 경관과는 달리, 방장이 머무는 처소는 소탈하다 못해 초라할 정도였다.

법정 역시 그리 대단해 보이지 않는다. 소림의 방장이라는 어마어마한 이름에 걸맞지 않게, 그의 앞에 있는 이에게서는 특별한 기세가 느껴지지 않았다. 몸에 걸치고 있는 황포 자락이 주는 위엄을 제외한다면 어디서나 흔히 볼 수 있는 노승일 뿐이다.

하지만 오히려 그렇기에 이 사람을 더 높이 평가할 수밖에 없었다. 드높은 자리에 앉아 그 자리가 주는 위엄을 스스로 내려놓는다는 것이 얼마나 힘든 일인지 잘 알기 때문이다.

'과연 소림의 방장이라는 무거운 자리를 맡을 만한 사람이구나.'

현종은 내심 감탄하며 법정을 바라보았다. 그때 법정이 찻잔을 내려놓으며 말했다.

"먼 길을 오시느라 고생이 많으셨습니다."

한 마디, 한 마디에 부드러움이 묻어난다.

"정말 먼 곳에서 오는 이들에 비한다면 섬서에서 온 저희가 감히 멀다 할 수 있겠습니까? 그보다 갑작스러운 인사 요청을 받아 주셔서 감사합니다."

법정이 현종을 바라보더니 빙그레 웃었다. 눈가에 주름이 가득 졌다.

"되레 제가 감사할 일이지요. 장문인들께서 도착하시면 당연히 마주하게 될 줄 알았건만, 이상하게도 먼저 만나러 오시는 분이 없더군요. 장문인께서 제 체면을 살려 주셨습니다."

현종이 쓴웃음을 지었다. 어찌 다들 소림 방장을 마주하고 싶은 생각이 없겠는가? 부담스러워 감히 먼저 요청할 수 없을 뿐이다. 현종 역시 별 기대 없이 그저 넌지시 청을 넣었던 것인데, 이리 덜컥 자리하게 되어 당황하는 중이었다.

법정이 가만히 현종을 보더니 운을 떼었다.

"최근 화산의 기세가 무척 좋다고 들었습니다. 화산에 다녀온 혜방이 무척이나 인상적이었다고 하더군요."

"하하……."

인상적이었겠지. 청명이를 봤으니까.

"좋은 일입니다. 천하의 명문이자 검문인 화산이 그 힘을 잃어 간다는 사실에 가슴이 아프곤 했는데, 이리 장문인을 뵈니 화산의 미래가 얼마나 밝은지 알 것 같습니다. 아미타불."

법정이 불호를 외며 살짝 고개를 숙였다. 현종 역시 살짝 놀라며 마주 합장을 했다.

"듣자 하니 화종지회에서 화산이 좋은 성적을 거뒀다지요? 장문인께서 실로 고생이 많으셨습니다."

"부끄럽습니다. 그게 어찌 저의 공이겠습니까. 본 문의 아이들이 노력해 준 덕입니다."

투명하게 가라앉은 법정의 눈이 현종을 살짝 훑었다.

"장문인."

"예, 방장. 말씀하십시오."

"이번 대회에서 좋은 성적을 거둔다면 화산의 기세는 한층 더 상승할 것이 분명합니다."

"그리되기를 바라고 있습니다."

"하지만 조심하십시오."

조심하라니? 조금 갑작스럽고 의아한 말에, 현종이 대답 없이 물끄러미 법정을 보았다. 노승은 나직이 한숨을 내쉬며 말했다.

"사람이란 참으로 안타까운 존재지요. 타인의 즐거움을 온전히 자신의 즐거움으로 받아들일 수 있는 이들은 소수에 불과합니다. 대부분은 시기와 질시의 마음을 품기 마련입니다. 화산 역시 그런 질시의 대상이 될 수 있으니 주의하시기 바랍니다."

현종은 작게 헛기침했다. 그러고는 부드러운 미소를 띤 채 가만히 법정을 보았다.

"대사의 말씀은 정말 감사합니다. 하지만 화산은 아직 타 문파의 시기를 받을 만큼 반석에 올라서지 못했습니다. 그러니 그 걱정은 조금 미뤄두고 일단은 이번 대회에서 좋은 성적을 얻는 것에만 전념하겠습니다."

"아미타불. 제가 괜한 걱정을 한 것 같습니다."

낮게 불호를 외는 법정을 보며 현종이 몸가짐을 바르게 했다.

'소탈하기 짝이 없구나.'

하지만 절대 지금 그가 보는 모습이 전부가 아닐 것이다. 천년소림을 이끌어 가는 소림의 장문방장은 결코 평범한 이가 맡을 수 있는 자리가 아니다. 아마 이 순간에도 법정은 현종을 낱낱이 분해하여 평가하고 있을 것이 분명했다.

어떤 성적을 받을지는 모르겠지만…… 적어도 눈도장은 찍어 둬야 할 것이다. 그래야 앞으로 마주할 일이 있을 때 조금 더 편해질 테니까. 현종이 막 다른 말을 꺼내려는 찰나였다.

바깥이 소란스러워졌다. 현종과 법정이 슬쩍 문 쪽으로 고개를 돌렸다. 현종이 살짝 눈을 찌푸린 것과는 다르게 법정은 그저 평온한 얼굴이었다.

"신경 쓰실 것 없습니다."

"……예?"

법정이 빙그레 웃었다.

"사람이 이만큼 모이면 크고 작은 사고가 있기 마련이지요. 대부분은 별일 아닌 경우가 많으니 괘념치 않으셔도 될 것입니다."

하지만 그 말에 현종의 얼굴은 되레 새하얗게 떴다. 사고? 크고 작은 사고? 그의 표정이 심상치 않아 보이자 법정이 고개를 갸웃했다.

"왜 그러십니까?"

"하……. 하하. 그게……."

현종은 자기 객관화에 아주 탁월한 사람이었다. 그리고 그의 자기 객관화는 자신뿐 아니라 화산에도, 제자들에게도 그대로 적용된다. 이곳에 아무리 많은 이들이 모여 있다고는 하나, 일단 사고라고 하면 화산을 빼놓고 생각할 수 없잖은가? 천하의 소림 한복판에서 사고를 칠 만한 망둥이들이 다른 문파에도 있을까?

'그럴 리가.'

현종이 자리에서 벌떡 일어났다.

"장문인?"

법정이 의아한 듯한 시선을 보내자 현종은 움찔하며 어색하게 말했다.

"죄, 죄송합니다. 밖에 무슨 일이 벌어졌는지가 너무 궁금하여……."

"아……. 그러시다면. 혜심(慧心)."

법정이 문 쪽을 향해 눈길을 주며 나직이 말했다. 즉시 문밖에서 조심스러운 목소리가 들려왔다.

"예, 장문인."

"밖에 무슨 일이더냐?"

"……본사를 방문한 타파의 제자들이 충돌한 모양입니다."

법정이 쓴웃음을 머금었다. 혈기 왕성한 이들을 모아 놓을 때부터 이런저런 사고를 피할 수 없으리라 각오는 했었다. 하지만 문호를 개방한 첫날부터 사고를 치는 대담한 이들이 있을 줄이야.

"어느 문파더냐?"

"해남과 화산이라 합니다."

"그래. 해남과…….."

응?

"……어디?"

"해남과 화산입니다."

"화산. 그래 화산……. 화산이라면……."

법정의 고개가 슬쩍 올라갔다. 눈이 마주친 현종이 움찔했다.

지옥처럼 어색한 공기가 흘렀다. 천하의 소림 방장 법정조차도 무슨 말을 해야 할지 알 수 없을 정도였다.

"제, 제가 빨리 가 봐야 할 것 같습니다."

"아……."

"그, 그럼!"

현종이 부리나케 밖으로 튀어 나갔다. 반사적으로 그를 향해 손을 뻗었던 법정은 헛웃음을 지으며 슬그머니 손을 회수했다. 그러고는 천천히 몸을 일으켰다.

화산이라. 정말 혈기방장한 녀석들이 아닌가?

"고얀지고."

아무래도 직접 한번 가 봐야 할 것 같았다. 쓴웃음을 지은 법정이 천천히 방을 벗어났다.

"……저놈이 지금 뭐라고 지껄인 거냐? 해남도까지 기어가게 해 줘?"

해남파의 이대제자 중 대제자인 곽환소(郭歡騷)가 황당함을 감추지 못하고 백천을 바라보았다. 검을 검집째 바닥에 꽂고 팔짱을 끼고 있는 백천을 보고 있자니 뱃속에서부터 뜨거운 게 울컥울컥 솟구치는 기분이었다. 그를 화나게 하기에 과할 만큼 충분한 언행이었다.

심지어 곽환소를 더욱 화나게 하는 것은, 그렇게 건방지게 팔짱을 낀 백천의 모습이 은근히 멋지게 느껴진다는 점이었다.

'저 허여멀겋게 생긴 놈이!'

당당한 해남의 바다 사나이로서, 저 모습이 멋지다는 건 받아들일 수 없는 일이었다. 그래. 차라리 저 뒤에 있는 저 구릿빛의…….

"……너희 배 타냐?"

"뭐래?"

"아, 아니…….".

곽환소가 자신도 모르게 고개를 갸웃했다. 왜 저 중원 양생이들에게서 거친 바다 사나이의 향기가 난단 말인가? 잠깐 혼란에 빠진 그의 뒤에서 재촉하는 듯한 목소리가 들려왔다.

"사형."

퍼뜩 정신을 차린 곽환소가 신경질적으로 인상을 쓰며 목청을 높였다.

"망해 버린 문파 놈들이 입은 살았구나! 평소 같았으면 네놈들을 가만두지 않았겠지만 내 이번에는 특별히……."

그런데 백천이 손을 살짝 들어 곽환소의 말을 막았다.

"……뭐냐?"

졸지에 말이 끊긴 곽환소가 얼굴을 구기며 물었다. 백천이 심드렁하게 말했다.

"해남 놈들은 주둥이로 싸우는 모양인데, 화산은 검으로 싸운다. 덤빌 거면 덤비고, 아니면 그냥 가라. 도망치는 놈 잡아다 때리는 취미는 없으니까."

"……그런데 이 새끼가?"

발끈한 곽환소가 당장에라도 앞으로 튀어 나갈 듯하자, 좌우에서 뻗어 나온 손이 그를 다급하게 움켜잡았다.

"사형! 여기가 어딘지 잊지 마십시오."

"이이익!"

곽환소는 눈에 핏발을 세우며 백천을 노려보았다.

'빌어먹을 놈들. 여기가 소림만 아니었으면.'

아무리 그들이 해남의 제자라지만 소림의 경내에서 타 문파와 칼질을 할 배짱은 없었다.

"운이 좋은 줄 알아라. 여기가 소림이 아니었으면 너는 지금쯤 곤죽이 되었을 테니까."

"아, 도망치시겠다고? 그래, 그럼. 그러든지."

백천의 비아냥거림에 화가 머리끝까지 치솟은 곽환소는 아예 몸을 부르르 떨더니 화를 주체 못 하고 이를 갈아붙이며 으르렁거렸다.

"이 거지발싸개 같은 놈들이 주제도 모르고!"

성난 멧돼지처럼 포효하는 그를 보며, 윤종과 조걸이 한숨을 내쉬었다.

'사숙도 이제 사람 긁는 데는 경지에 오르셨네.'

'보고 배운 놈이 그놈인데 말해 뭐 합니까.'

툭툭 던진 말로 곽환소의 이성을 반쯤 으깨 버린 백천을 보며 화산의 제자들은 모두 감탄했다. 심지어는 존경의 시선까지 섞여 있었다.

'그래, 화산의 대제자쯤 되면 입으로도 지지 않아야지.'

반면 입으로 지고 있는 곽환소는 화가 머리꼭지까지 치밀다 못해 돌아 버릴 지경이었다.

화산파. 과거 구파일방이었던 문파이자, 이제는 몰락하여 해남에 그 자리를 빼앗긴 허름한 문파다. 그런데 그깟 놈들이 감히 해남을 도발하고 있지 않은가?

분을 참지 못하는 그에게 한 사제가 말했다.

"참으셔야 합니다, 사형. 어차피 저놈들은 망신만 당하고 돌아갈 겁니다. 굳이 우리가 손을 쓸 필요도 없습니다. 소림에서 화산의 제자들을 두들겨 팼다는 말이 나오면 장문인께서 진노하시지 않겠습니까."

씩씩 거친 숨을 내뱉던 곽환소가 잠시 후 고개를 끄덕였다. 열이 치미는 건 사실이지만, 여기서 사고를 쳐서는 안 된다. 당연히 그 정도 생각은 있었다.

"후, 좋다. 이번에는 그냥 가도록 하지. 다만 너희는 조심하는 게 좋을 거다. 누구라도 이번 대회에서 우리를 만나게 된다면 뼈 하나 부러질 각오는 해야 할 테니까. 비무장에서는 이곳에서 맛보지 못한 해남의 검을 경험하게 될 것이다."

엄중한 경고와 함께 백천을 한번 노려보고 멋지게 몸을 돌리려던 그 순간이었다.

"누가 보내 준대?"

저 뒤쪽에서 얼굴에 심술이 덕지덕지 묻은 놈 하나가 터덜터덜 걸어

나왔다. 놈이 뻐딱하게 선 채 심드렁한 말투로 말했다.

"요즘 애들은 왜 이리 강단이 없지? 나 때는 안 그랬는데. 일단 시비 붙었으면 마지막 놈 하나만 서 있을 때까지 가는 거지, 어디 주둥이로만 나불대며 살살 긁다 내빼려고. 해남에선 너희를 그렇게 가르치디?"

곽환소가 황당하기 그지없다는 눈으로 청명을 바라보았다. 딱 보아하니 삼대제자 같은데. 감히 이런 상황에 삼대제자가 나선다고?

"허? 넌 뭐 하는 놈이냐?"

"알 것 없어, 새끼야."

생각지도 못한 폭언에 곽환소가 눈을 부릅떴다. 그 반응을 보며 피식 웃은 청명은 검을 풀어 땅에 던졌다.

"뭐? 소림이라 칼질을 못 해? 그럼 주먹질하면 되지. 나와. 그 못난 턱주가리 아예 반대쪽으로 예쁘게 돌려 줄 테니까."

"이……."

"아, 벌써 겁먹어서 속곳까지 벗어 놓고 도망갔나? 왜 이렇게 소식이 없어?"

곽환소의 볼이 파들파들 떨렸다.

"사, 사형."

"그만!"

이성을 잃은 그의 눈은 이제 반쯤 돌아 버린 것 같았다.

"여기가 소림이라는 건 나도 잘 알고 있다! 하지만 이렇게까지 모욕을 받고도 그냥 물러선다면 세상 사람들이 우리를 뭐라 생각하겠느냐?"

곽환소의 사제들이 슬쩍 주변을 둘러보았다. 과연, 벌써 구경꾼들이 모여들고 있었다. 조금 난감하지만, 곽환소의 말대로 이제 물러서기에는 늦었다. 해남이 화산을 피해 달아나는 것 같은 모양새는 보일 수 없다.

"오냐! 주먹질이라 이거지?"

곽환소가 눈을 부라렸다.

"검으로는 못 이겨도 맨손이면 해볼 만하다고 생각한 모양인데. 화산 따위는 무슨 짓을 해도 우릴 이기지 못한다는 걸 알려 주마. 너희가 왜 구파일방에서 쫓겨났는지 똑똑히 알고 돌아가라."

해남파의 제자들이 일제히 검을 끌러 바닥에 꽂았다. 그 모습을 본 조걸이 고개를 획 돌려 윤종을 보았다.

"어떻게 합니까?"

"어떻게 하긴 뭘 어떻게 해?"

윤종이 조용히 웃더니 검을 끌러 바닥에 꽂았다.

"저 아가리부터 뭉개 놓고 생각해야지. 화산이 어떻고, 구파가 어째? 저 새끼는 내가 맡는다."

이미 눈이 돌아 버린 윤종을 본 조걸이 빙그레 미소 지었다. 여긴 이제 글렀어. 더는 이성적인 사람이 없다.

그럼 별수 있나. 조걸도 이 흐름에 몸을 던질 수밖에.

검을 모두 끄른 해남과 화산의 제자들이 서로를 노려보며 대치했다. 청명이 목을 두어 번 좌우로 꺾었다.

"사고 치지 않는 것도 중요하지. 그런데!"

눈이 무섭도록 희번덕거렸다.

"화산을 욕한 새끼들을 패는 건 그것보다 더 중요하다! 짐승 새끼가 아니고서야 먹여 주고 키워 준 문파가 욕을 먹는데 참을 순 없는 법이지!"

정말 단순하지만, 또 효과적인 선동이었다. 화산 제자들의 눈에 광기가 어리기 시작했다.

"묻어 버려!"

"오오오오! 대가리를 깨자!"

 청명파……. 아니, 화산의 제자들이 일제히 고함을 내지르며 해남파를 향해 달려들었다. 미친 듯이 달려드는 화산의 제자들을 보며 곽환소는 저도 모르게 움찔했다.

 '이 새끼들 정말 아무 생각이 없는 건가?'

 이곳은 소림의 경내다. 천하의 무인들이 가장 신성시하는 곳이고, 현 강호에서 가장 강대한 힘을 가진 문파의 배 속이라는 말이다. 기세에서 지고 싶지 않아 배에 힘을 주고 버텼지만, 이리 나오면 적당한 시점에서 화산이 한발 물러나 줄 거라고 생각했다. 저들 역시 이곳에서 사고를 치고 싶지는 않을 테니까.

 그런데 웬걸?

 '뭐가 이렇게 뒤가 없어?'

 화산 놈들에게선 머뭇거림이라는 게 느껴지지 않았다. 저 청명인가 뭔가 하는 놈이 지시를 내리자마자 마치 장군의 명령을 받은 군대처럼……. 아니, 그보다는 그냥 선불 맞은 멧돼지처럼 달려들고 있었다.

 "물러서지 마라!"

 이미 돌이킬 수 없게 되어 버렸다고 판단한 곽환소가 이를 악물며 소리쳤다. 그러고는 눈을 희번덕대며 달려드는 이들을 보며 침을 꿀꺽 삼켰다. 그중에서도 선두에 선 이들은 그 기세가 확연히 유별났다.

 "가라! 사숙! 사고! 사형!"

 등 뒤에서 뭔가 외치는 소리와 함께 백천과 유이설, 윤종과 조걸이 선두에서 해남파를 향해 달려들었다. 물론 손에 검은 들고 있지 않았지만, 그들이 내뿜는 기세는 검을 쥔 것과 별반 다를 것이 없었다.

가장 선두에서 일직선으로 곽환소를 향해 달려들던 백천의 어깨를 윤종이 슬쩍 밀었다.

"뭐냐!"

"저 새끼는 제가 맡겠습니다, 사숙!"

"찬물도 위아래가 있는 법인데, 사질이라는 놈이 사숙 걸 뺏어 먹으려고 해?"

"화산에 위아래가 어디 있습니까!"

"거참 옳은 소리다. 이 망할 놈아!"

백천이 윤종의 가슴을 손으로 쭉 밀어 내고는 다시 곽환소를 향해 돌진했다.

"이놈들이 감히 나를 만만히 봐?"

곽환소가 눈에서 불을 뿜었다. 본디 해남파 이대제자의 대제자로서 자부심이 대단하던 그였다. 그런데 감히 화산 놈들이 제 눈앞에서 서로 상대하겠다고 다투고 있으니 참을 수가 없었다.

"죽여 버리겠다! 기생오라비 같은 놈!"

화가 머리끝까지 치솟은 곽환소가 백천을 향해 되레 달려들었다.

쐐애애애액!

권기(拳氣)를 품은 곽환소의 주먹이 백천의 얼굴을 향해 날아들었다.

해남의 이름이 부끄럽지 않은 일권! 절정에 달한 격랑세(激浪勢)였다. 웬만한 그의 또래라면 아무리 명문의 제자라고 할지라도 쉽사리 맞상대할 수 없을 만큼 강력한 일격이었다.

그러나 안타깝게도 그를 맞이하는 이는 백천이었다. 곽환소의 주먹을 본 백천이 가볍게 손을 내저었다. 부드럽게 휘두른 그의 팔이 날아드는 곽환소의 손목에 착 달라붙어 가볍게 옆으로 밀어 냈다.

"엇?"

상대의 얼굴을 향해 쾌속하게 날아가던 곽환소의 주먹이 가벼운 손짓 한 번에 옆으로 비껴 나간 것이다.

'이, 이게 뭐?'

이윽고 그의 눈에 허리를 뒤로 뒤트는 백천의 모습이 들어왔다. 한계까지 뒤틀린 몸이 일시에 회전했다. 탄성을 잔뜩 실은 주먹이 허공을 가르며 곽환소의 아래턱에 깔끔하게 틀어박혔다. 사람의 주먹이 사람의 얼굴을 쳤는데 어이없게도 커다란 북을 두드리는 듯한 소리가 쿵! 하고 들렸다.

곽환소는 비명조차 지르지 못하고 뒤로 튕겨 나갔다. 몸뚱이가 팽이처럼 팽그르르 회전하며 날아가더니 담벼락에 그대로 처박혔.

쾅! 요란한 소리와 함께 해남의 제자들이 일시에 움직임을 멈췄다. 그들의 시선이 뒤쪽에 처박힌 곽환소에게로 천천히 돌아갔다.

'뭐야?'

'뭔 일이 벌어진 거야?'

경악과 당황이 동시에 휘몰아쳤다. 눈으로 보면서도 믿을 수 없는 광경이었다.

"사……형?"

"세, 세상에……. 한 방에?"

게거품을 물고 경련하는 곽환소를 보며 해남의 제자들이 연신 부릅뜬 눈을 비벼 댔다.

일격.

단 일격이다.

'어떻게 대사형이 일격에 의식을 잃을 수가 있지?'

상대가 권각을 주로 익히는 소림의 제자라면 어떻게 이해하려 노력이라도 해 보겠다. 그런데 검문의 제자와 맞서서 단 일격에 박살이 난다고? 그것도 심지어 화산에게?

도무지 현실을 받아들이지 못하는 해남의 제자들을 보며 백천이 혀를 찼다.

"어디 내 앞에서 주먹질이야. 내가 지금까지 죽빵만 못해도 천 대는 맞은 사람인데."

때린 게 아니라 맞았다는 게 슬프다. 윤종이 떨떠름한 얼굴로 속삭였다.

"사숙. 그거 자랑 아닙니다."

특히나 사질한테 얻어맞은 건 더더욱 자랑이 아니다.

"크흠!"

헛기침을 한 백천이 해남파를 향해 턱짓했다.

"긴말할 것 없다! 나머지도 쓸어 버려!"

"존명!"

기세를 탄 화산의 제자들이 눈앞에 보이는 해남파의 제자들을 노리고 달려들었다. 곽환소가 고작 한 방에 날아가는 것을 본 해남파의 제자들은 충격을 미처 다 떨치지 못한 채 화산의 제자들을 맞이해야 했다.

"으아아아아!"

전신을 탄탄한 근육으로 무장한 화산의 제자들이 육탄으로 밀어붙여 온다.

"이 새끼들이!"

"다시 입 털어 봐, 새끼들아!"

맞는 데는 이골이 나 있고, 무시당하는 것은 일상이나 다름없는 화산의 제자들이었다. 지난 육 개월간 그들이 수련하는 모습을 봤다면, 역적질하다 잡혀 저 먼 북부의 오지에서 탄광 노동을 하는 죄수들도 자신들의 삶에 감사하며 뜨거운 눈물을 흘렸을 것이다. 그러다 보니 화산 제자들은 언제부턴가 무시당하는 것엔 딱히 분노하지 않게 되었다.

하지만 그들이 무시당하는 것과 화산이 무시당하는 것은 전혀 다른 문제였다.

"안 그래도 너희들 마음에 안 들었어."

"뭐? 구파일방? 해남 놈들이 언제부터 구파일방이라고 화산을 무시해?"

가슴속 깊은 곳에 잠들어 있던, 구파일방에서 쫓겨났다는 울분이 지금 터져 나오고 있었다. 조걸이 바로 앞에 있는 해남 제자의 얼굴을 움켜잡고 그대로 바닥에 쾅 내리찍어 버렸다.

"끅!"

쿵! 쿵! 쿵! 사람의 머리를 망치 삼아 바닥에 신나게 찧어 버린 조걸이 눈을 희번덕대며 다음 먹잇감을 찾았다.

"너!"

새로운 먹이를 발견한 조걸이 막 주먹을 휘두르려는 순간, 옆에서 비호처럼 나타난 윤종이 깔끔한 날아 차기로 먹잇감의 턱주가리를 돌려 버렸다.

콰득.

"끄륵……."

바닥으로 털썩 쓰러지는 해남의 제자를 보며 조걸이 눈을 부라렸다.

"아니, 내가 팰 놈인데! 사형!"

하지만 윤종은 조걸의 말을 들은 척도 하지 않고 먹이를 찾는 맹수처럼 다음 해남 제자를 향해 달려들었다.

자신을 향해 달려드는 윤종을 본 해남 제자가 헉 헛바람을 삼켰다. 겉으로 보기에는 단아한 도사 같은 놈이 착 가라앉은 눈으로 사람의 턱주가리를 깔끔하게 돌려 버리고 있다. 절제된 동작으로 농부가 벼를 베듯 착착 주먹을 날리는 모습이 공포스러울 정도다.

"아, 아니! 어떻게?"

"뭘?"

"너, 너희는 검문이잖으냐?"

검문. 검을 주로 쓰는 문파를 일컫는 말이다. 인간의 능력에는 한계가 있고, 누구나 팔방미인이 될 수는 없기에 대개는 주력으로 삼는 병기가 있기 마련이다. 그런데 저 화산 놈들은 아무리 봐도 권각술에 너무 익숙하다.

'그러고 보면……?'

몸뚱이도 딱 권각을 주로 쓰는 형태가 아닌가? 저 딱 벌어진 어깨와 잔근육이 자글자글 들어찬 팔뚝이 의구심에 더 불을 지핀다.

"그래서 뭐?"

윤종이 피식 웃으며 해남 제자에게 천천히 다가갔다.

"차라리 검을 뽑지 그랬냐. 우리가 맨 몸뚱어리로 구르는 건 천하에서 둘째가라면 서럽거든."

어느 누구 때문에 정말 지옥 같은 짓거리를 하고 살았지. 너 줄 하나 없이 까마득한 절벽 올라 봤냐? 그거 한번 해 보면 세상을 보는 눈 자체가 바뀐다, 인마.

"이, 이건 사기……."

"그럼 관아 가서 이야기해라, 이 새끼야!"

윤종은 낮은 회축으로 다리를 걷어 버리고 쓰러진 이에게 올라타 본격적으로 주먹을 휘둘러 댔다. 조걸이 그 모습을 흐뭇하게 바라보았다.
'잘 싸운다, 우리 사형.'
저 양반이 도사란다. 아이고…….
슬쩍 주변을 돌아보았다. 윤종뿐만이 아니었다. 화산의 제자들이 일방적으로 해남의 제자들을 후려 패고 있었다. 우선 백천이 곽환소를 단숨에 날려 버리며 기선을 제압했다는 것이 주요하게 작용했고, 저놈들이 명문의 제자들이라고는 하나 이런 패싸움은 처음 경험해 본다는 이유도 컸다.
"경험이 다르다고, 경험이! 이 자식들아! 경험! 경험!"
이쪽은 청명이 놈 주둥이에 주먹 한 방만 꽂아 보겠다고 단체로 달려들었다가 절벽 아래로 던져진 경험만 열 번이 넘는단 말이다!
모두가 날뛰는 와중에도 유별나게 눈에 띄는 이들이 몇몇 있었다. 우선은 당연히 백천.
"감히 화산을 욕해? 이리 와. 좋은 말로 할 때 이리 와, 이 새끼들아."
백천이 눈을 까뒤집고 걸리는 이들을 모조리 후려 까고 있었다.
화산에서 청명에게 가장 고통받은 이 중 하나가 백천이다. 그만큼 청명을 끔찍해하는 백천이지만…….
'싫어하면 닮는다더니.'
저건, 거의 뭐랄까……. 그냥 좀 더 훤칠하고 잘생긴 청명이 아닌가.
그 광경을 차마 더 볼 수 없었던 조걸은 슬그머니 고개를 돌렸다. 하지만 그곳에는 더 끔찍한 광경이 펼쳐지고 있었다.
콰드득! 유이설의 발차기가 정확하게 명중했다. 그 광경을 본 조걸은 진저리를 치며 눈을 질끈 감고 말았다.

"끄으으으으…….."

가랑이를 움켜잡은 해남의 제자가 듣기만 해도 눈물이 날 것 같은 구슬픈 신음을 흘리며 무너져 내렸다. 쓰러져 거품을 물고 파들파들 떠는 모습을 보니 당장이라도 달려가 허리께를 두드려 주고 싶어진다. 숨어 있던 측은지심이 모두 튀쳐나오는 느낌이다.

하지만 유이설은 인간의 마음이 존재하지 않는 듯 싸늘한 눈으로 다음 희생자를 탐색했다.

'사고가…… 화가 많이 나셨네.'

하기야, 화산에 대한 애정으로 따지면 제자 모두를 통틀어 수위를 다투는 사람이 바로 유이설 아니던가. 그런 사람이 화산을 욕하는 말을 면전에서 들었으니……. 이 사태는 저들이 자초한 것이나 다름없다.

"이 계집이 감히!"

"뭐?"

유이설의 발이 달려들던 이의 명치에 틀어박혔다. 그녀는 새우처럼 허리를 굽힌 이의 머리채를 움켜잡고 얼굴에 정권을 박아 넣기 시작했다.

퍽! 퍽! 퍽! 퍽!

조걸은 다시금 고개를 돌려 버렸다.

'미안하다, 얘들아.'

알고 보면 화산에서 제일 과격한 사람이 그분이라는 걸 내가 미리 말해 줬어야 하는 건데. 여자? 화산에는 그런 개념이 없단다.

그리고 의외로 빛나는 활약을 보이는 사람이 하나 더 있었다.

"이 해남 촌놈들이!"

당소소가 바닥에 쓰러뜨린 해남파 제자 위에 올라타 주먹을 휘두른다. 한 방, 한 방 묵직한 소리가 울려 퍼졌다.

퍼억!

"어디 뚫린 입이라고!"

퍼억!

"진짜 뒈지려고, 이것들이!"

꽂아 넣을 때마다 차지게 회전하는 허리가 저 주먹질에 실린 힘을 짐작하게 해 준다.

청명이 마음먹고 시작한 반년의 수련은, 예쁘게 비도를 던지던 당가의 여협을 체중 실린 주먹을 연거푸 꽂아 넣는 화산의 호걸로 바꿔 놓기에 충분했다.

"뒈져! 뒈져!"

아, 물론 성격도 좀 변한 것 같지만. 조걸이 빙그레 웃었다.

'할 게 없네.'

눈에 띄지 않는 이라고 약한 게 아니었다. 다들 자기가 맡은 상대 정도는 가볍게 허리를 접어 바닥에 메다꽂아 버리고 있으니까. 그러다 보니 수는 거의 두 배 가까이 많은 해남이 화산에게 일방적으로 얻어맞고 있었다.

그리고 이 광경을 만들어 낸 당사자는……

"잘한다, 잘한다! 옳지! 허리, 허리! 아니, 거기서는 대가리를 까야지! 뭘 배웠어, 그동안! 에잉."

저어기 뒤에서 열심히 훈수를 두고 있었다. 쪼그려 앉아 소리치는 모양새가, 곧 육포라도 하나 뜯을 기세다.

"아아아악!"

"뒤, 뒤로 물러나! 이 새끼들 미쳤어!"

"사람을 불러와라! 당장 사람을!"

완전히 눌려 버린 해남파의 제자들이 분분히 뒤로 물러났다. 하지만 화산의 제자들은 굶주린 사냥개처럼 그들을 추적했다.

"어딜 도망가!"

"이리 와, 새끼야! 이리 안 와? 도망가다 잡히면 더 맞는다?"

그리고 도망가는 해남파를 포위하기 시작했다. 포위망이 좁아질수록 해남 제자들의 얼굴이 새파랗게 질렸다.

"계속 해 보시지. 아직 조동아리는 덜 맞았을 텐데."

"구파에서 쫓겨난 문파가 뭐 어쩌고 저째? 다시 한번 말해 봐!"

완전히 질려 버린 해남의 제자들은 주춤주춤 중앙으로 뭉쳐 들었다. 그들은 도무지 이 상황을 이해할 수 없었다.

'아니, 어떻게……'

이게 가능이나 한 일인가? 아무리 저들이 몸을 잘 단련해 왔다지만, 그들은 구파일방의 해남파다. 그런데 이제는 구파일방도 아닌 화산에 이리 일방적으로 박살이 난다고? 꿈을 꾸고 있는 것 같다. 하지만 살벌하게 조여 오는 화산의 기세가 이게 꿈이 아니라는 걸 명백하게 알려 주고 있었다.

"어, 어떻게 합니까?"

"……왜 나한테 물어."

산적 같은 화산의 제자들이 이빨을 드러내며 흐흐 웃었다. 해남파의 제자들이 어찌할 바를 모르고 눈을 질끈 감는 바로 그 순간.

"이게 뭣들 하는 짓이오!"

커다란 호통과 함께 황포 입은 중들이 그 모습을 드러내었다. 동시에 화산과 해남의 제자들이 일제히 손을 멈추었다.

가장 앞에 선 소림승이 노한 기색이 역력한 얼굴로 소리쳤다.

"감히 신성한 소림의 경내에서 싸움을 벌이다니! 그대들이 소림을 무시하지 않고서야 어찌 이런 일을 벌일 수 있소?! 당장 손을 멈추시오. 그러지 않을 시엔 그대들의 문파에 죄를 묻겠소!"

"쯧."

"에이."

화산의 제자들이 해남파 제자들의 멱살을 놓고, 패던 놈들을 밀치며 뒤로 물러났다. 그 모습을 본 소림승이 노기를 참지 못하고 소리쳤다.

"소속을 밝히시오!"

화산의 제자들이 우물쭈물하며 눈치만 살피는데, 그사이 신색을 정비한 백천이 앞으로 나서서 포권했다.

"저희는 화산파의 제자들입니다. 본의 아니게……."

"화산파?"

그의 말이 채 끝나기도 전에 노승이 말허리를 자르고 들어왔다.

"화산파의 장문인은 어디에 계시오! 내 이 일의 책임을 물어야겠소!"

백천의 얼굴이 굳었다. 사고를 친 게 사실이라 할 말은 없지만, 그가 예상했던 것 이상으로 저들의 반응이 격했다.

"대사. 저희는……."

"긴말할 것 없소! 장문인은 어디 계시오!"

노승의 얼굴이 붉으락푸르락했다.

"제자들을 어찌 관리했기에 다른 문파를 저리 곤죽을 만들어 놓는다는 말이오. 화산은 협의도 모른다는 말이오? 어떻게 약한 문파……."

말을 하던 노승이 고개를 갸웃한다.

"약한……. 약……. 어?"

쪼글쪼글한 눈가가 떨리더니 눈이 점점 커졌다. 신나게 얻어맞아 서글프게 널브러진 이들을 살피던 노승이 결국 경악을 참지 못하고 신음처럼 말했다.

"……해남?"

"……."

"아, 아니. 해남파……. 약한? 어?"

당황한 시선이 화산과 해남을 오고 갔다. 화산과 해남의 제자들이 고개를 푹 숙였다.

다 같이 고개를 숙였으되 그 안에 담긴 의미는 전혀 달랐다. 화산의 제자들은 친구를 괴롭히다가 걸린 아이 같은 얼굴인 반면…….

'미치겠네.'

'이제 얼굴을 어떻게 들고 다니냐.'

해남파 제자들의 얼굴은 수치심으로 시뻘겋게 달아올라 있었다.

상황이 너무도 명명백백하여 변명의 여지조차 없다. 이쯤 되면 차라리 얻어맞고 끝나는 게 속이 편할 지경이었다. 소림이 이 상황을 목격했으니 곧 소림에 와 있는 모두가 이 사실을 알게 될 것이 아닌가.

"……해남파가…… 화산에? 해남파가?"

노승은 도무지 이 상황이 머릿속에서 정리되지 않는다는 듯 혼란스러워 보였다. 해남파가 어떤 곳인가? 바로 구파일방의 한 자리를 차지하는 명문거파다.

물론 해남이 구파일방에서는 말석이나 다름없는 자리를 차지하고 있다고는 하나, 고작 그런 이유로 구파일방이라는 커다란 이름의 빛이 바래지는 않는다. 그 말석에 들기 위해 천하의 모든 문파가 이 순간에도 뼈를 깎는 노력을 하고 있는 것만 보아도 알 수 있다. 그런데 그런 해남파가…….

'화산에 패한다고?'

아니, 이건 패한 수준도 아니다. 해남파 제자들의 눈탱이가 밤탱이가 되어 있다. 얼마나 얻어맞았는지 이런 상황에도 자리에서 일어나지 못하고 끙끙대는 이들이 부지기수였다. 반면에 화산의 제자들은 겸연쩍어 보일 뿐, 딱히 다친 곳도 보이지 않는다.

'상식적으로 이 두 문파가 맞붙으면 결과가 반대로 나오는 게 정상이 아닌가?'

구파일방인 해남과 이제는 몰락하여 이름만 남았다는 화산의 싸움이다. 강호인들을 모아 내기를 걸었다면, 화산에 거는 쪽은 미친놈 소리를 듣고도 남았을 것이다. 그런데 어찌 이런 결과가 나왔단 말인가.

"사형."

"음? 으음? 아, 그렇지."

노승이 화들짝 놀랐다. 지금은 이런 생각을 할 때가 아니다. 중요한 건 화산이 이겼다는 사실이 아니라, 이들이 소림의 경내에서 패싸움을 벌였다는 사실이다.

"크흠."

크게 헛기침하여 분위기를 환기한 노승이 다시 굳은 얼굴로 백천을 바라보며 말했다.

"다시 한번 묻겠소. 화산의 장문인은 지금 어디에 계시오?"

백천이 낮게 한숨을 쉬고 대답을 하려던 찰나였다.

"여기에 있소이다."

장내에 있던 이들의 시선이 일제히 소리가 들려온 곳으로 돌아갔다. 현종이 표정을 굳힌 채 이쪽을 향해 걸어오고 있었다. 그 뒤를 현상과 현영이 뒤따랐다. 현영은 적잖이 난감해 보였다.

노승이 현종을 보자마자 반장을 하며 고개를 숙였다.

"화산의 장문인을 뵙습니다. 저는 소림의 계율원에 소속되어 있는 법화(法和)라 합니다."

"법화 대사셨구려. 화산의 현종입니다."

"대사라는 말은 제게 버겁습니다. 그저 법화라 불러 주십시오."

현종이 무겁게 고개를 끄덕였다. 평소 같았으면 서로 덕담을 주고받았을 상황이지만, 지금은 그저 굳은 표정으로 해야 할 말을 고르는 것이 최선이었다.

현종이 슬쩍 고개를 돌려 화산의 제자들을 바라보았다. 그러자 화산 제자들의 고개가 벼락처럼 아래로 꺾였다. 필사적으로 그의 시선을 외면하는 제자들을 본 현종의 입에선 앓는 소리가 절로 흘러나왔다.

거기서 더 숙이다간 목 부러지겠다, 이놈들아! 하루도 아니고, 반나절도 아니고, 반 시진이다. 어떻게 고작 반 시진을 버티지 못하고 사고를 친단 말인가!

'처소에 던져 놓은 봇짐에 먼지도 안 가라앉았겠다!'

현종도 양심이 있는 사람이다. 이 산도적 같은 놈들을 소림 한가운데에 던져다 놓고 아무런 사고도 없을 거라 기대하지는 않았다.

하나! 불과 반 시진 만에 이리 쾌속하고 깔끔하게 대형 사고를 치다니!

"끄응."

어쩌겠는가? 이게 장문인의 업보인 것을. 한숨을 푹푹 내쉰 현종은 무안한 얼굴로 법화를 바라보았다.

"참으로 죄송하게 되었습니다. 제가 우리 아이들을 단속해야 했었는데."

"죄송이란 말로 끝날 일이 아닙니다, 장문인."

법화가 차갑게 끊었다.

"이곳은 소림이고, 저들은 소림 내부에서 죄를 지었습니다. 이건 말로 끝날 일이 아닙니다. 저들을 모두 계율원으로 압송하여 치죄해야 합니다."

생각지도 못한 말에, 현종의 얼굴에 눈에 띄게 굳어졌다.

"지금 계율원이라 하셨습니까?"

"그렇습니다."

"계율원은 소림의 징치를 담당하는 곳이 아닙니까. 그런데 어찌 화산의 제자들이 그곳에 들어야 한단 말입니까?"

"소림의 법도가 그러합니다."

현종이 이를 악물었다.

"나는 화산의 장문으로서 그 말을 받아들일 수 없습니다."

법화가 놀란 눈으로 현종을 바라보았다.

"장문인! 정녕 이리 나오실 것입니까?"

"뭐라 말씀하셔도 상관없습니다. 나는 이 아이들을 소림의 계율원으로 보낼 수 없습니다."

법화의 수염이 파들파들 떨렸다.

"지금 소림을 무시하시겠단 겁니까?"

"말이 왜 그렇게 되는지 모르겠지만, 이게 소림을 무시하는 일이라면 감수해야겠지요."

"자, 장문인!"

놀란 현상이 저도 모르게 크게 외쳤다. 소림과 척을 지다니. 이건 절대 있을 수 없는 일이었다.

현종의 발언에 법화도 놀랐는지 부릅뜬 눈을 어찌하지 못했다.

"……어찌 이리까지 하십니까? 저들의 잘못이 명백하거늘!"

"내 아이가 잘못했으면 따끔하게 벌을 주는 게 당연하지요."

"그런데 왜……?"

"하나 어떤 죄를 지었고, 그 죄에 상응하는 벌이 무엇인지 결정하는 건 소림이 아니라 화산의 장문인인 접니다! 저는 제 제자들의 처분을 소림에 넘기지 않습니다."

단호한 말이었다. 화산의 제자들이 떨리는 눈으로 현종을 바라본다. 그 당당한 등을 보고 있으니 뭔가 뿌듯하게 차오르는 것만 같다. 그리고 동시에 자신들이 무슨 짓을 저질렀는지 뒤늦게 실감되었다.

'참았어야 했는데.'

'빌어먹을, 왜 열이 올라서는.'

모두가 죄책감에 얼굴이 검게 죽어 가는 가운데, 선두에 선 백천은 더욱 그 무게가 더했다. 아이들을 말렸어야 할 그가 오히려 더 날뛴 꼴이 아닌가.

'이 일에 대한 책임은 오롯이 내가 져야 한다.'

백천이 그리 결심하고 고개를 들었다. 일단은 두 어른의 대화가 어느 정도 마무리될 때까지 기다렸다.

"정녕 이리 나오시겠습니까? 화산이 문파 차원에서 저들을 비호한다면 소림은 화산에 죄를 물을 수밖에 없습니다."

"자식의 잘못은 부모의 잘못이듯, 제자들의 잘못은 화산의 잘못이지요. 당연히 그래야 할 것입니다."

"으음! 아미타불. 정 그러하시다면……!"

불호를 왼 법화가 막 싸늘하게 일갈하려는 순간이었다.

"그런데요."

"응?"

법화와 현종의 고개가 동시에 한곳으로 돌아갔다. 한 사람이 쪼그려 앉아 이쪽을 바라보고 있었다. 현종의 눈가가 파르르 떨렸다.

'아, 안 돼!'

청명이 히죽히죽 웃고 있었다. 정말로, 재미있다는 듯.

불안감이 엄습해 왔다. 아무래도 당장 달려가 입을 틀어막아야겠다고 생각한 현종이 발을 떼려는데…….

'응?'

누군가가 그의 옷깃을 살짝 잡아당겼다. 돌아보니 현영이 속닥거리며 고개를 내젓고 있었다.

'냅두십시다.'

'하나!'

'사고는 쳐도 수습은 확실한 놈 아닙니까.'

어……. 그렇지. 청명이가 사고를 쳐도 수습은 확실…….

"진짜?"

……쟤가 수습한 적이 있다고?

정말? 현종의 시선이 격하게 청명에게로 돌아갔다. 하지만 이미 그의 입을 막기는 늦어 버렸다.

"듣다 보니 도무지 이해가 안 가서 묻는 건데요. 땡……. 아니, 스님."

법화의 눈썹이 꿈틀댄다.

"그대는 누군가?"

"저는 청명이라고 하는데요."

"청명? 화산의 삼대제자인가?"

"네."

법화의 눈썹이 더 격하게 꿈틀했다.

"화산의 어린 제자는 예의와 법도도 모르는가? 장문인과 대화를 하고 있는데 어찌 삼대제자가 나선다는 말인가!"

"아, 소림이 장문인과 장로를 구분하긴 하는 모양이네요."

"으음?"

"소림의 일개 장로도 우리 장문인한테 땍땍대는데, 화산 삼대제자인 제가 소림 장로랑 대화 못 할 건 뭐죠?"

말을 잃은 법화가 부들부들 떨었다. 어디 어린놈이 함부로 나서냐는 말에 '너도 우리 장문인이랑 대화할 위치가 안 되는데 어디서 갑질이냐.'라는 대답이 돌아온 것이다.

'저, 저 튀겨 죽일!'

노기가 순식간에 머리끝까지 차올랐지만, 이건 절대 화를 내서는 안 되는 일이다. 화를 내는 순간 그가 지금까지 현종에게 보였던 격한 언사가 칼이 되어 되돌아올 테니까.

"……그래. 하고 싶은 말이 뭔가?"

"그러니까 다시 말하지만, 듣다 보니 도무지 이해가 안 가서 묻는 건데요."

"뭐가 이해가 안 가는가?"

청명이 고개를 갸웃했다.

"아까부터 자꾸 죄가 어쩌고 하시던데. 저희가 뭘 잘못했죠?"

법화의 눈이 황당함으로 물들었다.

"……지금 뭐라고?"

"우리가 뭘 잘못했냐고요."

청명이 정말 궁금하다는 듯이 묻는다. 비꼬는 기색이라고는 티끌만큼도 없이 맑고 순수한 얼굴을 보고 있으니…….

'재수 없다.'

'진짜 패고 싶다.'

'죄송합니다, 스님.'

되레 법화보다 화산 제자들의 속이 더 뒤집혔다.

'저, 저놈이 또 무슨 억지를 부리려고.'

당황한 현종이 얼른 상황을 수습하려 입을 열었지만, 안타깝게도 청명이 더 빨랐다.

"계율원에서 치죄하겠다고 하셨는데, 그러려면 저희가 무슨 죄를 지었는지를 말씀하셔야 압송할 명분이 있는 것 아닌가요?"

"죄가 없다?"

"네. 제 생각에는요."

결국 참지 못한 법화가 버럭 소리를 질렀다.

"소림의 경내에서 싸움을 벌이고도 죄가 없다는 것이더냐!"

"소림의 경내가 뭐 다를 것 있어요?"

"뭐라?"

청명이 하품까지 하며 심드렁하게 말했다.

"아까부터 자꾸 소림, 소림 하시는데, 여기가 뭐 특별할 게 있는 곳이냐고요. 난전에서 싸움질 벌이는 거랑 소림에서 싸움질 벌이는 게 뭐가 다른가요?"

법화가 입을 다물었다. 다르다. 당연히 다르다. 하지만 절대 다르다고 대답할 수 없는 일이었다. 특히 이런 상황에선…….

그가 슬쩍 주변을 훑었다. 어느새 몰려든 구경꾼들이 그의 입이 열리기만을 기다리고 있다. 그런 마당에 '당연히 소림의 경내는 신성한 곳이니 시장 바닥과 비교할 수는 없다.'라는 대답을 하란 말인가?

불자로서 그건 절대 해서는 안 될 말이다.

"물론 소림의 경내와 시장 바닥은 다를 것이 없다! 하지만 너희는 허락 없이 대규모로 싸움을 벌이지 않았느냐!"

"네. 그러니까 그게 왜 잘못이죠?"

"……대체 무슨 말을 하는 거냐?"

"쯧쯧. 진짜 이해를 못 하시네."

청명이 끙차 하며 몸을 일으켰다. 그러고는 허리를 쭈욱 늘어지도록 폈다.

"소림이 우릴 여기 불렀잖아요."

"그렇다. 초청받은 객이라면 당연히 예의를 지켜야……."

"왜 불렀는데요?"

"……음?"

"왜 불렀냐고요. 쌈박질하라고 부른 것 아닌가요?"

법화가 입을 쩌억 벌렸다.

"아, 아니, 그게……."

이게 대체 뭔 개소리란 말인가.

"그대들을 초청한 이유는 무림 대회와 비무 대회를……."

"네. 그 비무 대회요. 그게 싸움박질 아닌가요?"

청명이 피식 웃으며 말했다.

"그 무림 대회인가 뭔가는 장문인분들만 참가하면 될 일이고, 우리는 싸우려고 같이 온 거잖아요. 그래서 싸웠는데, 이게 무슨 큰 잘못이라고 아까부터 자꾸 그렇게 호들갑을 떠시는지 모르겠네요."

"그것과 이게 어찌 같으냐! 그건 정식 비무고 이건 싸움이 아니더냐!"
"뭐가 다르죠?"
청명이 반박할 틈을 주지 않고 바로 밀어붙였다.
"비무는 칼 들고 하는 싸움질인데도 소림에서 허락한 일이니 괜찮고, 우리는 칼도 내려놓고 주먹질을 했는데 소림이 허락하지 않았으니 안 되는 거다. 지금 이 말씀이신 거죠? 그죠?"
"어……."
순간 법화는 말문이 막혀 버렸다. 정말 개소리고 궤변이다. 그런데 문제는, 저 말이 사실 그리 틀리진 않는다는 점이다.
비무란 사상자가 발생할 것을 각오하고 벌이는 전투다. 그 결과는 어쩌면 이 패싸움질보다 참혹할 수도 있다. 그런 비무를 개최하는 이들이 지금의 싸움을 어떤 말로 비난해야 한다는 말인가?
"아미타불. 아미타불!"
답답한 마음에 법화가 연신 불호를 외었다.
"화산의 제자들은……."
"아, 잠시만요. 어떻게 생각하세요?"
청명이 다시 법화의 말을 잘라 버리고는 천천히 고개를 돌렸다. 그를 따라 모두의 시선이 한곳으로 쏠렸다.
"아!"
사람들이 탄성을 내질렀다. 어느새 소림 방장 법정이 그곳에 서 있었다.
"아미타불."
불호를 왼 법정은 빙그레 웃으며 말했다.
"소도장의 말에 가히 틀린 것이 없도다."

날벼락 같은 판정에 모두가 경악하여 입을 쩍 벌렸다.
"헤헤. 그렇죠? 역시 방장님이랑은 말이 잘 통하네요!"
"방장!"
"어찌……."
소림의 법자 배가 모두 놀라 법정을 바라보았다. 법정은 여전히 부드러운 표정으로 되레 물었다.
"저 소도장의 말에 틀린 것이 있더냐?"
"……저들은 소림을 모욕했습니다!"
법정이 고개를 작게 저었다.
"모욕당한 것은 소림이 아니라, 네 작은 자존심이 아니더냐. 저 소도장의 말이 옳다. 이곳에 타파의 제자들이 모인 이유는 서로 싸움박질을 벌이기 위해서지. 그 시기와 방법이 우리가 원하는 것이 아니었다 해서 어찌 저들을 탓하겠는가."
"하지만 해남의 제자들이 상하지 않았습니까."
법화가 반발하자 청명이 피식 웃었다.
"아니, 그럼 해남파가 직접 따질 일이지, 왜 대사님이 화를 내시는지 모르겠네요. 해남이 소림 지파도 아닌데. 해남파는 말할 입도 없대요?"
법화는 너무 경악한 나머지 눈을 깜박이는 것도 잊고 청명을 보았다.
주변의 중인들이 저 말을 모두 들었다. 그러니 이제부터 소림이 해남을 비호해 화산을 탓하는 순간, 해남은 이런 일 하나 해결하지 못해 소림의 손을 빌리는 팔푼이가 되어 버린다. 실제로는 전혀 그렇지 않다고 해도, 말을 지어내길 좋아하는 호사가들이 이런 좋은 먹잇감을 놓칠 리가 있겠는가?
말 몇 마디만으로 상황을 여기까지 몰아간 청명을 어이없다는 듯 바라보며 법화가 울분을 꾹 눌렀다. 하지만 그에겐 서글프게도, 청명의 말은 아직 끝나지 않았다.

"아, 아니다. 기왕에 말 나온 거, 직접 물어보죠? 야, 너희들!"

청명이 해남 제자들 쪽으로 고개를 획 돌렸다. 그러자 모두 반사적으로 움찔했다.

"니들 조금 전에 처맞은 복수를 비무대 위에서 제 손으로 할 거냐, 아니면 얻어맞았으니 쟤들 때려 달라고 소림에 징징댈 거냐?"

해남 제자들의 얼굴이 새하얘졌다. 저놈이 저리 물어 버리면 그들이 할 수 있는 대답은 하나밖에 없다. 차라리 얻어맞고 후일을 도모하는 약자가 되는 게 낫지, 자신의 복수를 남에게 맡기는 소인배가 될 수는 없다. 명문의 제자를 자처하는 이들이라면…… 아니, 강호를 살아가는 이들이라면 너무나도 당연한 선택이다.

"다, 당연히 우리 손으로 복수를 할 것이다!"

"검만 들었으면 너희 같은 것들은 아무것도 아니다!"

"각오하는 게 좋을 거다! 절대 봐주지 않을 테니까!"

청명이 심드렁한 눈으로 다시 법화를 바라봤다.

"그렇다는뎁쇼?"

그 덕에 법화는 무어라 입을 열 수가 없었다. 당사자가 저리 나오면 소림으로서도 할 말이 없어진다. 청명이 심드렁하게 말했다.

"애들끼리 놀다 보면 주먹다짐도 좀 할 수 있고, 그러다 보면 코피도 좀 터지고 하는 거죠. 그게 뭐 대단한 일이라고 우르르 달려와서 장문인 나오라 어째라……. 에잉. 소림이 언제부터 이런 곳이 되었는지. 그렇지 않습니까, 장문방장?"

"허허. 틀린 말은 아니로다."

"방장!"

법화가 속이 터지다 못해 문드러진 듯한 목소리로 법정을 애타게 불렀다. 하지만 부드러운 미소를 짓고 있는 그 얼굴을 본 순간 말없이 고개를 숙일 수밖에 없었다.

법정이 현종을 돌아보며 말했다.

"소림의 입장을 정리하겠소. 소림의 경내에서 싸움을 벌인 일은 분명 지탄받아야 할 일이나, 비무 대회를 위해 모인 이들은 당연히 신경이 날카로울 수밖에 없소. 그에 대한 관리를 제대로 하지 못한 것은 소림의 책임이라 할 수 있으니, 내 해남과 화산에 소림의 이름으로 사죄를 드리겠소."

법정이 반장 하더니 깊이 고개를 숙였다. 현종은 기겁했고, 해남의 제자들은 그 자리에 얼어붙어 어쩔 줄을 몰라 했다.

"이러지 마십시오, 장문방장! 방장께서 이러시니 제가 몸 둘 바를 모르겠습니다."

고개를 든 법정이 다시 부드럽게 웃었다.

"각 문파에서 서로 쌓은 연은 비무 대회에서 풀 수 있을 것이오. 설사 그렇지 않더라도 이 일은 각 파가 풀어야 할 일이니 소림은 더 관여하지 않겠소이다."

현종이 침음하며 무겁게 고개를 끄덕였다. 그러자 법정이 양쪽을 번갈아 보며 말했다.

"다만, 비무 대회를 앞두고 이런 일이 자꾸 벌어진다면 모두가 격해질 수밖에 없으니 부디 위상과 체면에 맞는 행동을 보여 주시길 부탁드리겠습니다."

"죄송합니다······."

법정이 가볍게 반장 했다.

"그럼."

이윽고 그가 몸을 돌려 천천히 걸어가자, 화산 제자들을 노려보던 소림의 법자 배들도 빠르게 그 뒤를 따랐다.

"과연 소림이다."

"훌륭하구나!"

그 깔끔한 처사에 지켜보던 중인들이 감탄하며 고개를 주억거렸다. 어쨌거나 일이 모나지 않게 마무리되어 다들 안도했다. 이 일이 크게 번졌다면 어디까지 커졌을지 모를 상황 아니었는가.

"그래도 소림은 소림이라는 건가?"

청명이 조용히 중얼거리며 빙그레 미소를 지었다. 아무튼 잘 해결됐으니…….

턱.

그 순간 누군가가 청명의 어깨에 손을 올렸다. 청명이 천천히 고개를 돌렸다.

움찔.

그는 보았다. 단 한 번도 상상해 본 적 없는 표정을 지은 현종을 말이다.

"……따라오너라."

……이상하네. 여기는 소림사인데…… 왜 아수라가 있지? 허허…….

천천히 걸음을 옮기는 법정의 우측으로 따라붙은 법화가 불만 어린 목소리로 입을 열었다.

"방장. 어찌 일을 이리 처리하십니까?"

다른 법자 배들도 같은 생각인지 얼굴에서 불만을 감추지 못했다.

"저들은 소림을 모욕했습니다. 저 어린아이들이 소림의 경내에서 싸움을 벌이다니. 이건 소림을 완전히 모욕하는 처사가 아닙니까."

"벌을 줬어야 합니다!"

법정의 낯빛이 천천히 바뀌었다. 부드럽기 짝이 없던 그 얼굴이 아니다. 천년소림의 방장다운 위엄과 절도가 가득한 얼굴로 그가 싸늘히 일갈했다.

"그럼 내가 그 많은 이들 앞에서 소림의 허락을 받고 칼질하는 것은 괜찮으나, 허락 없이 주먹질한 것은 죄라고 말했어야 한단 뜻이더냐?"

"그, 그건……."

"어리석구나, 어리석어. 저 어린아이의 심계조차 따라잡지 못하다니."

법정이 낮게 불호를 외었다. 장난처럼 건들건들 던지는 말속에 벼린 칼날이 숨어 있었다. 만일 그곳에 법정이 없었다면 법화는 아마 저들을 모두 압송했을 것이다. 그랬다면 확실히 잡아들일 수는 있었겠지만…….

'소림이 자신들의 권위를 내세워 타 문파를 핍박한다는 말이 반드시 새어 나왔겠지.'

그는 이미 화산의 장문인에게 경고한 바가 있었다. 기세가 좋은 문파에는 반드시 시기하는 눈이 따라붙는다고 말이다. 그 말 그대로라면 천하에서 가장 시기를 많이 받는 문파는 무조건 소림일 수밖에 없다. 틈만 나면 소림을 물어뜯을 준비가 되어 있는 이들에게 이 일은 좋은 먹잇감이 되었을 것이다. 그러면 결국 소림은 제대로 징벌하지도 못할 이들을 잡아들인 대가로 위선자라는 이름을 얻었을 터였다.

"허허."

어이없는 마음에 법정은 웃어 버렸다. 정말 여기까지 보고 상황을 만들었다는 것인가? 그 어린아이가?
잠깐 생각에 잠겼던 그가 입을 열었다.
"법화. 그 청명이란 아이에 대해 아는 것이 있느냐?"
대답은 법화가 아닌 다른 법자 배에게서 나왔다.
"화산의 청명이라면 현재 강호의 천하제일 후기지수로 불리는 화산신룡일 것입니다."
"화산신룡?"
"예. 종남의 진금룡을 가볍게 이기고, 무당과의 승부에서도 승리했다고 들었습니다. 아직 검증되지 않는 뜬소문까지 포함한다면 무당의 무진과의 비무에서 승리하고, 사천당가의 장로와의 비무에서도 이겼다고······."
"어디 감히 장문방장께 그런 헛소문을 전하는가!"
"······송구합니다."
법화의 일갈에 말하던 이가 움찔하며 입을 닫았다.
"무당의 무진까지는 그렇다고 치더라도, 사천당가의 가주라니!"
"그저 소문이 그렇다는······."
"되었다."
법정이 두 사람의 대화를 중단시켰다.
'화산신룡이라.'
그 이름이 법정의 뇌리에 단단히 틀어박혔다.
"화산이 최근 기세가 좋다고 하더니 저런 아이가 있었구나. 확실히 걸물이로다. 저런 아이가 있으면 주변의 아이들도 당연히 이끌릴 수밖에 없겠지."

"……검을 들지 않고 싸운 결과였다고는 하나, 해남의 제자들을 일방적으로 쓰러뜨린 것은 결코 좌시할 수 있는 결과가 아닙니다. 어쩌면…….”

법화가 말끝을 흐렸다. 끝까지 듣지 않더라도 법정은 그가 하고자 한 말이 무언지 알고 있었다.

'어쩌면 소림에게도 곤란한 일이 벌어질 수 있다.'

아마 법화는 소림을 비롯한 구파일방이 화산을 내쫓았던 일을 말하고 싶었을 것이다. 화산은 당연히 구파일방에게 원한을 가지고 있을 터. 한데 그런 화산의 입지가 상승하여 구파일방을 위협한다면 당연히 구파일방 복귀에 대한 말이 나올 수밖에 없다. 그건 누구도 바라지 않는 일이고, 누구도 편치 못한 일이다. 하지만…….

법정은 자신도 모르게 슬쩍 뒤를 돌아보았다. 저 멀리 화산의 제자들이 보였다.

'화산이라.'

옆구리가 따끔하다. 법화는 그 일을 걱정했지만, 법정에게 있어서 그 일은 작은 일에 불과하다. 오히려 더 깊은 곳. 그 이전의 원죄가 마음 한 구석을 짓눌렀다.

"하늘을 가린 손바닥을 언제까지 펴고 있어야 한단 말인가.”

"장문방장?”

"아니, 아니다.”

법정이 고개를 내저었다. 모두 지난 일이다. 심지어 그의 대가 아니라 몇 대 전에 벌어진 일일 뿐이다.

"법화. 화산과 저 화산신룡이라는 아이에게서 눈을 떼지 말도록 해라.”

"예, 장문방장. 그리하겠습니다."
"가자꾸나."
법정이 발을 조금 재촉했다. 하나 그의 걸음은 조금 전과 달리, 더 무거운 족적을 남겼다.

• ❖ •

세상에는 사람을 짓누를 수 있는 방법이 너무도 많다. 하지만 지금 청명은 새삼스럽게 새로운 사실을 깨닫고 있었다.
'차라리 말로 쪼는 게 나을 것 같은데.'
무릎을 꿇은 그의 세 걸음 앞에 현종이 앉아 있다. 현종은 처소에 도착하자마자 한마디도 하지 않고 그들을 노려보기만 했다. 그리고 그게 지금껏 이어지고 있었다. 그 탓에 청명도 청명이지만 다른 제자들은 지금 거의 실신하기 직전이었다. 백천의 등은 아예 땀으로 흥건하게 젖어 있었다.
'차라리 패십시오, 장문인!'
'청명이한테 얻어맞는 게 낫겠다.'
'무, 무셔…….'
그러고 있기를 한참. 아무 말도 없이 청명 일행을 노려보던 현종이 마침내 입을 비틀며 목소리를 내었다.
"내가…….'
"…….'
"아무것도 바라지 않을 테니, 그냥 사고만 치지 말라고…….'
"…….'

"그거 하나 당부하고 잠시 자리를 비웠을 뿐인데."

현종의 눈빛에 새파란 광망이 돌았다. 청명이 그 광경을 보며 빙그레 웃었다.

'사람 됐네, 사람.'

처음 봤을 때는 그저 인자하고 부드럽던 천상 도사였는데, 이제는 눈에 저렇게 살기도 담을 줄 알게 됐다.

"그새를 못 참고 사고를 쳐! 야, 이 망둥이 같은 놈들아! 으아아아아!"

급기야 현종이 게거품을 물고 달려들었다. 하지만 그의 의지는 양쪽에서 팔을 움켜잡은 현자 배 탓에 가로막혔다.

"진정하십시오, 장문인!"

"어허. 왜 이리 화를 내십니까. 심호흡하십시오, 심호흡. 흡흡하하!"

"뭔 놈의 심호흡이 그따위야?"

"아, 이게 아니었나?"

"으아아아! 이놈들아! 이 망할 놈들아!"

현종이 연신 청명을 향해 발길질했다. 하지만 현자 배들이 꽉 잡은 덕분에 그의 발은 애처롭게 허공을 휘저을 뿐이었다.

"다른 곳도 아니고! 소림에서! 소오오오오림에서 이놈들아! 내가 창피해서 얼굴을 들고 다닐 수가 없다! 창피해서!"

그러자 청명이 이해 못 하겠다는 듯이 고개를 갸우뚱했다.

"어? 그건 좀 이상한데요? 저희가 해남파 애새끼들을 후려 깠는데! 이건 자랑스러워하셔야 할 일 같은데! 이제 어깨에 힘을 좀……!"

"으아아아아아아!"

현종이 급기야 신발을 벗어 청명에게 집어 던졌다. 청명은 날아드는 신발을 슬쩍 피하며 배시시 웃었다.

"헤헤. 그렇게 격하게 칭찬해 주시지 않아도 괜찮아요. 제자로서 당연한 일을 한 건데요, 뭐."

"나가아아아아아!"

"진짜요?"

"아, 아니다! 나가지 마라! 아니, 절대로 나가지 마! 아무 데도 가지 마!"

현종은 파랗게 질린 얼굴로 연신 머리카락을 쥐어뜯었다.

"끄으으으응. 여길 오는 게 아니었어. 여기에 오는 게! 이제 첫날인데 대체 앞으로 벌어질 일을 어찌 감당하려고! 선조이시여. 선조이시여, 제게 힘을 주소서."

하늘을 향해 기도하는 그를 보며 청명이 슬쩍 고개를 들어 올렸다. 그 선조님이 이 선조님인지는 모르겠지만…….

'이 정도면 잘한 거지. 그렇죠, 장문사형?'

— 제발 그 아가리 좀 다물어라.

에이. 거, 말이 심하시네. 낄낄낄낄.

◆ ◈ ◆

화산과 해남이 한판 붙었다는 사실은 소림 전체에 빠르게 퍼져 나갔다.

"해남이 일을 벌였다고?"

"화산? 화산이 어디야?"

"거 있잖아. 예전에 구파일방이었던."

"아! 매화검문! 그 화산이 해남과 붙었다고? 그것참 공교롭게 되었구먼."

화산과 해남의 관계를 아는 이들은 이 사실에 주목하지 않을 수가 없었다.

구파일방에서 쫓겨난 화산과 그 자리를 차지하고 들어간 해남. 누가 봐도 흥미가 솟구치는 관계가 아닌가? 서로 악감정이 존재하지 않더라도 일단 만나면 반갑다고 주먹질을 할 수밖에 없는 관계. 그런 이들이 서로 맞붙었다니 궁금해서 엉덩이가 들썩거리는 것이었다.

"그래서 어떻게 되었다는가?"

"어떻게 되었을 것 같나?"

"그야 당연히 해남이 화산을 뭉개 버렸겠지."

"이 사람아. 그럼 내가 이리 호들갑을 떨겠는가? 반댈세! 화산이 해남을 박살 내 버렸다는구먼."

"뭐? 어디서 그런 헛소문을 듣고 온 겐가?"

"쯧쯧쯧. 그 싸움을 목격한 이들이 백 명이 넘네. 그 사람들이 뭣 하러 다 같이 입을 맞춰 거짓말을 하겠는가? 진짜로 화산의 제자들이 해남의 제자들을 일방적으로 몰아넣고 두들겨 팼다더구만!"

"허어, 세상에."

놀랄 일이 아닐 수 없다. 그 말대로라면 구파일방 중 하나인 해남을, 이제는 이름도 가물가물한 화산이 말 그대로 때려잡았다는 뜻이 아닌가?

해남이 약할 리는 없으니 당연히 이리 묻게 된다.

"화산이 그렇게 강하단 말인가?"

"글쎄. 그게 미묘하다니까."

"응? 그건 또 무슨 말인가?"

"화산의 제자들이 압승을 거둔 건 사실이지만, 이번 싸움에서는 양측다 검을 쓰지 않았다더군. 뭐, 당연하다면 당연한 일이지. 아무리 혈기가 끓어 넘친다지만 감히 소림의 경내에서 검을 뽑을 배짱이 있었겠는가."

"검문과 검문이 싸움을 벌이는데 검을 뽑지 않았다? 그럼 뭐로 싸웠다는 말인가?"

"주먹질을 했다는군. 그 주먹질에서 화산이 해남을 이겼다는 게야."

"쯧쯧쯧. 난 또 뭐라고. 그럼 그리 대단할 일도 아니잖은가?"

"대단한지 대단하지 않은지는 지켜보면 알 일이지. 검을 뽑지 않았어도 해남은 해남일세. 적당히 서로 드잡이한 것도 아니고 완전히 일방적으로 몰아붙였다면, 검을 뽑은 화산 역시 기대해 봐도 되지 않겠나."

"그 말도 맞군. 그건 비무 대회에서 확인하면 될 일이겠지."

소식을 들은 이들은 모두가 제 생각을 논하며 이 화제에 빠져들어 갔다.

누군가는 감히 소림에서 일을 벌인 화산과 해남의 무도함을 욕했고, 누군가는 이 승부가 가져온 결과에 흥미를 느꼈다. 누군가는 아직은 명문의 힘을 되찾았다 하기 힘든 화산의 선전에 희망을 품었고, 누군가는 견고하게 고착되어 있는 강호의 판도를 뒤흔든 화산의 행위에 눈을 찌푸렸다.

여러 가지 입장이 종횡했지만, 그 모든 이들이 같은 의견을 보인 부분도 있었다.

"확실히 이번 비무 대회는 예측할 수 없겠군."

"과거 마교의 발호 이후로 처음으로 명문들이 자신들의 힘을 과시하는 자리가 아닌가. 백 년은 긴 시간이네. 전혀 예상외의 결과가 나온다고 해도 이상할 게 없지."

"그렇지. 그렇고말고."

다만 아직은 대부분 화산의 움직임을 그저 찻잔 속의 태풍 정도로만 평가했다. 아직까지는 말이다.

◆ ◈ ◆

"억울하다."

물론 청명이 죄를 지은 것은 사실이다. 대충 궤변으로 틀어막아 넘기기는 했지만, 소림에 도착한 첫날 타 문파 놈들을 늘씬하게 두드려 팬 것은 변명의 여지가 없는 일이었다. 그 모든 일이 단순히 열받아서 저지른 일은 아니라 하더라도, 겉으로 말하지 못하는 이유는 이유가 될 수 없는 법이다. 그러니 적당한 벌을 받는 것은 감수해야 할 것이다.

거기까지는 청명도 얼마든지 인정할 수 있다. 지은 죄에 대한 벌을 받는 건 합당하다. 하지만 그럼에도…….

"억울하다."

지은 죄보다 더한 벌이 떨어지고, 공범들은 아무 대가도 치르지 않는다면 누구라도 억울해하지 않겠는가. 참다못한 청명이 자리에서 벌떡 일어나 문을 열어젖혔다. 문 앞을 지키고 있던 백천 무리의 시선이 날아와 꽂혔다. 진검까지 차고 철저하게 지키고 있는 그들을 보고 있자니 청명의 속에서 뭔가 뜨뜻미지근한 것이 스멀스멀 솟구쳤다.

"배신자들!"

백천이 떨떠름한 얼굴로 대꾸했다.

"뭐라 해도 어쩔 수 없다. 장문인께서 너를 한 발짝도 나가지 못하게 막으라 명하셨으니, 우린 그저 따를 수밖에."

"내가 뭘 어쨌다고! 사고는 사숙이 쳤잖아!"

"크흐흐흠!"

백천이 주먹으로 입을 가리고 헛기침했다. 사실 이번 사태를 주도한 사람이 백천이라는 건 하늘이 알고 땅이 아는 일이다. 물론 청명이 옆에서 신나게 찌르기는 했지만, 옆구리 좀 찔렀다고 주범 취급 받는 것은 너무도 가여운 일이 아닌가.

하지만 마음이 약해져선 안 된다!

"나한테 이리 말해 봐야 소용이 없다. 장문인의 지시라니까……."

"장문인이 나를 내보내지 말라 하셨다고? 왜?"

"그야 사고 칠 게 뻔하니까."

"사고? 내가 진짜 사고가 뭔지 보여 줘?"

청명이 획 눈을 까뒤집자 백천 무리가 후다닥 어깨를 맞대고 뭉쳐 들었다.

"여하튼 안 돼! 절대 못 나가, 인마! 좀 참아라. 너 감시한다고 우리도 여기서 온종일 죽치잖아! 너만 벌 받는 거 아니라니까."

"그래. 뭐 그렇다 치자고."

청명이 빙그레 웃었다.

"그러니까, 장문인이 사숙더러 나를 막으라 했다 이 말이지?"

"……."

"사숙더러?"

……백천이 하늘을 한번 올려다보고는 눈을 질끈 감았다.

'그러게 거, 시킬 만한 일을 시키셔야지.'

하지만 어찌 되었든 명을 받은 몸! 지은 죄를 갚기 위해서라도 뼈가 부러질 각오로 이놈을 여기에다가 묶어 두어야 한다!

"들어가라, 청명아!"

"싫다면?"

백천이 눈을 부라렸다.

"그럼 피를 보는 수밖에!"

"호오, 내 피를 보시겠다?"

"아니. 내 피."

"……."

"그러니까 좀 들어가라."

황당함에 청명이 입을 벙긋거렸다. 그때 저 아래에서 백상이 헐레벌떡 뛰어 올라왔다.

"사형!"

"무슨 일이냐?"

"장문인께서 청명을 데리고 내려오라고 하십니다."

백천이 의아한 듯 살짝 미간을 찌푸렸다. 무슨 일이 벌어져도 청명을 방 밖으로 내보내지 말라고 하시지 않았던가. 그런데 대뜸 데리고 내려오라고?

"사실이냐?"

"설마 제가 장문인을 들먹이며 거짓말을 하겠습니까."

"그렇겠지."

백천이 구겨진 얼굴로 슬쩍 청명을 돌아보았다.

"하.하.하. 거, 내려가기 귀찮은데. 에휴. 왜 부르고 그러시나."

아오. 저 주둥이를 아주 진짜 꽉, 마! 백천이 한숨을 푹 내쉬고는 길을 열었다.

"내려가라."

"예이."

청명이 발걸음도 가볍게 팔랑팔랑 아래로 내려갔다. 백천은 절레절레 고개를 저으며 그 뒤를 따랐다.

현종은 아래층 중앙 탁자에 앉아 있었다. 그 건너편에 누군가가 앉아 있었는데 얼굴이 익숙했다. 눈을 휘둥그레 뜬 청명이 부리나케 달려가 그의 손을 움켜잡았다.

"오, 가주님!"

"오랜만이군."

사천당가의 가주 당군악이 빙그레 미소를 지었다.

"그 먼 사천에서 여기까지 웬일이세요?"

"……당연히 무림 대회에 참가하러 오지 않았겠는가?"

"헤헤. 그렇죠? 저는 또 저 보러 오신 줄."

"그 말도 그리 틀리지는 않네."

당군악이 쓴웃음을 흘렸다.

"자네는 변한 것이 없군."

"뭐 며칠이나 지났다고요."

현종이 크게 헛기침을 했다.

"청명아. 호들갑 떨지 말고 거기 좀 앉거라."

"넵!"

청명이 의자를 빼고 냉큼 자리에 앉았다. 현종이 부드러운 미소를 지으며 당군악을 향해 말을 건넸다.

"잘 와 주셨습니다, 가주님. 이번엔 제가 먼저 찾아뵀어야 하는 건데 이리 먼저 발걸음을 해 주시니 송구하기 그지없습니다."

"그런 말씀 마십시오, 장문인. 늦게 온 이가 먼저 온 이를 찾는 것은 당연한 일이지요. 그리고 화산과 당가가 그런 것을 가릴 사이는 아니잖습니까?"

현종은 푸근한 미소를 지었다. 당군악이 이런 말을 해 줄 때마다 그는 기꺼운 마음을 어찌할 수가 없었다. 수십 년간 천대만 받아 왔는데, 저 사천당가가 스스로 몸을 낮추고 친우를 자처해 주니 어찌 고맙지 않겠는가.

"먼 여정에 고생이 많으셨겠습니다. 가주님은 그렇다 치고, 아이들이 힘이 많이 들었을 텐데."

"이 정도 여행에 힘겨움을 논하는 이는 감히 당씨 성을 쓸 자격이 없습니다."

단호한 목소리였다. 현종은 내심 감탄했다.

'과연.'

여기선 부드럽고 예의 바른 모습만을 보이지만, 당가 내에서는 엄정하기가 이를 데 없는 사람일 게 분명하다. 괜히 사천당가의 가주가 아닌 것이다.

그때 당군악이 슬쩍 고개를 갸웃했다.

"그런데…… 대체 그간 무슨 일이 있었기에 이리 젊어지신 건지?"

"예? 아."

현종이 고소를 머금었다. 당군악은 그가 자소단을 먹은 뒤의 모습을 처음 봤으니 의아할 만했다.

"좋은 일이 있었습니다."

"어쨌거나 경하드립니다."

"감사합니다."

당군악은 굳이 깊게 따져 묻지 않고 적당히 덕담을 건넸다.

"그런데 무슨 일로 들르셨어요? 오늘 도착하셨으면 이것저것 할 일이 많으실 텐데."

"으음. 딱히 이유는 없다네. 그냥 겸사겸사……."

당군악이 어색하게 말을 얼버무리며 주변을 슬쩍 살폈다.

"아."

그 의중을 파악한 청명이 씨익 웃더니 옆에 있는 다른 제자들에게 말했다.

"누가 가서 소소 좀 불러와."

"당소소?"

"응."

제자 중 하나가 고개를 끄덕이고는 이 층으로 뛰어 올라갔다.

"크흐흠."

당군악은 아무래도 머쓱한 듯 나직이 헛기침했다. 현종이 빙그레 웃으며 말했다.

"딸이 보고 싶은 것이야, 아비 된 이의 당연한 마음 아니겠습니까?"

"송구합니다, 장문인. 출가시켰으니 이리 찾아서는 안 된다는 것을 알고 있으나……."

"화산은 도가이긴 하지만 가족과 인연을 끊으라 권하지 않습니다. 이어진 인연을 끊는 것도 부자연스러운 일이지요. 마음이 가족과 이어져 있다면 그를 소중히 여기는 것 또한 도 아니겠습니까. 그러니 심려치 마시고 얼마든지 찾아 주십시오."

"감사합니다."

당군악이 가만히 고개를 숙여 감사를 표했다. 그때 이 층에서 커다란 목소리가 들려왔다.

"아버지!"

당군악이 살짝 상기된 얼굴로 고개를 들었다.

'소소야.'

거의 일 년 만에 보는 딸이다. 품 안의 자식으로만 키워 온 아이를 화산으로 보내고 남들 몰래 얼마나 속을 끓였던가. 사천당가의 가주로서 차마 내보이지 못했던 감정을 다시금 곱씹으며 아련한 눈으로 소리가 들려온 계단 쪽을 바라보았다.

"아버지!"

"그래, 소소······. 소소? 소소야?"

당군악의 눈이 뒤흔들렸다.

당소소가 누구인가. 바람 불면 날아가랴, 비 맞으면 멍들랴. 곱게 또 곱게 키워 온 딸이 아닌가. 한 떨기 수선화 같은 그 모습을 보며 훗날 사천제일미가 될 것이라 칭송한 이들이 어디 한둘이었는가. 그런데······.

다다다닥 계단을 뛰어 내려오는 당소소의 모습을 보며 그는 크게 움찔하고 말았다.

시커먼 무복 차림에, 아무렇게나 대충 휘휘 감아 묶은 머리. 백옥같이 하얗던 피부는 어디서 논이라도 매다 온 듯 까무잡잡하게 그을었고, 늘 수심을 담은 우미인 같던 눈에는 뭐라 형용할 수 없는 독기가 묻어났다.

전쟁터에라도 다녀온 건가? 어쩌다가 내 딸이 산 도적이 되어 버렸단 말인가.

"소, 소소야?"

"예! 아버지!"

현종이 눈짓하자 당소소가 당군악의 바로 앞으로 가 허리를 직각으로 꺾었다.

"소소! 아버지께 인사 올립니다!"

배꽃 같던 그의 딸이 연못에 들러붙은 엉겅퀴가 되어 나타났다. 이 기막힌 변화에 당군악은 저도 모르게 말을 더듬었다.

"어, 어찌……. 아니, 거……. 소소……. 어?"

"그간 강녕하셨습니까!"

인사에 패기가 줄줄 흘러넘쳤다. 당군악이 슬쩍 고개를 돌려 청명을 바라보았다. 청명이 씨익 웃었다.

"잘 컸죠?"

……그, 그래. 얼마나 잘 컸는지 애가 힘이 넘치는구나…….

당군악이 멍한 눈으로 당소소를 바라보았다. 이 변화를 어떻게 받아들여야 할까? 한참을 머뭇거리던 그는 이내 조용한 목소리로 입을 열었다.

"소소야."

"예, 아버지."

"행복하더냐?"

당소소가 입을 다물었다. 가만히 아버지를 바라보던 그녀는 이내 고개를 끄덕이며 더없이 환하게 웃었다.

"예! 행복해요, 아버지."

"그래."

당군악의 입에 그제야 미소가 걸렸다.

"그거면 됐다."

그가 알던 모습이 아니면 어떤가. 모습이 변한 게 무어가 대수겠는가. 당소소가 눈에 넣어도 아프지 않을 그의 딸이란 사실은 바뀌지 않는다. 사랑하는 딸은 과거 꽃처럼 아름답던 때보다 지금이 훨씬 더 편안해 보였다. 그럼 된 것이다.

"그래. 화산에서 많이 배웠더냐?"

"예, 아버지! 이번 비무에서 다른 문파 놈들의 대가리를 깨 화산과 당가의 이름을 드높이겠습니다!"

"……잠깐. 뭘 깨?"

"대가……."

턱. 어느새 다가온 유이설이 당소소의 입을 틀어막은 뒤 질질 끌고 갔다.

잠깐 어색한 정적이 흘렀다. 당군악이 떨떠름한 시선으로 현종을 보았다. 그러자 현종이 내 탓이 아니라는 듯 슬쩍 청명에게로 눈짓했다. 당연히 당군악도 청명에게로 시선을 돌렸다.

"왜 그렇게 보시죠?"

"……아무것도 아닐세."

내 속만 터지지, 내 속만!

그는 속을 진정시키려 차가운 차를 몇 잔씩 연거푸 들이켰다. 그러고 나서야 그의 시선이 냉정하게 가라앉았다. 비로소 사천당가의 가주다운 분위기가 흘러나왔다.

"장문인."

"예, 당가주님."

"제가 이곳을 찾은 이유는 소소를 보기 위해서만이 아닙니다. 보아하니 상황이 묘하게 돌아가고 있는 것 같습니다."

"그게 무슨 말씀이십니까?"

당군악이 낮은 목소리로 말했다.

"최근 무한에서 종남과 무당이 은밀히 회합을 가졌다는 말을 들었습니다."

현종의 얼굴이 딱딱하게 굳었다.

"비무 대회를 앞두고 그들이 만났다면 이유야 하나밖에 없겠지요."

"저희를 견제하기 위함이라 생각하시는 겁니까?"

"저는 그 이유밖에는 떠오르지 않습니다."

현종이 슬쩍 미간을 찌푸리며 침음성을 흘렸다. 당군악은 조금 냉정한 목소리로 말했다.

"설사 그 때문에 만난 게 아니라 해도 달라질 건 없습니다. 아마도 지금 구파일방은 화산을 눈엣가시처럼 여길 것입니다."

"……그렇겠지요."

쫓아낸 이가 다시 돌아와 구파를 위협한다. 그건 구파의 보는 눈이 틀렸다는 방증이나 다름없다. 당연히 구파일방은 화산의 활약을 반기지 않을 것이다.

"장문인께서 원하신다면 자리를 만들어 보겠습니다."

"자리요?"

"화산은 구파 소속이 아니니 오대세가와 친분을 다진다 해도 이상할 게 없지 않습니까? 그럼 화산의 운신이 조금은 편해질 겁니다."

"으으음."

현종은 깊게 고민에 잠겼다. 틀린 말은 아닌 데다 좋은 제안이지만, 가볍게 받아들일 만한 일은 아니었다.

하지만 전혀 고민하지 않는 이도 하나 있었다.

"에이, 뭐 하려요. 괜찮아요."

"음?"

청명이 어깨를 으쓱해 보였다.

"쟤들이 우리를 견제한다고 해서 비무장에 두 명씩 올라올 수 있는 것도 아니잖아요. 어차피 실력으로 결판이 날 거예요. 그런데 뭐가 겁나서요."

"하하. 그야 그렇긴 하지."

"그리고 오대세가도 말씀은 고맙지만 괜찮아요. 친하지도 않은데 친한 척할 필요는 없죠. 친구는 당가로 충분하니까요. 그렇지 않아요?"

뜻밖의 대답에, 당군악은 그를 가만히 바라보았다. 여전히 묘한 녀석이지만······.

'확실히 듣기 나쁜 말은 아니군.'

그는 슬쩍 웃으며 청명에게 물었다.

"우승은 당연히 자네의 것이다, 이 말인가?"

"아니요."

청명이 딱 잘라 말했다.

"우승은 제 것이 아니라 화산의 것이죠."

"······."

"다들 알게 될 거예요. 화산이 돌아왔다는 걸(華山歸還)."

그래, 과연 그렇군. 당군악이 만면에 미소를 지었다.

"그리될 걸세."

* ❖ *

커다란 대전 안, 상석에 앉은 이를 중심으로 수많은 이들이 모여 앉았다. 그들이 내뿜는 진중한 기세가 대전을 고요히 물들이고 있었다.

상석의 소림 방장, 법정이 모두를 한번 바라보고는 천천히 입을 열었다.

"다들 본사의 초청을 받아들여 주셔서 감사합니다. 먼 길을 오시느라

고생이 많으셨습니다."

법정이 반장 하며 고개를 숙였다. 소림 방장의 인사를 받은 각 문파의 장문인들이 미소를 지으며 덕담을 주고받았다.

"소림이 부르는데 어찌 오지 않을 수 있겠습니까? 되레 저희가 초청에 감사를 드려야지요."

법정이 짧게 불호를 외고 진중한 얼굴로 말했다.

"이번에 본 사에서 천하무림대회를 개최한 이유는 지난 백 년간 각 파간의 회합이 격조했기 때문입니다. 마교가 강호에 남긴 상처는 너무도 컸고, 그 상처가 아물기까지 너무 오랜 시간이 걸렸습니다."

마교라는 이름이 나오자 모두가 숙연해졌다. 이곳에 모인 문파 중, 마교의 마수로 인해 신음하지 않은 곳이 어디 있겠는가.

"하나, 이제 백 년의 시간이 흘렀고, 강호는 과거의 힘을 충분히 회복했습니다. 다만 아쉽게도 그러다 보니 이런저런 문제가 생겨나고 있는 것도 사실입니다."

그 말에 몇몇 장문인들이 나직하게 헛기침했다. 틀린 말이 아니기 때문이다.

물이 가득 차면 넘치기 마련. 과거의 힘을 회복한 강호의 문파들이 주변 문파와 충돌하는 일이 최근 들어 잦아졌다. 충분히 힘을 쌓았으니 이제는 다른 문파의 영역을 노리기 시작하는 것이다. 아직은 서로 체면을 차리고 있어서 심각하게 치달은 적은 없었지만, 이대로 가다간 언젠가 큰 사고가 터질 것이다.

"그렇기에 이번 천하무림대회를 통해 문파들이 회합을 가지고 서로 좋은 관계를 맺을 수 있기를 바랍니다. 이곳에 모이신 분들의 책임이 막중합니다."

권위를 내세우지 않는 부드러운 말투였다. 그렇기에 오히려 권위가 더 살아난다.

"물론입니다, 방장."

훈훈하고 부드러운 분위기가 이어지는 가운데, 한 사람이 조용히 입을 열었다.

"방장께 감히 여쭙고자 합니다."

모두의 시선이 한곳으로 집중된다. 붉은 얼굴과 길게 자라난 검은 수염. 관운장의 현신이라는 말이 어울리는 모습. 바로 무당의 장문인인 허도진인이었다.

"무당 장문인께서 하교하실 말씀이 있다면 그리하셔야지요."

"하교라니. 당치도 않습니다."

허도진인이 가만히 법정을 바라보았다. 현 강호를 이끌어 가는 두 거인이 서로를 마주 보자 장내의 공기가 일순간에 무거워졌다.

"회합을 위해 문파들을 소집하신 것은 정말 좋은 일입니다. 제 그릇이 모자라 감히 생각하지 못한 일을 방장께서 해 주신 것에 먼저 감사드립니다."

"어찌 무당 장문인께서 그릇을 논하십니까. 소승이 무안합니다."

"그리 말씀해 주시니 감사하기 이를 데가 없습니다. 다만……."

정광 가득한 그의 눈이 법정을 정확하게 응시한다.

"방장께서 오로지 회합만 다지자고 이만한 대회를 열었다고 생각하지는 않습니다. 천하의 모든 명문거파를 한곳에 모을 만한 이유가 따로 있으셨던 건 아닌지……."

살짝 말끝을 흐리는 허도진인을 보며 법정이 작게 미소 지었다.

"과연 장문인의 심계가 더없이 깊습니다. 제가 감히 따를 수 없을 정도입니다. 아미타불."

"하면……?"

법정이 무겁게 고개를 끄덕였다.

"본래는 대회가 모두 끝난 뒤에 말씀을 드리려 했습니다. 하지만 이리 된 이상 이 자리에서 말씀을 드리겠습니다."

법정이 작게 불호를 두어 번 외었다. 그 침중한 얼굴을 본 이들의 몸에 절로 힘이 들어갔다.

"대산에서 마인들의 움직임이 발견되었다는 소식이 들어왔습니다."

"마인!"

"대, 대산!"

대산이라 함은, 십만대산을 뜻한다. 허도진인이 잔뜩 안색을 굳히며 법정에게 물었다.

"사실입니까?"

"개방에서 마인들의 종적을 발견했다고 합니다."

"으음. 지리멸렬했던 마교가 다시 움직이기 시작했다는 뜻이로군요."

법정이 다시 한번 나직하게 불호를 외었다.

"아미타불. 여기 계신 분들은 모두 아시겠지만, 강호는 마교를 완전히 무찌르지 못했습니다. 그저 그 수괴의 목을 베어 물러나게 했을 뿐입니다."

한구석에서 이들의 대화를 잠자코 듣던 현종은 가만히 눈을 감았다.

'그들이 물러났던가?'

아니, 그렇지 않다. 천마를 잃은 마교는 복수를 위해 화산으로 쳐들어 왔다. 저들의 전쟁은 십만대산에서 끝났을지 모르지만, 화산의 전쟁은 끝나지 않았었다.

하지만 화산에서 이루어졌던 그 처절한 싸움은 강호사에서 언급조차 되지 않았다. 심지어 과거를 똑똑히 아는 이들조차도 그 참혹했던 혈사가 존재하지 않은 일인 것처럼 눈을 감고 있다.

과거의 현종이라면 이 대화를 버텨 내지 못했을 것이다. 하지만 지금의 그는 그렇지 않다.

'잃은 힘을 되찾듯, 잃은 과거 역시 되찾을 수 있다.'

주먹을 꽉 쥔 현종은 가만히 저들의 대화에 귀를 기울였다. 법정이 말했다.

"다시 말하자면 마교는 그들의 힘을 모두 잃고 퇴각했던 것이 아닙니다. 그저 훗날을 기약했을 뿐이지요. 이곳에 계신 분들이라면 모두 아실 겁니다."

"으음. 그렇습니다, 방장."

"외면할 수 없는 사실이지요."

법정이 진중한 눈으로 모두를 바라보며 말했다.

"아직 저들이 발호하려는 기미를 찾아낸 것은 아닙니다. 그저 몇몇 마인을 목격했을 뿐입니다. 하지만 마인들이 한번 버리고 떠났던 십만대산에 다시금 모습을 드러냈다는 것은 의미하는 바가 큽니다. 어쩌면 저들이 또 한 번의 전쟁을 준비하고 있을지도 모릅니다."

분위기가 무겁게 가라앉았다. 마교라는 이름이 주는 무거움을 느끼지 못하는 이라면 감히 이 자리에 앉을 자격이 없다.

"대비가 필요하겠군요."

허도진인의 말에 법정이 고개를 끄덕였다.

"하나, 아직은 그저 추측일 뿐입니다."

"마교에 대한 일이라면 추측조차 가벼이 여길 일은 아니지 않습니까."

"그래서 여러분을 모신 겁니다."

법정이 불호를 외고는 진중한 눈으로 모두를 둘러보았다.

"어쩌면 다시 한번 강호가 힘을 합쳐야 할 시기가 오고 있는 건지도 모릅니다. 그러니 이번 대회를 통해 사사로운 원한은 접어 두고 친교를 다져 주시기 바랍니다. 서로 다른 이름으로 살아가는 문파이지만 모두가 강호의 일원이라는 것을 잊지 말아 주십시오. 아미타불."

법정의 말에 모두가 가만히 고개를 끄덕였다. 하지만 저마다 속으로 무슨 생각을 하는지는 알 수 없는 일이었다. 허도진인 역시 눈을 가늘게 뜨고 법정을 바라보고 있었다.

'마교의 발호라.'

사실이라면 실로 위험한 일이다. 하지만 이 모든 행사가 단순히 마교에 대한 걱정으로 시작되었다고 여길 순진한 이는 이곳에 없을 것이다.

역시 다시 한번 주도권을 잡겠다는 뜻이리라. 마교의 발호라는 명분과 천하비무대회에서 보여 줄 실력을 통해 무림의 북두라는 자리를 재차 공고히 하고자 함이 틀림없다.

'대사의 뜻대로 되지는 않을 거요.'

허도진인의 눈이 한없이 낮게 가라앉았다.

"내일부터 '천하비무대회'를 개최하겠습니다. 예로부터 비무 대회란 서로의 성취를 확인하고 친목을 다지는 좋은 자리였음을 다들 아실 겝니다."

"그렇습니다, 방장."

"이번 비무 대회 역시 서로의 친목을 다질 수 있는 좋은 자리가 되었으면 합니다. 아미타불."

장문인들이 사람 좋은 얼굴로 고개를 끄덕였다. 하지만 그들 중 누구도 내일 있을 비무 대회를 단순한 친목의 장으로 생각하지 않았다.

문파의 우열을 가리기란 어렵다. 정말 두 문파 간의 전쟁이 벌어져 서로 칼을 쑤셔 박지 않는 이상은 상대의 실력을 어렴풋이 짐작할 수밖에 없기 때문이다.

그런 상황에서 연령과 배분을 제한하는 비무는 훌륭한 대리전이 된다. 본디 스승의 실력은 제자의 실력을 통해 가늠할 수 있는 법이니까. 분명 내일 벌어지는 천하비무대회는 천하의 문파들의 서열을 재편하는 중요한 자리가 될 것이다.

'우승하는 문파가 한동안 강호의 모든 영광을 거머쥘 것이다.'

모두의 눈빛이 열망으로 가득 차올랐다. 단 한 사람을 제외하고 말이다.

• ◈ •

다음 날 아침, 준비를 마친 화산의 제자들이 처소 앞에 모여들었다. 현종은 앞에 서서 도열한 제자들을 내려다보았다. 그가 크게 헛기침을 했다.

"준비는 다 되었느냐?"

"예, 장문인."

백천이 대표로 포권 하며 답했다. 그 헌앙한 모습을 본 현종은 저도 모르게 뿌듯한 미소를 지었다.

"오늘부터 있을 비무는 너희에게 좋은 경험이 될 것이다. 그렇기에 내가 너희에게 굳이 한마디를 하려 한다."

모두가 귀를 기울이며 장문인의 다음 말을 기다렸다.

"너희가 이긴다 해서 달라질 것이 있겠느냐?"

모두의 눈빛이 의혹에 가득 차 흔들렸다. 그 눈빛을 보며 현종은 담담히 말했다.

"또한 진다 해서 달라질 것이 있겠느냐?"

그제야 백천이 가만히 고개를 끄덕였다. 무슨 말인지 이제 알 것 같다. 현종이 가만히 고개를 내저었다.

"승패는 중요한 게 아니다. 이 대회에서 결과를 내는 것이 중요한 게 아니다. 이 대회를 준비하면서 너희가 해 온 노력이 결과보다 몇 배는 더 중요하다."

현종이 진중한 눈으로 말을 이어 갔다.

"과정이 중요하지, 결과는 중요하지 않다는 그런 말을 하려는 게 아니다. 이 대회에서 이긴다면 너희에게는 명예가 주어지겠지. 하지만 그 이전에 노력은 너희에게 실력을 주었다. 나는 너희가 허망한 명예가 아니라 손에 잡힐 실력을 좇는 이들이 되었으면 좋겠구나."

"명심하겠습니다! 장문인!"

"그래, 그래. 그걸로 좋다."

현종이 고개를 끄덕였다.

"늙은이가 전장에 나갈 이들을 오래 잡고 있어 좋을 게 없겠지. 가자꾸나. 어떤 결과를 맞이하더라도 너희는 자랑스러운 나의 제자들이고, 자랑스러운 화산의 제자들이다. 그것만은 잊지 말거라."

"예!"

현종이 슬쩍 고개를 돌렸다.

"무각주, 한마디 하시게. 자네와 운검은 말을 할 자격이 있네."

현상이 난처해하는 표정으로 망설이다 이윽고 모두를 바라보았다.

"가진 실력을 모두 발휘하는 데 집중하거라. 전력을 다한 패배는 너희를 위로 이끌어 줄 것이다. 하지만 전력을 다하지 못한 패배는 그저 후회만을 남길 뿐이다."

"명심하겠습니다."

"으음. 나는 이런 게 어렵습니다, 장문인. 운검이가 마저 할 것입니다."

그 말을 들은 운검이 조용히 한발 나섰다. 그가 나서자 제자들의 눈빛이 달라졌다. 현종과 현상은 그들에게 있어서 문파의 어른이지만 운검은 다르다. 화산에서 그들의 진정한 스승이라 불릴 이가 바로 운검인 것이다.

"검이란 무엇이더냐?"

"검은 곧 도입니다!"

"도란 무엇이더냐?"

"도는 그저 도일 뿐입니다."

"그럼 검이란 무엇이더냐?"

"검은 그저 검입니다!"

운검이 미소를 지었다.

"그래. 검은 그저 검일 뿐이다. 너희가 지금까지 들었던 검과 오늘 들 검은 다르지 않다. 검을 믿고 자신을 믿어라. 그러면 지금까지 해 왔던 너희의 수련이 너희에게 대답해 줄 것이다."

모두가 고개를 끄덕였다. 그때 현영이 불쑥 앞으로 나와 셋에게 말했다.

"그럼 가시죠."

"응?"

그러더니 무작정 현종과 현상을 이끌고 비무장을 향해 휘적휘적 걷기 시작했다.

"운검이 너도 따라오거라."

"예, 장로님."

현상이 끌려가며 황당하다는 듯 물었다.

"애들은? 애들은 안 데리고 가느냐?"

"거, 그냥 따라오십시오. 우리가 먼저 가면 되지, 뭐 하러 굳이 같이 갑니까?"

"어엇? 어?"

장문인을 비롯한 어른들이 현영의 손에 질질 끌려 사라지자 뒤쪽에서 한 사람이 터덜터덜 걸어 나왔다. 모두가 앞으로 나선 이를 찜찜해하는 눈빛으로 바라보았다. 물론 청명이었다.

"다들 장문인이 하신 말씀. 어, 그러니까…… 뭐라고 하셨더라?"

그는 잠깐 고개를 갸웃하더니 어깨를 으쓱했다.

"뭐, 아무래도 좋겠지."

그리고 모두를 찬찬히 훑어보았다. 몇몇을 제외하면 역시 긴장한 기색이 역력했다. 표정은 굳어 있고 온몸이 뻣뻣해 보였다. 청명이 그 모습을 보며 피식 웃었다.

'그럴 만도 하지.'

이들은 청명과 함께했던 몇을 제외하고는 타 문파들 앞에서 싸워 본 경험이 거의 없다. 고작 화종지회에서도 얼어서 실력 발휘를 제대로 못 했는데, 이 많은 이들이 지켜보는 앞에서 싸운다니 다리가 후들거릴 수밖에.

"여기서 자기가 우승하겠다 싶은 사람?"

정적 속에, 화산의 제자들이 서로를 돌아보았다.

"없지?"

……우승은 네가 해 처먹을 건데 우리가 어떻게 하냐? 모두의 시선이 뚱해졌다. 청명은 태연하게 말을 이었다.

"그런데 뭘 그렇게 긴장하고 있어? 어차피 우승도 못 하는 양반들이."

"뭐, 인마?"

"걱정하지 마. 긴장해도 돼. 긴장 풀 필요 없어."

청명이 씨익 웃었다.

"긴장해도 못 질 정도로 만들어 놨거든. 어디 지고 싶으면 져 봐. 이쯤 되면 지는 것도 쉬운 게 아냐."

어안이 벙벙하여 멍하니 있던 화산의 제자들은 이내 허탈하게 웃었다. 저 말이 그냥 하는 말이 아니라는 걸 모두가 알고 있다. 정말 말 그대로 뼈를 깎는 수련을 해 왔으니까.

"저기 모인 사람들 보여?"

청명이 비무장 쪽을 가리키자 백천이 대표로 대답했다.

"그래."

"보여 주러 가자고. 저들이 잊은 화산이 어떤 문파였는지 말이야."

그 말이 화산 제자들의 마음에 불을 지폈다.

"가자! 천하제일검문의 자리를 되찾으러."

대답은 없었다. 휘적휘적 걸음을 떼는 청명의 뒤로, 화산의 제자들이 결연하게 따라붙었다. 오늘만큼은 청명도 평소처럼 심드렁한 표정이 아니었다. 단호해진 그의 얼굴 위로, 오래도록 품어 왔던 의지가 스쳤다.

'잊었다 이거지?'

화산을 잊었다고?

'괜찮아. 이제 똑똑히 기억하게 해 줄 테니까.'

영원히 잊지 못하도록, 그 머리에 화산이라는 두 글자를 새겨 주지. 화산이 어떤 문파였는지…….

청명이 슬쩍 뒤를 돌아 백자 배와 청자 배를 바라봤다. 그러고는 고개를 슬쩍 들어 하늘을 힐끔 보았다.

솔직히 예전이랑 좀 다르긴 한데……. 뭐, 괜찮겠지. 이 정도야 뭐…….

– 너무 다르잖아, 이놈아!

아, 조용히 좀 하쇼! 억울하면 살아나시든가!

• ❖ •

소림은 천하에서 가장 큰 사찰 중 하나다. 강호에서 소림이 가지는 위상도 거대하지만, 중원에서 소림이 가지는 위상도 그에 못지않다. 달마가 중원에 선종을 전수한 이래로, 소림은 불문의 성지이자 천하에서 가장 많은 이들이 다녀가는 절이 되었다. 당연히 그 규모 역시 천하 어디서도 찾아볼 수 없을 만큼 거대하다.

그런데 그 거대한 소림사가 지금 발 디딜 틈 없이 사람으로 꽉 차 있었다.

"아! 밀지 마쇼!"

"넘어간다니까, 이 사람들아!"

"의자 가지고 온 사람 누구야! 이 좁은 데 의자를 가지고 와? 제정신이야?!"

비무에 참가하기 위해 온 이들의 수도 적지 않았지만, 비무를 구경하기 위해 몰려든 이들에 비하면 조족지혈에 불과했다.

"이렇게까지 봐야 하나?"

"모르는 소리! 이런 대회는 지난 백 년 내에 없었네! 지금 보지 않으면 앞으로 백 년 동안 다시 볼 수 있단 보장이 없다는 소리야! 목이 부러지는 한이 있어도 봐야지!"

비무 대회 첫날부터 소림은 발 디딜 틈 없이 가득 찼다. 때문에 일천에 달하는 소림의 승려들이 동원되고도 사람들을 통제하는 데 애를 먹고 있었다.

"와, 사람 진짜 많다."

조걸이 눈을 휘둥그레 뜨며 두리번거렸다. 비무에 참가하는 이들이 대기하는 곳과 구경꾼들이 있는 곳은 붉은색 줄로 완전히 구별되어 있었다. 덕분에 비무에 참가한 문파들은 저 인파에 떠밀리지 않고 나름 편히 자리를 잡을 수 있었다.

"저기 저 비무장에서 대회를 하는 겁니까?"

"그렇지."

윤종이 대답했다. 조걸이 눈을 가늘게 뜨고 비무장을 바라보았다.

"생각보다 비무장이 작네요. 소림이라고 해서 뭔가 다를 줄 알았는데."

"걸아. 옆을 봐라."

"예?"

조걸의 시선이 옆으로 돌아갔다. 빽빽하게 들어찬 인파의 앞쪽으로 눈앞의 비무장과 비슷한 비무장이 몇 개 더 보인다.

"……저걸 다 쓰는 겁니까?"

"그런 모양이다."

"뭐 그렇게까지……."

윤종이 어깨를 으쓱했다.

"백금첩을 받은 문파만 스무 곳 가까이 된다. 그럼 그곳에서 참가하는 이들만 해도 사백 명이다. 거기에 금첩과 은첩, 동첩까지 포함한다면 참가하는 후기지수가 천 명은 훌쩍 넘을 것이다."

"천 명이요?!"

조걸이 입을 쩍 벌렸다. 윤종이 고개를 끄덕였다.

"그러니 배첩이 필요한 것이지. 참가하고 싶은 이들은 모조리 참가시켰다가는 예선만 석 달 보름 치러야 할 테니."

"우와……."

조걸은 새삼 이 대회의 영향력을 실감했다. 한편으로는 걱정도 되었다. 참가자만 천 명이라니, 그 많은 인원이 언제 다 비무를 치른단 말인가?

"대충 이틀에 걸쳐 예선전을 할 모양이더구나. 예선이 끝나면 중앙의 대연무장으로 옮겨 본선을 치른다고 했다. 본선에는 백여 명 정도가 남겠지."

"백 명이라."

조걸이 허리춤의 검을 꾹 움켜잡았다.

'백 명 안에는 반드시 들어야 해.'

될 수 있는 한 높이 올라가는 게 목적이기는 하지만, 비무라는 게 반드시 실력대로 순위가 결정되지는 않는다. 우승자를 일 회전에서 만난다면 그냥 일 회전 탈락이 곧 최종 성적이 되어 버리는 게 이런 비무의 맹점이 아닌가. 만약 운이 좋지 않아 초반에 탈락하는 상황이 벌어지기라도 한다면?

'상상도 하기 싫다.'

저 아귀 같은 놈이 내내 물어뜯을 것이다. 대회가 치러지는 내내, 화산으로 돌아가는 내내, 심지어 화산에 돌아가서도!

"끄응. 지면 청명이 놈이 나를 갈아 마시려고 할 텐데……."

"겨우 그게 걱정이냐?"

"예?"

"타 문파의 정예들과 싸우게 생겼는데 그건 걱정이 안 되는 모양이구나."

윤종의 말에 조걸은 슬쩍 비무대 주위를 돌아보았다. 형형한 안광을 뿜는 명문의 제자들이 다들 의욕 가득한 얼굴로 대기하고 있다. 그들이 내뿜는 기세만으로도 얼마나 엄정한 문풍(門風) 아래서 수련해 왔는지를 짐작할 수 있었다. 과거의 조걸이었다면 저들을 보고 기가 죽었을 것이다. 감히 비교도 할 수 없는 명문의 제자들이니까.

지금은 조금 달라졌냐고? 딱히 달라진 것은 없다. 화산의 위상이 굉장히 올라간 건 사실이지만, 조걸은 아직 그 위상을 크게 실감한 적도 없었다. 화산의 제자라고 해서 선망의 시선을 보내는 이도 없고, 딱히 특별 대우를 해 주는 이도 없으니까.

그런데도 뭐랄까…….

"사형."

"응?"

"이렇게 말하면 좀 이상하게 들릴 것 같은데, 쟤들 엄청 만만해 보이지 않습니까?"

다른 참가자들에게 슬쩍 눈길을 준 윤종이 피식 웃었다.

"당연히 만만해 보일 수밖에."

"그래도 명문대파의 제자들인데요."

"저기에 청명이 같은 놈이 하나라도 있겠냐?"

"……그런 놈은 세상에 두 명 존재할 수 없죠."

"내 말이 그 말이다. 매일같이 청명이 놈과 드잡이하며 산 우린데 누구에게 겁을 먹겠느냐? 삼두육비(三頭六臂)의 괴물을 본다고 해도 깰 대가리가 셋이라고 좋아할 판에."

"듣고 보니……."

청명 덕분에 겁대가리가 사라진 화산의 제자들이었다.

"그래서 비무는 언제 시작한답니까?"

"저기 나오는구나."

윤종이 앞쪽을 가리켰다. 그 손짓을 따라 시선을 돌리니 비무장 위로 걸어 나오는 소림승이 보였다. 그는 경건한 자세로 반장을 하더니, 고개를 들어 비무대 앞에 모인 이들을 바라보았다. 그 동작 하나만으로 소란하던 장내가 순식간에 조용해졌다.

시선을 모은 소림승이 묵직한 목소리로 입을 열었다.

"귀한 시간을 내어 비무에 참가해 주신 각 문파의 문도 분들과 이 천하비무대회를 지켜보러 와 주신 여러분들께 감사드립니다. 소승은 소림의 혜초(慧超)라 합니다."

혜초라는 말에 장내가 소란스러워졌다.

"그럼 저분이?"

"부동권(不動拳), 혜초!"

소림의 혜자 배 중에서도 권으로 이름 높은 이가 바로 부동권 혜초다. 드물게 강호행을 할 때마다 드높은 무위와 협의로 수많은 악적을 처리한 소림의 대표적인 고수 중 하나였다. 그런 이가 직접 대회를 진행한다는 사실에 모두가 흥분을 감추지 못했다.

"그리고 자리를 빛내 주신 각 파의 장문인들께도 감사 인사를 드리겠습니다."

혜초가 몸을 돌려 비무장의 한쪽에 마련된 높은 단상을 향해 반장을 했다. 단상 위에는 비무에 참가하는 문파의 장문인들이 모여 앉아 있었다. 사방에서 우레와 같은 환호가 쏟아졌다.

윤종은 그 광경을 보며 빙그레 웃었다.

"장문인께서 기분이 좋으시겠구나."

"아뇨, 사형. 엄청 불편해하시는 것 같은데요?"

"……그렇더냐?"

하기야, 현종도 저런 자리는 익숙하지 않을 것이다.

"생각해 보니 옆에 종남 장문인이 앉았고 반대쪽에는 무당 장문인이 앉아 있구나. 저기서는 물만 마셔도 체하겠네."

"그러니까 말입니다."

"그럼 우리가 저 자리를 편하게 만들어 드려야지."

때마침 혜초가 내공을 실은 목소리로 소리쳤다.

"지금부터 천하비무대회를 실시하겠습니다! 호명된 이들은 지정된 비무장으로 나서 주십시오. 대진표는 각 문파 장문인들의 입회하에 공정히 짰으니, 불만은 받지 않겠습니다!"

백천이 사뭇 경건한 손길로 영웅건을 꽉 맸다.

'시작이군.'

살짝 심호흡하고 가라앉은 눈으로 비무장을 바라보았다. 저 멀리 다른 비무장 앞에 모여 있는 종남이 보였다. 진금룡과 그의 아버지도 저기에 있을 것이다.

그때 청명이 백천을 보며 넌지시 물었다.

"떠는 것 같은데?"

"물론 떨린다."

생각보다 너무 담담한 인정에, 청명이 고개를 갸웃했다. 백천은 차분한 목소리로 말했다.

"천하에 화산의 검을 알릴 기회를 얻었는데 어찌 떨지 않을 수 있겠느냐? 나는 지금 가슴이 벅차 진정하기가 힘들구나."

어쭈? 꽤 멋진 말도 할 줄 아는데.

"살살해, 살살. 괜히 힘주다가 실수하지 말고."

"청명아."

"사숙 같은 사람이 괜히 잘하려고 힘주다가 엎어지곤 하지."

"청명아."

"거, 아닌 척하지 말고 담담하게. 엉?"

"아니, 인마!"

백천이 청명의 뒤를 턱짓으로 가리키며 말했다.

"너 부른다고."

"엥?"

청명이 뒤를 돌아보았다. 비무장 위에서 진행을 보조하는 소림승이 목에 핏대를 세우고 소리치고 있었다.

"화산파의 청명! 청명 없소? 아니, 대체 어딜 간 거요! 비무가 시작되는데!"

"어?"

"화산파의 청명! 없소? 없으면 기권으로 처리하겠소!"

화들짝 놀란 그가 냉큼 손을 번쩍 들었다.

"여기! 여기 있어요! 여기!"

부리나케 비무장으로 뛰어 올라가니 소림승이 눈썹을 파르르 떨며 외쳤다.

"대체 어딜 갔던 것이오!"

"아, 어딜 간 건 아닌데……."

"어서 비무대에 서시오! 상대가 아까부터 기다리고 있지 않소!"

"네, 네."

청명이 쪼르르 달려가 비무장의 한쪽에 섰다. 상대는 이미 자리를 잡고 그를 기다리고 있었다.

"안녕하세……. 어?"

상대를 확인한 청명이 고개를 갸웃했다.

"어디서 뵌 것 같은데? 우리가 만난 적이 있었나요?"

청명의 상대, 해남의 대제자인 곽환소가 몸을 떨며 뿌득뿌득 이를 갈았다.

"빌어먹을 화산 놈! 사람을 무시해도 유분수지! 당장 이틀 전에 그런 일을 벌여 놓고 나를 잊어버려?"

"아……! 그때 그분이시네. 워낙 순식간에 얻어맞고 날아가셔서 얼굴이 잘 기억이 안 났네요."

"이놈이!"

곽환소가 부들부들 떨다가 연신 심호흡했다.

"검은 어디다 팔아먹고 왔느냐?"

청명이 그제야 자신의 허리춤을 내려다보았다.

"엥? 아……."

허리춤이 비어 있는 것을 확인한 청명은 자기가 있던 자리를 확인했다. 백천이 청명의 검을 들고 한숨을 푹푹 내쉬고 있었다.

"옜다."

백천이 비무장 위로 검을 던졌다. 허공에서 잽싸게 낚아챈 청명은 얼른 허리에 검을 찼다. 곽환소는 어이가 없다 못해 기가 막힌 듯 말했다.

"검수가 검을 놓고 다니다니. 화산에선 그런 기본적인 것도 가르치지 않더냐?"

"남의 문파 교육 방침에 관여할 만큼 그쪽이 대단해 보이지는 않는데요."

"뭐라! 그건 전에 네놈이 먼저……!"

"됐으니까 빨리 시작하죠."

말허리를 뚝 잘라 먹은 청명이 목을 좌우로 우둑우둑 꺾었다. 첫 번째 비무부터 자신이 나서게 될 거라곤 생각 못 했지만, 이것도 나쁘지 않다.

맞은편에서 곽환소가 이를 갈며 검을 뽑았다.

"천둥벌거숭이가 천지를 모르고 날뛰는구나. 그래. 차라리 잘되었다. 내가 너희 화산 놈들에게 복수할 기회만 기다리고 있었는데 하늘이 날 돕는구나. 검을 든 이상 화산 따위는 해남의 상대가 아니라는 걸 알려 주마."

"아, 네. 뭐 노력해 보세요. 응원할게요."

울컥한 곽환소가 이를 악물었다. 하지만 이번엔 치솟는 화에 휩쓸려 경거망동하지는 않았다.

진정하자. 저놈의 입심이 대단하다는 건 이미 경험하지 않았던가. 공연히 말려들어 좋을 게 없다. 보여 줄 것이 있다면 검으로 보여 주면 된다.

열 개의 비무장에서는 모두 팽팽한 긴장감이 흘렀다. 하지만 세인들의 시선은 오로지 청명과 곽환소에게 집중되어 있었다. 얼마 전 있었던 해남과 화산의 충돌을 알고 있는 이들은 이 비무에 집중하지 않을 도리가 없는 것이다.

"해남이 복수를 하겠지?"

"모르는 소리! 저 청명이라는 도사가 바로 화산신룡일세! 화산신룡! 천하제일 후기지수 화산신룡 모르는가?"

"음? 저자가 화산신룡이라고? 그렇게 강해 보이지 않는데?"

"고수의 풍모는 겉으로 드러나지 않는 법이지."

"그냥 소문이 과했던 건 아니고?"

"그야 이 비무를 지켜보면 알 일 아닌가."

모두가 비슷한 심정으로 비무대를 지켜보았다. 한쪽은 어느 순간 강호에 돌풍을 몰고 돌아온 화산의 신진고수, 화산신룡 청명. 다른 한쪽은 화산을 밀어내고 구파일방의 한 자리를 차지한, 해남파의 대제자 삼파검(三波劍) 곽환소.

화산신룡이 천하제일 후기지수로 명성이 드높다고는 하나, 해남파의 대제자도 절대 만만치는 않을 것이다.

"비무를 시작하겠소!"

커다란 외침과 함께 비무대에 오른 이들이 일제히 움직이기 시작했다.

'해남의 명예를 회복한다!'

곽환소는 들뜬 마음을 차분히 가라앉혔다. 절대 상대를 경시해서는 안 된다. 저 경박한 모습에서는 고수의 풍모가 조금도 느껴지지 않지만, 천하제일 후기지수라는 평가를 골패 쳐서 딴 게 아니라면 반드시 한 수가 있을 것이다. 그러니 침착, 또 침착…….

'응?'

곽환소가 눈을 부릅떴다. 갑자기 세상이 어두워진 것이다. 그럴 리가 없는데 말이다.

'사술(邪術)인가?'

아니다. 곽환소는 금세 깨달았다. 세상이 어두워진 게 아니라 무언가가 자신의 시야를 가린 거란 사실을. 뭔가 반질반질하고 거뭇거뭇한 것이 눈앞을 꽉 메우고 있었다. 그는 다행히 그것의 정체도 쉽사리 알아챘다.

'이거, 신발 밑창 같은데……?'

하지만 아쉽게도 너무 늦었다.

콰아아아아아아아앙!

청명의 발이 곽환소의 얼굴에 그대로 틀어박혔다.

"꾸웨에에에에에엑!"

곽환소가 돼지 멱따는 것 같은 비명을 내지르며 뒤쪽을 향해 일직선으로 튕겨 나갔다.

쇄애애애애애액!

"뭐, 뭐야!"

"와, 씨!"

비무를 치르던 다른 비무장의 무인들이 화들짝 놀라며 곽환소를 피했다. 뒤쪽에 늘어선 아홉 개의 비무장을 관통하듯 날아간 곽환소는 비무장 끝 담벼락에 그대로 처박히고 말았다.

쿠우우우우웅!

모든 중인이 멍한 눈으로 곽환소를 바라보았다. 아니, 정확히는 그가 온몸으로 뚫은 담벼락의 구멍을 바라보았다. 얼마나 충격적이었는지, 다른 비무대에서 비무를 치르던 무인들조차 병장기를 내린 채 멍하니 그 커다란 구멍을 바라보았다.

이윽고, 그 모든 시선은 곽환소가 원래 있었던 비무대로 천천히 옮겨 갔다. 그리고 마침내 청명에게로 이목이 집중되었다. 청명은 손을 탁탁 털며 중얼거렸다.

"저건 사숙한테 그렇게 처맞고도 정신 못 차렸네. 어디 내 앞에서 딴 생각이야. 뒈지려고."

두어 번 혀를 찬 청명이 혜초를 향해 물었다.

"이긴 거 맞죠?"

"……어?"

"끝났잖아요. 내려가도 돼요?"

"……아, 아아!"

혜초가 크게 고개를 끄덕이고는 소리쳤다.

"갑(甲)조의 비무는 화산파 청명 소협의 승리요!"

그 말과 동시에, 순간적으로 정적에 잠겼던 소림 전체에 어마어마한 환성이 쏟아졌다.

"우와아아아아아아아아!"

"세상에! 단 일격에!"

"화산신룡! 화산신룡!"

"으하하하하하핫! 내가 내 눈으로 이런 비무를 보는 날이 오다니! 최고다! 화산신룡!"

청명은 쏟아지는 함성을 온몸으로 받으며 터덜터덜 비무대 아래로 향했다. 그러고는 화산 제자들 앞에 섰다.

"봤지? 이렇게만 하면 돼."

……거참 도움이 되는구나. 아주 눈물 나게 고맙다, 청명아.

모두가 말을 잃고 말았다.

강호인들은 강자를 좋아한다. 스스로 강함을 추구하고 천하제일인을 동경하는 만큼, 강자라는 존재 자체에 크나큰 애정을 가지는 이들이 바로 강호인들이다. 그런 이들이 눈앞에서 벌어진 이 말도 안 되는 사태에 환호하지 않을 리 없었다.

"우와아아아아아아!"

"화산신룡! 화산신룡!"

"화산파 만세!"

비무가 끝난 지 한참이 되었는데도 우레와 같은 함성은 잦아들 기미조차 보이지 않았다. 다른 비무장에서도 하나둘 승부가 나기 시작했지만, 누구도 그 결과에 관심을 두지 않았다. 청명이 보여 준 일격이 지나치게 강렬했기 때문이다.

"세상에, 해남파의 대제자를 검도 쓰지 않고 잡다니!"

"화산신룡, 화산신룡 하기에 얼마나 대단한가 했더니! 이건 소문보다 더하지 않은가!"

"기, 기습이었지 않나."

"기습? 기습은 얼어 죽을! 비무대 위에서 방심하는 놈이 미친놈이지. 그리고 비무 시작하라는 신호가 분명히 떨어졌는데 기습은 무슨 놈의 기습인가? 실력일세, 실력!"

"그렇지. 억울하면 이겨야지!"

"화산파가 정말 강해졌구나! 저 해남을 일격에 꺾다니."

사소한 이견들은 깔끔하게 무시되었다. 이곳에 모인 이들은 대부분 훗날 강호를 이끌어 갈 천하의 인재들을 두 눈으로 직접 확인하고 싶어 한다. 쉽게 말해, 그저 승리만 해도 환호를 보낼 준비가 되어 있단 소리다. 그런데 심지어 눈앞에서 이런 광경을 보았으니 어찌 열광하지 않으랴.

하지만 그 엄청난 함성 속에서도, 정작 청명은 심드렁한 표정을 지을 뿐이었다.

"뭐, 대단한 일 했다고."

"화산신룡! 화산신룡! 화산파! 화산신룡!"

"별것도 아닌······."

"화산! 화산! 화산신룡!"

······청명의 입가가 파들파들 떨리기 시작했다. 백천은 그런 그의 모습을 떨떠름하게 보았다.

'좋아 죽네, 좋아 죽어.'

"아, 아니. 뭐······. 이런 별것도 아닌······. 꺄, 꺄르······."

"······그냥 웃어라, 청명아. 그러다 어디 한 군데 터지겠다."

"좋기는. 저런 조무래기 하나 잡았다고!"

"조동아리는 그리 말하지만, 몸은 솔직한걸?"

그러자 청명이 애써 손으로 입가를 쫙쫙 펴 댔다. 백천은 한숨을 푹 쉬었다.

단 일격. 정말 말 그대로 일격이었다.

그것만으로도 청명은 이곳에 존재하는 모든 이의 시선을 단번에 빼앗아 버렸다. 그걸 노리고 한 방에 끝낸 것인지, 아니면 단순히 귀찮았던 것인지는 알 수 없다. 하지만, 목적이 무엇이었든 그 결과는 같다.

이제 분명 대회가 이어지는 내내 모두가 청명을, 그리고 화산을 주목할 것이다.

"조심해라, 청명아."

"응?"

청명이 고개를 슬쩍 돌려 백천을 보았다.

"과하게 주목받는 것도 좋은 일은 아니야. 봐. 벌써 다들 너를 경계하기 시작했다."

백천의 눈짓에 그는 주변을 둘러보았다. 확실히 아까보다 많은 시선이 쏠려 있다. 미칠 듯이 환호하는 관객들의 주목이야 당연하다지만, 그것과는 조금 다른 눈빛도 모조리 그에게로 쏠려 있었다.

대회에 참가한 다른 문파의 제자들이다. 누군가는 동요하는 눈빛으로, 또 누군가는 경계심이 가득한 눈빛으로 그를 살피고 있었다. 그들도 눈이 있으니 지금 청명이 한 짓이 얼마나 대단한 것인지 모를 수 없다. 이런 상황에서 경계를 안 하는 게 더 이상한 노릇일 것이다.

하지만 그 시선을 받는 청명은 되레 눈을 부라렸다.

"이 새끼들이, 어디서 눈을 싸가지 없이 치켜떠?! 눈알을 콱 그냥!"

다행히 옆에 대기하고 있던 백천이 잽싸게 청명을 내리누르며 진정시켰다.

"이 미친놈아! 그런 모습을 보여 줬으니 경계할 수밖에 없잖으냐!"

"헹! 경계? 제까짓 것들이 날 경계하면 뭐 어쩔 건데? 어차피 한주먹 거리도 안 되는 것들이!"

어……. 그건 그렇지. 확실히 청명은 경계하고 어쩌고 해서 감당할 수 있는 이가 아니다. 저들이 그걸 아는가는 별개의 문제지만.

그때, 청명이 슬쩍 입술을 핥으며 나직하게 말했다. 사뭇 진지해진 목소리였다.

"기억해 둬, 사숙."

"응?"

"인정사정 봐주지 마."

"……."

"적당히 상대하며 봐주면, 다음에는 잘만 하면 이길 수 있겠단 생각을 하기 마련이야. 그러면 만만하게 보지. 이길 때는 피도 눈물도 없이 짓밟아 버려야 해. 그래야 다음에 만났을 때 기가 죽어 눈도 못 마주치거든."

"……우리가 흑도냐?"

"흑도 애들에게도 배울 건 있어. 그놈들은 체면이고 나발이고 살아남는 게 우선이고, 이득이 우선이라 가장 효율적으로 움직이거든."

"……."

"명심해. 절대로 봐주지 마. 이기려면 압도적으로 이겨야 해! 그래야……."

청명의 시선이 슬쩍 위로 향했다. 단상 위에 있는 각 파의 장문인들에게로.

"저들도 실감할 테니까. 이 판이 누굴 위해 깔린 판인지 말이야."

구파일방과 오대세가의 장문인들을 훑는 그의 눈빛에는 명백한 조소가 어려 있었다.

한편, 그 시각. 연단 위에서 비무를 지켜보던 장문인들 역시 놀라움을 감추지 못하고 있었다.

"허어, 실로 놀랍습니다. 저 화산 아이의 실력이 무척 출중하지 않습니까?"

"상대가 크게 방심한 것도 아니었는데, 순간적으로 저도 움직임을 놓쳤습니다."

"화산신룡이라는 이름이 심심찮게 들린다 싶더니, 정말 훌륭한 동량이 될 아이가 아닙니까."

진심 어린 감탄이 확연히 묻어났다. 청명이 보여 준 실력은 구파와 오대세가의 수장들조차 놀라게 하기에 충분했다. 물론, 그들의 시선에는 숨길 수 없는 경계의 빛 또한 드러나 있었다.

'아무리 그래도 일격이라니.'

'저 곽환소라는 이의 기본기도 절대 모자라 보이지 않았다. 그런데 반응조차 하지 못했단 건가?'

이건 누구의 실력이 더 뛰어난가 하는 문제를 넘어섰다. 적어도 한 배분 이상의 차이가 나야 노려 볼 수 있는 결과다. 아니, 한 배분 이상의 차이가 난다고 해도 대부분은 곽환소를 일격에 쓰러뜨릴 엄두도 내지 못할 것이다. 그 어려운 일을 저 화산신룡이 아무렇지도 않게 해냈다.

"화산신룡이라. 화산신룡······."

"듣던 것 이상이로군요."

본디 이곳에 모인 장문인 중 대부분은 화산신룡이 천하제일 후기지수라는 말에 동의하지 않았었다. 정확하게는 화산신룡을 인정하지 않는 게 아니라, 천하제일 후기지수라는 허명을 인정하지 않는 것에 가깝다.

사실상 천하제일 후기지수 자리는, 흘러나온 평가와 강호에 나선 이들의 행적으로만 판단할 수밖에 없다. 천하의 후기지수들을 모두 일일이 비교해 보는 건 불가능에 가까우니까. 게다가 구파일방이나 오대세가쯤 되는 대문파라면 각자 미래를 걸고 키우는 동량 하나쯤은 있는 법.

'내 제자가 강호에 나서면 저런 평가쯤은 얼마든지 뒤집을 수 있다'.

이게 장문인들이 내심 품고 있던 생각이었다. 하지만 이 순간, 어쩌면 화산신룡이 얻은 명성이 결코 허명이 아닐 수도 있다는 생각이 그들의 머릿속을 장악했다. 과연…… 자신들의 제자들이 저런 모습을 보여 줄 수 있을까? 하는 의구심까지. 그 질문에는 누구도 쉽게 그렇다고 고개를 끄덕이지 못할 것이다.

의례적으로 오고 가던 덕담이 조금씩 잦아들었다. 황당한 결과를 받아들이자 경계심이 감탄을 앞서기 시작한 탓이다.

"크흐흠."

그 기묘한 분위기 속에 현종은 고무줄이라도 당겨 놓은 듯이 자꾸만 쫙쫙 펴지는 어깨를 진정시키기 위해 무진 애를 써야 했다. 자꾸만 말을 잃어 가는 장문인들의 속내를 짐작하기란 그리 어렵지 않다.

'황당하겠지.'

하지만 조금 더 황당해도 된다. 현종은 그 황당함을 몇 년째 겪고 있으니까. 그 모진 세월을 버텨 온 대가로 드디어 이 순간이 온 것이다. 화산의 청명이라는 이름 천하의 모두에게 선보이는 바로 이 순간이!

그때, 당군악이 고소를 머금으며 슬쩍 현종에게 말을 걸었다.

"축하드립니다, 장문인."

"하……. 하하. 운이 좋았겠지요."

"운이라니요. 겸손도 지나치면 비례가 되는 법입니다. 저만한 일을 해낼 수 있는 이가 또 있겠습니까?"

당군악의 말에, 누군가가 끼어들어 답했다.

"틀린 말은 아닙니다."

조금 놀란 현종이 의아해하며 고개를 돌렸다. 대화에 끼어든 이가 종남의 장문인인 천하검 종리곡이었기 때문이다.

"과연 화산신룡 청명입니다. 예전 종화지회에서 보여 줬다던 모습 그대로군요. 가히 후대의 천하제일인을 노릴 수 있는 인재입니다."

이 양반이 뭘 잘못 처먹었나? 이해를 못 하겠다는 듯 종리곡을 바라보던 현종이 이내 아, 하고 고개를 끄덕인다. 무슨 수작을 부리고 있는지 알 것 같았다.

천하에서 청명에게 가장 큰 망신을 당한 곳이 바로 종남이다. 그 결과를 바꿀 수 없다면, 차라리 청명이 자신의 실력을 증명해 주는 편이 나을 것이다. 그래야 종남이 별것 아닌 자에게 망신당한 머저리 문파가 되지 않을 테니까. 물론, 속으로야 청명을 몇 번이고 죽여 버리고 싶을 만큼 싫겠지만 말이다.

"과연 그렇습니다."

"흐음. 역시나 화산신룡입니다."

비슷한 생각을 한 것인지 허도진인도 청명을 치켜세우기 시작했다.

당군악과 허도진인. 이 두 사람의 말은 그 무게가 다를 수밖에 없다. 허도진인까지 나서니 다른 장문인들도 모두 경계심을 감추며 덕담과 칭찬을 건네기 시작했다.

"축하드립니다, 장문인."

"하하. 화산이 옛 명성을 되찾는 것도 그리 멀지 않은 것 같습니다."

현종의 입가가 파들파들 떨리기 시작했다. 부모의 면을 세우는 것은 자식이고, 장문인의 면을 세우는 것은 제자다. 이곳에서 이보다 더 확실하게 그의 면을 세워 주는 일이 어디에 있겠는가.

"크흐흠. 크흠! 다들 감사드립니다."

현종이 주먹으로 입을 가리며 연신 헛기침했다. 아래를 바라보니 백천과 드잡이를 하는 청명의 모습이 눈에 들어왔다. 때로는 정말 평생 쌓아 온 도고 나발이고, 올라타서 냅다 까 버리고 싶게 만드는 청명이지만, 이럴 때는 또 이렇게 예쁠 수가 없다. 일단 청명의 일이라면 싸고도는 현영의 심정을 이 순간 절절히 느끼는 현종이었다.

내심이야 어떻든 모두가 화산을 축하하는 와중에, 그 분위기에 끼지 못하는 한 명이 있었다.

"그저 기습으로 벌어진 일이 아닙니까!"

"음."

"크음."

그 황당한 말에 고개를 돌렸던 이들이 목소리를 낸 자를 확인하고는 겸연쩍은 미소를 지었다. 해남파의 장문인인 금양백(金洋魄)이었다. 그는 붉다 못해 거의 검게 달아오른 얼굴로 소리쳤다.

"승부의 결과는 인정합니다. 하지만 저 아이가 방심하지 않았다면 이리 쉽게 결판이 나지는 않았을 것입니다."

듣고 있던 당군악이 쓰게 웃었다.

'자기 얼굴에 먹칠하는군.'

무인이 방심한다는 것은 실력이 없는 것보다 더한 수치다. 특히나 정식으로 승부를 겨루는 비무대 위에서 방심이라니. 결코 있을 수 없는 일이 아닌가? 하지만 그는 동시에 금양백의 심정을 이해했다.

'아마 지금은 이성적으로 생각하기 힘들겠지.'

애지중지 키워 온 제자가 단숨에 박살이 나고 해남의 이름이 곤두박질 친 상황이다. 일파를 이끌어 가는 장문인 입장에서 이보다 더 끔찍한 일은 없을 것이다.

"두고 보십시오. 해남의 실력이 이 정도가 아니라는 걸 곧 다른 아이들이 증명해 줄 테니 말입니다!"

노기 어린 금양백의 말에 누구도 대꾸하지 않았다. 다만 모두의 머릿속에 한 단어만은 확실히 파고들었다.

'다른 아이들이라.'

명성이 자자하던 화산신룡 청명의 실력을 눈으로 확인했다. 그렇다면 화산의 다른 제자들의 실력은 어떨 것인가? 장문인들의 시선이 모여 있는 화산파의 제자들에게로 향했다. 그 결과에 따라서…… 이 비무 대회는 화산파를 위한 장이 될지도 모른다. 장문인들의 표정이 자못 심각해지기 시작했다.

백천이 굳은 얼굴로 입을 열었다.
"잘 들어라. 절대로 이놈을 따라 하지 마라."
그러더니 옆에서 의자에 앉아 육포를 쫙쫙 찢어 먹는 청명을 가리키며 오만상을 찌푸렸다.
"뱁새가 황새를 따라가다가는 가랑이가 찢어지는 법이고, 우리가 청명이 놈을 따라 하려 들다간 대가리가 깨지는 법이다. 절대 단숨에 승부를 내려 하지 말고 실력을 모두 발휘하는 데만 집중해라! 알겠느냐?"
"예, 사형!"
"알겠습니다! 사숙!"
모두가 백천의 말에 동조했다. 하지만 청명만은 생각이 다르다는 듯 고개를 뒤로 젖혔다.
"그게 아니라니까 그러네, 사숙."
"시끄럽다!"
백천이 버럭 소리쳤다.
"네가 할 수 있는 거 말고 우리가 할 수 있는 걸 시키라고, 인마!"
"저 새끼들 잡는 게 뭐 별일이라고."
말이 통하질 않으니 대거리할 방법도 없다. 백천은 더 이상 상대하지 않겠다는 듯 고개를 휙 돌렸다. 그러고는 다시 신신당부했다.

"어쨌든 그러니까 절대 청명이 놈이 하는 짓을 따라 하지 말거라. 알겠느냐?"

"예!"

아무리 청명이 놈이 무섭다고는 해도, 이렇게 대놓고 백천과 청명의 의견이 충돌하게 되면 일단은 백천의 말을 따르는 게 옳다.

그 순간이었다.

"사, 사형! 조걸이 시합 시작합니다!"

아차, 저놈을 잊었구나! 백천이 화들짝 놀라 얼른 소리쳤다.

"조걸이 너도 일단은 침착……!"

쾅!

갈 곳 잃은 백천의 외침이 쑥 들어갔다. 또 한 번의 정적이 흘렀다. 모두가 멍한 눈으로 비무대 위만 바라보았다. 우스운 건, 상대를 대번에 비무장 밖으로 날려 버린 조걸 역시 황당해한다는 점이었다. 그는 장외에 추락해 경련하는 상대를 멍하니 바라보고만 있었다.

"치, 침착하게……."

조걸이 중얼거리며 제 검과 쓰러진 상대를 번갈아 바라보았다. 그러더니 천천히 고개를 돌렸다. 백천과 눈이 마주친 그는 몇 번 입을 뻥긋거리다 억울하다는 듯 말했다.

"사, 사숙……. 이 새끼들이 너무 약합니다."

……약해? 구파일방의 제자들이? 백천은 아예 말문이 틀어막힌 사람처럼 침묵했다. 눈으로 둥근 호선을 그려 가며 상황을 지켜보던 청명이 낄낄 웃기 시작했다.

"배애애애앱새?"

"……."

"그럼 쟤들은 뭐 지렁이쯤 되는 모양이지? 크으, 그런 의미였구나. 우리 동룡이 거만한 것 좀 보소."

……뭔가 단단히 잘못 돌아가……. 아니, 과하게 잘 돌아가기 시작했다. 백천은 그걸 뒤늦게 깨달았다.

"얘들아, 침착하……."
쾅!
"아니, 무작정 들이대지 말……."
쾅!
"한 방으로 끝내지 말라고, 이놈들아!"
쾅!

백천의 안타까운 외침이 무색하게도, 화산 제자들의 기세는 멈출 줄을 몰랐다. 처음에는 그저 환호하던 관객들도 이제는 점점 황당해하는 눈빛으로 화산 제자들을 바라보기 시작했다.

"이게 대체 뭔 일이야?"
"아, 아니……. 어떻게 하나같이……?"

이제 모두가 비무대 위에 있는 검은 무복과 매화 무늬만을 찾았다. 비무대 위에 선 화산의 제자를 볼 때마다 사람들의 눈빛엔 기대와 황당함이 동시에 어렸다.

부담스러운 시선을 온몸으로 받으며 마침 비무대에 오른 윤종은 멍하니 하늘을 올려다보았다. 뭔가 생각하던 것과 많이 달랐다. 그에게로 쏠리는 이 기대감 넘치는 시선은 둘째치고…….

"이, 이익!"

건너편의 상대를 바라보는 윤종의 얼굴이 떨떠름했다. 탄식이 절로 나올 정도였다. 잔뜩 힘이 들어간 다리. 그리고 검을 너무 꽉 쥐어 피나 통할까 싶은 손. 어깨는 또 어떤가? 너무 굳다 못해 금방이라도 목 위로 솟아오를 것 같다. 절대 자신만은 비무장 밖으로 날아가지 않겠다는 의지가 엿보였다.

'하지만 저래서야 실력을 발휘할 수 없을 텐데.'

물론 저자를 탓할 일은 아니다. 윤종이 저 입장이었어도 똑같은 자세를 취하고 있을 테니까.

심지어 비무를 주관하는 혜초의 시선에서도 윤종에 대한 기대감이 엿보였다. 너도 화산의 제자니까 뭔가 보여 주겠지 하는 눈빛. 공정하기 이를 데 없어야 할 심판마저 저런 눈빛을 보이는데, 그런 윤종을 상대해야 하는 저 점창의 제자가 어떤 기분일지는 안 들어 보아도 빤하지 않은가.

윤종은 부담스럽기 짝이 없는 눈빛을 슬쩍 흘려 넘기며 검을 꽉 쥐었다. 상대가 어떻고 상황이 어떻든, 제 실력을 발휘하지 못한다는 건 있을 수 없는 일이다. 그랬다가는 저 악귀 같은 놈이 뭔 소리를 할지 벌써 귀에 들리는 듯하다.

검을 잡은 손에 힘을 살짝 뺐다. 역시 중요한 건 힘을 주는 게 아니라 긴장하지 않는 것이다. 가볍게 심호흡한 윤종이 가라앉은 눈으로 상대를 응시했다.

침착……. 또 침착하게…….

"시작!"

혜초의 외침과 동시에 상대가 고함을 지르며 달려들었다. 내력을 있는 대로 끌어 올린 일 검. 뻣뻣하게 군은 자세와 잔뜩 긴장한 얼굴이 무색하게, 그에게 날아드는 검은 쾌속하고도 날카로웠다.

'과연 점창!'

명문이라는 이름이 아깝지 않은 훌륭한 검이다. 다만…….

'이상하네?'

기이하게도 윤종은 이 검에서 어떠한 위협도 느끼지 못했다. 상대의 기세가 무뎌졌냐고? 천만에.

그저 빠른데 느리다. 강한데 약하다.

기이한 일이다. 상대의 검은 분명 쾌속하고 강하다. 하지만 윤종의 눈에는 그 쾌속한 검이 너무도 느리게만 보였다.

'빌어먹을, 몸이 길들여졌어.'

청명이 놈이 걸핏하면 휘둘러 대는 검에 비하자면, 이 검은 멈춰 있는 것이나 마찬가지다. 청명의 검을 완전히 피하지는 못하더라도, 빗맞을 수준은 되는 윤종에게 이 검을 피하는 것은 너무도 쉬운 일이었다.

일직선으로 찌르고 들어오는 검을, 윤종은 좌로 한 발짝 스슷 움직이는 걸로 깔끔하게 피해 냈다. 동시에, 상대의 훤히 비어 버린 옆구리가 보였다.

'일단은 가볍게 탐색…….'

하지만 머리가 미처 생각하기도 전에 그의 몸이 제멋대로 움직여, 점창 제자의 비어 있는 옆구리를 검면으로 호쾌하게 후려쳐 버렸다.

쾅!

"아아아아아악!"

옆구리를 얻어맞은 점창 제자가 비명을 내지르며 비무대 밖으로 날아갔다. 윤종은 황당하기 짝이 없다는 눈빛으로 날아간 상대를 바라보았다. 입에서 탄식이 새어 나왔다.

"아……."

좀 더 침착하게 상대의 검을 견식 해야 했는데……. 이게 이러면 안 되는…….

"승자! 화산의 윤종!"

혜초의 선언과 함께 다시 한번 우레와 같은 함성이 쏟아졌다.

"우와아아아아아아!"

"또 일격이다!"

"뭔 놈의 문파가 비무를 다 한 방으로 끝내는 거냐? 매화검문이 아니라 일격검문(一擊劍門)이라 불러야겠구먼!"

"대단해! 허허허허! 진짜 대단하다!"

윤종은 그 함성을 온몸으로 받으며 비무대에서 내려왔다. 황당함에 말을 잃은 백천 앞에 선 그는 어색하게 뒷머리를 긁적였다.

"죄송합니다, 사숙. 일단은 그냥 검을 맞대 보려고 한 것뿐인데."

"……뿐인데?"

"틈이 보이는 순간 몸이 제멋대로 움직였습니다."

백천은 뭔가 말을 하려다 말고는 한숨을 푹 내쉬었다.

"그래, 고생했다."

"저놈이…… 우릴 길들여 놨습니다, 사숙."

백천의 눈가가 파르르 떨렸다. 슬쩍 고개를 돌리니 당과를 씹어 먹고 있는 청명의 모습이 보였다.

'아, 사람이 웃는 낯에도 침을 뱉을 수 있구나.'

옛말에도 잘못된 말이 있는 게 분명했다. 저 낄낄대며 웃는 얼굴에 이렇게나 열불이 터지는 걸 보니 말이다.

화산의 입장에서 본다면 예선 첫날은 아주 수월하게 지나갔다.

물론 그 활약을 지켜보는 타 문파들의 입장에서는 마른하늘에서 날벼락이 떨어진 격이겠지만, 화산이 굳이 그들의 입장까지 염려해 줄 필요는 없잖은가?

 하지만 천하비무대회 예선 첫날을 이보다 좋을 수 없는 성적으로 마친 화산의 제자들은 의외로 그리 들떠 있지 않았다. 오히려 어안이 벙벙해서는 묵묵히 허공만 응시하고 있었다.

 화산파가 기거하는 소림의 전각.

 조걸은 초점이 반쯤 나간 눈으로 제 손을 내려다보다가 이내 주변을 둘러보았다.

 아니나 다를까, 비무에 참가했던 화산의 제자들은 하나같이 얼떨떨한 표정을 짓고 있었다.

 "우리가 이렇게 셌나?"

 "……그냥 쟤들이 약한 것 아닐까?"

 "그게 말이 되냐? 전부 구파일방의 제자고 오대세가의 제자들인데! 오늘 네가 이긴 사람이 어느 문파라고?"

 "……하북팽가였지."

 "하북팽가에서 천하무림대회에 참가하러 온 이가 약하다는 게 말이나 되냐? 적어도 하북팽가의 젊은 무인 중에서는 스무 손가락 안에 든다는 말인데."

 이기기만 해도 대단한 일이다. 그런데 그냥 이긴 것도 아니고 말 그대로 일격에 박살을 내 버렸다. 나름대로 격전을 치른 끝에 승리한 것이라면 순수하게 기뻐할 수 있겠지만, 너무 쉽게 이겨 버리니 덜컥 겁이 날 지경이었다.

 "이유야 뭐, 너무 간단하지."

누군가의 말에, 모두의 시선이 구석에서 꾸벅꾸벅 졸고 있는 청명에게로 향했다.

"지옥 같다고 생각했지만, 진짜 지옥이었을 줄이야."

"나는 다른 문파들도 명문이라면 다들 이 정도 수련은 하는 줄 알았지."

"......우리 진짜 죽다 살아난 거였구나."

화산의 제자들이 복잡한 심경으로 청명을 바라보았다. 저 망할 놈이 그동안 얼마나 그들을 지옥같이 몰아붙였는지 이제야 실감이 났다.

"하기야 생각해 보면 다들 기본적으로 서너 번쯤은 죽을 뻔했잖아."

"절벽에서 줄도 없이 떨어진 것만 해도 다섯 번이 넘는데, 서너 번은 무슨 얼어 뒈질 서너 번이야!"

"나는 저 새끼가 후려친 목검에 얻어맞고 사흘 동안 기절했다 깨어났다. 살아난 게 용하지!"

분명 감사해야 할 상황이다. 하지만 지난 시간을 돌이켜 보니 감사는 커녕 억하심정이 들불처럼 타올랐다.

"사람도 아니야, 진짜."

"결과가 좋으니 말도 못 하겠고."

백천도 그 말에 크게 공감하며 청명을 바라보았다. 저놈은 대체 뭘까? 이제 상식이라는 범주 안에서 청명을 규정하는 것은 포기했지만, 이런 일이 벌어질 때마다 새삼스레 생각해 보지 않을 수 없었다.

자신이 강하니 남도 잘 가르칠 수 있다? 그건 말도 안 된다. 다른 명문의 장문인들이나 전대 장로들이 청명보다 약하기야 하겠는가? 심지어 그런 그들이 직접 봐주는 명문의 제자들이 화산 제자들의 일격조차 버티지 못한다는 것은 확실히 기이한 일이었다.

"여하튼 확실한 건 하나 있잖습니까."

그 말에 모두가 소리가 난 쪽으로 고개를 돌렸다. 윤종이었다. 그는 자못 심각한 어조로 말을 이었다.

"우리 엄청 셉니다."

"……."

"아니면 저 명문인지 뭔지 하는 놈들이 생각보다 더럽게 약하든가요."

만일 상황을 모르는 이가 듣는다면 건방지기 이를 데 없다 손가락질할 것이다. 백천 역시 평소라면 겨우 하루를 겪어 보고 섣부르게 말한다고 윤종을 나무랐을 테고.

하지만 지금은 차마 그런 말이 나오지 않았다. 참가자 열다섯 중 열이 첫날 비무를 치렀는데, 전원이 승리했다. 단순히 승리한 것도 아니고 말 그대로 처발라 버린 수준이다.

겸손도 때와 장소를 가려야지, 여기서 겸손 운운하는 게 얼마나 후안무치한 일인가. 연속으로 과거에서 장원 급제를 한 이가 '죄송합니다. 제가 운이 좋아서 그렇지, 사실 실력은 다른 분들이 더 뛰어납니다.' 따위의 소리를 지껄이면 어떻게 되겠는가. 그날로 다른 선비들이 머리 풀고 광기 어린 투사로 돌변해 벼루로 대가리를 깨 버리겠다며 달려들고도 남을 것이다.

백천은 아랫입술을 지그시 깨물었다. 그는 이들을 통솔해야 할 대제자다. 모두가 기쁨에 들뜨고 설렘을 참지 못하더라도 그만은 중심을 잡아야 한다.

"좋은 성적에 들뜨는 마음은 알겠지만, 다들 중심을 잘 잡도록 해라. 명문이라 불리는 이들의 저력이 겨우 이것일 리가 없다."

백천의 말을 들은 화산의 제자들이 고개를 끄덕였다.

"아마 내일부터는 저들 역시 우리를 더욱 경계하고 나설 것이 분명하다. 그러니 냉정함을 유지해라. 우리는 여전히 저들과 비교할 수 없는 약체……."

문이 부서질 듯 쾅! 하고 열렸다. 갑작스런 굉음에 모두가 벌떡 일어났다.

"뭐, 뭐야!"

"기습인가!"

하지만 문 쪽을 확인한 그들의 얼굴엔 이내 황당함이 어렸다.

"현영 장……. 아니, 장문인?"

백천이 눈을 끔벅였다.

'뭐지? 순간 현영 장로님처럼 보였는데?'

문을 벌컥 열어젖힌 건 현종이었다. 더없이 자애로운 미소를 머금은 그의 등 뒤에선 금방이라도 후광이 비칠 것만 같았다. 한껏 말려 올라간 입꼬리. 부드러운 곡선을 그린 눈꼬리와 살짝 벌린 양팔. 그야말로 부처의 현신과도 같은 모습이었다.

"자, 장문인?"

"어서 오십시오! 장문인!"

인사를 받으며 현종이 고개를 주억거리더니 안으로 천천히 걸어 들어왔다.

"허허허허. 다들 고생이 많았구나. 정말 고생이 많았어!"

그는 가장 가까이에 있던 조걸의 머리를 쓰다듬었다. 백천이 쓰게 웃었다. 꽤 오래도록 현종을 보아 왔지만, 저리 흡족해하고 기뻐하는 건 처음 보았다.

하긴 그러지 않으면 이상하다. 그는 비무 대회에 앞서 구파일방과 오대세가, 그리고 천하의 여러 명문의 장문인들이 모여 있는 자리에 불려 갔었다. 그들의 텃세와 압박을 한가운데서 느끼고 있었는데, 그 모두가 보는 앞에서 화산의 제자들이 이토록 활약했으니 기분이 날아가다 못해 당장 승천해도 이상하지 않을 것이다.

"선조들께서 이 모습을 지켜보셨다면 얼마나 자랑스러워하셨을지! 허허. 허허허허."

환히 웃던 현종이 눈가를 슬쩍 훔쳤다. 그 모습에 모두가 숙연해지려는 찰나였다.

"거, 길 막고 서서 궁상떨지 마시고 이거나 좀 받으십시오!"

이번에는 진짜로 현영이 들어왔다. 그는 가슴 앞으로 커다란 바구니를 몇 개씩이나 층층이 쌓아 들고 있었다. 위태한 모습을 본 현종이 물었다.

"이게 다 무엇이더냐?"

"밥입니다."

"밥? 웬 밥?"

"아, 당연히 애들 먹일 밥이지요!"

현영의 뜬금없는 말에 현종이 슬쩍 눈살을 찌푸렸다.

"소림에서 식사를 제공해 주지 않더냐."

"쯧쯧쯧쯧!"

현영은 현종을 보며 크게 혀를 찼다.

"거, 식당에서 주는 거라고는 풀뿌리밖에 없던데 그걸 먹고 어떻게 힘을 씁니까!"

현영이 탁자 위에 바구니를 올리고는 위에 덮인 천을 하나하나 걷었다. 그러자 바구니를 그득그득 메운 구운 닭고기와 돼지고기찜이 고운

자태를 드러냈다.

"고기를 먹어야 힘을 쓰지, 고기를! 어디 우리 귀한 애들한테 풀때기를 먹이려고!"

"고, 고기? 지금 소, 소림에서 고, 고기를 먹겠다고?"

현종이 눈을 휘둥그레 뜨며 아연실색했지만, 현영은 그저 심드렁하기만 했다.

"뭐 어떻습니까? 저놈들이 중이지, 우리가 중인 것도 아닌데."

"아, 아니 그래도……."

설마 세상에 정말로 절간에서 고기 찾는 놈이 있을 줄이야. 그리고 그놈이 내 사제일 줄이야! 어이가 없어 말을 잇지 못하는 그를 두고 현영은 아이들을 불러 고기를 먹기 좋게 펼쳐 놓기 시작했다.

"자, 어서들 먹어라! 먹어야 힘을 쓰지, 요 귀여운 놈들!"

"잘 먹겠습니다!"

"감사합니다, 장로님!"

"오냐, 오냐. 끌끌."

제자들이 고기를 물처럼 흡입하는 모습을, 현영은 아주 흐뭇하게 바라보았다. 물론 남들이 보면 게걸스럽고 격식이라고는 없는 광경이겠지만, 현영의 눈에는 병아리가 모이를 쪼아 먹는 것처럼 귀엽고 사랑스럽기 그지없었다.

"청명! 청명이는 어디 있느냐? 옳지! 거기에 있구나!"

그는 구석에서 꾸벅꾸벅 졸고 있는 청명에게 부리나케 달려가 다정히 등을 두드렸다.

"청명아, 고기다! 얼른 먹어야지!"

"고기!"

청명이 눈을 번쩍 떴다!

"그래, 그래. 한동안 풀때기만 먹는다고 고생이 많았다. 내가 오늘부터는 매끼 고기를 먹여 주마!"

모두가 행복해 보였다. 현종은 멍하니 중얼거렸다.

"……정말 이래도 괜찮을까?"

"뭐, 어떻습니까? 억울하면 이기라고 하십시오!"

팩 쏘듯 대꾸한 현영은 세상 다시없는 호인 같은 표정을 지으며, 고기를 뜯는 청명의 머리를 쓰다듬었다.

"내일도 잘할 수 있겠지?"

"억엉 마에어. 애가이 아 애어릴 테이까."

"그래, 그래. 대가리! 그래. 하하하하하하핫!"

호쾌하게 술을 마시는 흑도인 같은 둘을 보며, 현종 역시 흐뭇하게 웃었다.

'이젠 나도 모르겠다.'

뭐, 다 잘되겠지. 뭐.

　　　　　　　· ❖ ·

현종의 입가에선 웃음이 떠날 줄을 몰랐다.

"크흡!"

걷다가도 웃고, 문고리를 잡다가도 웃고, 심지어는 밥을 먹다가도 웃음이 터져 입을 틀어막기 일쑤였다.

현상도 날아가는 듯한 기분을 어쩌지 못했다. 그는 무각주이니 오히려 장문인보다 좀 더 근엄해야 하는데, 자꾸만 제멋대로 뒤틀리는 입꼬리를 어찌하기 힘들었다. 수십 년을 수양했지만, 얼굴 근육 하나 어찌지 못하는 게 사람인 모양이다.

되레 그중에서 가장 침착한 것은 현영이었다.

"거, 체통들 좀 지키십시오. 애들 앞에서 그리 좋아 죽는 티를 내서야 되겠습니까?"

현종과 현상이 얼굴을 일그러뜨리며 그를 노려보았다.

"다른 사람은 몰라도 네게는 그런 말을 듣고 싶지 않다."

"제가 뭘 어쨌다고 그러십니까."

"끄응."

현종이 앓는 소리만 내자 현상이 물었다.

"너는 놀랍지도 않더냐?"

"뭐가 말입니까?"

"애들이 저리 대활약을 하는데, 놀랍지 않으냐는 말이다."

그 말에 현영이 피식 웃었다.

"놀랄 일도 많습니다. 청명이가 이미 저놈들 대가리를 깨 버리겠다고 한 마당에 뭐가 놀랍단 말입니까? 어디 청명이 놈이 없는 소리 하는 걸 본 적 있으십니까? 그놈이 실없는 소리는 종종 해도 없는 말은 안 하는 놈 아닙니까."

"……그렇긴 하지."

"그런 녀석이 대가리를 깬다고 하면 정말 대가리를 깨는 겁니다. 그런데 걱정할 게 뭐가 있습니까?"

"으음……."

"장문인도 이제는 실감하실 때가 됐습니다."

"뭘 말이더냐?"

현종이 눈을 끔뻑였다. 그러자 현영이 차분한 목소리로 말했다.

"화산은 강합니다."

현종은 입을 꾹 다물었다. 듣고 있던 현상도 마찬가지였다. 현영이 그런 둘에게 한 번씩 시선을 주고는 가볍게 미소를 지었다.

"아이가 아름드리나무를 부러뜨린다면 놀랄 일이지만, 작은 묘목을 부러뜨리는 건 놀랄 일도 아니잖습니까?"

"그, 그렇지."

"적어도 저 아이들의 화산은 강한 문파입니다. 우리 때와는 다릅니다, 장문인. 그러니 저 아이들의 활약에 일일이 놀랄 필요 없습니다. 당연한 일이지요."

현종이 살짝 허벅지를 움켜잡았다. 담담한 현영의 말이 가슴을 뒤흔들었다.

강하다. 백 년 내에 화산이 그런 평가를 받은 적이 있었던가?

그간 '강함'이라는 말은 다른 문파에게나 어울리는 말이었다. 그런데 이제 그들 스스로 강하다는 말을 입에 올리게 되는 날이 오다니.

"이제 곧 다른 문파들도 화산을 인정하게 될 겁니다. 인정 안 할 도리가 있겠습니까? 화산을 무시하다가는 우리 아이들에게 박살이 난 자파의 아이들이 바보 천치가 될 판인데."

"그렇겠지."

"그러니 우리는 그냥 지켜보기만 하면 됩니다."

현종이 가만히 고개를 끄덕였다.

"우리가 저 아이들의 거름이 되어 주어야겠지."

그의 자애로운 표정을 보던 현영이 입꼬리를 씨익 말아 올렸다.

"장문인. 궁금한 게 하나 있습니다."

"음?"

"해남파 장문인 표정이 어땠습니까?"

"……."

"종남도 아마 볼만했을 것 같은데. 이야기 좀 해 보십시오! 제가 이거 못 들으면 궁금해서 잠도 못 잘 것 같습니다."

"어허. 어찌 도인이 되어서 남의 불행에 기뻐한단 말이더냐!"

묵묵히 있던 현상이 넌지시 말했다.

"저도 궁금합니다, 장문인."

"……."

"거, 그러지 말고 말 좀 해 보십시오. 해남파 장문인 표정이 어땠습니까?"

"그, 그야……."

썩었지.

"종남! 종남은요? 종리곡 그 인간은 배가 아파서 잠도 못 잘 텐데!"

"되레 덕담을 하더구나."

"그래요? 낄낄낄낄. 덕담을 하는 속이 어땠을지 생각하니 십 년 묵은 체증이 쑥 내려가는 느낌입니다! 히히히힛!"

아이처럼 좋아하는 현영을 보며 현종은 저도 모르게 미소를 지었다.

아주 개판이로구나. 남의 불행을 기뻐하며 아이처럼 웃는 도인이라니. 화산은 어디로 가는가……. 어디로…….

•❖•

이튿날, 비무장에 도착한 화산의 제자들은 눈을 휘둥그레 떴다.

오늘 오전에는 화산파의 비무가 없어서 조금 천천히 나온 참이었다. 방에 들러붙어 안 가겠다고 발악을 하는 청명이 놈을 끌어내느라 시간이 좀 더 걸리기도 했고. 어쨌거나 여차여차 정오가 다 되어서 비무장에 도착한 참인데…….

"뭐야. 분위기 왜 이래?"

모두가 비무장을 멍하니 바라보았다. 어차피 경계의 시선이 쏟아지는 거야 당연하지 않냐고?

아니, 그런 게 아니다. 물론 그런 경계에 익숙하지 않은 건 사실이지만, 이 정도는 당연히 예상했다. 화산의 제자들도 바보가 아니다. 어제 그들이 한 일이 있는데, 다른 문파의 눈빛에 경계심이 없을 리가 있겠는가.

문제는 그들에게 꽂히는 경계의 눈초리가 아니라 비무대 위의 상황이었다.

"으아아아아아아!"

"비켜라! 빌어먹을!"

날카로운 검기가 격하게 쏟아지는 비무대 위를 본 화산의 제자들이 눈을 끔뻑였다.

"약 빨았나?"

"흑도 애들 데리고 왔어?"

대회의 분위기가 어제와는 판이하다.

어제는 그래도 나름 훈훈한 분위기가 있었다. 화산의 제자들이야 분위기고 나발이고 제대로 보일 새도 없이 비무를 끝내 버렸으니 논외로 치더라도, 다른 비무대에서는 나름 명문의 제자들다운 비무가 이뤄졌다.

하지만 오늘은 한마디로 정의하자면…….

"개판 났네."

조걸이 무심코 중얼거린 말이 딱 들어맞았다. 살벌한 살기가 넘쳐 난다. 어제는 전혀 보이지 않던 살기 어린 초식이 서로를 노리고, 공격하는 이들의 눈빛에도 독기가 가득 차 있다.

"왜 저래, 쟤들?"

백천의 넋 나간 듯한 물음에 청명이 피식 웃었다.

"왜 저러긴. 여기까지 칼 들고 온 놈이면 남이 활약하고 명성을 얻는 걸 손가락 빨면서 지켜만 보다가 돌아가고 싶지는 않은 거지."

"응?"

"어제 이긴 놈 중에 기억에 남는 이들이 있어?"

백천이 곰곰이 생각해 보다 고개를 저었다.

"없는 것 같은데? 하지만 나는 우리 애들의 비무를 주시해야 했으니까……."

"그래서 다른 사람들은 다른 비무대를 주시했대?"

"……그건 아니겠지."

청명이 어깨를 으쓱했다.

"어제도 평범한 비무 대회였으면 나름 이름을 날렸을 놈들이 제법 나왔어. 딱 보기에도 실력이 범상치 않은 놈들이. 차분한 분위기에서 대회가 진행되었으면 보통은 그런 놈들이 이름을 날리고 문파의 명예를 드높이는 법이지만……."

"우리 때문에 묻혀 버렸다?"

"그렇지."

청명이 씨익 웃으며 기지개를 켰다.

"죽어라 싸워서 이겼는데 사람들이 모두 화산 이야기만 해. 그 꼴 보고도 참을 수 있을 놈들이 몇이나 되겠어? 설사 본인은 참을 수 있다고 해도…….”

그의 시선이 단상 위로 슬쩍 옮겨 갔다.

"저 양반들은 입장이 좀 다르겠지.”

이건 과거의 청명이 느꼈던 명문의 단점과 맥을 같이하는 이야기다.

기초가 중요하다는 걸 모르는 사람은 없다. 하지만 자신의 제자가 남에게 뒤처지기 시작하는 걸 느끼면, 기초고 나발이고 일단 당장 써먹을 수 있는 실전적인 초식을 가르치게 되는 게 사람이다. 비교는 늘 사람을 망치는 주범이니까.

“내 새끼가 글 좀 못 외우고, 머리가 우둔해도 예뻐하는 게 사람이잖아?”

“그렇지. 그래도 자식이니까.”

“그래. 그런데 내가 제일 싫어하는 놈이 나한테 와서 제 아들놈 자랑을 하기 시작해. 벌써 사서삼경을 외우고 학당에서 신동으로 불린다는 말을 지껄이는 거지. 그러면 그날은 무조건 집안 대들보 뽑히고 서까래 무너지는 거야.”

백천이 입을 다물었다. 비유가 너무 찰떡같아서 이해를 못 할 도리가 없다. 당장 백천만 해도 그런 상황에 처한다면 아마 속에서 천불이 날 테니까.

청명이 씨익 웃으며 장문인들이 모여 있는 곳을 향해 턱짓했다.

“그런 의미에서 말인데, 저 양반들이 어제 숙소로 돌아가서 무슨 말을 했을까? 과연 '눈에 띄지 않아도 좋으니 천천히 너희의 실력을 발휘하길 바란다.'라고 했을까?”

“그, 그러지 않았을까? 그래도 명문거파의 장문인들인데?”

"정말 그렇게 생각해?"

청명은 씨익 웃으며 되물었다. 하기야 선뜻 이해가 안 갈 수도 있다. 명문거파의 장문인쯤 되면 반쯤은 신선이라고 생각하는 사람들이 대부분이니까. 하지만 정말 그런가?

천만에. 장문인들은 누구보다 세속적이다.

거대한 문파를 이끌어 나간다는 건, 그 많은 이들을 먹이고 입히고 재우는 동시에 문파의 명성을 날려 끊임없이 새로운 제자를 받아들여야 한다는 것을 의미한다. 명성이 높아지면 더 좋은 재질을 타고난 제자들이 몰려들고, 그들이 성장하여 다시 문파의 명성을 드높인다. 이 선순환이 얼마나 중요한지 알고 있는 장문인들은 문파의 명성을 높이는 데 목을 맬 수밖에 없다. 당장 명성을 잃은 화산이 무슨 꼴을 당했는지만 봐도 결론이 나오는 문제가 아니던가.

청명의 입꼬리에 쓴웃음이 스쳤다. 아마 이들은 들어도 이게 뭔 말인지 이해하지 못할 것이다. 구파일방이나 오대세가의 장문인들이 얼마나 잇속에 빠르고 세속에 집착하는지는 나이 지긋할 때까지 그들을 겪어 본 청명이나 알 수 있는 일이니까.

그는 어깨를 으쓱해 보이며 말했다.

"장문인들이 아무 말을 안 했는데 쟤들이 저리 독을 품고 날뛰겠어?"

백천은 할 말을 잃고 말았다. 듣고 보니 모두 맞는 말이라서.

"두고 봐. 이제 우리가 비무에 올라가면 다들 어떻게든 화산의 발목을 잡아 늘어지려고 안달복달할 테니까."

"그럼 어떻게 하자고?"

"뭘 어떻게 해?"

청명은 태연하게 씩 웃었다.

"달라질 거 없지. 분위기도 달아올랐겠다. 보이는 족족 대가리를 깨 버리면 그만이야."

그러고는 치러지고 있는 비무를 슬쩍 바라보았다.

"아아아아악! 내 팔!"

검면에 얻어맞아 팔이 부러진 무인 하나가 바닥을 뒹굴고 있었다. 소매가 피로 물드는 걸 보면 어설프게 빗맞아 베이기까지 한 모양이다. 승리를 따낸 이의 얼굴에 쾌감이 번져 간다.

비무란 어느 정도의 부상을 감수해야 하는 일이기는 하지만, 지금의 분위기는 명백히 과열되어 있었다.

"분위기 좋고."

청명이 입꼬리를 싸악 말아 올렸다.

"명문거파와 명문세가의 친목을 다지는 자리? 웃기고 자빠졌네. 누가 그렇게 만들어 준대?"

영광은 화산에게만 돌아오면 충분하다. 다른 이들에게 나눠 줄 영광은 없다. 화산이 아닌 이들이 가져가야 할 것은 치욕뿐이다.

백천이 무겁게 고개를 끄덕이고는 제자들을 다잡기 시작했다. 청명은 뒤쪽에서 벌어지는 일에 신경을 끄고 단상 위의 장문인들을 바라보았다.

'아직은 거들먹거리시겠다 이거지?'

저 위에서 비무를 지켜볼 수 있다는 건 아직은 여유가 있다는 뜻이다. 정말 궁지에 몰리면 비무에 나서는 제자 옆에서 조언하기 바쁠 테니까.

"자, 그 여유가 얼마나 가실까?"

딱히 저들에게 원한이 있는 건 아니다. 구파일방과 오대세가가 화산의 위기를 외면했다고 하나, 저들에게 반드시 화산을 도와야 할 의무가 있었던 것도 아니다. 게다가 당시 그 선택을 했던 이들은 이미 죽어 사라진 뒤니까. 후손들에게 선조들이 저지른 일에 대해 책임을 묻고 싶지는 않다. 선조는 선조. 후손은 후손이다.

다만 한 가지.

"사숙. 봐 봐, 저기."

청명이 가리킨 곳은 장문인들이 앉아 있는 단상 위였다. 선뜻 이해하지 못한 백천은 의문 어린 표정으로 물었다.

"응? 왜?"

"저거, 짜증 나지 않아?"

청명의 말에 다시 한번 단상 위를 자세히 살펴본 백천이 서서히 표정을 굳혔다.

단상 가장 앞에 마련된 호화로운 의자에 구파일방과 오대세가의 수장들이 근엄하게 앉아 있었다. 그리고 그들의 뒤쪽에 배치된 조금 작은 의자에 그의 장문인, 현종이 앉아 있었다. 같은 단상 위지만 문파의 위세에 따라 그 격이 확실하게 구분되어 있는 것이다.

"확실히 거슬리는군."

그곳에 시선을 못 박은 채로 백천이 중얼거렸다. 청명이 목을 좌우로 꺾었다. 꺾을 때마다 우두둑 소리가 울렸다.

"그래도 우리 장문인인데, 저기서 찬밥 취급을 받으시네. 좀 궁금해졌어. 오늘도 애새끼들 대가리를 다 깨 놓으면 어떨까? 그래도 내일 장문인이 또 저 자리에 앉으실까?"

"그럴 수도 있지."

백천이 싸늘한 눈으로 답했다. 그러고는 입술을 살짝 핥았다.

"그럼 자리가 바뀔 때까지 한번 날뛰어 볼까?"

"간만에 마음에 드는 소리 하네. 이래야 내 사숙이지."

장문인은 자신이 앉은 자리 따위야 아무래도 좋다는 듯, 제자들을 보며 활짝 웃고 있었다. 그 광경을 보자니 속이 뒤틀리고 뒤집힌다.

부모는 자식이 모자라도 예뻐한다고 말했다. 하지만 청명에게 현종은 모자라지 않은 자식이다. 화산이 올곧게 서 있기만 했다면 충분히 명성을 떨쳤을 동량이었다.

"되찾아 줘야지."

일단은 자리 하나. 아무것도 아니지만, 사실은 무엇보다 중요한 그것부터 말이다.

그때 마침, 대회의 진행을 맡은 혜초가 커다란 목소리로 외쳤다.

"다음! 화산파의 백천!"

호명이 들리자마자 관객들의 시선이 일제히 화산파의 제자들이 있는 곳으로 쏠렸다. 그러자 백천이 검을 굳게 틀어쥔 채 슬쩍 청명을 돌아보았다.

"걱정할 것 없다."

"응?"

"화려하게 보여 주고 돌아오지. 감히 화산의 장문인을 저기에 앉힌 것은 실수라는 걸 말이다."

비무대로 향하는 백천의 등을 보며 청명이 흡족하게 씨익 웃었다.

"여하튼 한 번씩 마음에 드는 소리를 한다니까."

잘 배웠네. 아주 잘 배웠어. 낄낄낄낄!

한편, 비무대에 오르는 백천을 보며 현종은 소매 아래로 주먹을 쥐었다.

'백천아.'

몸에도 힘이 바짝 들어갔다. 백천이 질까 봐? 그런 건 아니다. 현종은 그를 더없이 신뢰한다.

청명이 굴러 들어온 복덩이라면 백천은 심혈을 기울여 키워 낸 화산의 정화나 다름없다. 청명이 눈에 넣어도 아프지 않을 예쁜 자식이라면, 백천은 불면 날아갈까, 만지면 부서질까 애지중지 키워 온 자식과도 같다. 그러니 자연히 긴장할 수밖에 없는 것이다.

"저 아이가 화산의 대제자입니까?"

"예. 백자 배 중 대제자이지요."

"그럼 저 아이가 이번 비무 대회에 참가한 아이들 중 가장 항렬이 높겠군요."

"그렇습니다."

더는 말이 없었다. 그저 조금 전보다 더 경계하는 느낌으로 백천을 응시하는 이들만이 눈에 띌 뿐이었다. 어제와는 확연히 다른 분위기였다. 어제는 그래도 체면을 지킨답시고 나름의 덕담이 오가지 않았던가. 그런데 청명이 활약한 이후에 화산의 연전연승이 이어지면서 조금 분위기가 식어 간다 싶더니, 이제는 거의 한기가 흐를 정도였다.

현종이 굳은 표정으로 입술을 꽉 깨물었다.

무엇이 그리 두려운가? 자신들의 면이 상하는 것이 두려운가? 아니면 기껏 공고히 해 뒀던 구파일방과 오대세가라는 세력의 균형이 깨어지는 것이 두려운 것인가?

겨우 이대제자다. 만일 이곳이 일대제자와 장로들이 나서서 싸우는 진검 승부의 장이었다면 이들의 반응을 백번 이해했을 것이다. 하지만 아직 문파의 제대로 된 전력이라고 할 수도 없는 어린아이들의 활약에 이토록 정색하는 꼴을 보고 있자니 실망이 이만저만이 아니었다.

'이것이 천하를 이끌어 가는 이들이란 말인가?'

실망감을 감추지 못하던 현종이 무언가를 깨달은 듯 깊은 한숨을 내쉬었다.

'아니다. 아니야. 내가 틀렸구나.'

이들이 잘못된 게 아니다. 잘못된 것은 현종이다. 똑같은 능력과 실력을 갖춘 두 문파에 이들 중 하나와 현종이 장문인으로 있다면 어떤 문파가 더 발전해 나가겠는가? 경쟁하느니 양보하는 현종은 이들에게 모든 것을 빼앗기고 결국은 문파를 나락으로 밀어 넣을 게 분명하다.

시기를 조심하라 했던가. 앞쪽에 앉아 있는 소림 장문 법정의 뒷모습을 일견한 현종이 작게 고개를 끄덕였다.

'방장께서는 여기까지 보셨구려.'

물론 사람 좋은 이도 좋은 장문인일 수 있다. 하지만 협의만을 외치며 자신의 것을 챙기지 못하는 이는 결국 빼앗길 수밖에 없다. 지키기 위해서는 독해져야 한다. 치졸해 보이기까지 한 이들의 행동이 오로지 자신의 문파를 위하는 마음에서 나왔다는 것을 이해하는 순간, 현종의 눈빛에 한기가 어렸다.

'나도 더욱 독해져야 한다.'

저 아이들을 지킬 수 있도록. 저 아이들의 앞길에 방해가 되지 않도록.

장문인들의 반응에서 또 하나를 배우는 현종이었다.

"백천이라면 무당의 검룡을 꺾었다는 그 아이가 아닙니까. 이제는 검룡 대신 또 다른 오룡으로 불린다지요. 백룡(白龍)이라 했었나?"

누군가의 말에 무당 장문인 허도가 빙그레 미소를 지었다.

"우리 아이가 신세를 졌지요. 하나 저는 되레 저 아이에게 감사하고 있습니다. 진현은 그날 이후로 침식을 잊어 가며 수련에 매진하고 있습니다. 제 재능만 믿던 아이가 노력까지 더 하게 되었으니 그 미래가 어떨지 저도 기대하는 중입니다."

"하하. 그렇다면 좋은 일이지요."

허도진인이 웃는 낯으로 슬쩍 현종을 바라본다.

"아마 다음 승부의 결과는 이전과는 조금 다를 것입니다. 이 비무 대회에서 만날 수 있다면 좋을 텐데요."

과거의 현종이었다면 여기서 겸양의 말을 한 뒤 적당히 상대를 추켜세워 줬을 것이다. 하지만 이제 현종은 안다. 자기 자신을 낮출 수는 있어도 화산을 낮춰서는 안 된다. 그 자신이야 두엄더미에서 구르며 치졸하고 속 좁다는 말을 듣더라도, 저 아이들은 단 한 치도 깎아내릴 수 없다. 그게 장문인이 해야 할 일이다.

"무당의 검룡이 성취를 얻었다면 축하할 일입니다. 하지만……."

현종이 사람 좋은 미소를 머금었다.

"백천이의 재능은 저조차 놀랄 정도입니다. 그 아이가 한번 이겼던 상대에게 다시 진다는 건 아무래도 상상이 가지 않는군요."

그러자 허도진인이 살짝 놀란 눈으로 현종을 응시했다.

"하하하. 어제 비무의 결과가 장문인께 큰 자신감을 준 모양입니다."

"그렇지는 않습니다. 당연한 결과가 어찌 자신감이 되겠습니까? 제게 자신감을 준 것은 승부의 결과가 아니라 저 아이들의 실력입니다."

주변이 삽시간에 조용해졌다. 허도진인이 말없이 현종을 빤히 바라보다 막 입을 열려는 찰나였다. 옆쪽에서 괄괄한 목소리가 들려왔다.

"그 인연을 논하려면 먼저 제 손자놈을 이겨야 할 겁니다!"

두 사람의 시선이 소리가 들린 쪽으로 향했다. 하북팽가의 가주인 팽화서(彭和庶)가 못마땅한 표정으로 그들을 바라보고 있었다. 비무장에 올라서는 백천의 상대가 하북팽가 출신이라는 것을 확인한 허도진인과 현종의 얼굴에 무안한 기색이 깃들었다.

"실례했습니다, 가주님."

"제가 생각이 짧았습니다."

크게 흠! 콧김을 뿜은 팽화서가 팔짱을 끼며 우렁우렁한 목소리로 말했다.

"우리 도완(刀完)이가 그리 명성이 높은 아이는 아니지만, 그 실력은 어디에도 뒤지지 않소! 그러니 두 눈 크게 뜨고 똑똑히 보시오!"

허도진인은 굳이 대꾸하지 않고 침묵을 지켰다. 그리고 현종은 화를 참는 팽화서를 가라앉은 눈으로 바라보았다.

'하북팽가의 가주조차도 제 가문의 아이를 저리 감싸고도는데, 내가 무엇이라고 저 아이들보다 나의 체면을 우선시했다는 말인가?'

미안한 마음을 담아, 그는 백천에게 속으로 간절한 응원의 말을 건네었다.

'백천아, 이기거라.'

양손을 가볍게 모은 그의 눈빛에 신뢰와 우려가 동시에 담겨 있었다.

가볍다. 백천이 검을 잡은 손에 가볍게 힘을 줬다 풀기를 반복했다.

'저 녀석들이 한 말이 뭔지 알겠군.'

상대는 하북팽가의 팽도완이라 했다. 딱히 이름을 들어 본 적은 없지만, 하북팽가의 대표로 나올 정도라면 천하에서도 손꼽히는 기재 중 하나일 것이다. 그럼에도 백천은 그에게서 어떠한 위협도 느끼지 못했다.

이 순간 느껴지는 건 그저 일정하게 뛰고 있는 자신의 심장, 그리고 저 위쪽에서 이쪽을 응시하고 있는 현종의 시선뿐이다.

'장문인.'

과거의 백천은 그저 자신의 성장만을 생각하던 사람이었다. 하지만 청명을 만나게 되고, 많은 변화를 겪으며 새삼스레 한 가지를 알게 되었다. 백천의 신분을 알면서도 아무것도 따져 묻지 않고 받아들여 준 장문인이 얼마나 훌륭하고 대단한 사람이었는지를 말이다.

'나는 화산을 최고의 문파로 만든다.'

다시 말하자면 화산의 장문인을 중원에서 가장 높은 신분을 가진 이로 만들 것이다. 그러기 위해서는 지금 그의 눈앞에 있는 이를 이겨야 한다.

백천이 한 점 미혹 없는 눈빛으로 팽도완을 건너다보았다. 하지만 팽도완은 그 눈빛을 도발로 받아들인 모양이었다. 그가 한 손에 든 대도를 어깨에 위협적으로 걸쳤다.

"건방진 눈빛이로군. 어제 나름 활약을 했다고 겁대가리를 상실한 모양이지?"

다짜고짜 도발을 날려 오는 그를 보며 백천이 한숨을 내쉬었다.

'내 상대는 왜 이런 놈일까?'

그럴싸하게 어울릴 수 있는 상대라면 더 좋을 텐데 말이다. 백천은 심드렁하게 대답했다.

"딱히 그렇진 않소. 지금도 조금 겁을 먹은 상태니까."

"하하하하. 주둥아리 놀리는 솜씨는 그 얼굴처럼 번지르르하군."

어차피 말을 더 섞어 봐야 좋은 소리를 듣기는 글렀다는 걸 깨달은 백천이 검을 움켜잡았다.

"말로 싸울 생각이 아니라면 그만 시작하겠소."

"아니, 아니야. 내가 네게 기회를 한번 줄 생각이거든."

"기회라고 했소?"

팽도완이 껄껄 웃더니 말했다.

"지금이라도 기권하고 그냥 내려가면 그 빤질빤질한 얼굴이 상할 일은 없을 거야. 나는 너같이 기생오라비처럼 생긴 놈을 보면 짜증이 치솟거든."

"……기생오라비?"

"화산이 요행히 활약한 모양이지만, 그건 아직 진짜를 만나지 않은 덕이지. 하지만 너는 운이 없다. 나는 지금까지 화산이 상대한 어중이떠중이들과는 달라. 개망신당하고 싶지 않으면 차라리 지금 내려가라."

"……충고 고맙군."

백천이 고개를 좌우로 꺾었다. 자리에 앉아 그 모습을 본 윤종은 눈을 질끈 감았다.

"이젠 저것도 닮아 가시네."

"그냥 마음을 내려놓으십시오, 사형. 이제 돌이키기에는 늦었습니다."

"……사람 마음이 어디 그렇더냐?"

가면 갈수록 청명을 닮아 가는 사숙을 보며 윤종과 조걸이 눈물을 삼켰다. 과거 그들이 그토록 존경했던, 협과 도를 아는 그들의 사숙은 어디로 가 버렸는가.

아, 물론 지금도 존경은 한다. 존경은. 문제는 그 존경의 결이 좀 달라졌다는 거겠지.

팽도완이 이죽거리며 말을 이었다.

"그러니 지금이라도……."

백천이 살짝 지겹다는 듯 한숨을 쉬었다.
"됐고, 다 했으면 덤비시지. 슬슬 지루하니까."
"……이놈이?"
팽도완이 도를 어깨에서 내리더니 백천을 향해 똑바로 겨누었다.
"운이 좀 따라 주었다고 너희가 강한 줄 아는 모양이구나. 그럼 내가 똑똑히 알려 주지. 이미 한번 대가 끊겼던 화산 따위는 절대 명문의 힘을 당하지 못한다는 걸!"
실로 오만한 말이었다. 백천이 피식 웃었다.
"명문?"
뒷머리를 두어 번 긁적이며 백천이 심드렁하게 말했다.
"내가 잘 아는 놈이 그 말을 들었으면 분명 이렇게 말했을 거다."
"……뭐?"
"명문은 대가리가 없대?"
백천이 검을 곧게 뻗어 팽도완을 겨누었다.
"와 봐라. 그 잘난 명문의 대가리를 내가 깨 줄 테니까."
"이 건방진 놈이!"
팽도완의 얼굴이 순식간에 시뻘겋게 달아올랐다. 금방이라도 터질 듯 붉으락푸르락해진 그가 이를 갈았다. 그러더니 마침내 도를 꽉 움켜쥔 채 성난 소처럼 백천을 향해 달려들었다.
"그 버르장머리를 고쳐 주마!"
백천이 짧게 혀를 차며 눈을 가늘게 떴다. 하는 짓은 멍청하기 짝이 없지만, 과연 하북팽가에서 대충 가르친 것은 아닌지 어마어마한 기세가 그를 압박해 들어온다. 다만…….
'이런 기분이었겠군.'

예전에 그가 청명의 버릇을 고치니 어쩌니 했을 때, 청명이 어떤 기분이었을지 이제 알 것 같았다. 그렇게 생각하니 얼굴이 확 달아오르는 느낌이다. 명문이니 어쩌니 하는 허울에서 벗어나지 못한 이들은 자신의 배경이 곧 자신의 실력이라 생각한다. 백천 역시 청명에게 대가리가 깨지고서야 현실을 알게 되었다.

그렇다면……?

백천의 입꼬리가 살짝 올라갔다.

"이거 참, 은혜를 베풀고 싶지는 않은데."

"뭔 헛소리냐!"

팽도완이 비호처럼 뛰어오르며 백천의 정수리를 향해 도를 내려쳤다. 하북팽가가 천하에 자랑하는 절기, 오호단문도(五虎斷門刀) 중 비호살토(飛虎殺兎)의 초식이었다. 강렬한 적색 도기(刀氣)를 품은 도가 어마어마한 기세로 백천을 향해 떨어져 내렸다.

그 강맹한 기세를 쏟아 내면서도 팽도완은 냉정을 잃지 않고 백천의 움직임을 좇고 있었다.

'피해도 소용없다!'

비호살토를 정면으로 맞받는 멍청이라면 두 쪽으로 갈라져 죽어도 할 말이 없을 것이다. 생각이 있는 놈이라면 반드시 피한다. 어느 쪽으로 피하든 한번 기세를 잃으면 절대 그의 도를 감당할 수 없다. 그러면 이어지는 연환격(連環擊)으로 단숨에 승기를 잡고 저 재수 없는 면상에 칼자국을 그어 줄…….

그때였다. 자신을 향해 떨어져 내리는 팽도완의 도를 빤히 바라보던 백천이 움켜잡은 검을 뒤쪽으로 살짝 젖혔다. 그러더니 이내 가공할 기세로 정확히 팽도완의 도를 향해 휘둘렀다.

'미, 미친!'

팽도완이 두 눈을 부릅떴다. 이토록 강하게 내리친 대도를 저 얇디얇은 검으로 맞받아치겠다고? 세 살 먹은 어린아이라도 이게 말이 되지 않는 일임은 알 거다.

'오냐! 나를 원망 마라!'

이를 악문 팽도완은 내리치는 도에 있는 대로 기운을 밀어 넣었다.

마침내 그의 도와 백천의 검이 그대로 충돌했다!

콰아아앙!

귀를 찢는 커다란 폭음이 터지더니 한 사람이 뒤쪽으로 튕겨 나가 바닥을 나뒹굴었다.

"저, 저런!"

"말도 안 돼!"

지켜보던 관객들에게서 경악의 목소리가 터져 나왔다. 몸집 차이로 보나, 병기의 무게로 보나 당연히 백천이 튕겨 나가야 정상이건만…….

바닥을 뒹구는 이는 팽도완이었다.

"크, 크으윽……?"

그는 쓰러진 채로 힘겹게 고개만 들어 백천을 보았다. 경악을 숨길 여유도 없는 모양이었다.

백천이 가볍게 검을 떨치고는 그를 향해 천천히 걸어갔다. 한 번의 충돌만으로 팔뼈에 금이 가고 팔의 근육이 모조리 찢어져 버린 팽도완과는 달리, 백천은 일단 겉으로 보이는 상처가 전혀 없었다. 마침내 팽도완의 앞에서 걸음을 멈춘 백천이 혀를 찼다.

"야, 너."

그러고는 진심으로 조언했다.

"운동 좀 해라."

"……."

"그렇게 약해 빠져서는 화산에서 물통도 못 나른다."

팽도완의 입이 쩍 벌어졌다. 약하다고? 이 내가? 그는 믿을 수 없다는 듯 제 팔뚝을 훑어보았다. 기골이 장대하기로 유명한 팽가의 후손답게, 그의 팔뚝 굵기는 평범한 이의 배에 달한다. 덩치 역시 웬만한 곰도 형님 하며 고개를 숙일 정도다. 그런데 약하다고?

팽도완이 도통 이해를 못 하니 백천은 한숨을 쉬며 팔을 걷어붙였다. 쩍쩍 갈라져 있는 근육이 드러났다. 정말 지옥 같은 단련으로 빚어진 근육이.

팽도완이 이를 갈며 느리게 몸을 일으켰다.

"이……. 이 개 같은 놈이 어딜…….."

"오? 개 같은 놈? 그래. 그래야 나도 마음이 편하지."

"으응?"

백천이 검을 뒤집어 잡고 뒷면으로 팽도완의 머리를 그대로 내리쳤다. 잘 익은 수박이 갈라지는 것 같은 소리가 쩌억! 울렸다. 팽도완의 입도 쩌억 벌어졌다. 그리고 그 자리에 굳어 버렸다.

"대가리! 대가리! 대가리! 대가리! 대가리!"

쩍! 쩍! 쩍! 쩍! 쩌억!

다섯 번의 타격이 끝나고, 입에 게거품을 문 팽도완이 그 자리에서 허물어졌다. 바닥에 쓰러진 그를 일별한 백천은 검을 검집에 밀어 넣고는 미련 없이 돌아섰다.

하지만 몇 걸음을 떼던 그는 돌연 뭔가 놓쳤다는 듯 아차 하며 그 자리에서 멈춰 섰다. 그러고는 얼굴을 일그러뜨리며 진심으로 통탄했다.

"아! 한 대 더 때렸어야 했는데!"

다섯 번 외치고 여섯 번 패야 제대로 아픈데! 아직 덜 배웠네. 쯧!

소림이 정적에 뒤덮였다.

'저…… 팽가가…….'

환호를 지르기 위해 준비하던 군중들은 펼쳐진 광경에 할 말을 잃었다.

화산의 제자 백천이 팽가의 팽도완을 쓰러뜨렸다는 게 놀라운 게 아니다. 이미 화산의 제자들은 어제 능력을 명백히 증명하지 않았던가. 이곳에 모인 이들 중 대다수는 화산의 깔끔한 승리를 이미 예상하고 있었다.

그럼에도 다들 말을 잇지 못한 것은, 지금 비무대 위에서 벌어진 일이 너무도 충격적이기 때문이었다.

차라리 백천이 팽도완을 일격에 날려 버렸다면 이런 기분은 아닐 것이다. 하지만 백천은 단순히 날려 버린 게 아니라 개 패듯이 패 버렸다. 그 모습을 지켜본 이들의 머릿속엔 당연히 한 가지 생각이 떠오를 수밖에 없었다.

'화산이 정말 엄청나게 강한 건가?'

'저 팽가의 팽도완이 손 한번 제대로 써 보지 못하고 일방적으로 두들겨 맞는다고?'

화산의 제자들이 상대를 일격에 날려 보낼 때는 호쾌한 경극을 보는 듯한 느낌이라 그저 웃고 즐길 수 있었지만, 지금 눈앞에서 벌어진 비무는 느낌이 달랐다.

백천은 상대를 실력으로 완벽하게 찍어 눌렀다. 변명의 여지조차 없이 말이다.

게거품을 물고 바닥에 쓰러져 바들바들 떠는 팽도완의 모습을 보니, 현실감이 순식간에 훅 밀려들었다.

"진짜 화산이 우승하는 거 아냐?"

"에, 에이……. 그래도 구파일방과 오대세가가 있는데."

"저기 누워 있는 놈은 오대세가가 아니더냐?"

"으으음. 그렇긴 한데."

이제 슬슬 중인들도 느끼기 시작했다. 어쩌면 화산이 몰고 온 이번이 단순한 돌풍에서 끝나지 않을 수도 있다고 말이다.

19장

끝은 또 다른 시작이지

백천이 어깨를 으쓱하며 청명에게 다가왔다.

"반응이 생각 같지는 않지만, 그래도 이 정도면 나름 보여 줄 건 보여 준 것 같군."

그 담담한 말에 청명이 실실 웃었다.

"크으! 우리 동룡이 많이 컸네. 거드름도 피울 줄 알고?"

백천의 단정한 눈썹이 살짝 꿈틀했다.

"거드름은 원래 잘 피웠다."

"그것도 자랑이야?"

"……자랑은 아니고."

나직이 헛기침한 백천이 살짝 달아오른 얼굴을 식혔다.

"아무튼, 그게 중요한 게 아니다. 생각보다 너무 조용한데? 혹시 내가 실수라도 했나?"

"실수는 무슨."

청명이 슬쩍 주변을 둘러보았다. 놀란 관중들의 시선이 화산의 제자들에게로 집중되어 있었다. 청명의 입꼬리가 말려 올라갔다.

'그래. 그냥 웃고 즐기는 걸로 끝나면 안 되지.'

모두 두 눈으로 똑똑히 봐야 한다. 화산이 얼마나 강한지, 화산의 제자들이 얼마나 뛰어난지 말이다. 그 모든 사실이 전부 이들의 입을 통해 천하로 퍼져 나갈 테니까.

'크으으. 살다 보니 이런 날도 오는구나.'

청명이 소매로 눈가를 훔쳤다. 지난 세월이 눈앞을 스친다.

'내가, 아오······. 저 코흘리개들을 데리고, 내가!'

처음 그가 화산에 돌아왔을 때를 생각하니 눈물이 장강처럼 도도하게 흐를 것만 같았다. 동네 흑도방파만도 못한 것들을 어르고 달래고, 쓰다듬고 북돋워서(?) 여기까지 끌고 오지 않았던가. 그리하여 화산의 제자들은 이제 어디에 내놔도 당당한 무인이라 할 수 있게 되었다.

청명이 슬쩍 고개를 들어 하늘을 바라보았다.

'사형! 장문사형! 보고 계시오? 내가 이만큼 해냈소! 그러니까 칭찬 좀!'

— 아직 한참 멀었다, 이놈아!

아니, 이 양반이? 청명이 눈을 부라렸다. 사람이 잘한 건 잘했다고 칭찬을 해 줘야지! 그리고 우리 애들 무시하쇼? 지금 우리 애들이 옛날 화산 애들보다 더 세······.

"어?"

청명이 고개를 갸웃했다. 더 세다고?

'진짜 그러네?'

지금의 화산이 과거의 화산을 따라잡았는가? 그건 절대 아니다. 지금의 화산이 아무리 기세를 올리고 있다지만, 매화검문으로 불리던 전성기의 화산을 생각하면 아직은 한참 못 미친다고 봐야 한다. 하지만 당대의 이대제자들과 지금의 이대제자들의 수준만을 놓고 비교하면?
'이기겠는데?'
청명이 고개를 갸웃했다. 이리 생각해 보고 저리 생각해 봐도 도무지 질 것 같지가 않다. 당대의 화산이 천하제일을 다투었던 문파임은 분명하다. 청명을 제외하고도 천하에서 다섯 손가락 안에는 반드시 꼽혔을 테니까. 당연히 이대제자들의 수준도 강호에서 최상위였다.
지금과 비교하자면……. 그래, 무당! 지금의 무당파가 강호에서 가지는 입지와 그때의 화산이 가졌던 입지가 비슷하다고 할 수 있다.
물론 그때 화산의 이대제자들이 지금 무당의 이대제자보다 강한 것 같긴 하지만, 아무튼!
'그런데 우리 애들은 무당 이대제자들을 후려 까잖아.'
그것도 말 그대로 때려잡는 수준이 아닌가. 그가 매화검존으로 명성을 날릴 당시의 이대제자들과 지금의 이대제자들을 머릿속에서 붙여 본 청명이 입을 살짝 벌렸다.
'와, 이기네?'
사실 생각해 보면 이상한 일도 아니다. 그 개고생을 해서 자소단을 만들어 먹이고, 한창 실력이 쭉쭉 늘 시기에 다른 누구도 아닌 청명과 함께 굴러다니며 수련을 했다. 강하지 않으면 그게 더 이상할 노릇이다.
청명은 슬쩍 백천을 향해 곁눈질했다.
'이놈이 장문사형이 이 나이대일 때보다 훨씬 더 세다 이거지?'
그 고생을 한 보람이 있는지, 과거의 화산을 능가하는 역대 최강의 화산파가 만들어지고 있었다. 새삼스레 자신의 업적에 감탄하며 청명은 흐뭇하게 웃었다.

하지만 청명이 미소를 짓자 백천은 되레 불안해진 듯 인상을 찌푸렸다.

"……왜 그런 눈으로 보냐. 사람 불안하게."

"아냐, 아냐. 아주 잘하고 있어."

"……내가 뭐 잘못한 게 있으면 그냥 말을 해라."

"잘하고 있다니까."

"네가 잘하고 있다니까 이상하잖아!"

잠겨 있던 감동에서 강제로 끌려 나온 청명이 슬쩍 눈을 부라렸다.

"아니, 이것들은 칭찬해 줘도 뭐라고 하네?"

"안 하던 짓을 하니까 그렇지!"

"에라!"

결국 청명과 백천이 드잡이를 시작하자 제자들이 우르르 몰려나와 그 둘을 떼어 놓았다.

한편 조금 먼 단상 위에서 그 광경을 지켜보던 구파의 장문인들은 남몰래 낮은 한숨을 내쉬었다.

'이게 대체 어찌 돌아가는 일이란 말인가?'

'팽가의 도는 완벽했다. 그런데 그 도를 완력으로 꺾어 버린다고?'

군중이 결과에 주목했다면 장문인들은 과정에 주목했다.

하북팽가. 무거움과 패도를 중심으로 하는 도법으로 천하에 인정받는 명문.

강맹하기 짝이 없는 그들의 도법은 언제나 경계 대상이 되어 왔다. 그런데 날렵한 검을 쓰는 것으로 알려진 화산의 제자가 설마 팽가의 도를 힘으로 눌러 버릴 줄이야. 저 두껍고 무거운 도, 그것도 허공에 뛰어올라 내력을 실어 내리친 도를 검으로 받아 튕겨 내는 건 최소한 배 이상의 실력 차가 있어야 엄두라도 내 볼 수 있는 일이다.
'대체 어떤 훈련을 해 왔기에 저게 가능하단 말인가?'
'백천이라. 백천.'
지금까지 화산의 제자들이 보여 준 것도 굉장했지만, 백천의 일 수는 차원이 달랐다. 장문인들의 머릿속에 청명뿐만 아니라 백천이라는 이름이 확연하게 틀어박히는 순간이었다.
'화산신룡 청명에 화정검 백천이라.'
한 문파에 하나 나오기도 힘든 재원이 둘이나 있다. 화산파의 실력을 다시 한번 확인한 그들의 표정이 자못 심각해지기 시작했다. 아무리 생각해 봐도 그들의 문파 내에서 백천 같은 모습을 보여 줄 수 있는 이가 쉽게 떠오르지 않는다. 그 말인즉슨, 이대제자와 삼대제자만으로 한정할 경우 화산이 지금 천하의 명문들과 그 어깨를 나란히 한다는 뜻이다.
그들의 시선이 슬쩍 뒤쪽에 앉아 있는 현종에게로 향했다.
"으음."
기이한 일이다. 조금 전까지는 저 화산의 현종이 뒤에 앉아 있다는 것이 조금도 신경 쓰이지 않았다. 하지만 이렇게 되고 보니 상황이 조금 다르게 느껴졌다.
'등 뒤에서 감시를 받는 느낌이로군.'
자신들을 등 뒤에서 지켜보는 현종의 표정을 확인할 수 없다는 것이 불편해지기 시작한 것이다.
"끌끌끌끌. 축하드립니다, 장문인. 이거, 저 아이가 후대의 장문이 된다면 화산의 미래가 아주 밝겠습니다."
개방 방주 대리 자격으로 자리를 차고앉은 개방의 장로 자오개(慈烏丐) 능삼(能三)이 이를 드러내며 웃었다.

"별말씀을."

"아닙니다, 아닙니다. 한 문파에 하나 나기도 힘든 인재가 몇이나 되는 걸 보면 화산의 불운도 이제 끝이 난 모양입니다."

"과찬이십니다. 다만……."

현종이 빙그레 웃으며 말한다.

"저 아이들만큼은 천하의 어디에 내놓아도 부끄럽지 않다고 자신할 정도는 됩니다."

"오오오."

현종의 표정이 미묘하게 뒤틀렸다.

'이, 이것도 쉬운 게 아니구나.'

도인의 신분으로 태연하게 거짓말을 하려니 뱃속이 꾹꾹 조여 오는 느낌이었다. 뭐? 부끄럽지 않아? 솔직히 좀 부끄럽다. 실력이 아니라 인성이. 현종의 뺨이 실룩거렸다.

'이제 실력으로는 어디에도 뒤지지 않으니 도문다운 심성만 갖추면 되는데…….'

사람들이 보건 말건 버럭버럭 소리를 질러 대며 드잡이하는 백천과 청명을 보고 있으니 한숨이 절로 나왔다.

'건강하게만 자라 달라고 했더니.'

너무 건강하게만 크지 않았는가. 건강하게만 자라 달라는 말이 건강 빼고 다른 건 다 망쳐도 된다는 의미는 아닐진대…….

"축하드립니다, 장문인."

당군악이 가볍게 말을 건넸다. 하지만 눈빛에는 '내가 장문인 마음을 이해합니다.'라는 뜻이 실려 있었다. 현종은 괜히 눈이 따끔거리는 것 같았다.

자오개가 낄낄 웃었다.

"이 기세라면 화산이 과거의 영광을 찾는 건 그리 오래 걸리지 않겠습니다그려."

"아직은 요원한 일입니다."

"요원하다니요. 저 아이들을 보니 머지않을 것 같습니다. 하하하핫. 이러다가 구파일방이 십파로 불리는 날이 오는 게 아닐까 걱정입니다."

귀를 열고 있던 구파 장문인들의 얼굴이 살짝 경직되었다. 감정을 숨기는 데 익숙한 이들이 명백한 동요를 보일 만큼 민감한 이야기였다.

"이크, 이크. 늙은이가 또 주책을 부렸구려. 방주가 주둥아리 꾹 다물고 자리나 지키다 오라고 했는데. 끌끌끌."

자오개가 의뭉스럽게 웃으며 살짝 몸을 뺐다.

'저 늙은 너구리가······.'

자오개쯤 되는 이가 실수로 말을 흘릴 리가 없다. 이건 명백히 이곳에 있는 구파 장문인들에 대한 조롱이다.

"크흐흠."

"크흠!"

여기저기서 불편한 헛기침 소리가 터져 나왔다. 이들이 진심으로 불편한 이유는, 저 말이 단순한 헛소리가 아닐 수도 있다는 것을 모두가 알고 있기 때문이다. 물론 지금은 무리다. 너무도 당연한 일이다. 이제 겨우 이대제자에 불과한 아이들이 무얼 할 수 있단 말인가?

하나······ 저 아이들이 훗날 화산을 이끌 나이가 된다면?

'그건 무시할 수 없는 일이다.'

허도진인의 눈빛이 어둑하게 가라앉았다. 그가 가장 이루고 싶은 것은 그의 대에 소림을 따라잡는 것이다. 그럼 가장 당면하고 싶지 않은 일은?

'화산이 무당의 위협이 되는 것이겠지.'

과거 화산과 무당은 천하제일검문은 물론 천하제일도문을 두고도 겨루는 사이였다. 지금의 세인들은 무당을 화산보다 높은 문파로 인식하지만, 밀어내도 밀어내도 발밑에 찰싹 달라붙어 가시를 세우는 문파를 곱게 볼 이가 누가 있겠는가.

'아무래도 특단의 대책이 필요할 것 같군.'

허도진인을 비롯한 구파 장문인들의 눈빛이 무겁게 가라앉았다.

찹찹찹찹.

"……."

찹찹찹찹찹!

……백천의 이마에 핏대가 섰다.

"청명아."

"응?"

"……너 여기에 와서부터 뭔가 쉬지 않고 먹는 것 같은데."

"줄까?"

청명이 옆에 끼고 있던 과자를 백천에게 내밀었다.

"그 말이 아니고!"

"원래 이런 걸 볼 때는 뭘 먹어 줘야지. 그리고 싸우려면 잘 먹어야 돼. 든든하게."

네가 왜 든든해야 하는데? 두 번째 비무도 멀쩡한 애 얼굴을 걷어차서 죽도 못 먹게 만들어 놓고는. 백천이 한숨을 푹 쉬었다.

"여하튼 사람들이 많이 보는데 적어도 진지한 모습은 보여야지."

"이제 와서?"

"……사실 좀 늦은 기분이긴 하지만, 늦었다고 생각할 때가 가장 빠르다는 말도 있잖으냐."

"쯧쯧. 여유가 넘치시네, 우리 사숙."

혀를 차며 능글거리던 청명이 비무대를 향해 턱짓했다.

"그런데 사숙. 그리 여유 부릴 상황은 아닐 거야. 아마 오늘부터는 진짜가 나올 테니까."

그 순간이었다.

콰아아아아아아앙!

비무대 위에서 커다란 폭음이 터졌다. 화산 제자들의 고개가 한쪽으로 획 돌아갔다. 거대한 대검을 든 백의의 사내가 오만한 자세로 상대를 바라보고 있다. 그 건너편에는 몰골이 엉망이 된 무인이 반으로 동강이 난 검을 망연자실한 얼굴로 들여다보고 있었다.

"오! 남궁의 단악검이다!"

"그렇지! 남궁도위가 있었지! 과연 남궁세가!"

백의의 사내가 슬쩍 백천과 청명이 있는 곳을 돌아본다.

"단악검……."

백천이 나직이 신음을 흘렸다. 상대의 검을 자른다는 것은 더없이 어려운 일이고, 또한 더없이 잔인한 짓이다. 실력 차이를 너무도 명백하게 보여 주는 일이기 때문이다.

게다가 남궁도위는 자신이 쓰러뜨린 상대에게는 이미 흥미를 잃었다는 듯 화산의 제자들에게 눈길을 보내고 있다.

"재밌네, 저거."

청명이 씨익 웃었다.

"거봐. 오늘부터는 진짜들이 나올 거라고 했지?"

"……지금부터라는 거냐?"

그러자 청명이 어깨를 으쓱했다.

"소림도 생각이 있을 테니, 적당히 주인공이 될 만한 이들은 뒤쪽으로 밀어 놨겠지. 그래야 극적이니까."

백천은 눈을 찌푸렸다. 그 말을 거꾸로 생각하면, 소림의 생각에 화산은 그저 비무에 일찍 나와 적당히 흥을 돋우는 이들에 지나지 않았다는 뜻이다.

"자, 저기도 봐. 익숙한 얼굴이지?"

청명이 가리킨 곳으로 시선을 돌린 백천이 얼굴을 굳혔다.

"종남의 진금룡!"

혜초의 호명과 함께 비무대를 오르는 진금룡의 모습이 눈에 들어왔다.

'형님…….'

백천이 저도 모르게 아랫입술을 질끈 깨물었다.

화종지회에서 봤을 때보다 말라서인지, 진금룡의 얼굴은 더없이 차갑게만 느껴졌다. 항상 여유가 넘쳤던 표정은 얼음이라도 한 겹 씌운 듯 차갑게 굳어 있었고, 느릿했던 걸음걸이도 날카롭게 변했다. 칼날 같은 기세란 이런 것이라고, 온몸으로 말하고 있는 것 같다.

'형님.'

백천은 조금 복잡한 마음으로 그런 진금룡을 응시했다. 그의 형. 한때는 목표였던 이. 그에게 있어 진금룡은 오래도록 넘을 수 없는 벽이자, 언젠가는 뛰어넘어야 할 목표였다.

하지만 불과 삼 년이란 시간 만에 그들의 관계는 너무도 많이 변해 버렸다.

비무대 위로 오르는 진금룡의 시선은 백천에게……. 아니, 정확하게는 백천의 옆에 앉은 청명에게 고정되어 있었다.

"지금 어딜 보는 거요?"

비무장에 먼저 올라와 대기하고 있던 상대가 불쾌감을 표하며 퉁명스레 일갈했다. 하지만 그 말을 들었음에도 진금룡은 눈을 돌리지 않았다. 그저 차가운 열기가 들끓는 눈으로 청명을 노려볼 뿐이었다.

"이보시오! 지금……."

진금룡이 고개도 돌리지 않고 싸늘하게 일갈했다.

"방해하지 마라, 조무래기."

"……뭐라?"

조무래기라 불린 청성의 왕상보가 격노한 기색을 감추지 않고 진금룡을 노려보았다.

"오만하기 짝이 없군! 내 검을 상대하고도 그 말이 다시 나오는지 확인해 봐야겠소."

그제야 진금룡의 시선이 그의 상대에게로 향했다. 그는 입가를 뒤틀며 웃었다. 섬뜩하기 짝이 없는 미소였다. 순간 온몸에 소름이 돋은 왕상보는 저도 모르게 뒤로 한 발짝 물러났다.

진금룡의 입술이 열렸다.

"확인해 봐."

"이……."

"걱정할 것 없어. 제대로 상대해 줄 테니까. 나도 알거든."

진금룡의 시선이 다시 청명에게로 향한다. 심드렁하게 월병(月餅)을 집어 먹고 있는 청명을 본 그의 입꼬리가 더욱 말려 올라갔다.

"너를 이기고 올라가야……. 만나는 놈들을 모조리 이기고 올라가야, 저 마귀 놈을 다시 만날 수 있다는 걸."

진금룡의 싸늘하고 오싹한 기세에 눌린 왕상보는 대답도 하지 못하고 손에 든 검을 꽉 움켜잡았다. 비무대의 분위기가 심상치 않다는 걸 느낀 혜초가 살짝 눈살을 찌푸렸다.

'종남의 제자가 어찌 이리 살기가 짙단 말인가?'

마치 흑도의 살귀들에게서 풍기는 살기 같다. 혜초는 살짝 밀려드는 불안감을 애써 외면했다. 어쨌든 고작 이런 이유로 비무를 중단시킬 수는 없었다.

"시작!"

대신 신호를 준 뒤 전처럼 뒤로 확 물러나지 않고 적당한 거리를 유지했다. 비상시엔 비무대로 곧장 뛰어들 수 있도록 말이다.

진금룡이 천천히 검을 뽑아 들었다.

스르르릉.

단순히 검이 뽑혀 나오는 소리일 뿐인데, 이상하게도 그 소리가 섬뜩하게 귀를 파고들었다. 그 거슬리는 느낌에 왕상보의 어깨가 조금 더 움츠러들었다.

"상보야!"

왕상보의 상태가 심상치 않다고 느낀 청성의 무인들이 격려의 말들을 외쳤다. 그제야 왕상보도 작게 고개를 끄덕이며 자세를 잡았다. 몸이 마음을 따르듯, 마음 역시 몸을 따르는 법. 익숙한 검세를 취하자 억눌렸던 마음이 서서히 풀리기 시작했다.

'겁먹을 것 없어.'

상대가 그 종남의 진금룡이라고는 하나 그가 명성을 날린 지도 벌써 이 년이 지났다. 화산신룡에게 패한 이후로 이제는 더 이상 이름조차 들려오지 않던 이가 아닌가?

이 년이면 세상이 뒤바뀌고도 남을 시간이다. 이 년 전의 명성 같은 건 그들의 나이대에서는 허명이나 다름없다. 중요한 것은 지금의 실력이다.

자꾸만 밀려드는 섬뜩함을 애써 밀어 내고 외면했다.

마침내 그도 검을 들어 진금룡을 겨누었다.

"한 수 배우겠……."

"네가 내게 배울 건 없어."

진금룡이 검을 늘어뜨렸다.

"어떻게 지는지도 모를 테니까."

왕상보가 얼굴을 굳히고는 내력을 끌어 올렸다. 말이 통하지 않는 이와 굳이 말을 섞을 필요는 없으니까. 그가 막 진금룡을 향해 달려들려는 찰나였다.

"꽃잎의 바다를 본 적이 있나?"

……뭐라는 거지? 왕상보가 눈살을 찌푸렸다. 아무리 봐도 이자, 상태가 정상이…….

"보여 주지."

진금룡이 검을 들어 왕상보를 겨누었다. 동시에 진금룡의 검 끝이 낭창거리며 파르르 흔들리기 시작했다.

'꽃잎?'

그 순간 왕상보는 보았다. 진금룡의 검 끝에서 새하얀 꽃잎들이 피어나는 모습을 말이다. 한 송이, 두 송이 피어난 꽃들이 허공으로 두둥실 솟아올랐다.

'검기? 종남에 저런 검이……?'

하지만 더 생각할 시간이 없었다. 피어오른 꽃잎들이 맹렬한 강풍과 함께 왕상보를 향해 일제히 날아왔기 때문이다.

"억!"

왕상보가 자신도 모르게 헛바람을 집어삼켰다. 순간적으로 눈앞이 모두 새하얀 꽃잎으로 뒤덮여 버린 것이다. 당황하여 물러서려 했지만 등 뒤에도 어느새 하얀 꽃잎들이 가득했다. 전후좌우, 보이는 모든 곳에 꽃잎이 있다. 마치 세상이 꽃잎으로 차 버린 듯이 말이다.

'아, 안 돼!'

이대로 가면 손도 써 보지 못한다는 것을 깨달은 왕상보가 이를 악물고 눈앞에 보이는 꽃잎의 소용돌이를 향해 검을 휘둘렀다. 하나 여리고 가벼워 보이는 꽃잎들이 마치 강철로 만든 것처럼 카카캉, 그의 검을 튕겨 냈다. 왕상보가 충격으로 두 눈을 부릅떴다.

'어, 어떻……'

그 순간 그를 포위한 꽃잎들이 일제히 그를 향해 화르르륵 날아들었다.

"아아아아아악!"

처참한 비명이 울렸다. 왕상보의 몸 곳곳에 새하얀 꽃잎 형상의 검기가 박혀 들었다.

"갈!"

파아아아아앙!

커다란 고함과 함께 어디선가 날아온 권풍이 왕상보를 공격하던 꽃잎을 날려 버렸다.

"끄윽……"

왕상보는 초점이 풀린 눈으로 두어 번 휘청이다가 그대로 털썩 고꾸라졌다. 푸른 무복이 순식간에 시뻘건 피로 물들어 갔다.

"이……"

비무대로 난입한 혜초가 두 눈에 노기를 싣고 진금룡을 노려보았다. 하지만 질책은 나중 일이었다. 일단은 부상자의 상세를 살피는 게 우선이었다.

"으음……."

왕상보의 상처를 살핀 혜초가 살짝 입술을 깨물었다. 진금룡이 싸늘하게 웃었다.

"피륙의 상처 정도로 그리 화내실 것 없잖습니까?"

혜초는 노기가 여실한 눈으로 진금룡을 노려보았다. 진금룡의 살기는 진짜였다. 비무임에도 상대를 봐주지 않은 독심 역시 진짜였다.

하나 그의 말대로 왕상보는 그저 가볍게 베인 상처만 수두룩하게 입었을 뿐이다. 혜초가 난입하지 않았다면 상황이 달라졌을지도 모르겠지만, 이것만으로 실격을 주기에는 명분이 부족했다.

"종남은 패도를 걸으려 하는가?"

"조무래기 하나 잡는 데 패도까지 논할 필요가 있겠습니까? 그저 최선을 다할 뿐입니다."

혜초가 입술을 질끈 깨물었다. 진금룡이 슬쩍 입꼬리를 비틀며 여유롭게 물었다.

"결과는?"

"……이 승부는 종남의 진금룡의 승리요."

선언이 떨어지자 커다란 환호성이 비무대로 쏟아진다.

혜초는 눈살을 찌푸렸다. 하지만 환호하는 관중을 탓할 수는 없었다. 저곳에서는 보이지 않을 테니까. 진금룡의 독심도, 그의 수법에 담긴 잔혹함도. 멀리서 지켜보는 이들에게는 그저 진금룡이 더없이 화려한 검으로 왕상보를 단숨에 쓰러뜨렸다는 결과만이 보일 것이다.

쏟아지는 환호를 담담히 듣던 진금룡은 천천히 고개를 돌렸다. 그의 시선이 가 닿은 곳엔 당연히 청명이 있었다. 칼날 같은 눈빛. 증오와 악의가 넘실대는 그 눈빛을 받은 청명이 어깨를 으쓱하곤 피식 웃었다.

곁에 있던 윤종이 말했다.

"널 보는 것 같은데?"

"그렇네."

"화종지회 때보다 훨씬 강해진 것 같지 않냐?"

"그렇겠지, 뭐."

"신경도 안 쓰이냐?"

"내가?"

대답이 궁해진 윤종이 고개를 내저었다. 하기야 이놈이 진금룡을 신경 쓰는 게 더 이상하다. 종남 장문인이 와도 신경 쓰지 않을 놈인데.

청명이 월병을 집어 입으로 던져 넣었다. 입 안에 들어온 월병을 와그작와그작 씹으며 그는 참지 못하고 피식 웃어 버렸다.

'완전히 망가졌군.'

진금룡의 검은 전보다 배로 화려하고, 배로 날카로워졌다. 겉으로만 본다면 화종지회 때보다 몇 배는 강해졌다. 겉으로는 말이다.

하지만 그건 허상을 좇은 결과다. 종남의 검은 결코 화려하지도, 날카롭지도 않다. 우직하게 정도를 지키는 검. 그게 종남의 검이다. 화산의 껍데기를 흉내 낸 검으로는, 식(式)의 강함은 추구할 수 있을지언정 결코 도(道)에는 이를 수 없다.

종남의 무학이 품은 본의(本意)를 잃은 이상, 종남은 천천히 그 빛을 잃어 갈 것이다. 그리하여 결국에는 명문의 이름조차도 지키지 못하게 될 것이다. 청명이 심어 놓은 독은 생각 이상으로 종남을 물들였다.

'살짝 찔리는데.'

물론 종남이 화산에 한 짓을 생각하면 산 채로 씹어 먹어도 분이 풀리지 않는다. 하지만 생각 이상으로 빠르게 망해 가는 종남을 보고 있으니 아무리 청명이라 해도 양심에 살짝 가책이 느껴졌다.

- 네가 양심이 어디 있냐, 이놈아!

"아, 안 부르면 나타나지 마쇼!"

"응?"

"아냐."

청명이 가볍게 손을 저었다.

진금룡이 몸을 돌려 비무대에서 내려가는 게 보였다.

"나름 노력은 한 모양이지만……."

청명이 씨익 웃으며 고개를 돌렸다.

"저래서는 동룡이도 못 이길 텐데."

"……."

"그렇지? 동룡……."

백천이 벌떡 일어나 청명의 양 관자놀이를 주먹으로 꽉 눌렀다.

"사숙! 사숙, 이놈아! 사숙!"

"아아! 동룡이가 사람 잡는다! 아아악!"

"끄으으응."

백천이 앓는 소리를 흘렸다. 그가 살면서 저지른 실수가 어디 한둘이겠냐마는, 이놈에게 이름을 알려 준 것은 그중에서도 가장 치명적인 실수였다. 백천에게서 빠져나온 청명이 억울한 듯 눈을 부라렸다.

"부모가 주신 이름을 부끄러워하다니!"

"……제발 그 주둥아리 좀 닫아라, 제발."

백천이 땅이 꺼져라 한숨을 내쉬었다.

"대가리이이이이이이이이!"
"히익?"
콰아아아아아앙!
바닥에 쓰러진 상대를 슬쩍 일별한 당소소가 고개를 획 돌려 혜초를 바라보았다.
"이, 이 승부는 당소소! 화산의 당소소의 승리요!"
"우와아아아아아아!"
"화산이 또 이겼구나!"
"나 방금 이상한 소리를 들은 것 같은데. 방금 대가리라고 하지 않았나?"
"에이, 설마. 잘못 들었겠지. 설마 이곳에 나온 명문의 제자가 그런 말을 입에 담겠는가."
"그렇겠지?"
"그건 그렇고 화산의 여협들도 정말 대단하지 않은가. 아까 그 유이설이라는 여협도 상대를 완전 박살 내 놓던데."
"……화산 검객 중 제일 과격한 것 같던데?"
"그렇지?"
씩씩하게 비무대를 내려온 당소소가 유이설의 바로 앞에 와서 허리를 직각으로 꺾었다.
"사고! 이기고 왔습니다!"
"잘했어. 앉아."
"예!"

당소소가 유이설 옆의 빈자리에 재빨리 앉았다. 그러자 유이설이 비무대에 시선을 고정한 채 입을 열었다.

"옆구리에 빈틈."

"네!"

"왼쪽으로 보법을 밟을 때, 허리 비어. 다음부터는 의식하도록."

"네! 명심하겠습니다, 사고!"

"네 사형들이 너보다 강해. 네가 대표로 뽑힌 건 가능성 때문이야. 일찍 떨어지면 네 사형들이 억울해져. 바짓가랑이를 물고 늘어져서라도 이겨."

"죽어도 이기겠습니다!"

두 사람의 대화를 들으며 백천이 어색한 표정을 지었다.

'아니, 그렇게까지 할 필요는 없는데. 얘들아…….'

이상하게도 저 두 사람의 대화에는 끼어들기가 어려웠다.

'그런데 정말 대단하긴 하네.'

물론 당소소는 이곳에 대표로 온 화산의 제자들 중 가장 약하다. 본산에 남은 이들 중에서도 당소소보다 강한 이는 몇 있다.

하지만 이곳은 단순히 무력만을 증명하는 자리가 아니다. 실력으로 줄을 세웠다면 윤종과 조걸을 제외한 청자 배들은 대표에 들지 못했을 것이다. 썩어도 준치라고 백자 배들이 아직은 청자 배들보다 강하니까.

그럼에도 청자 배들을 대표로 뽑은 것은 이곳이 증명하는 자리이기도 하지만, 또한 경험하는 자리이기 때문이다.

당가의 딸로서 좋은 영약을 먹으며 꾸준히 수련해 왔다고는 하지만, 불과 육 개월 만에 청자 배 중에서도 무시 못 할 실력자가 된 당소소다. 경험을 통한 성장을 노린다면 그녀를 빼놓을 수가 없었다. 그렇기에 현종이 마지막까지 고심한 끝에 당소소를 대표에 넣은 것이다.

'아직까지는 잘해 주고 있고.'

물론 다른 화산의 제자들에 비해 힘겹게 승리했고, 대진 운도 굉장히 좋은 편이었지만, 어쨌든 승리라는 결과를 만들어 낸 것은 대단한 일이다.

"사고! 칠성보를 밟을 때 발끝이 영 매끄럽지 않은 느낌이 들어요. 제가 뭔가 잘못하는 걸까요?"

"상상결(上上結). 밟는 게 아니라 미끄러진다. 바닥을 허공이라 생각하고 밟는다."

"아! 그거였군요!"

당소소가 유이설의 곁에 찰싹 붙어 이것저것 물어보는 모습을 보며 백천은 살짝 미소를 지었다. 실로 좋은 일이다. 당소소가 천연덕스럽게 말을 걸어 주는 덕분에 유이설도 과거보다 좀 부드러워진 느낌이다.

이리 서로가 서로에게 좋은 영향을 주며 나아가는 게 문파겠지. 그러니……

"배고픈데! 우리 밥 언제 먹어?"

……아, 저 새끼는 빼고.

* ◈ *

천하비무대회의 둘째 날은 확실히 분위기가 달랐다. 첫날보다 좀 더 과격한 비무가 치러졌고, 상황을 주시하며 몸을 웅크리고 있던 각 문파의 강자들이 서서히 그 모습을 드러내기 시작했다.

남궁세가의 단악검 남궁도위, 종남의 진금룡. 무당의 진현도 승리를 거두었고, 하북팽가의 도룡(刀龍) 팽철성(彭鐵城)이 눈에 띄는 활약을 보여 주기도 했다.

그 격전 속에서도 다행히 화산의 제자들은 단 한 명도 패하지 않고 승리를 거두었다.

"……이거, 진짜 이러다 우리가 전부 본선에 진출하는 것 아닙니까?"

조걸의 말에 윤종이 피식 웃었다.

"보통 그럴 때는 '이러다가 우리가 우승하는 것 아닙니까?'라고 말하는 것 아니냐?"

"아니, 우승은 어차피 저놈이 할 테니까."

조걸이 말한 '저놈'을 바라본 윤종은 고개를 끄덕이고 말았다.

"그건 그러네."

오룡이고 나발이고 이대제자 수준에서 청명을 막을 놈이 있을 리 없다. 상상조차 할 수 없다.

잠자코 듣던 백천이 살짝 가라앉은 목소리로 말했다.

"자만은 금물이다. 우리는 도전자고, 비무가 지금처럼 계속해서 잘 풀린다는 보장은 없다. 아마 내일부터는 패하는 이도 나올 것이다. 다들 정심(正心)을 지키도록 노력해라."

"예, 사숙!"

백천이 만족스럽게 고개를 끄덕이던 바로 그때였다. 누군가가 전각의 문을 똑똑 두드렸다. 백천이 자리에서 일어났다.

"사형, 제가……."

"아니다. 내가 나가마."

입구로 다가간 백천이 문을 열었다.

"누구십……."

순간 그의 입이 다물렸다. 입구에는 두 사람이 서 있었다.

하나는 진금룡. 그리고 다른 하나는…….

"……아버지."

종남의 장로이자 진금룡의 아버지인 진초백(秦初伯)이었다. 가라앉은 눈빛으로 백천을 응시하던 진초백이 나직이 입을 열었다.

"잠시 이야기를 할 수 있겠느냐?"

백천이 아랫입술을 지그시 깨물었다.

"예."

더없이 싸늘하고 차가운 눈빛이었다. 한기 어린 눈동자가 먹이를 찾는 맹수의 그것처럼 어둠 속에서 빛났다.

"좀 더…….”

무언가를 갈구하는 것 같은 목소리가 어둠 속에 조용히 퍼졌다.

"가까이 가야 할 것 같은데?"

"나는 여기서도 들려."

"그건 너니까 그런 거고!"

"그럼 가면 되지."

"……더 가까이 가면 들키지 않을까?"

"쯧."

청명이 좌우로 기막을 펼쳤다.

"됐다, 가자."

"……들키면 어쩌려고?"

"이제는 안 들켜. 믿고 가."

운종은 살짝 고개를 끄덕였다. 이유는 모르겠지만, 청명이 놈이 들키지 않는다고 하면 들키지 않는다. 이놈도 절대 들키고 싶지 않을 테니까.

"가시죠, 사형."

"그래."

조걸이 재촉하자 윤종도 엎드린 자세 그대로 낮게 전진했다. 저 멀리 세 사람이 마주 서 있는 모습이 보인다.

"이쯤이면……."

"쉿."

들려오는 낮은 경고에 윤종이 재빨리 입을 다물었다.

"조용히."

"네, 사고."

그는 자신의 뒤에서 포복하며 따라오는 유이설을 돌아보며 묘한 표정을 지었다.

'사고가 이런 데 끼는 사람이었던가?'

언뜻 유이설의 얼굴에서 청명의 표정이 보이는 것 같다. 하긴, 유이설이 영향을 제일 많이 받기는 했을 것이다. 참으로 서글픈 현실이었다.

"들려?"

"이제 들리는 것 같습니다."

청명이 아쉽다는 듯 중얼거렸다.

"육포랑 술을 가져왔어야 했는데. 이런 걸 맨입으로 보네."

"……놀러 왔냐?"

"아냐?"

딱히 부정할 말을 찾지 못한 윤종은 말없이 앞쪽을 바라보며 귀를 쫑긋 세웠다. 저 앞쪽에서 백천 부자 셋이 대화를 나누고 있었다.

"강해졌더구나."

진초백의 말에 백천이 살짝 고개를 숙였다. 뭐라고 대답을 해야 할까? 고민 끝에 할 수 있는 건 뻔한 대답뿐이었다.

"감사합니다."

자신이 한 대답이 마음에 들진 않았지만, 다른 말을 찾을 수가 없었다. 그는 고개를 들어 진초백을 바라보았다. 자신과 닮은 무표정한 얼굴이 눈에 들어왔다. 작게 한숨이 새어 나왔다.

과거에는 진초백의 얼굴을 마주하는 것만으로도 두려웠다. 분명 친아버지임에도, 진초백에게서 아비의 정을 느껴 본 적은 거의 없다. 그가 기억하는 아버지는 항상 못마땅한 시선만을 보내었다.

"네가 왜 집을 나갔는지는 이해하고 있다."

이해. 이해라……. 백천은 저도 모르게 웃어 버릴 뻔했다. 이 얼마나 무책임한 말인가. 이해는 행동이 동반되지 않는다면 아무런 의미가 없다. 진초백이 백천을 이해했다면, 그걸 행동으로 옮겼어야 했다. 하지만 진초백은 백천에게 어떠한 위로조차 해 주지 않았다. 그저 큰형인 진금룡보다 못한 백천의 재질을 못마땅하게 여겼을 뿐이다.

"어린 네게는 큰 짐이었겠지. 혹여나 싶어 하는 말이지만, 나는 너를 차별……."

"압니다."

백천은 더 들을 필요도 없다는 듯 진초백의 말을 끊었다. 그러고는 담담한 어투로 말했다.

"아버지에게 서자니 어쩌니 하는 건 아무런 의미가 없다는 걸요. 제재질이 큰형보다 뛰어났다면 아버지는 저를 더 아끼셨겠죠."

"……."

"딱히 원망 같은 건 하지 않습니다. 아버지는 그저 그런 사람이었을 뿐이죠. 이제는 압니다."

진초백이 미간을 살짝 찌푸렸다. 차라리 원망을 쏟아 내거나 격한 감정을 토해 낸다면 말하기가 쉬웠을 것이다. 그 정도야 예상했으니까. 하지만 지금 백천은 그저 담담하기만 했다. 의식적으로 타인처럼 여기려 드는 것도 아니다. 그저……

'달관한 것 같군.'

도문에 몸을 담아 정신적으로 성장한 것인지, 예전 같은 치기는 전혀 보이지 않는다. 되레 둘의 대화를 듣고 있는 진금룡이 불쾌한 기색을 감추지 못하고 있다.

'내가 눈이 모자랐구나.'

백천이 이만큼 성장할 수 있는 아이인 줄 알았다면 조금 더 신경을 썼을 것이다. 상황이 여기까지 오지 않도록 말이다.

"동룡아."

"백천."

백천이 짧게 말하며 미소를 지었다.

"저는 진동룡이 아니라 백천입니다."

귀를 쫑긋 세운 청명이 미간을 확 찌푸렸다.

"끄응. 생각보다 담담한데?"

"그럼 뭘 바랐냐?"

"드잡이라도 할 줄 알았지."

"아니, 이 미친놈이 사숙을 패륜아로 만드네?"

조걸의 면박에 청명이 눈을 부라렸다.

"벌써 제 형이랑은 한판 붙었는데 뭔 상관이야."
"……나는 한 번씩 네가 도사라는 사실에 입을 틀어막는다."
"동감."
"응. 나도."
윤종과 유이설마저 거들고 나서자 청명의 얼굴이 와락 구겨졌다.
"나만큼 도가적인 사람이 세상천지에 또 어디 있다고!"
"어딜 봐서?"
"도가 뭐냐? 마음이 향하는 대로 행하는 것이 도 아니야."
"……그렇지?"
청명이 엎드린 채로 의기양양하게 배를 쭉 내밀었다.
"나만큼 내키는 대로 사는 놈이 어디 있어?"
……어……. 그게 그 의미가 아닌 것 같은데……. 노자가 살아 돌아왔으면 '이게 내 도다, 이 썩을 놈아!' 하고 외치며 도덕경으로 청명의 대가리를 내리칠 게 분명했다.
하지만 그 숱한 반발에도, 청명은 제 자랑만 끝내 놓고 백천 부자의 대화에 귀를 쫑긋거렸다.

진초백은 조금 어두워진 눈으로 백천을 응시했다.
"백천이라……. 그건 화산이 네게 준 이름이겠지. 결국은 화산에 뼈를 묻을 생각이더냐?"
"예. 그렇습니다."
조금의 망설임도 없는 대답에, 처음으로 진초백의 표정이 변했다. 노기에 일그러진 얼굴로 그가 말했다.
"돌아오너라."

"……."

"아직은 늦지 않았다. 아니, 이미 조금 늦었을지도 모른다. 하지만 내가 해결해 주겠다. 너도 알다시피 내게는 그만한 힘이 있다."

백천은 대꾸 없이 진초백을 물끄러미 보기만 했다.

"종남의 장문인도 반대하지 않으실 게다. 사람은 뿌리를 버리고 살 수 없는 법. 지금이야 네 마음에 의혹이 없을지 모르지만, 세월이 지나면 결국은 후회하게 될 거다. 지금이라도 옳은 선택을 하거라."

가만히 듣던 백천이 빙그레 웃었다.

"하나도 변하지 않으셨군요."

그 차분한 목소리에 오히려 초조한 듯 입술을 깨문 건 진초백이었다. 백천은 진초백을 똑바로 응시하며 말했다.

"하나 궁금한 게 있는데…… 제가 화산에서 이리 강해지지 않았더라면 아버지께서 저를 찾으셨겠습니까?"

진초백은 대답하지 않았다. 살짝 망설이는 듯하던 그는 잠시 후에야 나직한 한숨과 함께 답했다.

"그래. 네 말이 맞을지도 모른다. 네가 이리 능력을 보이지 않았더라면 나는 너를 찾지 않았을 수도 있다. 하나 그건 네가 아직 너무 어리기에 하는 생각이다. 부모와 자식 관계라 해도 능력에 따라 대함이 달라지는 것은 당연한 이치다."

"그럴지도 모르지요."

"이 아비를 비난할 셈이냐?"

"아닙니다, 아버지. 오해하지 마십시오."

백천은 선선한 미소를 띤 채 말했다.

"저는 아버지를 이해합니다. 그리고 아버지의 말이 틀렸다고도 생각하지 않습니다."

"한데?"

"저는 그저 그게 싫을 뿐입니다."

크지 않은 목소리였다. 하지만 담담하기만 한 그 목소리에는 단호한 의지가 어려 있었다.

"맞지 않는 것을 억지로 맞출 필요는 없겠죠."

"인연을 끊겠다는 것이더냐?"

백천이 고개를 저었다.

"인연을 끊고 싶은 건 제가 아니라 아버지시겠죠. 제가 아버지의 의지대로 살지 않으면 자식으로 취급하지 않으실 생각 아닙니까?"

"나는……."

"전 아닙니다."

진초백의 눈이 살짝 떨렸다.

"제게는 아버지를 미워하는 마음이 남지 않았습니다. 그저 그리될 인연이었던 거지요. 제가 어디에 있든 아버지는 제 아버지고, 형은 제 형입니다. 다른 길을 걸을 뿐이지요."

뭔가 말을 하려던 진초백은 결국 입을 꾹 다물었다. 이내 한숨을 푹 내쉬었다.

"동룡아."

"백천입니다."

"……그래, 백천아. 잘 생각해 보거라. 이건 네 아비로서의 충고이자 먼저 무인의 길을 걸은 선배로서의 충고다. 이대로 화산에 계속 있다 보면 너는 네 재능을 썩히고 말 것이다. 지금이야 문제가 없겠지. 하지만 네가 나이가 들어 갈수록 화산은 너에게 짐이 될 것이다. 끌어 줄 이가 없고, 지켜 줄 이가 없는 곳에서 홀로 모든 것을 짊어진다는 것은 너무도 힘든 일이다."

진초백은 백천을 똑바로 바라보았다.

"하나 종남은 다르다. 네가 온다면 종남은 너를 적극적으로 지원하고 밀어줄 것이다. 그러면 천하제일인의 자리도 꿈은 아니겠……."

"아버지."

백천이 단호한 목소리로 진초백의 말을 끊었다. 아버지의 시선을 마주하는 그의 얼굴에는 조금의 흔들림도 없었다.

"저는 화산의 장문인이 될 사람입니다."

"……."

"끌어 줄 이가 없고, 지켜 줄 이가 없다고 하셨습니까?"

말을 하던 백천은 돌연 작게 웃었다. 정말 아무것도 모르는구나.

화산에 있다. 다른 어디도 아닌 화산에 있다. 그를 끌어 주고 지켜 줄 이들이. 그리고…….

"설령 그렇다고 해도 다를 건 없습니다. 왜냐면……."

백천이 근사한 미소를 지었다.

"제가 너무도 닮고 싶은 분은 이미 그 길을 걸었으니까요. 그런데 제가 우는소리를 할 수는 없잖습니까?"

진초백이 싸늘하게 백천을 노려보았다.

"정녕 그 길을 택하겠다는 거냐? 이 아비의 앞에서?"

"죄송합니다, 아버지."

백천이 살짝 고개를 숙였다. 하지만 표정에는 조금의 미안함도 서려 있지 않았다.

"하나 이게 제 길입니다. 제가 걷기를 원하는 길입니다. 종남이 저를 천하제일인으로 만들어 줄 수 있다고 해도 저는 달갑지 않습니다. 제 바람은 제가 천하제일인이 되는 게 아니라 화산이 천하제일문파가 되는 것입니다."

"……실로 어리석구나."

살짝 이를 갈아붙인 진초백이 고개를 들어 하늘을 바라보았다. 그리고는 말했다.

"나오시오."

갑작스러운 말에 백천이 조금 놀라 주위를 둘러보았다. 진초백은 싸늘하게 다시 한번 일갈했다.

"나오라 했소이다. 화산이 언제부터 쥐새끼처럼 숨어 남의 이야기를 듣는 곳이 되었소이까?"

"……들켰네."
"들켰는데?"
"들켰어."

쏟아지는 비난의 눈길에 청명이 움찔했다. 이럴 리가 없는데? 저 진초백이라는 양반의 능력이 생각보다 훨씬 뛰어나단 말인가?

'크으, 과연 동룡이 아빠! 내 기막을 뚫고 기척을 느낄 수 있는 고수라니.'

청명은 감탄 반 당황 반의 심정으로 슬그머니 엉덩이를 뺐다.

"어떡해?"

"뭘 어째. 들켰으면 나가야지."

청명이 한숨을 쉬며 자리에서 일어났다. 그때 진초백의 노한 음성이 다시금 울렸다.

"이래도 나오지 않을 셈이요?"

청명이 신경질적으로 입을 뗐다.

"아, 나가……."

"지금 나가오!"

"……엥?"

모두가 당황하여 고개를 갸웃했다. 하지만 이미 몸을 일으켜 반쯤 수풀을 벗어나 버린 상황이라 돌이킬 수가 없었다. 저 반대쪽에서 튀어나온 무리와 청명의 눈이 마주쳤다. 청명의 볼이 살짝 떨렸다.

"장문인?"

"장로님들?"

청명을 따라 수풀 밖으로 나오던 윤종, 조걸, 유이설도 흠칫했다. 건너편 수풀에서 튀쳐나오다 굳어 버린 현종, 현영, 현상과 눈이 마주친 것이다.

어색한 정적이 흘렀다. 장문인과 장로들도 당황했는지 말이 없었다.

"아니, 장문인이랑 장로님들이 여긴 왜……?"

"너희들이 왜 거기서 나오느냐?"

"엿들으러 왔죠."

"우리도."

"아……."

"……흠."

서로 어색해하는 두 무리를 번갈아 보던 백천이 달아오른 얼굴을 감싸 쥐었다.

"제발 좀……."

"크흠."

끝은 또 다른 시작이지 233

"으흐흐흠!"

망했어. 이 문파는 이미 망했어.

그 가운데에서 양쪽을 둘러보던 진초백이 땅이 꺼져라 한숨을 내쉬었다.

"남의 말 엿듣기를 좋아하니, 화산은 군자의 문파가 아닌 모양이외다."

현종의 얼굴이 슬쩍 붉어졌다. 도둑처럼 숨어 엿듣다가 들켰으니 입이 열 개라도 할 말이 없긴 했다.

"죄송하외다. 내 할 말이 없구려."

진초백이 가만히 현종을 바라보다 일단 예를 표했다.

"종남의 진초백이 화산 장문인을 배알합니다."

"반갑습니다, 진 장로."

상황이 상황이니만큼, 인사를 받는 현종의 얼굴엔 겸연쩍은 기색이 역력했다.

하지만 진초백의 말은 끝나지 않았다. 이미 예를 표했으니 할 말은 해야겠다는 듯, 그는 현종을 몰아붙이기 시작했다.

"다만…… 설마 장문인께서 이러실 줄은 몰랐습니다. 체면에 맞지 않다고 생각지 않으십니까?"

"물론 체면에 맞지 않는 일이지요."

현종이 쓴웃음을 머금으며 백천을 보았다. 그 미소에 복잡한 심경이 다 담겨 있었다.

"하나 문파의 후인을 살피는 일에 어찌 체면을 따지겠습니까. 그 때문에 제가 소인이 되어야 한다면 마다할 이유가 없습니다."

진초백은 황당하기 그지없다는 듯 헛웃음을 흘렸다. 백천도, 현종도 어째 사고방식이 이상하단 느낌이 자꾸만 들었다.

'이게 변한 화산인가?'

얼마 전까지만 해도 화산이 이렇지 않았었는데, 어쩌다 이리 변해 버렸단 말인가.

"장문인께서 체면을 지키지 않으면 문파가 어찌 되겠습니까?"

"그렇지요. 문파에 좋지 않을 수도 있지요."

현종이 선선히 고개를 끄덕였다.

"하나, 제게는 문파와 저의 체면보다는 백천이가 천 배는 더 중요합니다. 그런데 제가 왜 체면을 먼저 따지겠습니까."

실로 당당하고 단호한 말이었다. 현종을 가만히 바라보던 진초백이 살짝 입술을 깨물었다.

"차라리 잘되었습니다. 이리되었으니 장문인께 묻겠습니다. 장문인께서는 동룡이가 정말 천륜을 저버리고 화산의 제자가 되기를 원하십니까?"

"천륜을 저버리는 건 있을 수 없는 일입니다."

"그리 말씀해 주실 줄 알았…….."

"하나."

현종이 고개를 내젓는다.

"백천이가 화산의 도인이 된다 해서 천륜을 저버리는 건 아닙니다. 인연은 인연이고, 도는 도인 법이지요. 그리고 무엇보다, 화산의 장문인으로서 백천이라는 인재를 잃고 싶지 않습니다. 이 아이는 화산을 이끌 기둥이 될 인재입니다."

진초백의 얼굴이 움찔했다. 부릅뜬 눈에 노기가 넘실거렸다. 현종은 조금도 아랑곳하지 않고 말을 이었다.

"종남에게 백천이를 내주는 일은 없습니다. 필요하다면 싸워서라도,

마지막 화산의 제자 하나가 남을 때까지 싸워서라도 우리는 백천을 지킬 것입니다. 그게 화산이고, 그게 동문인 법이지요."

현종의 말 한 마디, 한 마디에서 더할 수 없이 큰 애정이 묻어났다. 격동하는 감동에, 백천이 막 목소리를 내려던 찰나였다.

"아니, 나는 거기까진 좀……."

"아, 좀! 입 다물어!"

"장문인이 말씀하시잖아, 인마!"

"아니, 사실이 그런데……."

"시끄럽다!"

사형제들에게 갖은 구박을 받는 청명을 보며 백천이 한숨을 푹 내쉬었다.

'하여튼 저 망할 놈.'

주변이 삽시간에 왁자지껄해졌다. 그 가운데, 진초백은 살짝 눈을 감았다.

'이것이구나.'

사실 현종의 그 어떤 경고도 진초백에게는 아무런 의미가 없었다. 그를 진정으로 욱신거리게 한 것은, 화산의 제자들을 바라보는 백천의 눈빛이었다.

'네 가족은 이곳에 있구나.'

작은 회한이 밀려들었다. 그러나 진초백은 감상에 자신을 내맡기지 않았다. 대신 백천을 보며 말했다.

"네 뜻은 잘 알았다. 그렇다면 이것으로 나는 이제……."

"부모와 자식의 연을 끊는다는 둥의 말은 마십시오. 끊고 싶다고 끊어지는 게 아닙니다. 저도 그걸 아는 데는 꽤 오래 걸렸지만요."

진초백의 입가가 미미하게 흔들렸다. 이래서야 이 녀석이 아들이 아니라 아비 같지 않은가?

"알겠다."

고개를 끄덕인 진초백이 현종을 향해 포권했다.

"장문인. 실례가 많았습니다."

"실례는 이쪽이 했지요."

"그럼."

진초백이 가볍게 묵례를 하고는 백천을 일별했다.

"언제 한번 집에 들르거라."

"예, 아버지."

"간다."

그는 이내 뒤도 돌아보지 않고 멀어져 갔다. 하지만 진금룡은 아버지를 따르지 않고 가만히 서서 청명과 백천을 노려보았다.

"화산의 장문인이 될 수 있다면 좋겠지."

그에게서 싸늘한 살기가 흘러나왔다.

"그때까지 화산이라는 곳이 남아 있다면 말이다."

백천은 진금룡을 보며 한숨을 내쉬었다.

"형님. 자신을 잃지 마십시오."

"건방진 놈."

살기 어린 눈에 살짝 핏발이 섰다.

"종화지회의 굴욕은 이곳에서 갚겠다. 나를 만나는 화산의 제자는 몸 성히 내려갈 생각은 버려야 할 것이다."

"거, 말 참 많네."

진금룡의 고개가 청명에게 획 돌아갔다.

"뭐. 한판 떠?"

청명이 배를 쭉 내밀어 보였다. 진금룡은 차게 웃었다.

"여기서는 의미가 없지. 모두가 보는 앞에서 내 손으로 화산을 몰락시켜 주마."

그 말을 끝으로 진금룡은 몸을 돌렸다. 그의 뒷모습이 사라질 때까지 바라보던 백천이 한숨을 푹 내쉬었다.

"청명아, 나는……."

"삐뚤어진 가족을 바로잡는 방법은 하나밖에 없지."

"……응?"

"두들겨 패."

"……."

"늘씬하게 말이야. 사람도 맞아야 정신을 차리는 법이거든."

그 진심 어린 충고에, 백천은 빙그레 웃었다.

"네게 가족이 없어서 다행이다."

이거 진심임. 진짜로.

◆ ◈ ◆

"드디어!"

위소행이 눈앞에 펼쳐진 인산인해를 보며 주먹을 꽉 쥐었다.

"아버지! 드디어 도착했습니다."

"그래. 정말 먼 길이었구나."

위소행의 말을 들은 위립산도 길게 숨을 내쉬었다.

"장문인도 무심하시지. 천하무림대회에 참가를 하시면 참가한다고 연통이나 하나 넣어 주시지. 그럼 훨씬 일찍 도착했을 것 아니더냐."

"장문인께서도 대회를 준비하느라 바쁘시지 않았겠습니까. 이게 어디 보통 일입니까?"

"그렇지, 그렇지. 네 말이 옳다."

위립산이 크게 고개를 끄덕였다.

천하무림대회라니. 가슴이 떨려 온다. 이름은 천하무림대회지만 실제로는 천하명문대회에 가깝다. 강호인들에게 인정을 받고, 강호를 이끌어 나가는 위치에 있다는 것을 증명한 문파만이 소림의 초대장을 받고 이 대회에 참가할 수 있다.

다시 말해 이 대회에 참가할 수 있다는 건, 그 문파가 강호의 동도들에게 명문임을 입증했다는 의미가 된다.

'화산이 이런 곳에 참가하는 날이 올 줄이야.'

몰려 있는 군웅들을 바라보는 위립산의 가슴이 뜨겁게 달아오르기 시작했다. 화산의 속가인 화영문을 운영하면서 얼마나 많은 설움을 받았던가. 망해 자빠진 문파의 속가면 대체 얼마나 망한 곳이냐고 비웃던 이들이 얼마나 많았던가.

아니, 차라리 그 정도면 양반이지. 화산의 존재조차 알지 못해서 '그런 곳이 있소?'라고 묻는 이들에게 웃음을 보여야 했던 시절을 생각하니 새삼 콧잔등이 시큰해졌다.

"본산 분들께서 좋은 성적을 내 주시겠죠."

"소행아. 기대하는 것은 좋지만, 너무 많은 것을 바라서는 안 된다."

위립산이 진중하게 말했다.

"천하의 명문들이 실력을 겨루는 자리에 참가할 수 있다는 것만으로도 대단한 일이다. 물론 화산은 언젠가는 천하제일문파가 될 테지만, 아직은 천하를 지배하던 명문들과 격차가 있을 것이다. 그러니 어떤 성적을 내더라도 실망할 것 없다. 우리는 그저 혼신의 힘을 다해서 그분들을 응원하면 된다."

"예, 명심하겠습니다!"

주먹을 꽉 쥐는 위소행을 보며 위립산은 빙그레 미소를 지었다. 천 리 길도 한 걸음부터라고 하지 않았던가. 화산은 지금도 과격한 속도로 발전하고 있다. 여기에 더 큰 기대를 하는 것은 본산에 막중한 부담을 주는 일이다.

'그저 본산에 기대기만 해서는 안 된다. 우리 화영문도 화산의 영광에 도움이 되어야지.'

위립산이 내심 다짐하며 입을 열었다.

"다들 가자꾸나."

"예!"

그의 수제자인 염평이 위립산의 옆으로 따라붙었다.

"본산의 어른들께 먼저 인사를 드려야 하는 것 아닙니까?"

"괜찮다. 그분들도 지금 바쁘시겠지. 오늘 비무가 끝난 뒤에 인사를 드리러 가도 나무라지 않으실 게다."

"알겠습니다."

인파의 끄트머리에 도착했지만 워낙 멀어서 비무대가 잘 보이지 않았다. 특히나 화영문의 나이 어린 제자들은 아직 키가 작아서 제대로 비무를 보기가 어려울 듯했다.

"으음. 안으로 조금 더 들어가 보자꾸나."

화영문의 제자들이 인파를 파고들었다. 그러자 여기저기서 거센 반발이 터져 나왔다.

"어엇, 밀지 마시오!"

"이 사람들이! 늦게 와서 어딜!"

"죄송합니다. 조금만 안으로 가겠습니다."

위립산이 어색하게 웃으며 고개를 숙였다. 그러자 험악한 얼굴의 사내 하나가 인상을 쓰며 위립산의 앞을 가로막았다.

"아니! 그쪽은 어느 문파기에 이리 경우가 없어? 당신 눈에는 일찍부터 나와 자리를 잡은 이들이 안 보여? 어? 보이게 해 드려?"

"죄송합니다."

"죄송은 얼어 뒈질 죄송이야? 확 모가지를 꺾어 버릴라!"

분위기가 순식간에 험악해졌다. 이곳에 있는 이들도 다들 무인이다 보니, 살벌한 기세에 몸이 살짝 떨릴 지경이었다. 위립산이 헛기침을 한 후 정중히 말했다.

"먼 길을 달려 도착했는데, 아이들에게 본산 분들의 모습을 좀 더 보여 주고 싶은 마음에 실수를 저질렀습니다. 사과드리겠습니다."

"누구는 사문 없나? 그래서 그쪽 사문이 어디신데?"

"저희는 남영의 화영문 소속입니다. 화산의 속가 문파지요."

"화영문? 어디서 들어 본 적도 없……."

말을 하던 험악한 얼굴의 사내가 순간적으로 입을 다물었다. 그러더니 이내 기이한 눈빛으로 위립산을 보았다. 심지어 눈동자를 떨기까지 했다.

"저……. 사문이 어디시라고?"

"화영문입니다."

"아니. 거기 말고……요. 어디 속가시라고?"

"……화산입니다."

"화산? 그……. 화산채……. 아, 아니! 대회에 참가한 화산을 말씀하시는 겁니까?"

응? 반응이 왜 이렇지? 그리고…… 화산채? 위립산이 의아해하는 눈빛으로 사내를 보다가 조금 어색하게 고개를 끄덕였다.

"……네. 그렇습니다만?"

앞을 막아섰던 이가 슬쩍 뒤를 돌아본다. 그러더니 낮게 헛기침을 했다.

"아……. 화산이셨구나. 화산……."

……응? 사내의 묘한 반응에 위립산이 눈을 가늘게 떴다. 금방이라도 달려들 듯 으르렁대던 사내가 굉장히 당황한 표정으로 어깨를 움츠린 것이다.

"화, 화산의 속가이신 줄은 미처 몰랐습니다. 이, 이쪽으로 가시지요. 제가 안내해 드리겠습니다."

"……예?"

사내가 뒤쪽을 돌아보더니 크게 소리쳤다.

"여기 화산의 어린 속가 제자들이 왔답니다. 길 좀 터 주시오."

"화산? 화산의 어린 제자라고?"

"……거참, 무서운 말이로군."

심지어 다른 이들도 다들 비슷한 반응이었다. 흥미가 있는 듯 이쪽을 바라보다가도 위립산과 눈이 마주치면 획 하고 고개를 돌렸다. 마치 뭐랄까, 어…….

'저잣거리에서 행패를 부리는 왈패 놈들을 보는 모양새가 아닌가.'

그런데 왜 화영문을 그런 눈으로 보지? 왜? 위립산은 혼란스러웠다.

"자, 자! 얼른얼른 길을 여시오!"

"비켜 드려! 화산 분들이시다!"

"아, 옆으로 좀 가라니까!"

"화, 화산?"

움직일 기미도 없이 꽉꽉 차 있던 사람들이 우르르 좌우로 길을 열었다. 이 어이없는 상황을 보며 위립산은 입을 쩍 벌렸다. 대체 뭐가 어떻게 돌아가는 것인가?

"이쪽으로 가시오."

"저기 앞쪽으로 가면 화산파가 있는 곳이 있소."

"하하하! 화산의 속가라니. 어깨에 힘 좀 바짝 주시겠는걸?"

"그렇지, 그렇지! 하하하!"

어떤 반응을 보여야 할지 도통 알 수가 없었다. 대체 여기서 무슨 일이 벌어졌던 건지 묻고 싶었지만 알아볼 시간 따윈 없었다. 미처 입을 떼기도 전에 저 앞쪽에서 우렁찬 호명이 들려왔기 때문이다.

"다음! 화산의 청명!"

'청명?'

화산과 청명. 그 익숙한 두 단어의 조합을 들은 위립산이 반색하며 고개를 쭉 뺐다. 하지만 그의 시야는 순식간에 들썩이는 관중들로 인해 가려졌다.

"우와아아아아아아아아아!"

"화산신룡! 화산신룡이다!"

"화산파의 화산신룡이 나왔다!"

청명이라는 이름이 나오자마자 갑자기 귀가 터질 듯한 함성이 사방에서 쏟아졌다.

"뭐, 뭐야!"

"화산신룡? 청명 도장님?"

너무 열광적인 반응이라 순간 어안이 벙벙할 정도였다. 위립산이 황당해하며 주변을 돌아보았다. 위소행도 당혹감을 감추지 못하다가 고개를 빼꼼 들고 비무대 위를 넘겨다보았다. 비무대 위로 휘적휘적 올라가는 한 사람의 등이 보였다.

"도장님이다!"

물론 뒷모습만으로 사람을 알아보는 게 쉬운 일은 아니다. 그러나 등짝으로 '귀찮아 죽겠는데 자꾸 사람 불러 대네.' 하는 마음을 표현할 이가 세상에 청명밖에 더 있겠는가?

"우승이다, 화산신룡!"

"한 방! 이번에도 한 방이다!"

터져 나오는 함성과 응원 때문에 벌써 귀가 먹먹했다. 다른 비무가 시작된 것도 아니다. 이 앞 비무대에 청명이 올라서고 있을 뿐, 다른 비무대에서는 화영문이 도착했을 때부터 지금까지 비무가 쭉 이어지고 있었다. 그럼에도 청명이 올라오는 순간 소림 전체의 분위기가 바뀌어 버렸다.

화영문의 제자들이 모두 놀란 토끼 눈으로 주변을 두리번거렸다.

"아, 앞으로……."

무슨 일이 벌어지고 있는지 모르지만, 저 비무는 봐야 한다. 명실공히 화산 후기지수 중 최고수라 할 수 있는 청명의 비무가 아닌가. 저걸 보지 못하면 여기까지 온 이유가 없다.

하지만 청명이 등장하는 순간 달아오른 군중은 쉽사리 자리를 내어 주지 않았다. 별수 없이 위립산은 키가 작은 아이들을 들어 올려 주라 지시할 수밖에 없었다. 위소행은 비무대 위로 올라선 청명을 보며 감탄했다.

'청명 도장님!'

어떤 식으로든 크게(?) 될 사람이라고 생각하기는 했지만, 설마 이런 자리에서 이토록 큰 환호를 받는 사람이 될 줄이야. 청명과 그리 인연이 깊다고 할 수 없는 위소행조차 가슴이 절로 뿌듯해지는 기분이었다. 그는 동경이 잔뜩 어린 시선으로 홀린 듯 청명을 바라보았다.

'믿습니다!'

위립산은 제 아들이 안 좋은 쪽으로 물드는 것도 눈치채지 못한 채 만면에 미소를 띠고 가슴을 쭉 폈다.

"하하하하. 화산이 이토록 환호를 받는 문파가 되다니!"

감동이 밀려온 나머지 눈시울마저 붉어졌다. 그런데, 이상하게도 들려오는 환호에 조금씩 이상한 것이 섞이기 시작했다.

"대가리를 깨 버려!"

"구파니 어쩌니 하고 거들먹거리는 것들 다 박살을 내 버려라!"

기이한 열기가 들끓는 그 환호성을 들으며 위립산은 허허 웃어 버렸다.

'괜찮을까?'

……어떻게든 되겠지.

청명은 쏟아지는 환호 속에서 심드렁한 표정을 지었다.

"아니, 뭐 한 것도 없는데 벌써 이렇게……."

"우와아아아아아아! 화산신룡이다!"

"이번에도 뭔가 보여 줘라, 화산신룡!"

"우승! 우승이다! 화산파가 우승한다!"

입꼬리가 살짝 떨렸다.

"헤헤. 그렇게 칭찬한다고 기분이 좋은 것도 아닌데. 헤헤헤헷."

청명이 히죽히죽 웃으며 뒷머리를 긁었다. 강한 인상을 남기려면 무뚝뚝한 모습을 보여야 하는데 자꾸 칭찬만 받으면 헤벌쭉하게 된다.

'이게 다 칭찬을 못 받고 커서 그런 거라니까!'

- 칭찬받을 일을 해야 칭찬을 해 주지! 이 망둥이 같은 놈아!

"끄으응."

청명이 입맛을 다셨다. 그가 매화검존으로 살 때는 공교롭게도 강호에서 비무 대회라고 할 만한 것이 거의 열리지 않았다.

정확히 말하자면, 비무 대회는 꾸준히 열렸지만 그가 참가할 수 있는 대회는 이상할 만큼 열리지 않았다. 그가 후기지수일 때는 후기지수 비무 대회가 열리지 않았고, 그가 장성했을 때는 후기지수 비무 대회만 열렸…….

"아니, 이 새끼들이? 지금 생각해 보니 일부러 그랬구나!"

하기야 지금과는 다르게 그때는 청명의 실력이 널리 알려져 있을 때니 비무를 피할 만도 했다. 쯧쯧쯧. 이 한심한…….

- 실력이 아니라 악명이 널리 알려졌겠지, 이놈아.

"거 안 찾을 때 불쑥불쑥 나오지 마시라니까!"

- 내 맘이다.

"끄으으응."

청명이 피식 웃고는 고개를 내렸다. 하긴 저 양반도 보고 싶으시겠지. 만약 청명이 등선하여 선계에 있었어도 이 대회만큼은 어떻게든 보려고 구름을 좌우로 밀어 냈을 것이다.

"그러니 좋은 결과를 내긴 해야 하는데……."

청명이 한숨을 푹 내쉬었다. 생각하다 보니 서글퍼진 탓이다.

어린놈들 재롱이나 보고 박수나 쳐야 할 나이에 그 어린놈들 사이에 껴서 비무질이라니. 원래 그의 자리는 지금 장문인들이 앉아 있는 저곳이다. 아니, 원래의 몸으로 왔다면 저기 있는 놈들을 싹 다 바닥에 꿇려 놓고 신발이나 닦으라고 했겠지. 그런데 되레 그들 앞에서 재롱을 떨어야 할 상황이라니. 이래서 인생은 모르는 것이다.

청명은 짧게 혀를 차며 고개를 들었다. 그러고는 자신의 상대를 바라보았다.

'진송이라고 했었나?'

무당의 제자다. 명문 중의 명문인 무당의 제자. 그중에서도 비무 대회 대표로 이십 인 안에 든 아이다. 그럼 그 실력이야 말해 무엇 하겠는가? 그러니 당당…….

어? 쟤 왜 저래?

청명이 눈을 가늘게 떴다. 그의 상대로 나온 진송은 식은땀을 삐질삐질 흘리며 몸을 덜덜 떨고 있었다. 그 기이한 반응에 청명이 고개를 갸웃하며 물었다.

"너."

"히이이이이익!"

……청명의 표정이 떨떠름해졌다. 진송은 화들짝 놀라 뒤로 물러난 채 땀만 뻘뻘 흘려 대고 있었다.

"너 어디 아파?"

"……아, 아닙니다."

"말투는 왜 그렇고? 진짜 어디 아픈 거 아냐?"

"아닙니다! 진짜 괜찮습니다!"

물론 진송은 괜찮지 않았다. 하필 청명의 상대라니.

'내가 저 괴물을 어떻게 이겨! 저 괴물은 무진 사숙을 때려잡은 놈이라고!'

어디 무진 사숙뿐이던가? 허산 장로님도 잠시지만 저 괴물 놈과 동수를 이뤘다고 스스로 인정했다. 일대제자 중 세 손가락 안에 들어간다는 무진 사숙에, 장로님이라니. 막말로 그가 무진과 겨룬다면 삼 초가 지나기 전에 다리가 부러질 게 분명하다. 그런데 그런 무진을 이긴 괴물을 대체 무슨 수로 상대하란 말인가? 이리 보는 눈이 많지 않았으면 비무고 나발이고 그냥 줄행랑을 놓고 말았을 것이다.

'저건 그냥 괴물이라고!'

지레 겁에 질린 진송을 보며 청명이 피식 웃었다.

"진짜 괜찮니? 많이 아파 보이는데."

"괘, 괜찮습니다. 정말 괜찮습니다. 그냥 긴장을 많이 해서."

"아, 그렇구나."

"예! 예! 그렇습니다!"

청명이 진송을 보며 피식 웃었다. 하는 짓이 꽤 귀엽다.

"보아하니 사람 보는 눈은 있는 것 같고. 그럼 괜히 서로 힘 빼지 말고 기권하지?"

"아, 아닙니다. 도전해 보겠습니다."

"진짜?"

"예!"

"꼭?"

"……예?"

청명이 살짝 입술을 실룩이며 검을 검집째 뽑아 들었다.

"그렇군. 꼭 붙어 봐야 알겠다, 이 말이지?"

"……."

"상대가 안 된다는 걸 알면서도 덤비겠다는 그 기상은 칭찬해 주겠지만, 내 입장에서는 어차피 끝난 거 귀찮게 손을 써야 한단 말이지. 그런데 굳이 꼭 싸워 보시겠다?"

"어, 그게……."

"오냐. 내가 그 기상의 대가로 성심성의껏 상대해 줄 테니까 제대로 한번 붙어 보자!"

살기로 눈을 희번덕대는 청명을 보며 진송이 환하게 웃었다.

'그냥 항복하자.'

일단 살고 봐야지. 허허허허.

"하, 항……."

"항?"

항복이라는 말이 목구멍까지 차오른 진송이 슬쩍 뒤를 돌아보았다. 장문인들이 모여 앉은 단상 위에서 무당의 장문인인 허도가 차가운 눈으로 이쪽을 바라보고 있었다.

'끄으으응.'

상대가 안 되는 건 알고 있다. 하지만 무당의 제자로서 출전한 이상, 이 많은 이들의 앞에서 항복한다는 건 있을 수 없는 일이다. 물론 그는 그쪽이 현명하다고 생각하지만, 지켜보는 이들이나 사문의 어른들은 그리 생각하지 않을 것이다. 결국 눈을 질끈 감았다 뜬 진송이 검을 들어 청명을 겨눴다.

"하, 한 수 배우겠습니다."

"배워? 이거 웃긴 새끼네?"

"……네?"

청명이 눈을 부라렸다.

"배우고 싶으면 네 사부를 찾아갈 것이지, 어디 다른 문파 놈이 나한테 배우겠다고 나대?"

"……아, 아니! 그게 아니라…….'"

"좋아. 가르쳐 주지."

청명이 혀를 내밀어 입술을 핥았다.

"대신! 배움에는 대가가 따르는 법이지. 오늘 비무에서 네가 살아남으면 좋은 경험이 될 거다! 살아남는다면 말이지!"

살기까지 번들거리는 청명의 시선을 마주한 진송은 빙그레 웃었다.

'아니, 어쩌다가 정도 문파에 저런 인간이 나타났지?'

그리고 하늘도 무심하시지. 어떻게 저런 인간에게 저런 무력을 내려 주신다는 말인가. 진송은 울상을 지으면서 검을 움켜잡았다.

"후욱."

크게 심호흡하자 눈빛이 단호해졌다. 그 모습을 보던 청명은 노력이 가상하다는 듯 웃었다.

"오호. 끝까지 해보시겠다?"

"사, 상대가 안 된다는 건 알고 있습니다. 하지만……."

진송이 파들파들 떨면서도 말을 이었다.

"평생 이길 만한 상대만 맞아 싸울 수는 없겠지요. 죽지는 않을 테니 최선을 다해 부, 부딪쳐 볼 겁니다."

"호오?"

청명이 씨익 웃었다.

"이거 재밌는 놈이네?"

때때로 저런 이들이 있다. 과거 마교와의 전쟁에서도 그랬다. 입으로 협의를 논하고 물러서지 않을 것을 주장했던 이들은, 막상 전쟁에 나서서는 그 주둥아리로 지껄인 것의 반도 지키지 못했다. 하지만 저런 놈들은 겁에 질려 떨면서도 물러서지 않고 자신이 해야 할 일을 기어코 해낸다.

무당은 무당인가 보다. 저런 놈도 있고 말이다.

"어이. 이름이 뭐라고 했지?"

"네? 진송입니다."

"진송. 그래, 진송. 기억하지."

청명이 가볍게 검을 들어 올렸다.

"그럼 시작하자."

"예!"

청명이 지체 없이 진송을 향해 달려들었다. 진송의 눈이 순식간에 화등잔만 하게 커졌다.

"히익!"

입으로는 비명을 지르지만 손에 든 검은 흔들림 없이 단호하게 태청검법의 검로를 따랐다. 허공에 절도 있고 깔끔한 검식이 펼쳐진다.

"다리가 빠졌잖아!"

따악!

"윽!"

하지만 청명의 검은 깔끔하게 그려진 태청검법의 검로를 유령처럼 스쳐 지나 정확하게 진송의 무릎을 내리쳤다. 진송이 반사적으로 검로를 틀어 청명의 목을 노렸다.

"허리!"

따악!

옆구리를 얻어맞은 진송이 이를 악물었다. 실전이었다면 다리가 잘리고 옆구리가 크게 베였을 것이다. 하지만 이건 비무다! 쓰러지기 전까지는 최선을 다해야 하는 법.

"하아아아앗!"

진송이 크게 고함을 내지르며 검을 떨쳐 내었다. 그가 비장의 초식으로 생각한 태청검법의 초식, 청하곤곤(淸河滾滾)이 유려하게 펼쳐진다.

"어깨! 손목! 검지!"

딱! 따악! 딱!

청명의 검이 진송의 어깨와 손목, 그리고 두 번째 손가락을 연이어 찍고 지나갔다.

"아악!"

검식을 펼쳐 내던 검이 허공으로 날아올랐다. 진송은 어안이 벙벙한 눈으로 청명을 바라보았다.

'어떻게 이럴······.'

"대가리이이이이이이이!"

빠아아아아아아아악!

······털썩.

검집째로 진송의 대가리를 내리찍어 버린 청명이 검을 회수하고는 손을 탁탁 털었다.

"검수면 하체와 어깨부터지. 그리고 무당이고 나발이고 대가리는 공평한 법이다. 배워 둬라."

이미 쓰러져 버린 진송이 그 말을 들을 수 있을지는 애매했지만, 청명은 개의치 않고 몸을 휙 돌렸다. 그런 그에게로 폭발적인 환호성이 쏟아졌다. 청명이 웃으며 관중들에게 손을 흔들어 주었다.

"최고다! 화산신룡!"

"이번에도 한 방이다!"

"으하하핫! 무당의 제자를 저리 쉽게 제압하다니! 아직까지 검은 한 번도 뽑지 않았잖아!"

"우승은 벌써 정해진 것이나 다름없지!"

쏟아지는 환호를 받으며 청명이 얼굴을 실룩였다.

'크으. 이것도 나름 맛이 있네.'

이래서 사람이 명성을 얻으려고 하는구나! 청명은 새삼 실감하며 힘차게 손을 흔들었다.

그리고…… 그런 청명의 뒤에서 진송이 몸을 벌떡 일으켰다.

'어?'

그러고는 저도 모르게 손으로 정수리를 더듬거렸다.

'안 아파?'

분명 뭔가 부러지는 소리가 났는데, 머리에서는 고통이 느껴지지 않았다. 진송은 멀어지는 청명의 모습을 황당함이 묻어나는 눈빛으로 바라보았다.

'청명 도장.'

화산의 신룡. 그리고 화산의 개차반. 무위를 뺀다면 그에게 좋은 말을 하는 이는 거의 없었다. 하지만 이상하게도 그와 손을 섞어 본 무진과 허산자는 청명을 그리 나쁘게 말하지 않았다.

어쩐지…… 그 이유를 알 것 같은 진송이었다.

"이번 비무는 화산 청명의 승리요!"

쏟아지는 환호 속에서 청명이 비무대를 벗어났다.

"으아아아아! 청명 도장님!"

위소행은 목이 터져라 고함을 질렀다. 물론 그의 목소리는 주변에서 쏟아지는 환호에 묻혀 버렸지만, 개의치 않고 발악하듯 환호했다.

"청명 도장님! 하하하하핫! 청명 도장니이임!"

그 순간이었다. 비무대를 내려가던 청명의 고개가 관중석 쪽으로 휙 꺾였다.

"어?"

청명과 위소행의 눈이 마주쳤다. 위소행은 당황했다. 여기서 제 목소리가 들릴 리는 만무하다. 게다가 들었다고 해도 이리 많은 이들 사이에 있는 사람을 정확히 찾아낸다는 건 불가능······.

하지만 청명은 반색하며 손을 붕붕 흔들었다.

'진짜 본 건가?'

그러더니 비무대에서 훌쩍 뛰어올라 중인들의 가운데에 내려섰다. 깜짝 놀란 중인들이 환호하며 청명을 향해 손을 뻗었다. 청명은 불쑥불쑥 내밀어지는 손들을 가볍게 맞잡아 주며 성큼성큼 걷더니 순식간에 화영문 일행이 있는 곳에 도착했다.

"아이고, 문주님! 어떻게 여기까지 오셨습니까!"

청명이 반갑게 외치자 위립산이 더없이 환하게 웃었다.

'이리 환대해 주다니.'

만면에 웃음을 띤 청명을 보고 있으니 그가 진심으로 반가워한다는 것을 느낄 수 있었다. 위립산도 바보가 아니다. 지금 쏟아지는 환호만 봐도 그가 과거에 화영문에 왔을 때와는 전혀 다른 위상을 떨치고 있다는 걸 모를 수가 없다. 그럼에도 청명은 전과 전혀 다름없는 표정으로 반가워해 주지 않는가?

정말 도사답지 않은 사람이지만…… 어떤 면에서는 더없이 도사 같은 사람이 청명이었다.

"화산이 대회에 참가했다는 소식을 듣고 제자들을 데리고 달려왔습니다."

청명이 위립산의 손을 덥석 잡았다.

"잘 오셨어요! 여기까지 오시기가 쉽지 않았을 텐데!"

"하하하. 청명 도장이 이기는 걸 보니 여기까지 온 고생이 싹 날아가는 것 같습니다."

"헤헤헤. 그렇죠?"

배시시 웃은 청명이 슬쩍 위립산의 눈치를 살폈다.

"그런데 혹시……."

그러더니 살짝 입맛을 다시며 그의 봇짐 쪽을 바라보았다. 그러자 위립산이 슬쩍 주변의 눈치를 보고는 작게 속삭였다.

"닐 명."

"크ㅇㅇㅇㅇㅇ."

청명이 감격한 듯 위립산의 손을 꽉 움켜잡았다.

"저쪽으로 가시죠. 저기에 화산의 자리가 있어요."

"하하. 우리는 속가 문파라……."

"괜찮아요, 괜찮아요. 자리 남아요."

"아, 아니. 그게 기본적으로 규정이……."

"규정은 얼어 죽을. 우리 자리 우리가 쓰겠다는데 뭐가 문제예요! 땡중들이 와서 따지면 머리통에 기름 처발라 반짝이게 만들어 버릴 테니까 걱정 마세요."

위립산이 못 당하겠다는 듯 고개를 내저었다.

'진짜 하나도 변하지 않았구나.'

사람이 명성을 얻고 위상이 달라지면 전과는 달리 언행을 조심하고 근엄한 척하기 마련이다. 하지만 청명은 과거와는 비할 바 없는 명성을 손에 넣었음에도 전과 조금도 달라지지 않았다. 아니……. 어떤 면에선 전보다 좀 심해진 것 같기도 하다.

꼭 그게 좋은 건 아니겠지만, 그 모습이 더없이 기껍다는 것은 부정할 수 없었다.

그때 위립산의 뒤에 있던 위소행이 얼른 입을 열었다.

"청명 도장님!"

청명이 그를 보며 씨익 웃었다.

"잘 봤어?"

"예! 정말 강하시네요."

위소행이 동경으로 눈을 빛내며 감탄했다. 청명은 어깨를 으쓱했다.

"내가 센 게 아니라 쟤들이 약한 거야."

"정말요?"

"……아니, 내가 센 걸 수도 있겠다."

청명이 피식 웃으며 위소행과 위립산을 잡아끌었다.

"어쨌든 이쪽으로 오세요. 이쪽으로."

그는 두 사람을 붙든 채 성큼성큼 인파를 헤치고 한쪽으로 향했다. 화영문의 제자들도 다들 얼결에 그 뒤를 따랐다.

"장로님! 장로님!"

인파를 헤치고 줄을 넘어 문파들이 대기하는 곳까지 간 청명이 소리를 질렀다.

"화영문 문주님께서 오셨어요!"

"화영문?"

"오!"

화영문과 인연이 있던 백천 무리가 그 소리를 듣자마자 자리에서 벌떡 일어났다.

"문주님! 오랜만에 뵙습니다!"

"그간 강녕하셨습니까?"

부드러운 미소로 화답하려던 위립산은 순간 멈칫했다. 그리고 저도 모르게 살짝 뒤로 물러났다.

'뭐, 뭐야? 여기가 화산이 있는 자리라고 하지 않았나?'

다시 살펴봐도, 검은 무복과 가슴에 새겨진 매화 문양이 이들이 화산의 제자임을 증명해 주고 있었다.

맞는데?

아니, 그런데…… 화산이라고? 아닌데?

그나마 윤종이나 조걸, 그리고 백천은 나은 편이다. 전에 보았을 때보다 조금 더 성숙한 느낌이 물씬 나기는 하지만, 그래도 알고 있는 모습에서 그리 크게 달라지진 않았으니까. 하지만 주변에 있는 이들은 확실히 뭔가 심상치가 않았다.

"……소행아."

"……예?"

"네가 전에 화산에 갔을 때도 저랬었느냐?"

"아니, 아니요. 전에는 이렇지 않았는데?"

위소행이 화산에 들른 지가 일 년도 채 되지 않았다. 그럼 대체 그 일 년도 안 되는 기간 내에 뭔 일이 있었기에 이렇게 얼굴을 마주하는 것만으로도 몸이 움츠러들 정도가 되었단 말인가?

"장로님, 장로님!"

"엥?"

"여기 손님이 오셨습니다."

"손님? 화산에 뭔 손님이야!"

커다란 산적……. 아니, 화산의 문도들 앞쪽에서 한 사람이 걸어 나왔다.

'딱 산채마다 하나씩 붙어 있는 염소수염의 책상물림이로군.'

사문의 장로를 그리 평하는 것은 무척이나 불경한 일이지만, 너무 딱 들어맞는 느낌이라 도무지 다른 비유를 찾을 길이 없다.

'그런데 장로?'

화산 장로 중에 저리 젊은 사람이 있었나?

"누구시라고?"

"화영문주님이세요."

"화영……. 화영문?"

그 순간 사내의 얼굴이 화악 피더니 마치 후광이라도 뿜을 것 같은 자애로운 표정을 띠었다.

'뭐, 뭐지?'

장로, 현영이 재빨리 달려 나오더니 화영문주 위립산의 손을 덥석 움켜잡았다.

"화영문주시라고!"

"예? 아, 예……. 제, 제가 화영문의 문주인 위립산입니다."

"그래, 그래. 그 아이가 벌써 이렇게 컸구나! 내가 화산의 현영이다."

"혀, 현영 장로님?"

"그래, 그래!"

위립산의 머리를 쓰다듬으려던 현영이 주변을 쓱 둘러보더니 어깨를 두드렸다.

"잘 와 주었다. 잘 왔어! 오는 길에 화영문에 한번 들렀어야 하는 것을 내가 경황이 없어 잊었구나!"

현영이 더없이 기꺼워하며 위립산의 어깨를 꾹꾹 주물렀다. 손짓 하나, 표정 하나에 반가움이 듬뿍듬뿍 묻어나 되레 황송할 정도다.

"그런데…… 정말로 현영 장로님?"

"그래, 그래. 네가 어릴 적 화산에 들렀을 때 보지 않았느냐."

"……너무 젊으셔서."

"하하하. 좋은 일이 있었지. 그래, 먼 길을……."

무어라 말하려던 현영이 불현듯 뒤쪽을 보며 눈을 부라렸다.

"뭐 하느냐! 이 밥버러지 놈들아! 손님이 오셨으면 의자라도 가지고 와야 할 게 아니냐! 돈 한 푼 안 내고 밥 빌어먹는 놈들이 어디 고객……. 아, 아니. 속가 분들이 오셨는데 거기서 자리나 차지하고 뭉개고 있어! 당장 일어나지 못해?!"

위립산의 눈이 휘둥그레졌다.

'아니, 말이 너무 심한…….'

하지만 화산 제자들의 반응은 그의 예상과 전혀 달랐다.

"의자! 의자! 빨리!"

"움직여, 이것들아!"

앉아 있던 의자들을 일제히 잽싸게 들어 올리더니 경공을 펼치듯 뛰어와 속가 인원들의 자리를 만들어 주었다. 정말이지 눈 깜박할 사이에 일어난 일이었다.

"편히 앉으십시오!"

"저희는 그냥 서서 보면 됩니다. 신경 쓰지 마십시오."

위립산은 너무 당황하여 할 말을 잃었지만 현영은 너무도 당연하다는 듯 고개를 끄덕였다.

"아. 거거, 청명아. 너는 괜찮다. 너는 거기 그 앞쪽에 의자를 붙여 눕거라."

"그러려고요."

"그래, 그래. 내 새끼."

이것도 좀 이상한데…….

현영이 빙그레 웃으며 위립산에게 자리를 권했다.

"장문인은 지금 다른 곳에 계시니 저녁에 뵙고 인사를 드리면 될 게다."

"아……. 그러겠습니다, 장로님. 이리 환대해 주시니 제가 정말 몸 둘 바를 모르겠습……."

그 순간 현영이 위립산의 손을 다시 움켜잡았다.

"화영문주."

"예?"

"화산은 화영문이, 그리고 자네가 얼마나 본산을 위해 주었는지 너무 잘 알고 있네. 그러니 불편한 마음 갖지 말고 편히 있어 주시게나."

"장로님……."

위립산의 눈이 감동으로 넘실거렸다. 현영이 굳건하게 잡아 온 손을 보자니 그간의 세월이 떠오르며 온갖 감정이 물밀듯 밀려든 것이다.

그때 현영이 조금 난감해하는 얼굴로 입을 열었다. 어째 살짝 떨떠름한 목소리였다.

"그런데, 음……."

"예?"

"내가 여기로 오느라 확인을 못 했는데 이번 달 상납……. 아니, 기부금은 화산으로 보냈는가?"

"……출발 전에 보냈습니다."

"그래, 그래! 아암. 편히 있어 주게. 모쪼록 편히! 하하하하하하!"

화산이 뭔가 단단히 잘못 돌아가고 있다는 생각이 드는 위립산이었다.

• ❖ •

"대가리이이이이이이이이!"

화산의 기세는 멈출 줄 몰랐다. 물론 일 차 예선에서 그랬던 것처럼 한 방에 상대를 날려 버리는 일은 이제 거의 일어나지 않았다. 기본적으로 상대들도 이제는 화산파의 제자들을 경계하기 시작한 데다, 슬슬 강자만 살아남는 단계가 되었기 때문이다.

그럼에도 화산의 제자들은 용케 예선 마지막 날까지 단 일 패도 허용하지 않고 파죽지세로 상대들을 쓸어 버리고 있었다.

호쾌하다. 가슴속에 쌓였던 것들이 뻥 뚫리는 기분이 들었다. 그렇게 더없이 기꺼워하며 그 광경을 바라보던 위립산은 순간 뭔가가 마음에 걸려 입맛을 다셨다.

다 좋다. 정말 다 좋은데…… 왜…….

"그걸 검이라고 쓰냐? 너도 화산에 와서 절벽 좀 타야겠네!"

"어디 내 앞에 대가리를 들이밀어!"

"허리! 허리! 허리! 허리! 발목!"

"이게 피해? 피했어? 오냐, 너 오늘 한번 뒈져 보자!"

……왜……. 왜 다들 저렇게 되어 버린 것인가. 어쩌다 저 지경이 되었나.

과거 방문했던 당시의 화산을 떠올려 본다. 비록 낡고 반쯤 쓰러진 전각이 망해 가는 문파의 전형을 보여 주기는 했지만, 그 전각 안에서 살아가는 화산의 도인들은 하나같이 도인다운 풍모가 있었다.

위립산이 그 맑디맑은 풍모를 얼마나 동경했던가. 화산의 속가를 이어 온 것은 단순히 선대의 유지를 받들기 위해서가 아니었다. 그 어린 시절 보았던 화산의 모습이 너무도 또렷하게, 인상적으로 남아 있었기 때문이다.

그런데 지금은, 어…….

"잘한다! 대가리! 대가리!"

애처럼 좋아하는……. 아니, 아직 애가 맞기는 하지. 애는 맞는데! 여하튼 너무 좋아하는 위소행을 보고 있으니 뭔가…… 복잡한 기분이 자꾸 들었다.

머리는 우려를 표하는데 가슴은 뜨거워지고 엉덩이는 절로 들썩인다. 화산의 제자들이, 그토록 두려워하던 구파일방과 오대세가의 후기지수들을 일방적으로 몰아붙이는 모습을 보고 있으니 이게 꿈인가 생시인가 싶었다.

'화산이 언제 이리 강해졌단 말인가?'

물론 위립산은 이미 청명과 그 일행의 활약을 두 눈으로 확인한 바 있다.

하지만 이건 별개의 문제다. 위상과 관련 없이 문파에는 천재적인 재능을 타고난 이가 종종 나타나기 마련이다. 그런 이들이 문파의 위상을 높이고, 명문으로 발돋움하기 위한 기반을 만들어 낸다. 다시 말하자면 어떤 곳이든 딱히 큰 노력이나 과정 없이도 청명이나 백천 같은 이가 나타날 수 있다는 의미다. 분명 좋은 일이긴 하나, 그것만으로 문파의 능력이 증명되지는 않는다.

'그런데……. 왜 다들 이렇게 센 거냐고.'

안 진다고? 이 비무 대회에서?

위립산이 눈을 끔뻑였다. 동네 사람들이 모여서 술 한 됫박을 걸고 싸우는 그런 허접한 대회가 아니다. 천하의 명문 중에서도 인정받는 후기지수들이 모여 싸우는 비무 대회다. 아무리 예선이라고는 하나, 단 한 판도 지지 않는 게 과연 가능한 일인가?

심지어 더 이해가 안 되는 건 따로 있었다. 이 말도 안 되는 결과에 흥분하고 있는 게 화영문의 제자들뿐이라는 것이다. 화산의 제자들은 이게 당연하다고 여기는지, 아니면 자신들의 동료가 싸우는 것에 별 관심이 없는지 심드렁한 얼굴로 멍하니 응시할 뿐이었다.

따아아악!

상대의 목을 검면으로 후려친 윤종이 쓰러지는 상대를 보며 나직하게 말했다.

"나쁘지는 않았으나 조금 더 노력해야 할 것이오."

물론 화산의 문도들만큼 노력하기는 쉽지 않겠지만. 윤종이 환호 속에서 비무대를 벗어났다.

"진짜…… 진짜 멋지다!"

위소행의 눈은 숫제 몽롱하게 풀렸다. 얼마나 바랐던 광경인가. 꿈에서도 바랐다. 화산의 제자들이 수많은 명문의 제자들을 연파하고, 강호에 그 이름을 드날리는 모습을 말이다.

그런데 실제로 이런 광경을 보게 되자 기쁘면서도 한편으로는 멍했다.

현실감이 들지 않는다고 해야 할까?

'어떻게 다들 이리 강할 수 있지?'

청명과 그 일행들이야 원래 강했다. 하지만 설마 화산의 다른 제자들도 이토록 강할 거라고는 생각 못 했다. 더구나…….

'이 사람도 이겼지?'

위소행의 시선이 옆쪽에 앉은 당소소에게로 돌아갔다. 분명 화산에 입문한 지 얼마 되지 않았다고 들었는데 이런 무위라니. 그 사실이 위소행에게 희망을 불어넣었다.

'나도 가능할까?'

그는 저도 모르게 당소소를 뚫어지게 바라보았다. 육포를 뜯던 그녀가 시선을 느꼈는지 고개를 획 돌렸다.

"뭐야?"

"아, 아니……. 그게 아니라……."

위소행이 우물쭈물하며 눈을 굴렸다. 당소소가 위소행 쪽에 있던 육포 바구니를 쭉 당겨 제 쪽으로 옮겼다.

"남의 육포 노리지 마라. 손모가지 날아가니까."

"……."

그때 비무를 마친 유이설이 돌아왔다. 당소소가 자리에서 벌떡 일어나더니 미리 챙긴 물수건과 물병을 들고 부리나케 달려갔다.

"사고! 사고! 여기요!"

"고마워."

"헤헤. 별말씀을요."

그를 바라볼 때와는 전혀 다른 표정을 짓는 당소소를 보며 위소행이 빙그레 미소 지었다.

아, 화산 사람이네. 누가 봐도 화산인이다. 누가 봐도!

그때 앉아 있던 청명이 일어나더니 늘어지게 기지개를 켜며 하품을 했다.

"아, 지루해. 얼마나 남았어?"

"이제 한 시합 남았다."

"누군데?"

"백상."

청명이 고개를 끄덕였다.

"백상 사숙이면 무난하게 이기겠네."

"그렇지. 백자 배 중에서는 가장 강한 축에 드니까."

백천을 비롯한 유이설, 윤종, 그리고 조걸은 화산 내에서도 전혀 다른 경지를 걷는 이들이다. 청명을 포함한 이 다섯을 제외한다면 화산의 이 대제자 중 최고수를 다투는 이가 백상이었다. 다른 이들이 무난하게 이겼는데 백상이 지는 건 상상이 가지 않는다.

"빨리 끝내라고 해 줘. 뭔 놈의 비무가 이렇게 지루해."

······백천의 입꼬리가 살짝 떨렸다. 명문의 후예들이 명예를 걸고 싸우는 비무를 지루하다고 느끼는 건 둘째치고, 그걸 입 밖으로 내다니. 이런 모습을 보면 이놈은 정말 머리에서 뭐가 하나 빠져 있는 게 분명하다.

"금방 끝난다. 저 비무대에서 승부가 나면 백상의 차례니까."

"저 비무대?"

청명은 백천이 가리킨 비무대로 시선을 돌렸다. 비무대 위에서 대검을 든 사내가 보였다. 청명이 씨익 웃으며 말했다.

"흐음, 남궁 뭐시기네."

"그래. 단악검이다."

백천이 나직하게 말했다. 그 말투에 드러난 투지를 느낀 청명은 새삼스러운 눈빛으로 단악검을 보았다.

'세긴 하네.'

세상에는 반드시 존재한다. 그 재능과 출신으로 하늘 아래 단 하나밖에 없는 자리를 노리는 걸물들이. 저 단악검 남궁도위가 그런 자였다. 아마 청명이 없었다면, 천하제일인을 두고 다투는 이 중에는 반드시 저 이름이 존재했을 것이다. 그를 주시하며 청명이 물었다.

"어때?"

"뭐가?"

"이길 수 있겠어?"

백천이 입꼬리를 살짝 말아 올렸다.

"물론 승부는 겨뤄 봐야 아는 것이다만……."

"다만?"

"……없군."

청명이 고개를 갸웃했다. 뭐가 없다는 걸까?

"도무지 질 자신이 없다. 이 빌어먹을 놈아."

"오호? 우리 동룡……."

백천이 검을 뽑았다.

"아니, 백천 사숙이 자신감이 넘치네."

청명은 재빨리 말을 바꾸며 히히 웃었다.

"근데, 사숙. 나 진짜 궁금한 거 하나 있는데. 물어봐도 돼?"

백천이 살짝 떨떠름하게 청명을 바라보았다. 겪은 일들이 있어서인지 이놈이 이런 식으로 나오면 불안해진다.

"……뭔데?"

"사숙이 진동룡이잖아?"

"백천이라고!"

"사숙네 형은 진금룡이고."

"……그런데?"

청명이 씨익 웃었다.

"그럼 은룡이도 있어?"

"……있다. 우리 둘째 형."

"진짜?"

"무학에 재능이 그리 뛰어나지 못해서 대표로는 뽑히지 못했을 거다."

세상에, 진짜 은룡이가 있었어. 청명은 떨떠름한 표정으로 종남이 있는 쪽을 바라보았다.

"사숙 아버지가 어떤 사람인지는 모르겠는데, 딱 하나는 알겠네. 아버지 작명 능력이 지옥에서 나온 아수라 수준인데?"

"……공감해야 하는 나 자신이 서글프군."

진동룡……. 아니, 백천이 눈을 질끈 감았다.

"여하튼 사숙, 방심하지 마."

"응?"

"저 새끼 세다."

어느덧 사뭇 진지해진 청명이 남궁도위를 보며 말했다.

"천재라는 것들은 한 번씩 말도 안 되는 짓거리를 보여 주거든. 수련의 강도, 검에 대한 이해도, 그리고 경험 같은 강해질 수 있는 상식적인 요소를 무시해 버리고 이해가 안 가는 성취를 이루어 버리지."

"저놈이 그런 천재라고?"

"아마도."

백천의 눈이 비무대 위의 단악검을 좇았다.

'남궁도위.'

청명이 타인에게 이렇게 후하게 평가하는 건 처음 들어 본다. 백천이 평생의 벽이자 모든 것을 다 쏟아부어도 이기기 힘든 천재라 여겼던 진금룡조차도 지렁이 취급하던 청명이 아닌가? 그런데 천재라…….

'열받는군.'

백천의 눈빛이 차게 가라앉았다.

'내가 꺾어 주지.'

그가 단호한 의지를 버리던 그때였다. 청명이 슬쩍 얼굴을 들이밀었다.

"의식하는 거야?"

"의식이 안 될 수가 있나?"

"호오? 아직 금룡이도 남았는데, 남궁 뭐시기를 의식한다고?"

"형님은 그리 큰 문제가 아니야."

대수롭지 않은 듯한 말투였다. 청명은 피식 웃었다.

"오호. 우리 백천 사숙이 이제 진짜 꽤 건방지게 말할 줄 알게 됐네. 진금룡이 아무것도 아니라니."

백천이 살짝 겸연쩍은 표정으로 뒷머리를 긁었다.

"응? 내가 그렇게 말했나? 그런 의미가 아니라……."

"사숙."

"응?"

"건방 떨지 마."

말문이 막힌 백천이 순간 움찔하였다. 어느새 청명의 눈빛은 서늘하게 가라앉아 있었다.

"개구리는 올챙이 적 기억을 못 하는 게 정상이지. 강해진 이는 자신이 약자일 때를 기억하지 않아. 그러니 자신보다 약한 이들에게도 신경을 쓰지 않지."

"……."

"하지만 그 개구리 중에서 진짜 금와(金蛙)가 될 수 있는 건, 자신이 올챙이였다는 사실을 기억하는 개구리뿐이야."

거기까지 말한 청명이 표정을 풀고는 어깨를 으쓱했다.

"강해져서 기분이 좋을 거란 건 알아. 하지만 발밑을 보지 않으면 언젠가는 기어 올라온 이에게 발목이 잡혀. 그러다 보면 발목 날아가는 거야."

백천은 입술을 살짝 깨물었다. 지금은 기세를 풀었지만, 한 번씩 청명이 이렇게 정색할 때마다 심장이 조여 오는 듯한 압박이 느껴졌다. 정말 알다가도 모를 놈이다. 이건 단순히 강함에서 나오는 기세가 아니다. 사람 그 자체에서 나오는 위엄이라고 해야 할까?

"명심하마."

"그래, 그래야지. 그래야 우리 동룡……. 에헤이! 검은 왜 뽑고 그래, 또!"

백천이 피식 웃고는 검에서 손을 뗐다. 그리고 물었다.

"그래서 너는 밑을 항상 주시하는 개구리여서 금와가 됐다 이 말이냐?"

"응? 에이, 뭔 소리야. 나는 아니지."

뜬금없는 겸손에 백천은 갸웃했다. 아니라고?

그러자 청명이 자신을 가리키며 배를 쭉 내밀었다.

"따지자면 나는 용이나 봉황. 용은 새끼여도 용이지. 사숙은 개구리고. 이해가 안 가나?"

"……이 새끼가?"

백천이 막 청명의 목을 조르려는 찰나였다.

콰아아앙!

커다란 폭음과 함께 비무대 주위로 흙먼지가 피어올랐다. 잠시 후 먼지가 가라앉기 시작하자, 그 가운데 당당히 선 남궁도위의 모습이 보였다.

"승자는 남궁세가의 남궁도위요!"

남궁도위는 너무도 당연한 승리를 거두었다는 듯, 딱히 감흥 없는 표정으로 내려갔다.

"재수 없군."

"응. 마치 옛날의 누구 같네."

"내가 뭐?"

"아무 말도 안 했는데 제 발이 저리죠?"

"끄으응."

백천은 별말을 하지 못하고 앓는 소리를 내었다. 부정할 수가 없었다. 예전의 백천이라면 승리를 거두고 딱 저런 표정을 지으며 비무대를 내려왔을 테니까.

"저자도 대가리가 깨지면 정신을 차리겠지."

"호오? 자신 있어?"

"자신 있다고 해야지!"

백천이 이를 악물었다. 그의 궁극적인 목표는 청명을 이기는 것이다. 그런데 이런 곳에서 발목을 잡힐 수는 없다.

"좋은 대답이야. 그런데 남궁도위만은 아니거든. 몇몇 정말 눈에 띄는 놈들이 있었어."

"……그래?"

청명이 고개를 끄덕였다.

"아마 본선은 그놈들을 어떻게 만나느냐에 따라 달라질 거야. 가능한 한 많은 수가 남는 게 좋은데. 흐음."

잠시 생각에 잠겨 있던 청명이 볼을 긁적였다.

"그런데 저 소림 놈들이 그리 만들지 않겠지. 보나 마나 조작을 할 건데."

"조작? 소림이 조작이라고?"

"무슨 순진한 소리를 하고 있어? 쟤들이 공짜로 이 많은 애들 밥 먹이고 재우겠어? 얻을 게 있으면 얻는 게 기본이지."

청명의 말에 백천이 눈을 가늘게 떴다. 틀린 말이 아니기는 하지만, 왠지 소림만은 그러지 않을 거란 막연한 기대를 품고 있었다. 그 기대가 지금 깨어지는 느낌이었다.

"어쨌든 예선부터 마무리하고 생각하자. 백상 사숙이 마지막이라고?"

"그래. 저기 올라간다."

백천과 청명이 비무대를 바라보았다. 대기하고 있던 백상이 황포를 두른 소림승과 마주하고 있었.

'내가 끝인가?'

백상이 여유로운 동작으로 검을 뽑았다.

'모두 이겼는데 나만 질 수는 없지. 이놈을 이기고 예선을 전승으로 마무리한다.'

예선이라지만 전승이다. 이 결과는 근래에 화산이 만들어 낸 최고의 쾌거이자, 업적으로 기억될 것이다. 화룡점정. 화려한 용 그림에 마지막 눈동자를 그려 넣는다는 심정으로 백상이 상대를 마주 보았다.

그리 강해 보이지는 않는다. 살짝 여려 보이는 몸과 아직 앳된 얼굴. 실력보다는 경험을 쌓기 위해 나왔다는 인상이 강했다.

'하지만 어쨌든 소림이다.'

백상은 아주 잘 알고 있었다. 겉모습만으로 상대를 얕잡아 보다가 지옥으로 떨어지는 강호인이 한둘이 아님을.

당장 청명만 봐도 알 수 있다. 만일 다른 곳에서 청명을 적으로 마주했다면 강해 보인다는 인상은 절대 받지 못했을 것이다. 그렇게 아무 생각 없이 싸웠다가 대가리가 깨졌겠지.

'방심은 금물. 무조건 최선을 다한다.'

"시작!"

승부를 겨루라는 목소리가 울리자마자 백상이 칠매검의 기수식을 펼쳤다.

"간다!"

우선은 매화분(梅花紛)으로 상대의 반응을 보고, 그다음에 곧장 이십사수매화검법을…….

'어?'

그 순간 백상은 보았다. 자신을 향해 내뻗어진 상대의 주먹이 광휘로운 금빛으로 물드는 광경을 말이다.

그리고 그게 백상이 기억하는 마지막 광경이 되었다.

쾅!

짧고 거대한 폭음과 함께 소림승이 뻗은 주먹에서 뿜어져 나온 금빛 권기가 백상을 휩쓸어 버렸다.

"아아아아아아아아아악!"

백상은 구슬픈 비명을 내지르며 비무대와 관중석을 넘어 소림의 담장 밖까지 날아갔다.

"뭐, 뭐야!"

"저 미친!"

관중은 물론이고 화산의 제자들까지 경악하여 자리에서 벌떡 일어났다. 심지어 청명마저도 화들짝 놀라 몸을 일으켰다.

"배, 백보신권? 대체 뭐야, 저 새끼?!"

비무대 위의 소림승을 바라보는 청명의 눈이 화등잔만 해졌다.

"세상에……."

장문인들이 모여 있는 단상 위도 당연히 경악으로 가득 찼다.

"신권(神拳)이 아닙니까?"

"나이가 그리 많아 보이지 않는데 백보신권이라니. 위력으로 봐서는 최소한 오성 이상은 되어 보이는데. 허허허허."

"방장. 어찌 저런 인재를 꼭꼭 숨겨 두셨습니까?"

허도진인의 말에 법정이 빙그레 미소를 지었다.

"딱히 저 아이를 숨겨 여러분을 기만하려던 것은 아니었습니다. 그저 저 아이가 수줍음이 많아 자신의 실력을 드러내는 걸 꺼리다 보니 그리 되었습니다. 본인이 나서지 않는데 제가 호들갑을 떠는 것도 모양새가 나쁘지 않겠습니까."

말을 마친 법정이 불호를 외었다.

"그건 그렇습니다만……."

허도진인은 놀라움을 감추지 못하고 다시 아래를 바라보았다. 비무대에 홀로 남은 소림승이 관중들을 향해 반장 하며 고개를 숙이고 있었다.

"혜자 배입니까?"

"예, 그렇습니다. 혜자 배 중 막내지요."

"혜자 배라면 일대제자가 아닙니까? 일대제자가……."

"나이는 되레 이대제자보다 어립니다."

"……아."

이립 이하의 일대제자까지도 비무 대회에 참가할 수 있다는 규칙은 아무래도 저 아이 때문에 생긴 듯했다. 법정이 곤란하다는 듯 웃었다.

"배분은 높지만, 이제 겨우 약관을 넘긴 아이이다 보니 출전시키지 않기가 어려웠습니다. 본인의 실망도 이만저만이 아닐 것 같고……. 껄끄러운 부분이 있다면 제가 사과드리겠습니다."

"약관을 넘은 지 얼마 되지 않은 아이라면 당연히 참가할 자격이 있지요. 배분이 그리 중한 것도 아니고."

허도진인은 재빨리 다른 곳에서 나올지도 모르는 불만을 틀어막아 버렸다.

'저놈은 더 지켜봐야 한다.'

이 비무 대회가 끝이 아니다. 우승하여 명성을 날리는 것도 중요하지만, 타 문파에 어떤 인재가 자라나고 있는지를 파악하는 것도 중요한 일이다. 사소한 문제 때문에 저런 괴물을 관찰할 수 있는 기회를 놓칠 수는 없잖은가.

"대단합니다. 저 나이에 백보신권이라니."

"으음. 정말 찬탄을 금할 수가 없군요."

장문인들의 입에서 신음 같은 경탄이 흘러나왔다.

하지만 이건 결코 공치사가 아니었다. 저 젊은 소림승이 보여 준 일수는 분명 이만한 찬탄을 받을 만했다.

백보신권.

소림을 대표하는 권법.

나한권이 소림의 기본이라면, 백보신권은 소림의 정화라고 할 수 있는 권법이다. 소림이 천하에 자랑하는 일흔두 가지의 상승무공, 칠십이종절예(七十二種絕藝) 중 하나이며, 그만큼 익히기가 난해한 것으로 유명한 무공이었다.

소림의 무학은 말 그대로 대기만성(大器晩成). 그 복잡하고 오묘한 무학을 완전히 이해하고 체득하기 위해서는 수십 년의 지난한 수련이 필요한 것으로 알려져 있지 않은가. 그런데 그 소림 무학의 정화라 할 수 있는 칠십이종절예를 저 나이에 벌써 펼쳐 내다니.

'그것도 저 정도 수준으로.'

허도진인의 눈이 가늘어졌다. 소림이 이런 일을 벌인 데는 반드시 노림수가 있을 거라고 생각은 했는데, 설마 저런 노골적인 패를 숨겨 두었을 줄이야.

이 천하비무대회는 저 괴물의 등장을 위해서 깔아 둔 판임이 분명해졌다.

"허허. 정말 굉장합니다."

"아닙니다."

법정이 가볍게 겸양했다.

"예선에서는 칠십이종절예를 사용하고 싶지 않다고 했었는데, 저 권을 꺼내 든 것을 보면 상대였던 화산의 아이도 그 실력이 녹록지 않았음이 분명합니다."

"그렇다고 해도 백보신권에 비할 수는 없겠지요."

법정은 대답 없이 빙그레 웃었다.

'이걸로 화산에게 쏠린 주목은 빼앗아 왔다. 다만……'

그는 슬쩍 주위를 둘러보았다. 장문인들의 표정은 두 가지로 나뉘었다. 굉장히 낭패스러워하는 얼굴과 뭔가를 골똘히 생각하는 얼굴.

낭패스러워하는 이들은 혜연(慧然)의 실력을 감당할 자신이 없는 이들이고, 골똘히 생각하는 이들은 가장 실력이 뛰어난 제자와 혜연을 견주어 보는 이들이다. 그리고…….

'호오.'

단 한 사람 표정이 다른 이가 있었다.

'화산인가.'

그 많은 장문인 중 오로지 현종만이 그리 놀라지 않은 얼굴로 편안한 모습을 보여 주고 있다. 승패에 대한 집착을 놓았음인가, 아니면……?

'지켜보면 알겠지.'

법정은 이내 가볍게 웃고는 고개를 돌려 다른 장문인들과의 대화를 이어 갔다.

"바, 방금 뭐였지?"

"번쩍했는데?"

"……그런 식으로 표현될 만한 일 권이 아니야."

아는 만큼 보인다고 했던가. 그저 결과에 주목하는 다른 화산의 제자들과 다르게 백천 일행은 저것이 얼마나 어마어마하고 무시무시한 권이었는지를 이해하고 있었다.

'백상이 다치지 않도록 강제로 파괴력을 줄였다.'

아마 백상은 털끝 하나 다치지 않았을 것이다. 권의 폭발력을 죽이고 오로지 밀어 내는 힘만을 이용한 일격이었으니까. 상대를 해하는 것보다 다치지 않게 제압하는 게 열 배는 더 어렵다는 사실을 아는 그들은 심각한 표정으로 비무대 위의 소림승을 바라볼 수밖에 없었다.

"승자는 소림의 혜연이오!"

정적에 빠져 있던 소림 쪽에서 우레와 같은 환호성이 터져 나왔다.

"역시 소림이다!"

"심지어 화산의 제자를 단 일격에 날려 버렸어!"

"그렇지! 그러면 그렇지! 화산이 저리 활약하는 게 이상했어. 명문의 진짜 힘이 이제부터 나오는 거지!"

"굉장한 일격이었어! 저게 대체 뭐였지?"

관중들 역시 들떠 소리치기를 주저하지 않았다. 화산의 제자들이 활약할 때보다 배는 더 큰 환호성이 혜연에게로 쏟아졌다. 그러자 그는 얼굴을 붉히더니 종종걸음으로 비무대를 내려갔다.

"화산의 전승이 깨졌구먼!"

"그럼 그게 얼마나 갈 줄 알았나? 화산 따위가 어떻게 그런 성적을 계속 내겠나."

"예선이라 해도 지금까지 지지 않은 건 대단한 일 아닌가."

"운이지, 운!"

"어찌 운으로 그럴 수가 있나. 말이 되는 소리를 하게!"

"쯧쯧. 모르는 소리. 힘이 없는데 어찌 명문이라 불리겠는가? 가진 모든 인재를 끌어온 화산과는 다르게 다른 문파들은 경험을 쌓기 위한 인재와 성적을 낼 수 있는 인재를 구분한단 말이지. 보게나! 진짜와 부딪치니 바로 박살이 나지 않는가."

"……으음. 그렇긴 한데."

"이제 본선이 시작되면 명문의 본 실력을 볼 수 있을 걸세."

"에이! 그래도 화산이 지금까지 보여 준 게 있는데. 나는 화산을 믿네!"

중인들이 옥신각신하기 시작했다. 하지만 화산 제자들의 귀에는 그 소리가 들리지 않았다. 백천의 시선은 혜연이 내려간 비무대 위에 고정되어 있었다.

"어떻게 생각하냐?"

"저거……. 허허……."

천하의 청명도 어이가 없다는 얼굴이었다.

"아까 내가 천재가 어쩌고 했었나?"

"저놈이 진짜 천재라는 말을 하고 싶은 거냐?"

"아니. 저건 천재가 어쩌고 할 수준이 아닌데?"

백천이 의문 어린 눈으로 청명을 돌아보았다. 하지만 청명의 표정이 자못 심각하다는 걸 본 그는 입을 꾹 다물었다.

청명은 빈 비무대를 물끄러미 보며 생각했다.

'미쳤네.'

세상에는 한 번씩 그런 것들이 태어난다. 기존의 모든 것을 파괴하고 새로운 조류를 창안해 내는 것들. 그러니까 세상이 조사(祖師)라 부르는 것들 말이다. 이를테면 소림 무학을 만들며 이전 중원 무학의 흐름을 바꿔 버린 보리달마(菩提達磨)나, 무당을 세워 도가의 새로운 기류를 만들어 낸 장삼봉(張三丰) 같은 양반들. 이들의 앞에다 가져다 대면 천재라는 말은 한 시대에 두엇쯤은 나타나는 흔한 재능을 일컫는 말이 되어 버린다.

"아니, 저런 놈이 하필 소림에 떨어지는 게 어디 있냐고!"

빌어먹을 세상! 안 그래도 가진 것들이 인재까지 빨아먹네! 죽창! 죽창이 필요하다! 가진 것 하나 없이 바닥부터 시작하는 청명의 입장에서는 소리가 저런 괴물을 키워 내고 있었단 사실이 황당하기 그지없었다.

"미친놈이네. 미친놈인데……."

저대로 잘만 큰다면 천하제일인은 물론이고, 강호의 역사에 남을 무인이 될지도 모르는 놈이다. 그렇기에…….

"불쌍하네."

"응? 왜?"

백천의 물음에 청명이 배를 쭉 내밀었다.

"가엾게도 나와 같은 시대에 태어났잖아. 그게 아니면 천하제일인 자리는 맡아 놓은 거나 다름없었을 텐데."

"……."

"하필 나와 같은 시대에 태어났고, 비슷한 나이네. 쯧쯧쯧. 저러면 평생 이인자에서 못 벗어나지. 불쌍한지고."

"……."

"뭐 어쩌겠어? 인생은 원래 불공평한 거야. 재수가 없다 생각하고 열심히 노력해야지. 다른 방법이 없어."

"……주둥이 좀 다물어."

백천이 깊게 한숨을 내쉬었다.

"그런데 사숙. 안 데리러 가도 돼?"

"……뭘 데리러 가?"

"사숙 말이야, 사숙."

"내가 왜?"

청명이 피식 웃었다.

"동룡이 말고 백상 사숙 말이야. 지금쯤 저기 기절해서 뻗어 있을 텐데……."

"아악! 백상아아아아아!"

백천이 기겁을 하며 백상이 날아간 쪽으로 달려갔다. 청명은 한숨을 쉬며 고개를 내저었다.

"어디 멀쩡한 것들이 없네. 멀쩡한 것들이."

물론 청명이 할 말은 아니었다.

• ◆ •

"열다섯이 출전하여…… 열넷이 본선 출전 인원 백스물두 명 안에 들었다."

현종이 빙그레 웃었다.

"이 일은 화산의 역사에 더없는 쾌거이다. 내가 오늘만큼 저 선계에 계신 선조들께 부끄럽지 않을 수 있겠구나."

"한 명만 더 이겼으면 전원 진출인데."

백상이 얼굴을 일그러뜨리며 고개를 푹 숙였다. 그러자 백천이 청명을 향해 버럭 소리를 질렀다.

"야, 인마! 사람 앞에 두고 그게 할 소리냐?"

"아쉽다 이거지. 아쉽다."

"너도 그놈은 못 당한다며!"

"심중에 숨어 있던 패배감이 눈을 뜨셨나. 왜 나는 하지도 않은 말을 지어내고 그러시지, 사숙?"

"하여튼 네가 그놈 세다며!"

"그렇지."

청명이 맞장구치듯 고개를 주억거렸다.

"백상 사숙은 백 번 싸워도 못 이기지. 신경 쓰지 마, 사숙. 그냥 실력이 모자란 건데 뭐. 방심한 것도 아니고, 아무리 잘했어도 결과가 같았을 건데 뭐가 문제……. 사숙?"

울화병이 도진 백상이 눈을 까뒤집고 꺽꺽대며 넘어가고 있었다. 청명이 그런 그를 보며 고개를 갸웃했다.

"부상이라도 입었나?"

"네가 입히고 있어, 이 새끼야! 네가!"

"내가 뭘?"

"제에발 입 좀 다물어! 제에발!"

아웅다웅하는 두 사람과 심드렁하게 그 모습을 바라보는 화산의 제자들. 뒤쪽에서 그 모든 것을 지켜보던 위립산은 빙그레 미소를 지었다.

'개판이네.'

이 와중에 더 큰 문제는, 중앙에 앉은 현종이 이 개판을 아주 따뜻한 눈빛으로 바라보고 있다는 점이다. 다른 장로들도 마찬가지고!

아니, 장문인! 그새 뭔 사육사로 직업이라도 바꾸셨습니까! 어떻게 이런 광경을 그런 눈빛으로 보십니까! 위립산이 먼저 화병으로 넘어갈 판이었다.

"자, 자. 조용히 해 보거라."

그런 위립산의 마음을 알았는지 현종이 제자들을 진정시킨다. 진정해야 할 제자라고 해 봐야 청명과 백천뿐이지만.

"본선은 이틀 뒤부터 열린다고 하는구나. 그 시간을 소중히 쓸 수 있으면 좋겠지만……."

현종의 불안한 시선이 청명에게로 흘끗 향했다. 청명이 무구하게 눈을 깜박이며 말했다.

"왜 그러시죠?"

"끄으응."

현종은 한숨을 푹푹 내쉬었다.

'혼자서 다 때려잡고 있으니 뭐라고 구박도 못 하겠고.'

제발 백천이나 윤종 성격의 반만 닮았으면 소원이 없겠지만, 하늘은 공평하여 한 사람에게 모든 것을 주지는 않는 모양이다. 사람이 속이 타는 감정과 뿌듯한 감정을 동시에 느낄 수 있을 줄이야. 복잡 미묘한 표정으로 청명을 바라보던 현종이 앓는 듯 말했다.

"제발."

"네?"

"앞으로 이틀. 단 이틀이다! 설마 그 이틀 동안 사고를 치진 않겠지?"

"섭섭하네요, 장문인. 마치 제가 그동안 뭔가 사고를 쳤다는 투로 말씀을 하시……."

현종이 검 손잡이를 움켜잡았다.

"……거, 칼도 차고 오셨어요?"

청명이 배시시 웃었다.

"뽑은 지도 오래되셨을 텐데. 그냥 넣어 두세요."

"끄으응."

현종은 결국 청명을 외면하고 다른 제자들에게로 시선을 돌렸다.

"듣거라."

"예, 장문인!"

"지금까지 너희는 너무도 잘해 주었다."

어느새 그의 얼굴엔 인자한 웃음이 걸려 있었다.

"본선에서도 좋은 결과를 얻을 수 있다면 좋겠지만, 이제부터는 지금까지처럼 쉽지 않을 것이다. 명문의 저력이라는 건 절대 쉽게 볼 것이 아니다."

청명이 현종의 시야에 제 머리를 빼꼼 들이밀었다.

"그런데 우리도 명문이잖아요?"

현종이 흐뭇하게 웃었다.

"허허. 그래. 그 말도 맞지. 그래, 그러니 기죽을 것 없다. 어깨를 펴고 너희의 모든 실력을 후회 없이 펼치거라. 결과는 중요하지 않다. 중요한 것은 결과가 아니라 무엇을 얻느냐가 아니겠느냐."

"예! 장문인!"

현종은 자신의 사랑스러운 제자들이 더없이 기껍다는 듯 웃었다.

'이 아이들을 지키는 것이 나의 사명이고, 화산의 사명이다.'

청명이 뿌린 씨앗은 이 천하비무대회를 통해 아름드리 거목으로 성장할 것이고, 언젠가는 천하 곳곳으로 그 가지를 뻗을 것이다. 그러니 장문인으로서 이들을 지켜 주어야……

"모두 장문인 말씀 잘 듣고 마음에 새겨!"

청명의 말이었다. 저렇게 기특한 말을 하다니, 현종이 화들짝 놀라 그를 보았다. 저 아이가 이제야 좀 철이…….

"이겨야 얻는 거야! 진 놈이 뭐 얻는 거 봤어? 저기 백상 사숙 보이지? 지면 저렇게 되는 거야! 새겨 두라고."

"끄, 끄륵. 끄르르륵…….."

"백상아! 정신 차려라, 백상아!"

"쯧쯧쯧쯧."

울화통에 끝내 거품을 물고 넘어가는 백상을 본 청명이 혀를 찼다. 그러더니 눈을 희번덕대며 모두를 쭉 훑어보았다.

"무조건 이긴다! 알았어?!"

"오! 이긴다!"

"대가리를 깨 버리겠다!"

화산의 제자들이 일제히 환호했다. 현종은 자애롭게 웃으며 생각했다.

'말 좀 들어 처먹어라. 이 망할 놈들아.'

화산이 대회 전보다 힘을 얻는 것이야 이미 당연해졌다. 그러나 그 결과가 과연 강호의 복이 될지는 진지하게 고민해 봐야 할 것 같았다.

◆ ◈ ◆

꼴꼴꼴꼴꼴.

"카아! 이 맛이지! 이 맛이야!"

술을 입 안에 들이부은 청명이 극락에라도 든 것 같은 표정을 지었다. 오랜만에 마시니 술이 입에 쫙쫙 달라붙는 느낌이었다. 소림도 절간이다 보니 어디서 술을 구할 길이 없었다. 그러다 보니 술 생각이 간절했는데, 위립산이 재치 있게도 선물 삼아 술을 열 병이나 들고 온 것이다.

"크으으으. 이래서 사람을 잘 사귀고 봐야 하는 법이지."

물론 청명이 술이 없으면 못 사는 사람은 아니다. 하지만 사람이란 대개 그렇다. 언제든 구할 수 있을 때는 딱히 술을 찾지 않지만, '여기서는 술을 드실 수 없습니다.' 따위의 소리를 들으면 간절해지는 게 인지상정이다.

응? 나만 그렇다고? 에이. 설마.

청명이 히죽히죽 웃으며 육포를 찢어 입 안에 던져 넣었다. 지금 딱 한 가지 아쉬운 게 있다면……

"안주가 좀 부실하긴 하네."

한창 자랄 몸이라 잘 먹고 잘 커야 하는데, 이런 육포 쪼가리에다 술을 먹어야 하다니. 하늘에 있는 사형제들이 봤으면 안타까움에 눈물을 흘렸을 텐데. 선계에 있는 사형제들이 들었으면 쌍욕을 날릴 생각을 태연하게 하는 청명이었다.

"쯧. 어쩔 수 없지. 있는 대로 사는……. 어?"

청명이 고개를 갸웃하고는 술병을 들어 탈탈 털었다.

"……없어?"

고개를 돌려 한쪽 구석에 쌓인 술병을 헤아렸다.

"하나, 둘, 셋……. 아홉. 아홉?"

그럼 이것까지 열. 술이 떨어졌다. 병을 잡은 그의 손이 파르르 떨렸다.

'술이 없어?'

안 되는데? 아직 부족한데? 비어 버린 술병을 어떻게든 탈탈 털다가 끄응 앓는 소리를 냈다.

딱 한 병만 더 마시면 좋겠는데. 어떻게 하지?

고민하던 그가 흘끔 창문을 바라보았다. 사람이 빠져나가기에는 좁아 보이지만, 그가 저길 통과하는 건 일도 아니다. 슬쩍 빠져나가 마을에 다녀…….

— 절대! 이 이틀 동안에는 절대 사고를 쳐서는 안 된다! 절대!

머릿속에 울리는 현종의 간절한 목소리가 그를 움찔하게 했다.

"끄으으응."

고뇌하던 청명이 결국 고개를 절레절레 내저었다.

'나도 성질 많이 죽었네.'

예전이었다면 장문인의 당부고 나발이고, 술이 당기면 바로 튀어 나가서 주루에서 한잔했을 텐데. 아, 그래서 장문사형이 술 이야기만 들으면 경기를 일으켰던 건가?

거, 미안하게 됐소. 장문사형.

— 야, 이 호랑말코 같은 놈! 도사라는 놈이!

어디서 산짐승이 우나? 헛소리가 들리네. 나직이 헛기침한 청명이 입맛을 다셨다.

"아쉽긴 한데."

이미 한번 신나게 난장을 피워 놓은 전적이 있으니 이번에도 장문인의 말을 무시하고 하산을 하기엔 좀 껄끄러웠다. 한숨을 내쉬며 문을 벌컥 열었다. 밖에 서 있을 놈들이랑 이야기라도 해 볼 요량이었다. 하지만…….

"없네?"

전에는 백천 무리가 청명의 문 앞을 지켰었다. 그런데 화영문의 제자들이 오며 어수선해져서인지, 속가 제자들 앞에서 청명을 감시하는 모습을 보여 주기가 민망해서인지 지금은 아무도 보이지 않았다.

'여기는 주방이랄 곳이 없고.'

있다고 한들 절간 주방인데 백날 뒤져 봐야 거기서 술이 나오겠는가?

'흐음.'

잠깐 고민하며 뺨을 긁적이던 그가 돌연 눈을 빛냈다.

"아니지. 아니지. 화영문주님이 꼭 내 술만 챙겨 왔을 거란 보장은 없지. 장문인 드릴 술이나 장로님들 드릴 술을 따로 챙겨 왔을지도 모르지."

청명이 씨익 웃으며 걸음을 옮겼다. 화영문주의 처소가 분명 저쪽…….

"응?"

그의 발걸음이 우뚝 멈췄다. 전각의 복도에 나 있는 창문 밖으로 화산의 검은 무복을 입은 이가 빠르게 어딘가로 가는 모습이 보였다. 청명이 눈을 빛내며 창틀을 움켜잡았다.

"호오? 내가 이래서 눈을 못 뗀다니까. 잠시만 눈을 떼면 사고를 쳐요, 사고를."

씨알도 먹히지 않을 소리를 내뱉은 청명이 창문으로 달려가 훌쩍 뛰어내렸다. 그러고는 뒷짐을 진 채, 방금 누군가 달려간 곳을 향해 천천히 걷기 시작했다.

휘이이잉, 매서운 소리와 함께 검이 허공을 갈랐다. 흘러내린 땀방울이 얼굴을 완전히 적시고, 다리가 후들거리기 시작했음에도 백상은 쉬지 않고 검을 휘둘렀다. 손이 짓물러 피가 나도 그의 검은 멈출 줄을 몰랐다.

'나 때문이다.'

사문이 세상에 자랑할 수 있을 만큼 드높은 업적을 완성하려던 상황이었다. 하지만 그가 패배하면서 화산의 이름을 천하에 떨칠 수 있는 기회를 놓쳤다. 더욱 그를 상심케 하는 것은 지금부터 화산이 어떤 업적을 이루어 낸다 해도 그 업적에 그가 기여할 수 없다는 점이었다.

오로지 그 혼자만.

질끈 깨문 아랫입술이 살짝 찢어지며 핏물이 배어났다.

'왜 나는 항상.'

물론 알고 있다. 그 자신도 강해지고 있다는 걸. 과거에는 감히 상대할 엄두도 내지 못했던 명문의 제자들을 연파했다. 종남의 제자들만 보면 얼어붙었던 과거의 백상이라면 상상할 수도 없는 일이었다. 그럼에도 이 초조함이 사라지는 않는 것은, 빠른 속도로 그를 앞서 나가 버린 청자 배들 때문일 것이다. 특히 윤종과 조걸.

백상은 알고 있다. 그는 이제 백자 배의 이인자도 아니다. 유이설은 이미 그가 따라잡지 못할 곳까지 가 버렸고, 청명의 수련을 받은 백자 배 중 몇몇도 벌써 그를 추월했다. 심지어 윤종과 조걸을 제외한 청자 배들 중에서도 그를 앞서는 이들이 나오기 시작했다.

강함이란 상대적이다. 그가 강해지고 있다고 해도, 한 문파 내에서 그를 앞서는 이들이 쏟아지기 시작했는데 어찌 강해지고 있단 사실 하나만을 붙들고 위안할 수 있겠는가?

외면하고 또 외면했던 일이 이제는 결과로까지 나와 버렸다. 더는 이 상황을 외면할 수 없었다.

꾸우우우욱.

검을 잡은 손에 힘이 들어갔다. 아릿한 통증이 손을 타고 밀려들었지만 백상은 힘을 빼기는커녕 검 손잡이를 으스러뜨릴 기세로 더욱 힘을 밀어 넣었다.

'내가 약하고 우둔해서 벌어진 일이다.'

딱히 큰 꿈을 꿨던 건 아니다. 청명이 등장하기 전부터 그에게는 백천이라는 결코 넘지 못할 산이 있었으니까. 그의 꿈은 그저…… 그런 백천을 보좌하여 화산을 더 좋은 문파로 만드는 것이었다. 그것뿐이다.

백상의 검이 멈췄다. 이윽고 천천히 팔을 내린 그는 가쁜 숨을 내쉬며 하늘을 올려다보았다. 구름 한 점 보이지 않는 밤하늘에 커다랗게 뜬 달이 그를 굽어보고 있었다.

'나는 화산에 어울리지 않는 사람일까?'

패했기 때문에 이런 생각을 하는 건 아니다. 사실 이 생각을 한 지는 꽤 오래되었다. 과거의 화산은 그와 백천이 이끌어 나가는 문파였다. 하지만 청명이 등장한 이후로 빠르게 변화하고 있는 화산의 속도에 비한다면 그는 너무도 느린 사람이다. 그래서 때로는 이 성장의 속도를 따라가는 게 버겁다고 느꼈다. 겉으로 티는 내지 않았지만 말이다.

그러나…… 여기까지 와 버린 이상 생각할 수밖에 없다.

'어쩌면 내가 다른 이들을 방해하고 있는 건 아닐까?'

실력도 없는 놈이 백자 배 중 둘째랍시고 자리를 차지하고 앉아서 더 성장할 수 있는 이들의 길을 막아선 건 아닐까?

가만히 하늘에 뜬 달을 올려다보았다.

'밝구나.'

해까지는 바라지 않았다. 그건 다른 이의 몫이니까. 그가 원한 건, 밝은 해가 세상을 밝히다 잠시 쉬러 간 사이 어둠을 굽어보는 달 같은 위치였다. 하지만 지금의 그에게는 달은 고사하고, 별조차 버겁게 느껴진다. 앞으로 대체 어찌해야 한단 말인가.

"웃차."

그때, 그의 등 뒤에서 작은 목소리가 들려왔다. 백상이 휙 뒤를 돌아보았다.

"어?"

전혀 상상하지 못한 얼굴이 거기에 있었다. 터덜터덜 걸어오는 청명을 보며 백상이 살짝 눈살을 찌푸렸다.

"……어찌 알고 온 거냐."

"그렇게 대놓고 나가는데 모르는 게 더 이상하지."

"나온 지 한참 됐는데."

"마을까지 내려갔다 온다고 시간이 좀 걸렸지."

마을? 거긴 왜? 의아하게 바라보는 백상을 향해, 청명이 봇짐에서 빼낸 무언가를 획 던졌다.

턱.

백상이 반사적으로 받아 들었다. 손에 쥐어진 건 흰 병이었다. 백상이 눈을 부릅떴다.

"……술?"

"한잔 어때?"

청명이 씨익 웃었다. 백상은 가만히 한숨을 내쉬고 주변을 한번 훑었다.

'이래도 되는 걸까?'

여기는 숭산이다. 천하의 무인들이 성지처럼 여기는 곳. 아무리 소림의 산문은 벗어났다고 하나, 어쨌든 숭산에서의 음주는 백상의 가치관을 한참 벗어난 일이었다.

"안 마셔?"

"마, 마실 거다!"

하지만 때로는 이런 일탈이 있어도 나쁘지 않겠지. 백상은 조심스레 호리병을 열고 풍겨 나오는 주향을 맡아 보았다.

"으."

코를 톡 쏘는 게 독주(毒酒)임에 틀림없었다.

"좋은 걸로 사 올까 하다가 아무래도 오늘은 이게 더 어울릴 것 같아서."

……쓸데없이 섬세하기는. 백상이 말없이 병을 입에 가져갔다.

"카아아!"

꿀꺽꿀꺽 술이 넘어가니 목구멍이 타는 듯했다. 하지만 지금은 그 감각이 싫지 않았다.

"낄낄낄낄."

청명은 백상이 술을 마시는 모습을 지켜보며 웃더니 자신도 병째로 꼴꼴꼴 술을 마시기 시작했다.

"크으! 이 맛에 사는 거지."

그는 실실 웃으면서 또다시 봇짐을 뒤졌다. 이내 오리 구이가 떡하니 펼쳐졌다. 백상이 고개를 내저었다.

'숭산에서 술도 모자라 고기라니.'

감히 상상도 할 수 없는 일이었다. 그럼에도 자리를 박차고 일어나지 않는 이유는, 그도 언제부턴가 이런 일이 그리 이상하지 않게 느껴졌기 때문이리라.

바로 이놈 때문에.

백상은 눈을 가늘게 뜨고 청명을 바라보았다. 어느 날 갑자기 화산에 뚝 떨어져 그가 알고 있던 화산을 완전히 뒤집어 놓은 놈.

한동안 두 사람 사이에는 아무런 말이 없었다. 그저 술 마시는 소리와 풀벌레 소리만이 숭산에 조용히 퍼져 나갈 뿐이었다.

먼저 입을 연 건 청명이었다.

"그래, 속이 좀 풀려?"

백상은 말없이 우두커니 밤하늘만 보았다.

"살다 보면 질 때도 있는 거지, 뭘 그리 꽁해서는. 그리고 걔는 지금은 못 이기는 놈이야. 누가 나섰어도……."

"아냐, 그런 게."

백상이 청명의 말을 끊었다. 청명은 그답지 않게 심유한 눈으로 그를 바라보았다. 재촉하지 않고, 되묻지 않았다. 그저 백상이 자신의 마음을 풀어놓길 기다릴 뿐이었다.

"비무란 건 원래 그렇지. 나보다 강한 이를 만나면 내 실력이 어느 정도든 떨어질 수밖에 없는 거잖아. 처음부터 그 정도 각오는 했어."

"음."

"내가 지금 속이 갑갑한 건 그런 이유 때문이 아냐. 어느 순간 화산의 다른 이들이 나와는 다른 속도로 달려가고 있다는 걸 느껴 버렸기 때문이야."

청명은 조용히 백상을 응시했다.

"나는 알고 있었어. 검에 대한 내 재능이 그리 뛰어나지 않다는 걸. 그리고 이제 또 하나를 알게 됐지. 내가 다른 놈들보다 좀 더 강할 수 있었던 이유는, 그저 내가 수련한 시간이 저놈들보다 더 길었기 때문이라는 걸."

백상의 목소리는 담담하기 그지없었다. 오래도록 품었던 생각을 털어놓고 있어서일까.

"그래서 겁이 나는 거다. 모두가 나를 앞서갈까 봐. 아니, 말석에서나마 따라갈 수 있다면 좋겠지만…… 결국에는 내가 앞서가는 이들을 놓쳐 버릴까 봐. 언젠가는 앞서간 이들이 내 눈에 보이지 않을 만큼 멀어져, 결국엔 내가 화산에 폐가 될까 봐."

술을 한 모금 마신 백상이 한숨처럼, 또 동시에 넋두리처럼 중얼거렸다.

"물론 너는 이해하기 힘든 이야기겠지."

"어. 나는 도통 뭔 말인지 모르겠네."

"……말을 말아야지."

백상은 한숨을 푹 내쉬었다.

청명이 그의 마음을 이해하는 건 쉽지 않은 일일 것이다. 청명은 재능으로 똘똘 뭉친 것 같은 백천이나 조걸 같은 놈들보다도 더 극명하게 다른 세상에서 사는 놈이니까. 토끼는 하늘을 나는 봉황의 마음을 이해할 수 없다. 하지만 봉황 역시 바닥을 뛰어다니는 토끼의 마음을 이해할 수 없는 건 마찬가지다.

백상의 생각에, 청명과 자신의 사이엔 그 정도로 큰 간극이 있었다.

"그러니까 사숙의 재능이 부족해서 문제라는 거지?"

"……꼭 그렇다기보다는……."

청명의 물음에 백상은 잠시 머뭇거리다 또다시 한숨을 토했다.

"모르겠다, 청명아. 화산은 길을 찾았다. 네가 그 길을 찾게끔 도왔지. 하지만 나는……."

"아, 됐어."

청명이 백상의 말허리를 단칼에 잘랐다.

"지지리 궁상떨려고 그러지? 나는 그런 건 딱 질색이야."

백상이 청명을 향해 눈을 흘겼다. 싹퉁바가지 같은 놈. 사숙이 이렇게 진지하게 말을 하는데. 그런데 청명이 돌연 씨익 웃었다.

"대신에 내가 이야기 하나 해 줄까?"

"……이야기?"

"그래. 옛날이야기야. 옛날에 꼭 사숙 같은 사람이 하나 있었지."

먼 곳을 보는 청명의 눈빛이 쓸쓸하게 가라앉았다. 평소의 청명에게선 쉬이 볼 수 없는 눈빛이었다. 백상은 그 낯선 표정에 저도 모르게 입을 다물었다. 이 녀석은 대체…… 무엇을 품고, 무엇을 생각하는 걸까. 술병을 잡은 그의 손에 힘이 들어갔다.

"'나 같은'이라면 어떤 면을 말하는 거냐? 성격?"

"재능이라고는 찾아볼 수 없었다는 점이 아주 비슷해."

"이 새……."

청명이 웃으며 어깨를 으쓱했다.

"성격은 소심……. 아니, 쪼잔한 편이고, 근성은 있었어도 검에는 영 재능이 없었지. 정확하게는 재능이 그 근성을 따라가지 못했다고 해야 하나? 그래, 마치 사숙처럼."

"……."

"무파란 그런 곳이잖아. 다들 힘자랑하기 바쁜 놈들이 모인 곳이지. 그러다 보니 성격 좋고 활발한 사형……에게 많이 치이기도 했어. 괴롭힘까지는 아니더라도."

"무파라 그런 게 아니라, 그냥 그 사형이란 놈이 싸가지가 없어서 그런 거 아냐?"

"이 새끼……."

"응?"

"……아니야."

어쩐지 청명이 부들거린 것 같은 느낌이 들어서, 백상은 영문을 몰라 갸우뚱했다. 크흠, 헛기침한 청명이 다시 말을 이었다.

"아무튼, 재능이 떨어진다는 건 그런 거지. 같은 시간을 노력해도 남들은 앞서가는데 나만 뒤처지는 것. 그놈도 그런 걸 느꼈던 모양이야."

백상이 가만히 고개를 끄덕였다. 지금 그가 느끼고 있는 게 딱 그런 것이었다. 박탈감까지는 아니다. 하지만 못내 아쉽고 허무한 마음은 어찌할 수가 없다.

"사숙도 그랬겠지만, 사람이란 누구나 벽을 마주하게 되는 법이거든.

처음에는 느껴지지 않던 벽도 언젠가는 내 앞에 나타나기 마련이야. 제게 재능이 있다고 믿고, 최고가 될 수 있다 믿던 놈 앞에 어느 날 갑자기 벽이 나타난 거지. 노력이란 이름으로는 극복할 수 없는 재능의 벽이. 그때 놈이 어떻게 했을 것 같아?"

"……노력했다 이거냐? 죽을 만큼 노력해서 극복했다?"

"아니."

청명이 고개를 내저었다.

"그저 버텼을 뿐이야."

"……."

"백 일, 천 일, 만 일……. 그 수많은 시간 동안 해야 할 것들을 하며 그저 묵묵히 버텨 냈지. 그렇게 수십 년의 세월이 흘렀을 때, 누구도 그를 무시하지 못했어. 그때는 그 문파에서 가장 중요한 사람 중 하나가 되어 있었으니까."

백상은 눈살을 찌푸렸다.

"강하지 않은데도?"

"왜 강해야 하지?"

청명이 이해가 안 간다는 듯 고개를 갸웃했다.

"물론 사숙보고 강해지기를 포기하라는 말은 아니야. 하지만 강함이 그 사람의 쓸모를 증명하는 건 아니지. 현영 장로님은 화산에 필요 없는 사람인가?"

"그럴 리가 있나."

"그래, 그렇잖아. 그런데 사숙은 왜 그렇게 생각하는데?"

"……나는……."

백상은 살짝 아랫입술을 깨물었다. 그런 그를 보며 청명이 묘한 눈빛을 보냈다.

"듣기 좋은 말을 해 줄까? 사람의 재능은 다 다르니까, 사숙도 꾸준히 노력하다 보면 언젠가는 지금 재능이 넘쳐 보이는 다른 이들을 추월할지도 몰라. 사숙은 대기만성이거든."

"정말?"

"아니."

"이 새끼가?"

백상이 부들거리기 시작했지만, 청명은 그런 그의 반응을 보면서도 어깨를 으쓱할 뿐이었다.

"말했잖아. 듣기 좋은 말이라고. 이건 사실일지도 모르고, 사실이 아닐지도 모르지. 그런데 그게 중요해? 강호의 모든 사람은 천하제일인이 되고 싶어 하잖아. 그럼 천하제일인이 되지 못한 이들의 삶은 가치가 없는 건가?"

질문을 던진 청명은 스스로 고개를 저었다.

"그런 건 아니야."

그러더니 밤하늘을 올려다보았다.

'그렇지?'

그의 사제, 청진이 예전에 했던 말이 떠오른다.

– 사형. 저는 사형처럼 강해질 수 없습니다. 이젠 사형뿐 아니라 다른 사형제들에 비해서도 무력으로는 대단할 게 없습니다. 하지만 제가 강하지 않다고 해서 화산에서 중요하지 않은 사람이라는 건 아닙니다. 저는 누구보다 화산에 필요한 사람이 될 겁니다.

– 뭐라고? 약해 빠진 놈 말이라 잘 안 들리는데?

– 이 개새…….

아, 잘못 회상했다. 청명은 피식 웃고 말았다.

실제로 청진은 자신의 말을 증명했다. 그는 화산의 무학에 파고들어 화산 무학의 이해도에 있어서는 청명을 뛰어넘는 경지에 올랐으니까.

물론 그 이해를 몸으로 완벽하게 구현하는 데에는 실패했지만, 화산의 역사를 통틀어도 청진 이상의 무각주는 없었을 것이다. 만일, 청명이 과거로 돌아가 화산의 사형제 중 단 한 사람만을 살릴 수 있다면 미련 없이 청진을 선택할 것이었다.

어? 장문사형? 어……. 그, 어……. 그……. 에이. 그 양반은 사실 별로 쓸데는 없…….

– 야, 이……!

아, 나오지 마시라고!

청명이 고개를 내저었다.

십만대산에서 마지막 싸움이 벌어지기 전, 청진은 임무 중 실종되었고 다시는 화산으로 돌아오지 못했다. 청진이 살아 있었다면 화산은 지금과는 전혀 다른 모습이었겠지.

"사람의 목표라는 건 살아가며 변하기 마련이야."

"……."

"사숙의 목표는 뭔데? 천하제일인이 되는 거야? 아니면 화산제일인이 되는 거야?"

청명의 말이 무슨 의미인지 이해한 듯, 백상이 나직이 한숨을 내쉬었다.

"하지만 청명아."

"응."

"그건 네가 할 수 있는 말이 아니잖으냐? 너는 지금 네 목표를 완전하게 이뤄 가고 있으니까. 실패해 본 적 없는 네가 내 마음을 이해할 수 있겠느냐?"

"아냐, 사숙."

"……응?"

청명의 시선은 여전히 하늘에 꽂혀 있었다.

"나는……. 나는 단 한 번도 목표를 이룬 적이 없어."

천천히 눈을 감았다.

지금도 가끔 꿈을 꾼다. 십만대산에서 천마의 목을 치고, 사형제들과 함께 화산으로 돌아오는 꿈을. 때로는 장문사형에게 까불다가 얻어맞기도 하고, 때로는 사제 놈들이 단체로 들고 일어나 반항하는 걸 쥐어 패기도 하고, 그러다가 거나하게 술판을 벌이고, 웃고, 떠들고…….

그저 계속해서 그렇게 살면 됐다. 정말 딱 그것 하나면.

천하제일인? 고금제일인? 웃기지도 않는 소리다.

그가 간절히 원했던 건, 화산으로 돌아가 도가 뭔지도 모르는 말코로 살다 죽는 것이었다. 평생을 함께해 온 사형제들과 함께. 그가 그 지옥 같았던 전쟁에 몸을 던진 것은 오로지 그 하나 때문이었다.

하지만 그 목표를 이루지 못했다. 지금 이곳에 남은 건, 이뤄야 할 것을 이루지 못한 채 숨만 붙어 있는 망령일 뿐이다.

"그래서 그게 어쨌는데?"

"……응?"

"하고 싶은 것을 하지 못했다, 해야 할 것을 하지 못했다. 그래서 그게 뭐 어쨌는데? 그렇다고 손 뻗고 다 포기하고 드러누워 버릴까?"

백상은 입을 다물었다. 이건 청명이 백상에게 하는 말이 아니다. 그 자신에게 하는 말이다. 이해하긴 어렵지만, 알 수 있었다.

"사람은 그래도 살아가는 거야."

무너진 것이 있으면 다시 쌓는다. 실패한 것이 있다면 다시 도전한다. 그래도 이룰 수 없어서 시시각각 가슴을 찔러 오는 것은 그저 품고 살아갈 수밖에 없다. 그게 삶이니까.

하늘을 응시하는 청명은 어쩐지 평소와 그 분위기가 달랐다. 백상은 압도되기라도 한 것처럼 차마 입을 열지 못했다.

'왜 무겁지?'

청명의 삶 어디에도 무게감이 느껴질 만한 부분은 없다. 하지만 지금 백상은 이상한 아릿함을 느끼고 있었다. 솔직히 무슨 소린지 잘 모르겠다. 자신이 지금 느끼고 있는 기분이 사질의 말 몇 마디로 풀릴 게 아니라는 건 백상이 가장 잘 알고 있다.

'그런데도 이상하게 속이 조금 편해지는군.'

조금 전부터 올라오기 시작한 취기 때문일까? 아니면······.

"청명아."

백상이 물끄러미 청명을 바라보다 말했다.

"하나만 묻자."

"뭘?"

"나는 네가 만들려고 하는 화산에 필요한 사람이냐?"

청명이 눈을 끔뻑이며 백상을 바라보다가 고개를 갸웃했다.

"굳이 답하자면······ 뭐, 그렇게까지는?"

"······이 새끼가?"

아니, 이놈은 이런 상황에서도 사람 속을 뒤집어야 하나? 그냥 그렇다고 해 주면 될 것을!

백상의 얼굴이 붉으락푸르락하자 청명은 피식 웃으며 말했다.

"사숙."

"응?"

"필요해서 같이하는 건 가족도 아니고 동문도 아니고 뭣도 아냐."

"……."

"사숙이 아무짝에도 쓸모가 없더라도 상관없어. 사숙이 화산의 이름을 짊어지고 있는 한, 사숙은 영원히 내 사숙이야. 그럼 된 거 아냐?"

순간 말문이 막힌 백상이 허탈한 웃음을 지었다.

'이런 대답을 기대한 건 아니었는데.'

필요하다는 말을 원했다. 하지만…… 그 얄팍한 대답으로 얻을 수 있는 건 잠깐의 위안일 뿐이겠지.

"그래. 그거면 됐다."

백상이 술을 들이켰다.

속이 쓰리다. 하지만 속이 편하다. 그 상반되는 이상한 감정 속에서 백상은 슬쩍 청명을 향해 곁눈질했다.

정말 이상한 놈이다. 어떨 때는 천하에 다시없을 망나니 같은데, 또 어떨 때는 저렇게 감히 가늠도 할 수 없을 만한 깊이를 보여 줄 때가 있다. 종잡을 수 없고, 재단할 수 없다. 그래서 백상은 청명을 좋아하지 않았다. 사람은 자신과 너무 다른 이를 좋아할 수 없는 법이니까.

그런데 이상하게 지금 눈앞에 있는 청명은 그리 싫지 않았다.

"청명아. 화산은 강해질까?"

"물론이지."

"그럼 네가 만든 화산에 내 자리가 있을까?"

"또, 또 멍청한 소리 한다."

핀잔을 준 청명이 웃었다.

"화산을 강하게 만드는 건 사숙이야. 그 자리를 사숙이 만들어야지."

"……그렇구나."

나의 자리라. 백상이 가만히 고개를 끄덕였다.

"그래, 알겠다."

무언가를 결심한 듯, 그의 얼굴에는 어느새 단호함이 깃들었다. 조금 전까지 보이던 망설임은 이제 온데간데없었다. 이를 흘끗 본 청명의 입가에 미소가 스몄다.

"한 병 더?"

청명이 권하자 백상은 고개를 내저었다.

"너는 몰라도 나는 독주를 두 병이나 먹고 안 들킬 자신이 없다. 슬슬 해가 뜰 텐데 그만 들어가 봐야지."

"아쉬운데."

"같이 가자는 소리 아니야. 마저 마시고 들키기 전에 들어와라."

"안 이르려고?"

"내가 그렇게 의리가 없지는 않아, 인마."

백상은 자리를 털고 일어났다. 그러곤 터덜터덜 소림이 있는 쪽으로 향했다.

혼자 남겨진 청명이 봇짐에서 새 술병을 꺼내 마개를 딴 순간이었다. 멀찍이 걸어간 백상이 이쪽을 돌아보더니 말을 걸었다.

"청명아."

"응?"

"고맙다."

"……."

"망할 사질 놈아."

그는 웃으며 손을 흔들더니 몸을 획 돌려 경공을 펼쳐 달려가기 시작했다. 그 뒷모습을 가만 보던 청명은 하늘을 보고 벌렁 드러누웠다.

"……아이고, 장문사형."

할 일이 너무 많네요.

"옛날에 사형은 이걸 어떻게 다 하고 살았습니까?"

– 너만 없었어도 힘들 것 없었다, 이놈아!

"거, 말을 해도."

안 그래도 조금 후회하고 있다고요. 말 좀 더 잘 들어 줄 것을. 청명은 가만히 미소를 지었다.

"그래도 좋았잖아요."

즐거웠잖아요. 그때는 말이죠.

눈을 감았다.

지금의 화산은 더없이 그를 뿌듯하게 만든다. 더없이 사람 좋은 장문인, 그리고 항상 제자들을 위하는 장로들, 엄격하지만 마음 좋은 운자배와 조금 모자라지만 착한 백자 배, 그리고 청자 배까지.

좋다. 그는 지금의 화산을 너무도 아끼고 있다. 다만…….

"사형, 나는요."

한 번씩 너무 그리워요. 이제는 돌아갈 수 없는 그때가.

"약하다 놀리지 마세요. 나이 먹고 주책이라며 구박하지도 마시고요. 그래도 사형은 사제들이랑 같이 있잖아요."

거기에, 나도 있었어야 했는데.

"알아요, 장문사형. 내가 해야죠. 내가 다시 화산을 일으켜야죠. 그래야 사형이, 사제들이 슬퍼하지 않을 테니까요. 이런 건 항상 내 몫이잖아요. 사형이, 사제들이 못 하는 걸 대신 하는 것. 그게 내 몫이니까."

손을 뻗어 술병을 잡았다.

"그런데 한 번씩은 그냥……."

술을 한 모금 머금고 눈을 감았다. 입 안에 독한 주향이 퍼져 나갔다.

"그냥 어리광을 피우고 싶을 때가 있어요. 그러니까, 이해 좀 해 줘요. 나는 뭐 사람 아닌가?"

지금도 눈을 감으면 떠오른다. 그의 앞에서 끝내 버럭 소리를 지르는 장문사형. 그 장문사형을 말리면서도 웃음을 참지 못하는 청진. 구석에서 뭔가를 중얼거리는 청공. 거기에, 도사답지 않게 떠들어 대는 사제들의 모습까지.

달 아래 홀로 술잔을 기울여도 취기는 오르지 않고 그리움만 짙어진다.

달마저 그 모습을 감추고 멀리서 해가 떠오를 때까지, 청명은 그곳에서 말없이 하늘을 바라보며 술을 마셨다.

• ◈ •

"뭐?"

현영이 눈을 커다랗게 뜨고 앞에 앉은 이를 바라보았다.

"아침 댓바람부터 사람을 찾아와서, 지금 뭐라고?"

백상은 황당해하는 현영을 바라보며 단호하게 말했다.

"재경각에 들고 싶습니다."

"……굳이 이 상황에?"

"물론 이 말을 하기에 적절하지 않은 시기라는 건 저도 알고 있습니다. 하지만 제 마음이 더없이 원하는 일이니, 한시라도 빨리 움직이는 게 나을 거라고 생각했습니다."

현영은 헛웃음을 터트렸다. 황당함과 호기심이 동시에 밀려들었다.

'나쁜 일은 아닌데.'

이제는 백자 배에서도 재경각에 들 이를 찾을 시기였다. 지금이야 백자 배고 청자 배고 모두가 수련에 전념하고 있으니 차마 말을 꺼내지 못했지만, 화산은 나날이 발전하고 있고, 흘러 들어오는 돈도 나날이 늘어나고 있다. 이제는 재경각의 기존 인력만으로는 화산의 재무를 감당하기가 어려워진 참이다. 그런데 선뜻 이리 나서 주는 이가 있으니 기꺼워할 일이 아닌가.

"한데 왜 갑자기 재경각에 들겠다는 거냐?"

"고민을 해 봤습니다만……."

"그래."

"저는 무공으로는 다른 사제들을 못 이깁니다."

"네가 벌써 그런 생각을 할 나이는 아니다."

현영의 말에 백상은 단호하게 고개를 내저었다.

"아닙니다, 장로님! 저는 저를 잘 압니다. 지금이야 비등비등해도 언젠가는 저놈들이 저를 앞설 것입니다."

현영이 살짝 얼굴을 일그러뜨렸다.

"그래서, 무공으로 길이 보이지 않으니 재경각에라도 들겠다는 것이더냐? 그게 편해 보여서?"

"아닙니다!"

백상이 부인하자 현영은 살짝 당황했다. 그 목소리가 너무 단호했기 때문이다. 조금 노기가 일 뻔했던 마음이 조금 더 들어 보자는 쪽으로 기울었다.

"장로님! 저는 저놈들의 사형이고, 사숙입니다. 제가 무학의 재능이 떨어진다 해도 저놈들에게 밀리고 싶지는 않습니다! 그래서 깊이 생각해 본 결과 하나를 깨달았습니다!"

이것 봐라? 현영이 흥미로운 듯 눈을 빛냈다.

"그게 무엇이더냐?"

"화산의 진짜 권력은 바로 재경각에서 나온다는 사실을 말입니다!"

"오?"

백상의 두 눈에선 이제 거의 광채가 뿜어져 나왔다.

"화산이 다시 옛 기세를 찾아 가는 원인이 무엇입니까! 무학? 예, 그렇겠죠. 인재? 뭐, 그럴 겁니다. 하지만 그보다 더 중요한 것은 화산에 돈이 생겼기 때문입니다."

"옳지! 옳지! 네가 뭘 아는구나!"

"돈! 돈을 지배하면 권력을 지배한다! 저는 발바닥에 땀 나도록 구르는 놈이 되기보다는 손가락이 닳도록 돈을 세는 놈이 되고자 합니다. 저를 받아 주십시오, 장로님! 아니, 재경각주님!"

현영이 흐뭇하게 미소를 지었다. 아주 속물적이고 간악한 것이, 재경각에 딱 어울리는 인재가 아닌가.

'사실 찍어 놓기는 조걸이 놈을 찍어 두긴 했었는데.'

그놈이 상인 집안 출신이라 재경각에 딱이다 싶었다. 그런데 어느새 청명에게 물들어서 머리보다 몸뚱이를 먼저 쓰게 되어 버렸다. 그래서야 훌륭한 재경각주가 될 수 없다.

그런데 지금 백상의 말을 들어 보니 이놈이야말로 후대의 재경각주를 역임할 인재임이 틀림없었다.

"기특하구나. 그래, 그 생각을 너 혼자 했더냐?"

백상이 겸연쩍은 듯 머리를 살짝 긁적였다.

"아니, 그런 건 아니옵고…… 간밤에 청명이와 이야기하다가 떠올렸습니다."

"그래? 청명이와 이야기를 했어?"

현영의 얼굴에 푸근한 미소가 자리 잡았다.

'역시 청명이구나.'

알아서 이런 인재를 재경각으로 보내 주다니. 분명 청명이 이놈의 재능을 알아보고 슬슬 재경각 쪽으로 떠민 게 분명하다. 그렇지 않고서야 어찌 하루아침에 이리 마음을 정하고 그를 찾아오겠는가.

"네 마음이 진정 확고하더냐?"

"그렇습니다, 장로님!"

현영이 고개를 주억거렸다.

"그렇다면 장문인께 말씀드려 너를 재경각 소속으로 받아들이겠다. 다만 재경각 소속이 된다면 지금과 같이 수련에 전념할 수 없게 될 것이다. 후회하지 않겠느냐?"

"양립하겠습니다."

"양립?"

"예!"

백상이 단호하게 말을 이었다.

"재경각에 소속된다고 하여 무인의 본분을 잊을 생각은 없습니다. 쉽지 않은 일이겠지만, 최대한 무인으로서의 저와 재경각원으로서의 저를 양립시켜 볼 생각입니다."

현영이 고개를 끄덕였다.

"흐음, 그래. 네 말대로 쉽지 않겠지만, 의지가 있다면 못 할 것도 없겠지. 하지만 네 수련을 위해서 내가 너의 사정을 봐주는 일은 없을 것이다. 이 점은 명심하거라."

"물론입니다."

현영이 빙긋 미소를 지었다. 사람도 들어오고, 돈도 들어오고. 재경각은 그가 재경각주로 취임한 이래 최고의 전성기를 달리고 있었다. 이런 와중에 그가 가만히 앉아서 들어오는 돈을 구경만 하고 있을 수는 없는 노릇 아닌가.

"그럼 옆으로 좀 비켜 앉거라."

"예?"

"본래는 네게 보여 줄 만한 광경은 아니지만, 일이 이렇게 된 이상, 너도 재경각이 무엇을 하는지는 알아야겠지."

백상이 무겁게 고개를 끄덕였다.

'내게 재경각의 일을 보여 주시려 하는구나.'

그 일이 무엇인지는 모르겠지만, 분명 중요한 일일 것이다. 그러니 이 두 눈에 확실하게 새겨야 한다. 그가 옆으로 물러나 앉자 현영이 목소리를 높였다.

"들어오게."

그러자 곧장 문이 끼익 열리더니 화영문주 위립산이 들어섰다.

"장로님께서 저를 찾으셨다 들었습니다."

현영은 그를 보며 더없이 인자한 미소를 보였다.

"어서 오거라."

"화, 환대에 감사드립니다."

위립산이 부담감이 가득한 표정으로 자리에 앉았다. 처음에는 저 환대가 무척 기껍고 좋았으나, 하루하루 현영을 겪어 갈수록 뭔가 미묘한 느낌이 자꾸 들었다.

"어인 일로 찾으셨는지요?"

위립산의 물음에 현영이 웃었다.

"이보게, 화영문주."

"예, 장로님."

"자네는 화산 속가의 문주로서 이곳에 왔네. 그렇지 않나?"

"예, 그렇습니다만……."

"속가는 화산의 소속인가, 아닌가?"

위립산이 고개를 살짝 기울이며 고민했다. 질문의 의도를 알지 못하니 어떤 대답을 해야 할지 조금 망설여진 탓이다.

"다, 당연히 화영문은 화산의 소속이……."

"크흐흐흐흠!"

"……라고 생각하지만, 속가와 본산은 엄격히 분리되어 있지요. 그렇지 않다면 속가가 아니라 지부라 불려야 하지 않겠습니까?"

"그렇지, 그렇지. 자네가 뭘 좀 아는구먼."

가까스로 현영이 원하는 대답을 해낸 위립산의 얼굴에 안도가 어렸다.

"그런데 어찌 그런 걸 물으시는지요?"

"이보게, 화영문주."

현영이 만면에 미소를 띤 채 운을 떼었다. 일견 더없이 인자해 보이지만 그 웃음에 가려진 두 눈이 무척 빛나고 있었다.

"자네 돈 한번 벌어 볼 생각 없는가?"

"……예?"

현영이 엄지와 검지를 둥글게 말아 살짝 흔든다.

"돈."

……화영문주 위립산은 뭔가 잘못 돌아가고 있단 걸 깨달았다.

• ◈ •

 본선이 열리는 날은 금방 찾아왔다. 이틀간의 고요함은 거짓말이었던 것처럼, 해가 뜨기 무섭게 사람들이 몰려들어 인산인해를 이루었다.
 "오늘부터 본선이구나!"
 "지금까지야 그냥 여흥 아닌가! 이제부터 진짜 천하비무대회가 열리는 게지!"
 "그렇지, 그렇지! 예선만 보고 돌아간 이들이 비무 대회를 봤다고 할 수 있겠는가? 이게 진짜 비무 대회지!"
 사람들의 얼굴은 벌써 흥분으로 들떠 있었다.
 당연한 일이다. 진정한 천하비무대회는 오늘부터 열리는 것이나 다름없다. 천하의 명문들이 쟁쟁한 후기지수들을 내보냈다고는 하나, 모두를 모아 놓으면 그 수가 천을 넘어간다. 그중 천하에 이름을 날릴 고수가 몇이나 되겠는가? 기껏해야 일 할에 불과할 것이다.
 지금부터 열리는 본선은 그 거르고 걸러진 일 할이 서로의 실력을 겨루는 승부의 장이다. 이곳에서 승리하여 명성을 날린 이들이 훗날의 천하를 이끌어 갈 동량임은 너무도 자명한 일이다. 때문에 소림에 모여든 군중의 수는 예선 때를 훌쩍 넘어섰다.
 "엄청 많네."
 "그러게."
 "저 뒤에 있는 사람들은 뭐야? 뭘 파는 것 같은데?"
 "사람이 이리 많으니 먹을 것도 좀 팔고 그래야겠지. 청명아, 저기 당과 판다."

"어디? 어디?"

청명이 고개를 획획 돌렸다. 사람들이 모인 뒤쪽으로 음식을 파는 이들과 간단한 물건을 파는 행상들이 모여 난전이 열려 있었다.

"저긴 뭐지?"

"그러게. 사람이 유독 많이 몰린 것 같은데?"

그 광경을 바라보던 현종도 너털웃음을 지었다.

"허허허. 많이도 왔구나."

"난전을 보고 있으니 배가 고픈 것 같습니다. 장문인, 뭐라도 좀 드시겠습니까?"

"아니다. 나야 곧 단상으로 가 봐야 하니 뭘 먹을 시간이 없겠구나."

빙그레 웃으며 난전을 바라보던 그가 무언가를 발견한 듯 고개를 갸웃했다.

"그런데 저긴 딱히 뭘 파는 것 같지도 않은데 어찌하여 사람이 저토록 많이 몰려 있느냐?"

현종의 물음에 현상이 눈을 가늘게 뜨고 커다란 좌판을 살폈다.

"홍과 청……. 배율? 으음……. 아마도 내기를 하는 것 같습니다."

"내기? 도박 말이더냐?"

현종이 입을 쩌억 벌렸다.

"도, 도박이라고?"

소림에서? 이 신성한 소림에서 내기 도박을 한다고?

"허허허허. 소림에서 저걸 허락했단 말이냐? 아니, 설사 소림이 허락했다고 해도 저런 일을 벌일 배짱이 있는 이가 있다니. 과연 오래 살고 볼 일이로다."

"하하. 그러게나 말입니다. 사고는 우리 애들만 치는 줄 알았는데."

"그렇지. 설마 우리 말고도……. 어……?"

현종이 고개를 갸웃했다. 좌판의 뒤쪽에서 커다란 널빤지를 들고 사람을 끌어모으는 상인의 얼굴이 뭔가 이상하게…….

"낯이 익은데?"

"하하. 저도 그렇습니다. 생긴 게 꼭 화영문주 같지 않습니까?"

"그러게. 똑 닮지 않았……."

닮았다. 너무 닮아서 쌍둥이라고 해도 믿을 정도인데, 어……?

"……화, 화영문주?"

멍하게 입을 벌리고 있던 현종이 중얼거렸다.

"아니, 위 문주가 왜 저기에……."

그 순간이었다. 위립산이 손에 든 부채를 쫘악 펼쳐 얼굴을 반쯤 가리더니 크게 목청을 돋워 소리쳤다.

"자아! 시작 전에 거셔야 합니다, 시작 전에! 비무가 시작되면 더 이상 걸 수 없습니다! 돈을 거신 분은 옆에서 표를 받아 가십시오! 인장이 찍히지 않은 표는 환전이 되지 않으니 절대 잃어버리시면 안 됩니다!"

표? 인장? 환전?

"거, 걸어? 지금 저게 뭘 하는 것이더냐?"

"……도박판을 여는 거겠죠."

"그럼 저 좌판 주인이 화영문주 위립산이란 말이더냐?"

"……."

"아, 아니, 저 미친놈이?"

신성한 소림에서 도박판을 벌인 놈이 화산 놈이라고?

현종의 눈가가 파르르 떨리기 시작했다. 얼굴이 붉게 달아올랐다가 하얗게 질리기를 반복했다. 그러다 이내 정신을 차린 그는 고개를 획획 돌려 가며 급하게 한 사람을 찾기 시작했다.

"이, 이놈 어디 있느냐?"

화영문주? 아니다! 그가 아는 위립산은 저런 말도 안 되는 일을 홀로 벌일 만한 위인이 못 된다. 보나 마나 저 짓을 시킨 이가 따로 있을 것이다!

"청명! 청명이 이놈 어디에 있느냐!"

"네?"

사형제들에게 파묻혀 있던 청명이 고개를 빼꼼 내밀었다. 그러자 현종이 그에게 벼락같이 달려들었다.

"네 이놈! 무슨 짓을 한 것이냐!"

"네? 뭘요?"

"저거! 저 도박판을 열라 한 게 네 녀석이 아니더냐?"

"도박판이요?"

눈을 동그랗게 뜬 청명이 위립산이 있는 쪽을 보더니 입맛을 다셨다.

"와, 화영문주 저 양반 보통이 아니네. 왜 내가 저 생각을 못 했지?"

"……네가 아니라고?"

"네. 저 아닌데요?"

정말 영문을 몰라 하는 청명을 보며 현종은 큰 혼란에 빠졌다. 청명이 아니라면 대체 누구…….

"크흐흠!"

그때 등 뒤에서 나직한 헛기침 소리가 들려왔다. 현종은 벼락이라도 맞은 듯이 몸을 떨다가 천천히 고개를 돌렸다. 그의 사랑스러운 사제이자 화산의 재경각주인 현영이 기름이 좔좔 흐르다 못해 윤기가 도는 얼굴로 함박웃음을 짓고 있었다.

현종이 혼이 빠져나간 것 같은 목소리로 중얼거렸다.

"……너냐?"

"무슨 말씀이신지?"

"네놈이냐?"

"그러니까, 무슨 말씀이신지?"

현영이 어깨를 으쓱했다.

"저 일은 화영문주 위립산이 개인적으로 한 일일 뿐입니다. 제가 아무리 화산의 장로라고는 하나, 속가의 일에 일일이 끼어들 수는 없는 노릇 아니겠습니까?"

"……도, 도박판을 벌인다고? 소림에서?"

그러자 현영이 가만히 주변을 돌아보았다. 그러더니 슬그머니 현종에게 다가와 어깨를 감싸고 끌어당겼다.

"반 떼 주기로 했습니다."

"……."

"중놈들이 생각보다 돈을 밝힙디다. 저기 난전을 연 사람들도 다들 번 돈의 절반을 떼 주기로 하고 자리를 받은 겁니다. 거기에 도박하지 말란 소리는 없더군요. 제가 미리 알아보았지요. 후후후후."

"……."

"후후후후. 아무 걱정도 하지 마십시오, 장문인. 떼돈! 떼돈을 벌 수 있……."

"야, 이! 미친놈아!"

한참 부들거리던 현종이 현영의 엉덩이를 걷어차 날려 버렸다. 그러고는 얼굴에 핏대를 세우며 버럭 소리쳤다.

"청명이 놈한테 사고 치지 말라고 했더니, 문파의 장로라는 놈이 되레 앞장서서 사고를 치고 있어?! 이게 한 문파의 장로라는 놈이 할 짓이냐!"

"쉿! 목소리를 낮추십시오."

날아갔던 현영이 아무렇지도 않다는 듯 재빨리 제자리로 돌아와 음산한 표정으로 속삭였다.

"화영문이 한 일입니다, 화영문이. 화산은 아무것도 모르는 겁니다."

현종은 혈압이 오르다 못해 거의 넘어갈 기세로 제 목덜미를 잡았다. 이놈의 문파! 이 망할 놈의 문파! 이제는 하다못해 장로 놈까지 미친 짓을 하는구나!

"야, 이놈아. 체면도 모르느냐!"

"화산에 체면이 어디 있습니까? 그리고 언제 우리가 체면 차려서 득 본 적이 있습니까? 돈이 남는 겁니다, 돈이!"

"끄, 끄으윽……."

"그리고!"

현영이 씨익 웃더니 청명을 끌어당겨 그의 머리를 짚었다.

"걱정하실 것 없습니다. 화산의 체면은 이놈이 살려 줄 테니까요. 그렇지 않으냐, 청명아?"

"네. 그런데 저도 돈 걸어도 돼요?"

"그럼, 그럼. 네가 이기는 데 걸겠지?"

"당연하죠."

"그래! 어디 돈 한번 크게 벌어 보자꾸나. 하하하하핫!"

"히히히히힛!"

어째 웃어 젖히는 모양새가 둘이 비슷했다. 현종은 눈을 질끈 감았다. 장문인 자리를 때려치우든 해야지. 이 답도 없는 문파 같으니! 화산의 살림은 나날이 나아지는데, 어쩐지 가면 갈수록 삶이 힘들어지는 현종이었다.

◆ ◈ ◆

본선이 시작되었다고 해서 딱히 크게 변한 건 없었다. 그저 분위기가 조금 더 진중해지고, 기대감이 조금 더 높아진 것 정도?
굳이 또 하나를 꼽자면 단상 위에 마련된 장문인들의 자리 배치가 조금, 아주 조금 달라졌다.
'구파일방. 그리고 오대세가와 같은 위치라니.'
현종이 슬쩍 제 의자를 내려다보았다. 아니, 정확하게는 의자가 위치한 자리를 확인했다. 단상의 가장 앞이다. 소위 명문이라는 이들의 뒤통수를 바라봐야 했던 두 번째 열이 아니다. 가장 앞자리. 오직 구파일방과 오대세가만이 앉을 수 있는 맨 앞자리에 그의 의자가 추가된 것이다.
- 자리가 딱히 중요할 건 없으나, 가장 많은 제자를 본선에 올린 문파의 장문인이 저리 뒤에 앉아 있으니 제가 조금 민망합니다.
당군악의 말이 결정타가 되었다. 내심 찔리는 면이 있었던 장문인들이 결국 간단히 합의하여 화산의 자리를 가장 앞 열로 바꾸었다.
후기지수들의 활약만으로 평가한 것이기는 하나, 어쨌든 이 순간 화산은 구파와 어깨를 나란히 하는 천하의 명문으로 인정받은 것이나 다름없었다. 평소였다면 감개가 무량하여 눈물을 쏟을 만한 일이었다. 평소였다면 말이다.
그러나 안타깝게도 지금의 현종은 평소와 같을 수 없었다. 주변의 다른 장문인들이 수군대는 소리가 귀에 콱콱 쑤셔박혔다.

"도박이라니……."

"신성한 소림에서 도박판을 벌이다니, 이게 대체 어찌 된 일입니까?"

"저 사람은 대체 어느 문파 사람이오?"

"듣자 하니 화영문의 문주라고 하는데."

"화영문? 들어 본 적 있는 분 계십니까?"

화영문과 도박이라는 말이 나올 때마다 현종은 엉덩이에 바늘이 박힌 사람처럼 움찔움찔했다. 환장할 노릇이었다. 마음 같아서는 당장 달려가 저 좌판을 뒤집어엎어 버리고 싶었다. 하지만 이미 단상 위로 올라와 버린 이상, 그건 상상 속에서나 가능할 뿐이다.

그때 무당의 장문 허도진인이 미묘하게 미소를 흘렸다. 살짝 느릿한 그의 목소리가 주변의 이목을 확 잡아끌었다.

"화영문이라면…… 제가 아는 곳 같습니다만?"

그를 바라본 현종의 얼굴이 새하얗게 질렸다.

과거 화산은 화영문의 진퇴를 두고 무당과 충돌한 적이 있다. 그러니 무당 장문인인 허도는 화영문이 화산의 속가라는 사실을 알고 있을 수밖에 없다.

허도는 사람 좋은 미소를 지으며 현종을 바라보았다. 현종에게는 그 미소가 독사의 그것처럼 느껴졌다.

"아신다고요? 화영문이 어디에 있는 문파입니까?"

"어찌 저런 곳이 소림에 와 물을 흐린단 말입니까! 어서 이야기해 보십시오, 장문인."

"당장 조치를 취해야 합니다."

현종이 식은땀을 흘리며 이 사태를 어떻게 수습해야 할지 고민하던 그때였다.

"문제 될 게 있습니까?"

"……예?"

담담하게 입을 연 당군악이 장문인들을 한번 훑어보더니 대수롭지 않게 말을 이었다.

"이곳은 소림입니다."

"그렇지요. 소림이니 하는 말이 아닙니까? 이곳이 소림이 아니면 도박을 하든 말든 우리가 왜 왈가왈부하겠습니까?"

"이해를 못 하시는군요. 이곳에서 벌어지는 일을 어찌 처리할지는 오로지 소림의 의사에 달려 있다는 의미입니다."

그 말에 모두가 입을 다물었다.

"걱정하는 마음은 알겠지만, 언행에 신중을 기해 주십시오. 그 질책 하나하나가 소림을 탓하는 말이 될 수 있습니다. 상식적으로 소림이 허가하지 않았다면 감히 누가 함부로 좌판을 열 수 있겠습니까?"

그 말에 장문인들이 일제히 소림 방장, 법정을 바라보았다. 법정이 그 모인 시선들을 마주하며 웃었다.

"괜찮지 않겠습니까."

"바, 방장. 하나, 어디 신성한 소림에……."

딴죽을 걸던 장문인들의 얼굴에 당황한 기색이 역력했지만, 법정은 그저 빙그레 웃을 뿐이었다.

"저는 소림이 신성한 곳이라고 생각해 본 적 없습니다."

법정이 가볍게 불호를 외었다.

"소림이라고 해 봐야 세상에 흔히 있는 절간에 불가합니다. 그저 땡중들이 조금 더 많을 뿐이지요. 그런데 뭐 그리 대단한 곳이라고 사람들을 모아 놓고 즐기지 말라 하겠습니까."

"으음."

차마 동조하지도 못하고 불편하게 헛기침하는 장문인들을 보며, 법정은 빙그레 웃었다.

"엄격해야 하는 것은 자파의 제자로 충분하지 않습니까. 문파의 제자들을 봐주러 오신 분들더러 우리에게 무작정 맞추라 강요할 수는 없는 노릇이지요. 오히려 저렇게라도 흥을 내 주신다면 저는 감사할 따름입니다."

법정의 말이 끝나기가 무섭게 칭송과 찬사, 동조의 말이 쏟아졌다.

"과연 방장이십니다."

"허허, 하기야 이 자리는 축제의 장이 되어야 마땅하지요."

논리가 옳은지 그른지는 중요하지 않다. 소림의 방장이 그리 말한다면 반박할 수 없는 것이다. 이곳에 모인 이들은 다들 천하를 이끌어 나가는 문파의 장문인이지만 그 누구도 감히 그의 말에 토를 달지 못한다. 이게 소림이 역사와 함께 쌓아 온 힘이다.

평소라면 소림이라는 거대한 문파가 지닌 힘에 전율했을 현종이지만, 지금은 그저 이 일이 어찌어찌 해결되었다는 사실에 안도의 한숨만 내쉴 수밖에 없었다.

'수명이 십 년은 줄어든 느낌이로구나.'

겨우 회춘했더니 늘어난 수명이 하루하루 팍팍 깎여 나간다. 몰래 앓는 소리를 낸 현종이 도끼눈을 뜨고 화산의 제자들을 노려보았다.

'남은 수명이 죄 없어져도 좋으니 무조건 좋은 성적을 내야 한다!'

평판은 날려 먹은 거나 다름없으니 성적이라도 챙겨야지, 성적이라도! 이 망할 놈들아!

"장문인께서 고초를 겪고 계신 것 같은데?"

"응?"

백천의 말에 청명이 영문을 모르겠다는 듯 슬쩍 시선을 돌렸다.

"저 도박판 말이다. 저거……."

"아, 맞다!"

청명이 박수를 짝 쳤다.

"나도 걸어야 하는데."

그러더니 품 안에 손을 넣더니 전표 뭉치를 쑥 꺼냈다. 백천의 눈이 휘둥그레졌다.

"……뭐, 뭔 돈을 그렇게나 가져왔냐?"

"돈은 어떻게든 쓸데가 있는 법이지. 거봐, 가져오니 쓸데가 생기잖아."

숫제 도박판을 휩쓸어 버릴 기세다. 히히 입을 벌려 웃는 청명을 보며 백천이 고개를 내저었다. 하지만 청명은 그런 그를 나무라기는커녕 오히려 흐뭇한 미소를 지으며 따뜻한 눈길로 바라봤다.

"뭐냐, 그 눈빛은? 갑자기 재수 없게."

"사숙."

"응?"

"첫판에 사숙한테 다 걸 거거든? 지면 뒈질 줄 알아."

"……."

"만에 하나 지는 날에는 무슨 수를 써서라도 그 돈 벌게 만들 테니까 잘해. 북해 탄광에서 곡괭이로 매화검법 펼치기 싫으면 죽어도 이기는 게 좋을 거야."

사질이 사숙에게 하기에는 너무, 지나치게 따뜻한 말이었다.

"청명아. 하나 물어도 되냐?"

"응? 언제는 안 물었어? 마음대로 물어봐."

"너는 누가 우승할 것 같으냐?"

청명은 세상 다시없이 한심하다는 시선을 돌려주었다. 그러자 백천이 정색했다.

"너는 빼고."

"응?"

"너 빼고 남은 이들 중에서 우승할 가능성이 제일 큰 이가 누구냐?"

아, 날 빼고? 청명이 미묘한 표정을 지었다. 가볍게 뺨을 긁적이며 고민하던 그가 이내 어깨를 으쓱했다.

"흐음. 모르겠는데?"

"……몰라?"

"물론 누가 제일 센지는 알지. 그런데 비무라는 건 꼭 센 쪽이 이기는 건 아니라서 말이야."

백천이 막 뭔가를 더 물으려는 순간 청명이 말을 이었다.

"그래도 개중 가능성이 있는 놈들은 보이지. 일단 그 소림의 땡중."

백천은 무겁게 고개를 끄덕였다. 익히 예상하고 있었다.

'혜연이라고 했던가.'

그 일격은 정말 무시무시했다. 그 한 수만으로도 우승 후보에 이름을 올리기에 충분할 듯 보였다. 비무를 지켜봤던 이라면 누구도 이 예측에 이견을 제시하지 못할 것이다.

청명이 잠깐 고민하다 말했다.

"아, 그리고 그 남궁세가 놈도 세던데?"

남궁도위에 대한 언급이 나오자 백천이 슬쩍 눈살을 찌푸렸다.

"무당에도 하나 있는 것 같고, 팽가 놈 중에서도 센 놈이 있었지. 그리고 음…… 금룡이도 아직까지는 우승 후보로 쳐줘야 하지 않을까? 어지간한 놈은 걔를 감당하기 어려울 테니까."

"……남궁세가와 무당, 그리고 팽가에 종남이라."

모두 남부럽지 않게 천하를 울리는 이들이다.

"그 외에도 한 서넛 정도? 사실 그중 누가 우승해도 이상하진 않지."

"그럼 네가 없었으면 그중 하나가 우승했을 거란 소리냐?"

"아니."

"……그럼?"

청명은 뭐 그런 걸 묻냐는 듯 얼굴을 구겼다.

"내가 없으면 우승은 사숙이 해야지. 당연한 것 아냐?"

"…….'

"왜? 자신 없어?"

잠깐 침묵하던 백천의 입가가 미미하게 꿈틀댔다.

"자신이 없냐고?"

그 순간이었다.

"화산의 백천!"

때마침 울려 퍼지는 소리에, 백천이 천천히 일어나 청명을 돌아보았다.

"증명하고 돌아올 테니 기다려라."

"호오?"

그러고는 더없이 멋들어진 자세로 비무대를 향해 걸어 나가기 시작했다. 검은 무복을 입은 백천이 넓은 어깨를 펴고 걷는 모습은 한 폭의 그림이 따로 없었다. 그 근사한 모습을 보며 청명은 피식 웃었다.

'쟤도 참 단순하단 말이야.'

거짓말이었다. 아, 물론 우승 후보 중 하나가 백천인 건 분명한 사실이다. 확률로 따진다면 세 손가락 안에 들고도 남는다. 하지만 우승까진 어렵다.

괴물이 하나 있으니까.

청명의 시선이 소림이 있는 곳으로 향했다.

'혜연.'

저놈은 답이 없다. 지금 백천은 아마 저놈을 감당하기 어려울 것이다. 물론 이길 방법이 없는 건 아니다. 하지만 그건 승부를 논할 때의 일이고, 실력을 두고 논하자면 굳이 저울에 올려 볼 필요도 없는 수준이다. 몇 년의 시간이 더 주어진다면 어떻게 될지 모르지만, 비교는 지금 하는 거니까.

생각에 잠겨 있던 청명이 살짝 아차 한 얼굴로 뺨을 긁적였다.

"어, 그리고…… 종남에 한 명 더 있다는 말을 안 했네."

뭐, 괜찮겠지?

비무대에 오른 백천은 자신의 상대를 바라보며 헛웃음을 지었다.

'분명 이름이 종서한이었지.'

종남 이대제자 중 이인자 격인 인물이다. 예전부터 진금룡이 무언가를 할 때마다 옆에 찰싹 붙어 있던 이였다. 종서한이 백천을 보더니 입꼬리를 뒤틀며 미소 지었다.

"이거, 공교롭게도 잘나신 백룡을 만나게 되었군. 각오는 되었겠지?"

백천은 그를 빤히 보다 종남의 제자들이 모인 곳으로 시선을 옮겼다. 아니나 다를까 진금룡이 차가운 눈으로 이쪽을 노려보고 있었다.

"어딜 보는 거냐?"

"……."

"헛된 명성을 얻더니 정말 자기가 잘난 줄 아는 모양이로군. 너는 감히 사형을 볼 자격도 없다. 잊지는 않았겠지? 너희 화산의 이대제자들은 단 한 번도 종남을 이긴 적 없다는 걸. 네 그 명성은 결국 저 빌어먹을 화산신룡 놈 옆에서 주워 먹은 것에 지나지 않는다."

신랄하고도 날카로운 도발이었다. 그러나 정작 백천은 더없이 태연했다.

"어, 그렇지. 인정해."

"……뭐?"

"인정한다고."

종서한은 순간 할 말을 잃고 멍하니 백천을 보았다. 저자는 자존심이 없단 말인가? 어찌 이런 말을 듣고도 저리 태연할 수 있는가?

백천은 대수롭지 않다는 듯 태연자약한 얼굴로 말을 이었다.

"화산의 이대제자는 종남의 이대제자를 이긴 적이 없고, 내 명성은 분명 과대평가된 측면이 있지. 그런데…… 그게 뭐 중요한가?"

백천이 천천히 검을 뽑았다.

"지금까지 이긴 적 없다면 이제부터 이기면 될 일이고, 명성이 과하다면 앞으로 과하지 않도록 만들면 될 일이지. 미안하지만 화산의 제자들은 너희처럼 과거에 붙들려 살지 않아."

"이놈이!"

종서한이 발끈했다. 백천은 피식 웃었다. 새삼스럽게 느껴져서였다. 과거의 그는 진금룡을 이기겠다고 혼신의 힘을 다해 수련했었다. 그러나 지금 돌이켜 보면, 그때의 그는 진금룡은 고사하고 눈앞의 저 종서한도 이길 수 없었을 것이다. 화산과 종남의 격차는 그만큼 컸다.

"아, 하나는 정정하지."

백천의 말에 종서한의 눈에 의문이 어렸다.

"화산은 과거에 붙들려 살지 않지만, 나는 조금 쪼잔해서 그런지 과거에 아직 집착하는 모양이다. 예전에 너희에게 박살이 났던 기억이 아직 들러붙어 있거든."

백천이 손가락으로 가볍게 관자놀이를 톡톡 쳐 보였다. 종서한이 매섭게 이를 드러내며 을렀다.

"걱정하지 마라. 새로운 기억으로 덮어 주마. 이토록 많은 이들 앞에서 다시 한번 박살 나는 경험은 그리 쉽게 할 수 없을 테니 평생 머릿속에 남을 거다."

"바로 그거야."

백천이 빙긋 웃었다.

"네 말대로 종남을 이겼던 건 청명이지, 우리가 아니야. 하지만 이제 우리에게도 기회가 왔군. 대진표를 보니 너를 이기면 다음은 진금룡이던데."

그러고는 새파랗게 빛나는 눈으로 종서한을 응시했다.

"아직 화산에 들러붙어 있는 종남의 망령을 내 손으로 완전히 베어 주지. 덤벼 봐. 종남은 더 이상 화산의 상대가 아니라는 걸 내가 증명해 보일 테니까."

이십사수매화검법의 기수식을 펼친 백천이 검을 들어 종서한을 겨눴다. 검은 무복과 새하얀 영웅건, 햇살을 받아 빛나는 검, 거기에 더없이 돋보이는 외모까지. 이야기 속에 나오는 영웅의 모습 그 자체였다. 그 훌륭한 풍모에 관중들이 다들 넋을 잃고 백천을 바라보았다.

하지만 단 한 명, 종서한만은 그 모습을 냉정히 바라보지 못했다.

"어디 그 검이 네 주둥아리만큼 날카로운지 보자!"
"걱정할 것 없어. 충분히 날카로우니까!"
"이익!"
말로 한차례 밀려 버린 종서한은 이를 갈아붙이더니 마침내 검을 뽑아 들었다. 백천이 슬쩍 고개를 돌려 진금룡을 바라보았다. 진금룡은 여전히 칼날 같은 눈빛으로 싸늘하게 비무대 위를 바라보고 있었다.
'잘 봐 두는 게 좋을 겁니다, 형님.'
종남은 청명이 아닌 백천의 손에 무너질 테니까. 그것이 한때 종남에 뜻을 두려 했었던 백천의 마지막 배려가 될 것이다.

긴장감이 한껏 고조된 비무대를 주시하며, 윤종이 주먹을 꽉 쥐었다.
"청명아, 사숙이 이기시겠지?"
돌아오는 대답은 없었다.
"청명아?"
윤종이 돌아보았을 때, 청명의 자리는 비어 있었다. 그 옆에 조걸만이 떨떠름한 얼굴로 서 있었다.
"……돈 걸러 갔습니다."
……진짜…… 문파 꼴 잘 돌아간다. 아주 바람직하네, 망할.

• ❖ •

"자, 자! 어서 거십시오! 시합이 시작되면 거실 수 없습니다! 지금이 마지막 기회입니다!"
위립산이 악을 쓰듯 목소리를 높였다. 그러지 않으면 들리지도 않을 판이다. 모여든 이들이 저마다 돈을 들고 좌판 앞에서 소리를 질러 대고 있는 탓이었다.

"아니! 돈을 건다는데 왜 돈을 안 받아! 종서한에게 건다니까!"

"나는 백천에게 백 냥!"

"저리 비켜! 종서한에게 오백 냥 걸겠소!"

"어디 고작 오백 냥 들고 이 판에 끼려고! 저리 꺼져! 이보시오! 나는 종서한에게 천 냥! 천 냥 걸겠소!"

"오십 냥! 오십 냥!"

"뭐? 뭔 오십 냥이야? 가서 당과나 사 먹어!"

"시끄러워, 이 부자 놈들아! 나도 돈을 걸 권리가 있다고! 돈도 많은 놈들이 뭔 놈의 도박이야!"

"주인장! 표는 어디 있소?!"

사람들은 미치기라도 한 것처럼 달려들어 저마다 손에 쥔 돈을 흔들었다. 위립산은 정신이 하나도 없었다.

"소행아, 빨리 돈 걷고 표 나눠 주거라! 인장 찍는 것 잊지 말고!"

"예, 아버지!"

"그리고 혹시 모르니까 돈 건 사람들 인적 사항도 기록해 두어라! 표를 빼앗길 수도 있으니까."

위소행와 화영문의 속가 제자들은 대답할 여유도 없이 움직였다. 밀려드는 돈을 받아 들고 장부에 액수와 인적 사항을 기입했다. 모두 정신없는 상황 탓에 진땀을 흘리고 있었다.

"빨리! 빨리 해 주시오! 이러다 비무가 시작되겠네!"

"이 새끼가, 어디 새치기를 하고 난리야! 네놈 배때기에는 칼이 안 박히냐?"

"아, 밀지 말라고 하지 않소! 밀지 말라고!"

흥분한 도박꾼들은 악다구니를 쓰며 아우성쳤다. 그리고 그 정신없는 북새통을 흐뭇하게 바라보는 이가 있었다.

"어떠냐?"

백상을 데리고 좌판을 구경하던 현영이었다. 미소가 더할 나위 없이 환했다.

"돈은 이렇게 버는 법이지. 어찌 생각하느냐?"

흐뭇해 보이는 현영과는 달리, 백상은 뭔가 기묘한 떨떠름함을 떨치지 못하고 있었다. 정말 이래도 괜찮을까? 도문에서 이렇게 돈을 벌어도 되나? 다른 곳도 아닌 도문에서? 이 의문들을 도무지 무시하지 못한 그가 물었다.

"저어…… 장로님. 이, 이래도 괜찮은 겁니까? 그래도 화산은 도문인데, 도문에서……."

"도사는 밥 안 먹고 사느냐?"

"예?"

현영이 심드렁하게 말했다.

"산에 처박혀서 도를 닦는다고 하늘에서 돈이 떨어지지는 않는다. 너는 이제부터 칼 휘두르는 것 말고는 할 줄 아는 게 아무것도 없는 밥버러지들을 먹여 살려야 한다. 편한 일, 고상한 일, 하고 싶은 일만 하다간 금세 나무껍질이나 벗겨 먹고 살게 될 게다."

과연, 뼈저린 경험에서 우러나온 말이었다.

"어떻게 벌든, 돈은 돈일 뿐이다! 사람에게 피해를 주거나 불법적인 일이 아니라면 어떻게든 한 푼이라도 더 버는 게 이득이다!"

현영이 눈을 희번덕거렸다. 백상은 식은땀을 삐질삐질 흘렸다. 아무래도 장로님이 생각보다 더 많이 변한 것 같았다. 아마 이것도 그놈의 영향이겠지, 분명히!

"……도(道)도 돈이 있어야 닦는다는 말씀이시군요."

"당연하지. 소림이 왜 천하제일문이더냐?"

"무공이……."

"돈이 많아서다!"

현영이 눈에 핏발까지 세우며 말했다.

"다른 곳은 경지에 오른 무인들이 돈 한 푼 벌어 보겠다고 보표(保標)를 서거나 의뢰를 해결해야 한다. 그런데 소림은 문만 열어 놔도 불전함에 돈이 쌓이니 아무 걱정 없이 수련만 할 수 있지 않으냐! 그러니 강할 수밖에! 빌어먹을, 부러워 죽겠네!"

"……."

"그러니 돈을 벌어야 한다! 명심하거라! 네가 돈을 얼마나 벌어들이느냐에 따라 화산이 얼마나 더 강해질 수 있느냐가 결정되는 것이다! 네 역할을 쉽게 생각하지 말거라!"

"며, 명심하겠습니다!"

현영의 기세에 눌려 얼결에 고개를 끄덕이며, 백상은 재경각의 일이 생각과 조금 다를 수도 있겠다고 생각했다.

그때였다. 어디선가 휘리릭 날아든 커다란 종이 뭉치가 좌판에 턱 떨어졌다.

"응?"

날아든 걸 반사적으로 확인한 위립산의 눈이 찢어질 듯 커다래졌다. 종이에는 빼곡한 숫자와 함께 커다란 인장이 찍혀 있었다. 전표다. 심지어 종이 뭉치가 전부. 그럼 저게…… 대체 얼마란 말인가?

차마 확인해 볼 엄두도 내지 못하는 위립산의 귓가에 익숙한 목소리가 또렷하게 파고들었다.

"화산의 백천에 만 냥."

북새통이었던 주변이 순식간에 고요해졌다. 모두의 시선이 일제히 소리가 들려온 쪽으로 향했다. 위립산이 놀라 소리쳤다.

"처, 청명 도장!"

청명이 히죽히죽 웃으며 인파 속에서 걸어 나오고 있었다.

"걸어도 되죠?"

위립산의 머리가 재빨리 회전했다.

"무, 물론입니다. 그런데 대체 이 많은 돈이 어디서 나서서……?"

"제가 돈이 좀 많거든요."

당당한 그의 말에 위립산이 입을 쩌억 벌렸다. 놀라서 입을 벌린 것은 그만이 아니었다. 좌판 앞을 채우고 있던 사람들, 그리고 뒤쪽에서 상황을 주시하던 백상도 경악을 금치 못했다.

"저, 저 미친놈이!"

도사가 도박을 해? 아, 아니. 물론 화산이 지금 도박판을 벌이고 있으니 그걸 탓할 주제는 못 되지만……. 그래도 어쨌든 화영문의 이름 뒤에 숨어서 일을 벌이고 있는 건데, 저놈은 심지어 화산의 매화가 새겨진 무복을 입고 도박질을 한다고?

"저 정신 나간 놈! 장로님, 제가 저놈을……!"

"후후후후. 만 냥이면 수수료가 얼마더냐. 역시 우리 청명이구나! 판을 키울 줄 안다니까. 저 귀여운 놈!"

"……장로님? 눈에 뭐가 씌신 것 같은데……. 귀여운 놈이라고요?"

"마, 말려야 하는 것 아닙니까?"

"왜?"

"왜냐니요? 다들 보는데……."

백상이 우물쭈물하자 현영이 코웃음을 쳤다.

"소림에서 도박판이 벌어지는데 도사가 도박 못 할 건 뭐가 있느냐! 게다가 봐라."

"……네?"

백상은 현영이 가리킨 쪽으로 고개를 돌렸다. 좌판으로 몰려든 이들이 전표 더미를 보며 소리를 지르고 있었다.

"화, 확실한 거요?"

"예?"

"진짜 제대로 된 전표가 맞느냐 이 말이오!"

위립산이 대답하기도 전에 누군가 앞으로 와락 달려들더니 말릴 새도 없이 전표 뭉치를 집어 들고 확인하기 시작했다.

"이, 이거 대륙전장의 전표요! 진품이외다!"

"당신은 누군데?"

"내가 전장 일로 먹고사는 사람이오! 하북전장의 직원이란 말이오!"

"어, 그러고 보니 나 저 사람 하북전장에서 본 적 있어!"

그 짧은 대화가 상황을 종식시켰다. 백천의 승리에 걸린 만 냥의 전표가 진품이라는 게 확인되자 사람들의 눈빛이 미친 듯 들끓기 시작했다. 숫제 광기가 돌았다.

만 냥!

단숨에 판이 몇 배로 커졌다. 승부에서 이겼을 시 받을 수 있는 금액을 계산해 본 도박꾼들의 눈이 뒤집힌 것이다.

'화산의 백천에게 만 냥이라고?'

'백천의 상대는 종남의 종서한! 백천의 명성이 더 높기는 하지만 종남의 종서한도 이름깨나 날리는 이가 아닌가. 꼭 백천이 이긴다고 볼 수는 없어.'

'종남도 천하제일검문을 다투는 문파다. 가능성은 있다.'

결국은 폭동이 일어났다. 눈치만 보며 망설이던 이들까지 게거품을 물고는 좌판으로 달려들었다. 먼저 돈을 걸었던 이들도 더 많은 돈을 들고 달려왔다.

"으아아! 닥치고 내 돈 받아라!"

"백 냥! 백 냥 더!"

"이게 대체 배율이 얼마야! 당장 확인하지 못해?!"

현영은 그 광경을 보며 흐뭇하게 웃었다.

'그래, 그래. 얼른 퍼부어라.'

판이 커질수록 수수료가 늘어난다. 잘하면 오늘 하루 장사로 화산의 몇 달 치 운영비가 나올지도 모른다.

"판은 저렇게 키우는 게지. 네가 재경각을 이끌어 볼 생각이라면 청명이가 하는 짓을 잘 봐 둬야 할 것이다."

백상은 새삼 현영이 청명을 왜 그토록 예뻐하는지 실감하게 되었다. 그러는 와중 판이 정리되어 가기 시작했다. 비무 시작이 임박한 것이다.

"여, 여기까지만 받겠습니다!"

"내 돈까진 받아 주시오!"

"여기서 끊는 게 어디 있소!"

"시합이 시작되기 전에 멈춰야 합니다! 다음 판도 있으니 이번에는 이해해 주십시오!"

"아직 시작 안 했잖소!"

"이 사람이 도박 한두 번 하나! 칼 들기 전까지는 받아 줘야지!"

"이것만 받으시오! 에헤이, 이것만!"

위립산이 식은땀을 흘리며 슬쩍 청명의 눈치를 살폈다. 청명이 자애롭게 웃으며 고개를 끄덕이자, 위립산도 마주 고개를 끄덕였다.

"그럼 여기 계신 분들까지만 받겠습니다!"

아비규환이 또 한차례 지나가고 어찌어찌 판돈이 정리되었다. 위립산은 땀을 닦으며 청명에게 속삭였다.

"청명 도장 덕분에 판이 커졌습니다. 감사합니다."

그러자 청명이 슬쩍 고개를 돌렸다. 어느새 현영이 흐뭇한 얼굴로 그를 지켜보고 있었다. 청명은 히죽 웃었다.

"뭘요. 다 같이 좋자고 하는 일인데요."

이 판을 운영하는 것은 화영문이지만, 벌인 것은 사실 화산이다. 화산은 수수료를 떼 소림과 나눠 먹는다. 판이 커지면 화산이 버는 돈이 늘어나는 것이다. 그러니 현영이 저리 기뻐할 수밖에.

"그런데 청명 도장, 진정 괜찮겠습니까? 지기라도 하면 저 돈이 다 날아갈 텐데."

"져요? 백천 사숙이?"

청명이 피식 웃었다.

"물론 백천 도장을 무시하는 것은 아닙니다. 하지만 승부라는 건 결과가 나오기 전까지는 모르는 것 아닙니까."

"그건 그렇죠. 둘이 비슷한 급일 때는요."

"……예?"

"호랑이가 감기에 걸려 콧물을 질질 흘린다고 해서 토끼한테 지지는 않잖아요."

"그렇게나……."

"그리고 뭐, 져도 괜찮아요. 그럼 사숙을 팔아서라도 내 돈을 회수할 테니까!"

청명의 눈빛이 번들거렸다. 위립산은 못 말리겠다는 듯 고개를 내저었다.

"그런데 저 많은 돈은 대체 어디서 나셨습니까? 혹시……?"

"아. 저는 원래 부자예요."

"……예?"

정확하게 말하면 장문사형이 부자였지. 하지만 뭐 어떤가? 이 기특한 사제가 돈 좀 쓰겠다는데 그걸 가지고 뭐라고 할 만큼 쪼잔한 사람은 아니지, 우리 사형이! 그렇죠, 장문사형?

- ……너는 나중에 두고 보자.

거봐, 좋아하시잖아. 청명이 낄낄대며 비무대를 바라보았다.

"자, 이제 사숙이 돈을 벌어다 줄 차례네요."

비무대 위, 종서한이 으르렁대듯 백천에게 쏘아붙였다.

"그 주둥아리를 비틀어 주지. 네가 사형의 동생이라 해서 봐주는 일은 없을 것이다."

터무니없는 그 말에 백천은 헛웃음을 흘리고 말았다. 누구의 동생이라 봐준다고?

"그렇게 오래 붙어 있었으면서 아직도 형을 모르는 모양이군."

"……무슨 소리냐?"

"저 사람은 피가 이어졌다고 봐줄 이가 아니야. 오히려 피가 이어졌기에 더 가혹할 수 있는 사람이지."

진금룡은 그런 이니까. 물론 그게 나쁘다는 건 아니다. 다만 백천과 맞지 않을 뿐이다.

'내 가족은 화산이다.'

백천은 차분하게 가라앉은 눈으로 종서한을 바라보았다. 그러고는 나지막하게 말했다.

"말은 이쯤 하지. 검수는 검으로 자신을 증명하는 법이니까."

종서한이 입을 굳게 다물었다. 백천이라는 인간에게 동의하기는 싫지만, 저 말에는 동의할 수밖에 없다. 그 역시 한 명의 검수니까. 그는 가볍게 검을 떨치며 기수식을 펼쳤다. 검의 궤적을 확인한 백천이 제 검 손잡이를 꽉 움켜잡았다.

'설화십이식인가.'

이미 몇 번 견식 한 적 있는 검이다. 진금룡이, 그리고 종남의 이대제자들이 화산의 백자 배를 무너뜨릴 때 사용했던 그 검식.

'그리고 청명에게 완전히 박살이 났던 검이기도 하지.'

하나 그렇다 해서 무시할 수는 없었다. 그는 청명이 아니니까.

백천이 길게 심호흡했다. 삼 년 전의 그는 진금룡이 펼친 설화십이식에 저항도 해 보지 못하고 일방적으로 패배했다. 아니, 사실 패배라는 말조차 과분했다. 정확하게는 일방적으로 몹시 두들겨 맞았다. 그러니 이제 증명해야 한다.

화산이 얼마나 강해졌는지. 그리고 내가 얼마나 강해졌는지!

저 설화십이식을 뛰어넘어서!

"타아아아앗!"

기합을 내지르며 달려드는 종서한의 검 끝에서 새하얀 꽃봉오리가 넘실넘실 피어나기 시작했다. 완전히 전개되지 않은 검식이지만, 과연 확연히 알 수 있었다. 저건 과거의 진금룡이 보여 주었던 것보다 더 선명하고 날카롭다. 요요히 피어난 새하얀 꽃잎이 바람과 함께 백천을 덮쳐 왔다. 더없이 화려하고, 눈이 부실 만큼 아름답기 그지없는 검초였다. 분명 예전이었다면 어찌할 바를 모르고 넋을 놓았을 것이다. 하나…….

'……뭐지?'

백천은 저도 모르게 미간을 찌푸렸다. 펼쳐진 광경은 분명 화려하며 소름이 돋을 만큼 날카로운 검세의 연속이다. 그럼에도 그는 종서한의 검에서 알 수 없는 공허함을 느꼈다.

백천의 검에서 순식간에 붉은 검기가 솟아올랐다. 가볍게 검을 휘두르자, 비단 폭 가르는 듯한 촤아아악 소리와 함께 날아드는 꽃잎들이 대번에 찢어발겨졌다.

"이, 이게……!"

달려들던 종서한은 너무 놀란 나머지 저도 모르게 한 걸음 뒤로 훌쩍 물러났다. 그를 심각한 표정으로 바라보던 백천이 고개를 내저었다.

"공허하군."

"……이, 이놈이!"

"청명의 말뜻을 이제 알겠다. 사람들은 매화의 아름다운 꽃에 주목하지만, 그 매화를 피워 내는 것은 대지를 파고든 단단한 뿌리라고 했지."

화산은 그 뿌리를 만들기 위해 고되고 지난한 수련을 하고 또 했다. 그리고 그 과정은 앞으로도 계속될 것이다. 눈에 보이는 화려함이 아니라, 그 화려함을 떠받치는 무거움을 갖추기 위해.

하지만 종남은 아니다. 저들은 그저 피어나는 꽃을 더욱 화사하고 아름답게 꾸밀 뿐이다. 그러면 그럴수록 나무가 앙상하게 말라 가는 것도 모르고 말이다.

- 종남은 끝났어.

'무서운 놈.'

청명의 그 짧은 말이 무엇을 의미했는지 이제야 이해한 백천은 서서히 어깨에 힘을 뺐다. 땅을 디딘 하체에 더욱 힘을 실었다. 저들과 같은 실수를 저지르지 않기 위해서.

"보여 주지. 본다고 이해할 수 있을지 모르지만."

백천의 검이 천천히 허공을 내리그었다.

화산의 매화는 피고, 지고, 또 피어난다. 매화가 지고 다시 필 수 있는 이유는 매화나무가 존재하기 때문이다. 그들이 좇아야 할 것은 화려하기 짝이 없는 꽃이 아니다. 그 꽃을 피워 내는 나무. 생명 그 자체다.

종서한을 겨눈 백천의 검 끝에서 붉은 꽃잎이 피어난다.

한 송이, 또 한 송이. 쉴 새 없이 피어난 꽃잎은 번지고 또 번져 나가(梅花漸斬) 이내 비무대 전체를 붉은 꽃잎으로 가득 메웠다. 압도적이고 붉은 검기가 넘실거린다.

'이, 이건!'

종서한이 두 눈을 부릅떴다. 그가 펼친 설화십이식과 분명 비슷한 초식이었다.

하지만 다르다. 말로 표현할 수 없지만, 확연히 뭔가가 달랐다. 그가 펼친 검에는 존재하지 않는 무언가가 저 검에는 담겨 있었다.

'뭐가 다르단 말이냐!'

종서한이 이를 악물고 검을 떨쳤다. 그의 검 끝에서 피어난 새하얀 꽃잎들이 그를 조여 오는 붉은 매화에 부딪쳤다. 하지만 그의 설화는 화산의 매화를 당해 내지 못했다. 새하얀 꽃잎들이 마치 따뜻한 봄볕을 맞은 눈처럼 스르르 녹아내렸다.

"이, 이럴 리가 없다! 빌어먹을!"

종서한이 검을 움켜잡고 괴성을 내지르며 매화의 숲으로 뛰어들었다. 가열한 기세로 매화의 숲에 달려든 그는 이내 자신을 완전히 덮쳐 버릴 것만 같은 아득한 검기의 향연에 이를 악물었다. 숫제 눈앞이 모두 매화로 뒤덮인 것 같다.

"으아아아앗!"

검을 휘둘러도 넘실거리는 붉은 매화는 그저 그의 검풍에 스르륵 밀려났다가 다시 밀려오기를 반복할 뿐이었다. 아무리 악을 써도 밀쳐 낼 수가 없다.

이럴 수는 없다. 이건 말도 안 되는 일이다. 종서한은 분노로 거의 이성을 잃을 지경이었다.

종화지회. 그 끔찍한 기억이 종서한의 뇌리에 되살아났다. 저 빌어먹을 화산신룡 놈 때문에, 단 한 번도 상대가 된다 여겨 본 적이 없었던 화산에 처절하게 패배했던 바로 그 순간이 말이다.

그날 이후 종남의 분위기가 바뀌었다. 항상 여유가 넘쳤던 사형제들은 말수가 줄어들었고, 다들 신경질적으로 변해 갔다. 단 한 번도 겪어 보지 못한 지독한 패배감이 그들을 짓누른 것이다.

그럴수록 종서한은 더더욱 검에 매달렸다. 검으로 당한 굴욕은 오로지 검으로만 갚을 수 있을 테니까. 미친 듯이 검에 매달려 수련을 하다 보면 이 굴욕을 갚을 기회가 반드시 올 것이라 믿었다. 그런데…… 왜 이런 일이 벌어지는 것인가. 이해할 수가 없었다.

단 한 번이라도 수련을 등한시했다면 겸허히 받아들일 수 있었을 것이다. 종화지회 이후로도 화산을 무시하는 생각을 버리지 못했던 거라면, 그래서 방심했던 거라면 자신을 탓할 수 있었을 것이다.

하지만 그는 아니었다. 그동안 말 그대로 침식을 잊어 가며 수련에 매달렸다. 한데 어째서 이런 결과가 나오는가!

'아니야!'

이를 악물고 검을 휘둘렀다. 그의 검은 틀리지 않았다! 종남의 검이 틀릴 리가 없다!

검이 새하얀 검기로 뒤덮였다. 그려 내는 궤적을 따라 새하얀 꽃봉오리가 줄기줄기 피어났다. 눈부신 설화가 아름답게 피어난다. 백천이 그려 낸 매화보다 훨씬 더 생동감이 넘치는!

스스로를 극한까지 몰아붙여 가며 깎고 또 깎아 낸 설화였다. 하나, 백천의 매화에 부딪히는 순간 여지없이 힘을 쓰지 못하고 이지러진다.

핏발 선 종서한의 눈이 파르르 떨리기 시작했다.

도대체 어째서! 왜 저 매화를 당하지 못한단 말인가? 설화십이식은 종남의 장로들이 수십 년 동안 연구에 연구를 거듭해 만들어 낸 종남 검학의 정화(精華)다. 천하삼십육검에 안주하지 않고, 대천강검법(大天剛劍法)에 만족하지 않으며 더 나은 검법을 연구하고 또 연구한 끝에 만들어 낸 결과물이란 말이다! 그런 종남의 설화십이식이 구시대의 망령이나 다름없는 화산의 검법에 패한다고?

이건 너무도 불합리하다.

"빌어먹을, 이건 말도 안 돼!"

종서한의 울부짖음이 비무대를 쩌렁쩌렁 울렸다.

한편 백천의 눈빛은 차갑기 그지없었다. 종서한의 비명과도 같은 울부짖음이 그의 귀에도 똑똑히 들렸다. 저 소리는 과거 진금룡 앞에서 절망하던 백천의 비명과 닮아 있었다.

불과 삼 년이다. 그 삼 년 사이에 종서한과 그의 입장이 뒤바뀐 것이다.

백천이 슬쩍 비무대 밖으로 시선을 돌렸다. 좌판 앞에서 의미심장하게 미소 짓고 있는 청명이 바로 눈에 들어왔다. 마치 표정으로 백천에게 묻는 것 같았다. 그 삼 년의 시간이 얼마나 가치 있는 시간이었는지 실감하고 있느냐고 말이다.

검을 쥔 손에 절로 힘이 꾹 들어갔다. 같은 시간을 들이고, 같은 노력을 하더라도 올바른 방향으로 향하지 못한다면 의미가 없다. 지금 백천은 그 사실을 증명해야 한다. 종서한을 넘어 종남에게 말이다.

백천의 검이 붉은 검기를 뿜어내었다. 백천이 만들어 낸 매화가 거듭 불어나 이내 종서한의 설화를 완전히 뒤덮어 버렸다. 종서한이 정신을 차렸을 때는 이미 그의 주변이 붉은 꽃잎으로 가득 찬 뒤였다.

"어, 어떻게……."

종서한의 눈이 경악으로 물들었다. 화산신룡 청명도 아니고, 상대도 안 된다고 여겼던 백천에게 이리 절망적인 벽을 느껴야 한다는 말인가?

"빌어먹을! 으아아아아아!"

필사적으로 검을 휘두르고 또 휘두른다. 형과 식마저 잊어 광인의 발악처럼 흐트러진 검식이 날아든 매화 꽃잎에 감싸였다. 이윽고.

서걱. 서걱. 서걱.

일순간에 봄의 훈풍처럼 날아든 매화 꽃잎이 그의 전신 요혈을 스쳐 베고 지나갔다. 그와 동시에 비무대 가득 피어났던 화산의 매화가 환상처럼 사라졌다.

종서한은 부르르 몸을 떨다가 느리게 고개를 들어 백천을 바라보았다. 검을 회수하여 스르릉 검집에 꽂아 넣은 백천이 그와 시선을 마주했다.

"뿌리를 잃은 나무는 말라 죽는 법이지."

그래서야 아무리 화려한 꽃을 피운다 해도 공허할 뿐이다.

"너희가 그걸 이해할지는 모르겠지만."

종서한이 그 자리에 털썩 쓰러졌다. 동시에 싸늘한 침묵이 비무대 위에 내려앉았다. 쓰러진 그에게서 시선을 뗀 백천은 고개를 돌려 종남이 있는 곳, 정확하게는 진금룡을 바라보았다. 둘의 시선이 허공에서 마주쳤다. 서로 다른 길을 걷는 형제가 이제는 명백하게 대치하며 서로를 바라본다.

이건 단순한 적의가 아니다. 검을 든 자는 결국 검으로 자신을 증명해야 한다. 백천도 진금룡도 자신을 증명하기 위해서는 상대를 꺾어야 한다는 걸 알고 있을 뿐이다.

잠시 후, 백천은 마침내 시선을 거두고 비무대에서 내려오기 시작했다.

"아……."

검은 무복에 새하얀 영웅건을 두른 절세의 검수가 천천히 내려서는 광경이 모두의 눈에 틀어박혔다. 이윽고 뜨거운 환성이 쏟아지기 시작했다.

"우와아아아아아아아! 최고다!"
"대체 뭐였지, 방금 그건?"
"마치 꽃이 가득 핀 산을 보는 것 같았어!"
"화산! 그래, 화산이구나! 매화검문 화산이야! 화산의 검이 매화를 그린다더니 그 말이 그저 비유가 아니었구나!"
"정말 굉장하다! 진짜 굉장해!"

관중들의 환성은 그야말로 폭발적이었다. 지금까지 화산의 문도들이 연승을 해 왔다는 건 모두가 알고 있는 사실이다. 그러나 본선에 접어들기 전까지는 화산의 검을 제대로 본 적이 없었다.

그런 와중에 백천이 천하 모든 검술 중 가장 화려하고 가장 아름답다 평해지는 매화검법을 모두 앞에서 시연해 보였으니, 반응이 뜨거운 것은 너무도 당연한 일이었다.

"매화검수! 그래, 매화검수구나!"

"그게 뭔데?"

"과거 화산의 매화검법을 익힌 검수들을 매화검수라 불렀다는구만."

"허허. 그것참 재미있는 이름이군."

"어떻게 저런 검법을 가지고도 쇠할 수 있었는지 이해가 가지 않는군. 그야말로 환상적인 검법이 아닌가."

"명문은 쇠락할망정 몰락하지는 않는 법이지! 보게! 다시 저리 살아나 꽃을 피우지 않는가."

"말 그대로 꽃을 피우는군. 허허허허!"

중인들이 흥분 가득한 눈으로 백천과 화산의 문도들을 바라보았다.

무인들이 좋아하는 것? 사람마다 취향은 다르겠지만, 공통적으로 즐기는 것이 몇 가지 있다. 하나는 신진고수의 출현. 그리고 다른 하나는 이름이 알려지지 않은 문파의 무사가 명문의 무사를 꺾는 것. 그리고 마지막 하나는, 과거 몰락했던 이들이 다시 분전하여 제 이름을 되찾아 가는 과정이다.

공교롭게도 화산은 무인들이 좋아하는 그 세 가지를 모두 보여 주고 있었다. 그러니 화산에 대한 호오를 접어 두고 일단은 열광할 수밖에 없는 것이다.

"사형!"

"사숙!"

백천이 열띤 환호 속에 자리로 돌아오자 화산의 제자들이 흥분하여 우르르 몰려나왔다. 그들의 얼굴은 모두 붉게 상기되어 있었다. 모두가 보는 앞에서 종남의 제자를 압도적으로 꺾어 냈다는 것은 화산에 있어서도 남다른 의미가 있었다.

"경거망동할 것 없다."

하지만 백천은 대수롭지 않다는 듯 낮게 말했다.

"좋아하는 건 진금룡을 꺾고 나서도 늦지 않다."

그런 그의 눈빛은 낮게 가라앉아 있었다. 진금룡을 꺾기 전에는 종남을 꺾었다고 말할 수 없다.

"축배는 그때 가서 들자꾸나."

"예, 사형!"

"물론입니다, 사숙!"

화산의 제자들이 벌겋게 상기된 얼굴로 백천을 우러러보았다. 그들의 대사형이지만, 정말 객관적으로 보아도 믿음직스러운 모습이 아닌가.

백천이 종서한을 꺾는 모습을 보니, 마음속에 있던 일말의 의심과 불안마저 확 날아가는 기분이었다. 백천이 이대로 진금룡마저 꺾어 낸다면 두 번 다시는 화산이 종남이라는 이름에 휘둘리는 일 따윈 없을 것이다.

"악연은 여기에서 끊는다. 이 대회가 끝나면 종남은 더는 화산의 이름 위에 있지 못할 것이다."

진금룡은 환호하는 화산의 제자들을 차갑게 노려보았다. 그러고는 나직하게 이를 갈아붙였다.

'백천.'

진동룡이 아닌 백천. 그의 동생이었지만, 이제는 적이자 반드시 꺾어야 할 이가 된 자의 이름이다.

'마음에 안 들어.'

백천에게 저리 으스대는 양은 어울리지 않는다. 자신만만한 척하지만 내심 두려움에 떠는 모습이 가장 잘 어울린다.

"사, 사형……. 종 사형이……."

진금룡이 슬쩍 시선을 돌렸다. 사제들이 모두 의기소침한 눈빛으로 그를 바라보고 있었다.

"어깨 펴거라."

"사, 사형."

"화산 놈들에게 기죽은 모습을 보이지 마라. 뭐 대단한 일이 벌어졌다고 겁을 먹는 것이냐! 그러고도 너희들이 대 종남파의 제자더냐!"

싸늘한 진금룡의 일갈에 모두가 움찔했다. 그러다 이내 억지로 어깨를 펴고 당당한 표정을 지었다.

"서한이 진 것은 예상 밖의 일이지만 달라질 건 없다. 결국 내가 이기면 되는 것이다."

"예, 사형!"

진금룡의 시선이 다시 백천에게로 향했다. 이 정도는 시작이라는 듯 무표정한 그 얼굴을 본 진금룡의 눈빛이 한층 더 싸늘해졌다.

'건방 떨지 마라.'

애초에 백천 따위는 안중에도 없었다. 그사이 꽤 성장한 모양이지만, 딱히 대단할 것도 없는 일이다. 그와 같은 피를 받았으니 이 정도는 해주어야 한다. 그동안 화산에 속해 제대로 된 수련을 하지 못했기에 약했던 것뿐이다.

문제는 백천 따위가 아니다.

'청명.'

진금룡의 눈이 도박판 앞에서 낄낄대는 청명의 모습을 좇았다.

'아직 그럴 여유가 남아 있단 말이지.'

으드득 이를 갈아붙인 진금룡은 낮게 중얼거렸다.

"걱정할 것 없다. 내가 저 화산신룡을 꺾어 종남의 명예를 되찾을 것이다. 그럼 저 멍청한 관중들도 누가 진짜 이 비무의 주인공인지 알게 되겠지."

"물론입니다, 사형!"

"당연히 사형께서 승리할 것입니다."

믿음 반. 그리고 아부 반. 귀만 간지럽히는 영혼 빠진 말이었지만, 진금룡은 딱히 그 사실에 신경을 쓰지 않았다. 어차피 결과로 증명하면 그만이니까.

하지만 단 한 사람.

"너는 왜 말이 없지?"

"……."

진금룡의 물음에 이송백이 천천히 고개를 든다. 내내 침묵을 지키던 그를 진금룡이 빤히 보았다. 무심한 얼굴. '나는 주변의 일에 일희일비하지 않습니다.' 하고 표정으로 말하는 것 같다.

"어찌 생각하느냐?"

"무슨 말씀이신지 잘 모르겠습니다."

"내가 화산신룡을 이길 수 있을 것 같으냐?"

그러자 이송백이 슬쩍 청명을 돌아보고는 다시 진금룡을 보았다.

"하나는 알겠습니다."

"뭐냐?"

"대사형의 다음 상대는 동생분이지요."

"……그래서?"

이송백이 담담하게 말한다.

"눈앞의 상대도 제대로 보지 않는 이가 더 큰 것을 얻을 수 있겠습니까?"

그의 말에 종남의 제자들이 발끈하여 나섰다.

"이놈이?"

"어딜 감히 사형에게!"

진금룡이 손을 들어 그들을 만류했다.

"내버려둬라."

"사형!"

그리고 차갑게 이송백을 바라보며 일갈했다.

"두고 보면 알겠지. 네가 옳은지, 내가 옳은지."

이송백은 대답 없이 고개만 숙여 보였다. 진금룡은 매몰차게 시선을 돌렸다. 사형제들의 날카로운 시선이 이송백에게로 날아들어 꽂혔다. 그는 그저 나지막이 한숨을 쉬었다.

'이래선 안 되는 것을……'

여유로울 때만 나오는 협의는 협의가 아니다. 이미 예전에 여유를 잃은 종남은 이제 더 이상 협의지문이라 불리기 어려울 만큼 편협해졌다.

'청명 도장. 도장은 어떻게 생각하시오.'

그의 시선이 저 멀리 있는 청명을 아련하게 좇았다.

"이번 비무는 화산의 백천의 승리요. 백천에게 거신 분들은 이쪽으로 오셔서 배당금을 받아 가시면 됩니다."

"으히히히히힛!"

청명이 희희낙락하며 좌판을 향해 달려갔다. 위립산이 겸연쩍은 미소를 지으며 청명의 표를 회수했다.

"어디 보자. 청명 도장이 거신 돈이 만 냥이니까……."

위립산이 모인 판돈 중 일부를, 말 그대로 정말 쥐꼬리만큼 떼어 내고는 모조리 청명에게 들이밀었다. 청명이 건 돈이 워낙에 많다 보니 다른 이들에게 나눠 줄 것을 빼도 판돈의 대부분을 먹어 버린 것이다.

"여기 있소이다!"

"헤헤헤. 여기요."

청명이 그중 금자 하나를 집어 위립산에게 내밀었다.

"아, 아니, 이런 건 안 주셔도……."

"에이. 도박판에서 다 먹으려고 하면 배탈이 나는 법이죠. 이거 받으세요."

"그럼 감사히 받겠소이다. 그런데 이 많은 돈을 어찌 드려야 할……."

위립산의 말이 끝나기도 전에 청명이 품 안에서 뭔가를 꺼내 펼쳤다.

"응?"

그가 꺼낸 건 커다란 천 포대였다. 위립산이 입을 헤 벌렸다.

"으히히히히힛!"

청명이 좌판 위에 있는 돈을 말 그대로 쓸어 담기 시작했다. 금자, 은자, 전표 할 것 없이 모조리 밀어 넣은 그는 끈으로 포대의 입구를 야무지게 둘둘 말아 묶더니, 돌연 고개를 획 돌렸다.

"사형!"

"어?"

멀리서 청명을 바라보던 조걸이 움찔했다.

"받아!"

청명이 그에게로 냅다 포대를 집어 던졌다. 묵직한 무게에 놀란 조걸은 슬쩍 열어 본 뒤 다시 한번 움찔했다.

"야! 이걸 뭐 어쩌라고?"

"가운데에 잘 놔둬. 누가 못 훔쳐 가게!"

"……이것만 지키면 되는 거냐?"

"아니."

청명이 히죽 웃었다.

"뭔 소리야, 이제 시작인데."

아주 여기 있는 사람들 주머니를 다 털어 버려야지!

"와, 대박이네! 저걸 다 먹는다고?"

"대체 저게 얼마야?"

"마지막에 배당이 양쪽에 두 배까지 갔었으니까 저거 한 방으로 거의 만 냥 먹은 게 아닐까?"

"만 냥을 한 방에 먹는다고?"

사람들의 눈에 탐욕이 어리기 시작했다. 생각보다 이 판이 더 크다는 것을 모두가 알아챈 것이다. 도박에 크게 관심이 없던 이들도 청명이 포대를 날리는 모습을 보고는 호기심을 가지며 기웃거리기 시작했다. 위립산이 목을 가다듬고 외쳤다.

"다음 판을 시작하겠습니다! 이번에는 개방의 목오(木五)와 화산 조걸의……."

"화산의 조걸에 만 냥!"

턱! 다시 좌판 위로 만 냥어치 전표 더미가 날아왔다. 도박꾼들의 눈에 순간 핏발이 섰다.

거기에 불을 당기는 듯 청명이 슬쩍 턱짓하며 말했다.

"뭐 해요, 안 걸고?"

말이 끝나기 무섭게 중인들이 다시 좌판으로 굶주린 아귀처럼 달려들기 시작했다.

"목오에게 오백 냥!"

"목오에게 삼백 냥!"

"자네 아까 크게 잃지 않았나?"

"멍청한 소리 하지 말게! 한 번만 이기면 그 몇 배! 아니, 몇십 배도 벌 수 있는데 잃은 돈이 대수인가!"

다시 한바탕 난리가 난 좌판을 보며 청명이 히죽 웃었다.

"돈 버는 게 이렇게 쉬울 줄이야."

비무 대회가 열 번만 더 열리면 좋겠다. 그럼 천하제일거부도 꿈이 아닌데!

흐뭇하게 단꿈에 젖은 청명을 보며 조걸은 고개를 절레절레 내저었다. 그러고는 천천히 비무대로 향했다. 이제 준비해야 할 시간이었다. 그때, 백천이 그를 불러 세웠다.

"조걸아."

"예, 사숙!"

조걸이 돌아보자 백천은 사뭇 진지한 목소리로 일렀다.

"상대를 경시하지 마라. 절대 쉬운 상대들이 아니다. 전력을 다해서 이겨라."

"매화검법을 쓰라는 말씀이시죠?"

"써야 한다면 써야지."

"알겠습니다!"

조걸의 눈빛이 반짝였다. 최선을 다해 상대를 쓰러뜨리고 그도 백천처럼 관중의 환호성을……

"사형! 사형! 사형한테 돈 걸었어! 지면 뒈질 줄 알아!"

"……"

너 말고, 인마! 너 말고!

종리곡이 무시무시한 눈으로 비무대를 노려보았다. 제자들이 쓰러진 종서한을 안아 들고 나가는 모습이 그의 눈에 아프게 파고들었다.

'빌어먹을.'

나직하게 이 가는 소리가 울렸다. 체면을 생각하면 절대 감정을 드러내선 안 된다는 걸 알고 있지만, 종리곡은 도저히 들끓는 화를 주체할 수가 없었다.

'이런 망신을!'

손톱이 손바닥을 파고들 만큼 주먹을 꽉 움켜쥔 그가 몸을 부르르 떨었다.

관중들의 환호는 끝도 없이 이어지고 있었다. 이건 정말 치명적인 일이었다. 마지막 종화지회에서 종남이 화산에 패배했다는 사실은 이제는 꽤 유명하다. 화산의 약진이 아니라 종남의 망신이 즐거운 이들은 넘쳐 나니까.

그래도 그땐 그나마 몇몇의 유지만이 목격했다. 직접 눈으로 본 이가 많지 않으니 실감을 하지 못하는 이들이 훨씬 많았다. 하지만 지금 이 비무는 지켜보는 눈이 너무도 많다. 이들이 한 번씩만 입을 떼도 천하가 모두 종남의 패배를 알게 될 것이다.

그리고 종리곡을 분노케 하는 사실이 하나 더 있었다.

'어떻게?'

저 검법. 방금 종서한을 패배시킨 저 검법이 너무도 익숙하다. 종남이 열과 성을 다해 만들어 낸 설화십이식과 그 모습이 너무도 흡사하지 않은가.

'어떻게 복원해 낸 거지?! 화산에는 더 이상 남아 있지 않을 텐데?'

화산의 상징과도 같은 저 검법이 어찌……!

"……이십사수매화검법."

그때, 법정의 입에서 신음 같은 목소리가 흘러나왔다. 그러자 단상 위에 있던 모든 이들의 시선이 그에게로 향했다.

"아미타불. 화산 장문인. 화산은 이십사수매화검법을 되찾은 것이외까?"

"그렇습니다."

"오……."

법정이 그답지 않게 눈을 크게 뜨고 현종을 바라보았다. 그 눈빛이 크게 일렁였다.

"화산이 화산 검법의 정화를 잃었다는 말에 가슴이 아팠는데, 이리 복원에 성공했다니. 실로 축하할 일입니다."

"별말씀을요. 운 좋게 선조께서 남기신 비급을 회수할 수 있었습니다."

"과연, 과연. 화산의 약진이 불가해하다 여겼거늘. 그런 비사가 있었구려. 이십사수매화검법을 되찾았다면 천하의 누가 화산을 무시할 수 있겠소이까."

법정의 말에 현종은 고소를 머금었다.

냉정하게 따지자면 저 말은 사실과 맞아떨어지지 않는다. 화산이 약진을 시작한 것은 훨씬 이전이고, 이십사수매화검법을 회수한 일은 그런 화산의 약진에 방점을 찍은 것에 불과하다.

하지만 굳이 그런 사실까지 저들에게 확인시켜 줄 필요는 없겠지.

"그저 선조들의 검을 되찾았단 것만으로도 만족하고 있습니다. 그리고······."

현종이 고개를 슬쩍 돌려 비무대를 바라봤다. 시선이 이동하는 와중에 종리곡의 얼굴이 무섭게 굳어 있는 것도 똑똑히 보았다.

"그 검법으로 말미암아 좋은 성적을 낼 수 있다면 더 바랄 게 없겠지요."

종리곡의 주먹이 부르르 떨렸다.

'빌어먹을.'

이십사수매화검법.

화산의 상징이자 종남이 수백 년 동안 화산의 아래라는 끔찍한 평가를 받게 만든 검법. 설상가상, 화산이 그 검을 되찾았다고 한다. 게다가 하필이면 그 검에 종남의 설화십이식이 꺾이고 말았다.

'설화십이식은 이십사수매화검법에서 더 나아간 검이다. 제대로만 익혀 낸다면 절대 이십사수매화검법에 패배하지 않는다. 절대로!'

하지만 지금 드러난 결과는 그 반대였다. 종서한의 설화십이식에 대한 이해도가 백천의 이십사수매화검법에 대한 이해도에 뒤질 리가 없다. 그런데도 종서한은 제대로 힘도 써 보지 못하고 처참하게 패배했다.

입술을 질끈 깨문 종리곡은 진금룡이 있는 쪽을 바라보았.

'너는 절대 패배해서는 안 된다.'

종서한은 질 수 있다. 하지만 진금룡이 패하는 건 그 상징성이 다르다. 그가 패하는 순간, 종남은 당대의 후기지수들이 화산에 미치지 못한다는 걸 어쩔 수 없이 인정해야 한다. 그 치욕만은 감내할 수 없다.

게다가…… 백천이 전부가 아니잖은가? 종리곡의 시선이 청명에게로 향했다.

'화산신룡.'

그리고 저 백천에 비견된다는 화산의 다른 이들까지 모두. 종리곡의 가슴속에 서늘한 한기가 스쳐 지나갔다.

'어쩌면.'

지금 그는 화산이 종남을 추월하는 순간을 보고 있는 건지도 모른다. 절대 인정하고 싶지 않은 일이지만 말이다.

• ❖ •

봉기(棒氣)가 날카롭게 얼굴을 스쳐 지나간다.

촤아아악!

봉기가 공기를 가름과 동시에 조걸의 볼도 갈라졌다. 볼에서 화끈함이 느껴졌지만, 조걸의 눈은 조금도 흔들리지 않았다.

'더 빠르고 강하게!'

본선은 본선인지 상대의 타구봉이 날카롭다. 예선에서 겪었던 이들과는 분명 차원이 다른 강함이다.

하지만 상대하지 못할 정도는 아니다. 날카로운 걸로 따지면 윤종의 검이 훨씬 더 날카롭고, 섬세한 걸로 따지면 감히 유이설에 비할 바가 아니다. 전체적인 수준은 백천이 훨씬 높았고, 그 기세로 따지면?

'청명의 발끝에도 못 미쳐.'

새삼 조걸은 자신이 어떤 이들과 대련해 왔었는지 이해했다. 홀로 수련을 했다면 결코 이 수준에 도달할 수 없었을 것이다. 함께 대련하고 함께 노력하는 사형제들이 있고, 아득한 곳에서도 멀리 손을 뻗어 끌고 가 주는 이가 있기에 지금 수준에 오를 수 있었다.

조걸이 이를 악물었다. 가슴은 차갑게, 머리는 더욱 차갑게!

"타앗!"

그의 검이 날카로운 궤적을 그려 냈다. 조걸의 매화였다. 청명의 그것과는 다르고, 백천의 그것과도 다른.

화산의 수많은 봉우리마다 피어나는 매화 그 한 송이 한 송이가 다 다를진대, 매화검법이라 해서 어찌 같을 수 있겠는가? 자신을 담지 못하고 그저 형만을 찾는 매화는 죽은 매화다. 수도 없이 들어 뼈와 심장에 박아 넣은 말이다.

그의 매화가 해를 꿰뚫을 듯 날아드는 봉을 재빨리 감싼다.

카카카캉!

검기로 이루어진 매화와 타구봉이 충돌하는 순간, 쇠가 맞부딪치는 듯한 소리가 퍼졌다. 이윽고 날아들던 봉이 그대로 튕겨 나갔다. 조걸은 그 틈을 놓치지 않았다.

번쩍!

구름처럼 피어난 매화 꽃잎 사이로 한 줄기 햇살이 비추듯 검기가 번쩍인다(梅花照光).

"어억!"

가슴으로 파고든 번쩍이는 검기에 개방의 거지가 그 자리에 털썩 주저앉았다.

"그만!"

커다란 목소리가 터질 듯 들려왔다.

"이 승부는 화산 조걸의 승리요!"

조걸이 검을 회수해 납검(納劍)하고는 가만히 포권 했다.

"잘 배웠습니다."

그러고는 절도 있는 동작으로 돌아서서 비무대를 내려왔다. 그쯤 되니 이제는 관중들도 더 이상 마음 놓고 환호하지 못했다.

누군가 마른침을 꿀꺽 삼키며 말했다.

"이, 이러다가 정말 화산이 우승하는 거 아냐?"

"설마."

"아니, 그리 말할 일이 아니라니까? 지금 남은 이라고 해 봐야 백여 명이 아닌가. 오늘이 지나면 예순네 명만 남게 되네. 지금도 화산의 제자가 가장 많이 남았는데, 저리 이겨 나가면 어찌 될 것 같은가?"

"……그러고 보니."

"화산이 우승을 한다면 더없이 큰 이변이 벌어지겠군. 정말 말도 안 되는 일이 벌어지는 거야."

중인들이 입을 다물고 화산의 제자들이 모여 있는 곳을 바라보았다.

'우승을 한다고?'

화산이?

농담처럼 하던 말이었지만, 이제는 더 이상 농담이 될 수 없는 일이다. 만약 화산이 이 천하비무대회에서 우승한다면 그건 근 백 년 사이 가장 큰 사건이 될 게 분명했다.

'이거 큰일 아닌가?'

화산은 몇십 년 전에 구파일방에서 쫓겨난 이들이다. 그런 이들이 비무 대회에 나와 구파일방과 오대세가의 쟁쟁한 후기지수들을 모조리 꺾고 우승을 한다?

그리된다면 당시 구파일방에서 화산을 쫓아내기로 했던 이들의 눈이 잘못되었음이 증명되는 것이나 다름없다. 구파일방의 입장에서는 개망신도 이런 개망신이 없는 것이다.

"사실 이미 어느 정도는 증명되지 않았나. 화산이 지금 떨어진다고 해도, 그들이 구파에 들 자격이 있다는 걸 누가 부정할 수 있겠는가?"

"너무 나간 것 아닌가? 그래 봐야 후기지수들인데."

"윗대는 뭐 천년만년 산다던가? 후기지수들이 저리 강한데, 훗날에는 화산이 천하제일문이 되지 않을 거란 보장이 있는가?"

"……없지."

"그럼 구파일방은 천하제일문을 구파일방에서 쫓아낸 머저리들이 되는 걸세. 내 말이 틀렸는가?"

"…….""

누구도 쉬이 대답하지 못했다. 함부로 대답하기에는 너무도 불경스러운 일이다. 그리고 혹여 자신들이 뱉은 말이 구파일방의 귀에 들어갈까 우려스럽기도 하다. 하지만 말로는 못 할지언정 속으로는 다들 같은 생각을 하고 있었다.

'구파일방이 완전 망신을 당하는구먼.'

'표정 한번 볼만하겠군.'

이곳에 있는 이들 대부분이 알고 있었다. 사실 이 비무 대회는 명문이라 불리는 이들이 모여 세를 과시하기 위해 만든 자리라는 것을.

대내적으로는 명문들의 친목을 도모하고, 대외적으로는 명문들의 힘을 과시한다. 그러면서 천하를 이끌어 가는 명문들의 주도권을 더욱 공고히 하려는 목적임에 분명했다. 한데 여기에 화산이 끼어들며 상황이 급변하고 있다.

이대로 화산이 우승을 한다면?

'명문이라는 놈들이 차려 놓은 진수성찬을 화산이 꿀꺽하고 내빼는 꼴이 되겠군.'

중인들의 눈빛이 기이하게 일렁이기 시작했다.

보고 싶다. 평생은 물론 역사를 통틀어도 다시는 못 볼 광경일지도 모른다. 그런 순간을 직접 눈으로 확인하고 싶다는 열망이 관중들 사이에 퍼져 나가기 시작했다. 그리고 그 광경을 지켜보던 청명이 씨익 입꼬리를 말아 올렸다.

'판이 아주 잘 깔리고 있는데?'

그가 굳이 비무 대회에 한 명이라도 더 참가시키겠다고 금첩 내놓으라 발악한 이유가 여기에 있었다.

청명의 우승? 물론 그것도 좋겠지. 하지만 이리 잘 깔린 판에서 '화산에서 천하제일 후기지수가 났다'는 결과만 받아 돌아가면 섭섭하지 않겠는가?

이곳에 모인 이들에게는 청명의 강함이 아닌 화산의 강함을 보여 주어야 한다. 매화검문 화산이 오랜 절치부심 끝에 마침내 화려하게 부활했다는 인상을 확연히 심어 주어야 한다.

그래야!

청명이 시선을 슬쩍 올렸다.

'저 구파 놈들에게 엿을 제대로 먹일 수 있을 테니까.'

아마 이제는 더 이상 편히 비무를 볼 수 없을 것이다.

"지금까진 너무 화기애애했지."

하루하루 피가 마르는 기분을 느끼게 해 줄 테니 기다리라고.

"청명 도장! 여기 배당금을……."

"아, 맞다!"

청명이 싱글벙글 웃으며 좌판으로 달려갔다. 그리고 품에서 새 자루를 꺼내어 판돈을 쓸어 담았다.

"묵직하니 좋고!"

그는 희희낙락하며 자루를 챙기고 다시 전표 뭉치를 움켜잡았다.

"다음 시합은 종남의 진금룡과 청성의……."

"진금룡에 만 냥!"

"다음 시합은 남궁의 남궁도위와……."

"남궁도위에 만 냥!"

"화산의 윤종과……."

"화산 윤종에 오만 냥! 유이설에 오만 냥! 혜연에 십만 냥! 백공에 삼만 냥!"

촤르르르르르르륵!

청명의 뒤로 꽉 찬 자루들이 산더미처럼 쌓였다. 그리고 그 광경을 보던 이들은 모두 경악을 금치 못했다.

'이걸 다 맞혔어?'

'도신인가?'

'이쯤 되면 조작이라고 봐야 하지 않나?'

몇몇은 믿을 수 없다는 듯 의심의 눈길을 보내기도 했다. 승부의 결과를 예측하는 것? 그건 그리 어렵지 않다. 이곳에 모인 이들도 전 재산을 걸고 승부를 예측하라고 하면 대충 팔 할의 확률은 자신할 수 있다.

문제는 남은 이 할이다. 팔 할을 맞힐 수 있다는 말인즉슨, 이 할은 틀린다는 말이다. 그리고 그건 너무도 당연한 일이다. 싸우기도 전에 승부의 결과를 확실하게 알 수 있다면 비무가 왜 필요하겠는가? 그 이 할의 확률 때문에 돈을 잃는 이들이 생기는 법이다.

하지만 저 청명이라는 자는 벌써 몇십 판의 승부를 모조리 맞히고 있었다. 그의 등 뒤에 쌓인 돈 자루들이 그 사실을 증명했다. 슬쩍슬쩍 쌓인 재물을 바라보는 그의 입가에는 숨길 수 없는 뿌듯한 미소가 피어 있었다.

"으히히힛!"

'저, 저!'

'도사라는 놈이!'

'아오, 얄미워!'

자신들의 주머니에서 나간 돈이 남의 수중에 들어간 것을 지켜볼 수밖에 없는 처지. 도박꾼들의 눈빛이 점점 험악해졌다.

"다음은 화산의 당소소와 종남의……."

위립산의 말이 채 끝나기도 전, 독이 오른 도박꾼들이 외쳤다.

"당소소에 사백 냥!"

"나는 당소소에 천 냥!"

"당소소에 이천 냥!"

"헉, 이천 냥이나?"

"모르는 소리 말게! 지금까지 화산이 모조리 이겼단 말일세! 게다가 저 도장도 화산 사람 아닌가. 지금까지 저 사람은 화산의 제자들이 나올 때마다 모두 그쪽에 걸었네! 배당이고 나발이고 일단은 이겨야지!"

역으로 돈을 걸어 일확천금을 노리다가는 패가망신한다는 걸 깨달은 이들이 다들 당소소 쪽에 가진 돈 모두를 쏟아붓기 시작했다.

어설프게 큰돈을 먹느니 청명을 따라 걸어서 착실하게 돈을 따겠다는 심산이었다.

순식간에 당소소 쪽 좌판에 돈이 산더미처럼 쌓였다.

"흐으으음."

청명이 그 광경을 보며 히죽 웃었다.

"이제 보는 눈들이 조금 생기신 모양이네요."

그 말을 들은 이들이 모두 안도의 한숨을 내쉬었다.

"그런데 판이 좀 쏠린 것 같은데."

청명은 등 뒤에 있는 자루에서 주섬주섬 전표들을 챙기기 시작했다.

그리고…….

턱!

그가 던진 전표는 무더기로 쌓여 있는 판돈의 반대쪽에 정확하게 떨어졌다.

"종남의 이송백에게 십오만 냥."

"……."

도박꾼들이 떨리는 눈으로 청명을 바라보았다. 청명이 어깨를 으쓱해 보였다.

"왜요?"

"……."

네가 거기 걸면 안 되지! 이 망할 말코 놈아!

중인들의 눈에 부연 습기가 차올랐다.

"절대 종남 놈에게만은 지지 않겠습니다!"

"……."

"걱정 마십시오, 사숙! 제가 저 얌생이 같은 놈의 대가리를 깨고 돌아오겠습니다!"

"어……. 그, 그래."

백천은 투지에 불타는 당소소를 보며 커다란 의문을 하나 가질 수밖에 없었다. 물론 종남을 싫어하는 건 화산의 제자라면 당연히 갖추어야 할 소양(?)이다. 이건 화산의 잘못이라고 할 수 없다. 화산에 입문하는 그 순간부터 종남의 제자들에게 이 년마다 한 번씩 두들겨 맞는 게 관례였으니 악감정이 안 생길 수가 없는 것이다. 다만 문제는…….

'소소야. 너는 아직 화산에 입문한 지 한 해도 되지 않았잖느냐?'

네가 왜 종남에 악감정이 있느냐? 화산화(化)가 너무 과도하게 빠른 것 아니니?

백천이 복잡 미묘한 시선으로 당소소를 바라보았다. 당가에서 본 그녀의 한 떨기 꽃 같던 모습을 아직 기억하는 그에게는 비무대로 달려 올라가는 그녀의 모습이 보면 볼수록 새로웠다.

"잘하겠지……?"

백천이 유이설을 돌아보며 묻자 그녀는 고개를 내저었다.

"화산의 검. 소소는 아직 체화하지 못했어요."

"그렇긴 하지만."

"이기는 건 중요하지 않아요. 중요한 건 의지."

백천이 고개를 끄덕였다.

'그리고 경험이겠지.'

화산이 당소소에게, 나아가 청자 배들에게 바라는 것은 승리하여 화산의 명예를 드높이는 것이 아니다. 언젠가는 화산의 중심이 될 그들이 더 많은 것을 보고 배워 더 높은 곳까지 향할 동력을 얻는 것이다.

'바란 것에 비하면 몇 배는 잘해 주고 있지만.'

그렇다 해도 윤종과 조걸을 제외한 청자 배는 다른 백자 배들에 비해 아직 손색이 있었다.

응? 청명? 그 새낀 빼야지.

백천은 살짝 걱정 어린 눈빛으로 당소소를 바라보았다.

"종남!"

"……."

이송백은 적의 어린 눈으로 이쪽을 노려보는 당소소를 보며 자신도 모르게 헛기침을 했다.

'내가 뭘 잘못했나?'

초면에 저런 도끼눈이라니.

"……종남의 이송백입니다. 한 수 배우겠습니다."

"화산의 당소소예요!"

당찬 자기소개였다. 이송백이 쓴웃음을 지으며 검을 뽑았다.

스르르릉.

"내게는 눈이 있으나 내 검에는 눈이 없으니 부디 다치지 않도록 조심하시오."

"뭐래. 대가리나 조심하시지?"

"……."

아. 확실히 화산 사람이구나.

당소소의 등 뒤로 청명의 그림자가 어른거린다. 이송백이 살짝 헛기침을 하고는 허리를 바짝 세웠다. 당소소는 눈을 가늘게 뜨고 그런 그를 노려보았다.

'종남 놈에게는 절대 안 진다.'

이상하게 종남의 하얀색 무복을 보니 속이 부글부글 끓어오른다. 당가에 있을 때는 이런 일이 없었는데, 화산에 입문하고부터 이렇게 된 걸 보면 둘 사이에 흐르는 수맥에 문제가 있는 모양이다.

'여하튼!'

챙!

당소소의 매화검이 뽑혀 나왔다. 아직 그녀는 화산 검술을 완숙하게 익히지 못했다. 육 개월이라는 기간 동안 무학의 수준은 높였으나, 십여 년 동안 검을 익혀 온 사형제들을 따라잡는 것은 애초에 불가능한 일이었다.

하지만 부족하다 해서 물러남이 당연하다는 건 아니다. 부족하면 부족한 대로, 모자라면 모자란 대로 스스로의 길을 관철하는 것. 그게 당소소가 생각하는 화산의 가르침이었고, 그녀의 의지였다.

차가운 눈으로 이송백을 응시하던 당소소가 지체 없이 달려들었다.

"간다!"

단단한 청석을 박차며 날아드는 그녀의 모습은 마치 비호와도 같았다.

쇄애애액!

가녀린 팔에서 나왔다기에는 믿어지지 않을 만큼 패도적인 일격!

그녀에게 부족한 것은 무학이지, 내력이 아니다. 당가주의 딸로서, 내력만큼은 그 어떤 명문의 수제자에게도 뒤지지 않을 정도로 꾸준히 단련해 왔다. 거기에 자소단까지 더해졌으니 그녀의 내력은 사실 화산에서 최고라 해도 과언이 아니었다.

그 내력을 온전히 실은 검이 이송백의 머리를 향해 쇄도했다. 이송백이 가볍게 두 걸음 뒤로 물러났다.

콰아아아앙!

당소소의 검이 그가 사라진 비무대의 바닥을 후려치며 거대한 폭음을 만들어 내었다.

"……."

깊게 파여 버린 비무대 바닥을 본 이송백의 눈이 커다랗게 부릅떠졌다. 생각지도 못한 위력에 당황한 것이다.

"피해?"

"……그걸 맞으라는 말이오?"

이송백이 헛웃음을 지었다. 확실히 화산의 문하들은 독특한 면이 있다.

'과거의 나라면 저 모습을 좋지 않게 봤겠지.'

하지만 이제는 안다. 겉으로 예를 논하고 체면을 차리면서 속이 부실한 것보다는, 겉으로 어떤 모습을 취하든 내실을 기하는 쪽이 진정한 무인의 자세라는 것을 말이다.

이송백이 슬쩍 시선을 돌려 저 멀리 있는 청명을 바라보았다.

'잘 봐 주시오. 청명 도장.'

나의 지난 이 년이 틀렸는지, 아닌지. 내가 당신이 말하던 그 올바른 길을 제대로 걸어왔는지!

이것은 비무다. 하지만 단순한 비무가 아니기도 했다. 이송백에게 있어 이 자리는 청명에게 자신의 노력을 증명하는 자리였다.

"후우."

이송백이 검을 들어 중앙을 겨누었다. 중단세. 모든 검의 기본이 되는 자세.

그의 호흡이 깊어졌다. 주변 공기가 무겁게 또 무겁게 가라앉기 시작했다.

'낮게. 또 낮게.'

간결한 검과 안정된 무게 중심은 모든 상황에 대비할 수 있게 한다.

모두가 알면서도 쉬이 지키지 못하는 것. 그것을 세상 사람들은 '정석'이라 부른다.

 카앙!

 이송백의 검이 무시무시한 기세로 날아드는 당소소의 검을 느릿하게 받아 냈다. 결코 강하지 않게. 하지만 약하지도 않게. 중도를 지키는 검.

 검을 부딪친 당소소의 얼굴이 굳어졌다.

 '뭐지?'

 겉으로 보기에는 특별할 게 없는 검이다. 화려하지도 않고, 특별한 기교가 보이지도 않는다. 그럼에도 이 검은 지금까지 그녀가 봐 왔던 검과는 무언가가 달랐다.

 당소소가 바닥을 박차고 이송백과의 거리를 벌린다. 그의 진중한 눈이 그런 그녀를 좇았다.

 "……저놈."

 백천의 입가에서 낮은 신음이 흘러나왔다.

 '이송백이라고 했었나?'

 분명 화종지회에서 봤을 때는 그리 특별한 게 없던 이다. 아니, 사실 지금도 겉모습에서는 딱히 특별한 구석이 느껴지지 않는다. 진금룡처럼 날카로운 예기가 느껴지는 것도 아니고, 다른 종남의 제자들처럼 패기로 똘똘 뭉친 것도 아니다.

 겉으로만 보자면 물에 물 탄 듯, 술에 술 탄 듯했다. 어디서나 볼 수 있는 검수일 뿐이었다. 한데 다르다.

 "뭐가 다른 거지?"

 "기본."

백천이 화들짝 놀라 고개를 돌렸다. 어느새 자신의 자리로 돌아온 청명이 봇짐에서 육포를 빼내고는 심드렁하게 말했다.

"기본이야."

"……무슨 말이냐?"

"말 그대로야. 그저 기본이지."

청명이 미묘한 미소를 머금으며 이송백을 바라보았다.

"검법이 뭐라고 생각해?"

"……검을 쓰는 방법이지."

"그래. 검을 쓰는 법. 초식으로 이루어진 검을 쓰는 방법. 그런데 그 초식이라는 건 결국 세 가지에서 벗어나지 못하지."

청명이 손가락을 폈다.

"찌른다. 휘두른다. 막는다."

그러고는 피식 웃었다.

"결국 모든 초식이라는 건 이 세 가지의 조합일 뿐이야. 검이란 애초에 그런 거지. 복잡할 게 없거든."

백천이 미간을 좁혔다.

"너무 단순화시킨 것 아냐?"

"그 단순한 것들이 모여서 복잡해지는 거야. 다시 말하면……."

청명이 살짝 뜸을 들이더니 말을 이었다.

"그 찌르고, 베고, 막는 걸 완벽하게 해낼 수 있다면 검 역시 완벽해지는 거지."

"그런데 그건……."

"그래. 거의 불가능한 일이지. 완벽이란 존재할 수 없는 개념이니까. 완벽한 검에 집착하는 건 광인이나 할 수 있는 일이야. 그런데."

청명이 의미심장하게 말했다.
"천하의 소림도, 저 콧대 높은 무당도 감히 엄두를 내지 못하는 일을 하려 한 검문이 하나 있지. 나를 중심으로 세상은 서른여섯 개의 방위로 이루어진다. 그 서른여섯 개의 방향으로 완벽하게 검을 찌르고, 휘두르고, 막아 낼 수 있다면 세상 그 누구도 두렵지 않은 천하무적의 검수가 될 수 있다고 믿은 광인들이."
"삼십육방……."
"그래, 그게."
청명이 이송백에게 시선을 고정한 채로 나직하게 말했다.
"종남의 천하삼십육검이다."

가라앉는다. 마음은 조금도 들뜨지 않았다. 손끝으로 스쳐 지나가는 공기의 감각까지 생생하게 느껴진다. 이송백은 지금 자신이 근 몇 달 중 가장 완벽하게 집중하고 있다는 사실을 알 수 있었다.
'중도.'
과하지 않고 모자라지 않도록 선을 지킨다는 것은 한쪽으로 치우치는 것보다 몇 배는 어려운 일이다. 종남의 검은 그 중도를 지키는 검. 강하지 않고, 화려하지 않고, 빠르지 않다. 하지만 종남의 검은 그 어느 검보다 완벽하다.
'진즉에 이 사실을 알았더라면…….'
그리 헛된 시간을 보내지는 않았을 텐데. 하지만 괜찮다. 그가 걸어갈 길은 이제 막 시작된 것이나 마찬가지니까. 화려함과 강함에 현혹되지 않는다. 그가 지켜 나가야 할 것은 중도. 그리고 종남의 혼이다.
당소소가 살짝 굳은 얼굴로 그런 그를 바라보았다.

'대체 뭐지, 저 사람?'

백천, 그리고 심지어 청명에게서도 보지 못한 무게감이 느껴진다. 물론 청명이야 무게감이란 게 존재하지 않는 인간이지만, 저 검에서 느껴지는 압박감이 백천의 검 이상이라는 사실이 당소소를 당황하게 했다.

'뭐 해, 당소소!'

당소소가 이를 악물었다. 상대가 자신보다 강할지도 모른다는 건 진작부터 알고 있었다. 그럼에도 그녀가 이곳에 선 이유는?

검을 들어 이송백을 겨눈다. 말은 필요하지 않다.

'나는 나의 매화를 그려 낸다.'

상대가 누구든 나의 매화를 완벽하게 그려 낸다면 두려울 것이 없다.

두 검수가 냉정한 눈으로 서로를 마주 본다. 그 팽팽한 긴장감이 전염되기라도 한 듯, 관중들은 저마다 숨을 죽이고 둘의 대치를 바라보았다.

먼저 다시 움직인 것은 당소소였다.

"타아앗!"

짧은 기합을 내지르며 이송백을 향해 쾌속하게 달려든다.

파아아앙!

그녀의 검이 허공을 갈랐다. 그리고 이송백에게로 무수히 떨어져 내렸다.

'피어나라!'

그녀가 피워 내야 하는 매화는 화산의 다른 문도들이 피워 내는 것과 그 결을 달리한다. 화산의 매화가 화려하게 피어나는 봄의 꽃이라면, 그녀의 매화는 말 그대로 화우(花雨).

화산의 제자이지만 당가의 여식. 당가에서 꽃피우지 못한 그녀의 재능은 화산의 검이 되어 온 세상에 꽃의 비를 내린다(萬天花雨).

매화분분(梅花紛紛). 화산의 검이지만 화산의 검과는 다른 당소소만의 매화가 돌풍을 맞아 흩날리는 꽃잎이 되어 이송백의 전신을 뒤덮어 갔다. 그 광경을 본 이송백의 눈빛이 낮게 가라앉았다. 하늘에서 꽃비가 내리는 것만 같다.

'아름답군.'

더없이 아름답지만, 한없이 날카로운 검. 모두 막아 내는 것은 불가능할 듯 느껴진다. 하나 이송백은 서두르지 않고 검을 휘둘렀다.

카앙! 카앙! 카아앙!

다리는 굳건하게 바닥을 딛고, 어깨는 부드럽게 풀어 완벽하게 힘을 전달한다. 팔꿈치는 채찍처럼 날렵하게 검을 휘두르고, 손목은 유연하게 충격을 흡수한다.

휘두른다. 찌른다. 그리고 막아 낸다.

화산의 매화가 온 세상을 뒤덮는다 하더라도 나를 둘러싼 세상은 그저 삼십육방(三十六方). 그 삼십육방으로 완벽히 검을 떨쳐 낼 수 있다면, 온 산에 가득한 매화의 비도 나의 몸을 범접하지 못할지니.

종남의 검은 정석의 검. 그리고 활검의 기본은 상대의 공격을 막아 내는 데 있는 것. 세상에서 그 기본에 가장 충실한 검이 바로 종남의 천하삼십육검이다.

꿈결처럼 쏟아지던 매화가 이송백을 뒤덮은 검의 벽 앞에서 그 힘을 잃어 간다. 그렇게 흩날리다 마침내 이송백의 검벽(劍壁)에 부딪혀 추락한다.

"이!"

당소소가 이를 악물었다. 하지만 여기서 포기할 순 없었다. 그녀는 다시 검을 전개하려 했다. 하나 그 순간.

파아아아앙!

대기를 가르는 소리와 함께 검벽을 깨며 돌진한 이송백의 검이 당소소의 머리를 향해 떨어졌다.

"아······."

스슷.

이송백의 검이 정확하게 그녀의 어깨에 닿아 있었다. 당소소는 아랫입술을 질끈 깨물었다.

"······제가 졌어요."

"좋은 승부였소."

이송백이 검을 회수하고는 정중하게 포권 했다.

"더없이 날카롭고 예리한 검이었소. 그 깊이가 조금만 더 깊었다면 패배한 쪽은 내가 됐을 거요."

"······승자의 여유는 인정하겠지만, 너무 잘난 척하지 않는 게 좋을 거예요. 다음에 이기는 건 내가 될 테니까."

"물론 기대하겠소."

사심 없이 웃는 이송백의 얼굴을 보며 당소소가 낮게 한숨을 내쉬었다.

'아직 멀었어.'

검수와 검수로 싸워 패배했으니 후회는 없다. 이 패배는 당소소를 더욱 강하게 만들어 줄 테니까.

"너무 의기양양한 나머지 방심했다간 큰코다칠걸요. 사형들은 나보다 훨씬 강하니까."

"알고 있소."

이송백이 살짝 뜸을 들이고는 고개를 돌려 한곳을 바라보았다.

"누구보다 잘 알고 있지. 누구보다."

선망과 투지가 뒤섞인 그의 눈빛이 닿은 곳은 청명이었다.

"나의 목표이기도 하니까."

이송백의 눈엔 더없이 진중한 빛이 가득했다. 그리고 그런 그의 시선을 받은 청명이 나직하게 중얼거렸다.

"끝은 또 다른 시작이지."

바로 저곳에서, 잿더미 속에서 종남의 새로운 씨앗이 자라나고 있었다.

종남의 진영을 향해 돌아오는 이송백에게 진금룡의 날카로운 시선이 꽂혔다.

"고작 그 정도로 의기양양하진 않겠지?"

"물론입니다, 사형."

"여기에 있는 이들이라면 저 아이 정도는 누구나 이길 수 있다."

"알고 있습니다."

진금룡이 차갑기 짝이 없는 눈으로 이송백을 노려보았다.

'마음에 안 들어.'

종남의 어른들이 열과 성을 다해 만들어 낸 검을 버리고 과거의 유물에 집착하는 것도, 아무리 말을 해도 딱히 귀담아듣지 않는 듯한 저 태도도. 하나부터 열까지 마음에 드는 구석이 없었다.

청명이 그에게 있어서 무슨 수를 써서라도 쓰러뜨리고 싶은 증오스러운 적이라면, 이송백은 지독하게 안 맞는 이였다. 상극. 그 말이 가장 어울린다.

"네 검의 길을 관철하는 것을 비난하고 싶은 생각은 없다. 하지만 꼴사나운 모습은 보이지 않도록 해라."

"명심하겠습니다."

"들어가라."

"예."

자신에게 꽂히는 사형제들의 날카로운 시선을 느끼며 이송백은 낮게 한숨을 내쉬었다.

'힘겹군.'

사실 이송백은 둔한 사람이다. 그에게는 자신의 길을 관철할 의지는 있지만, 다른 이들을 설득할 능력은 없었다. 그가 할 수 있는 일은 그저 노력하고 또 노력해서 이 길이 옳다는 것을 증명하는 것뿐이다.

하지만 그가 추구하는 종남의 검을 이루는 길은 너무도 길고 오랜 고행을 수반해야 하는 가시밭길이었다. 자리에 앉은 그는 저 멀리 보이는 화산의 진영을 향해 시선을 고정했다.

'어떻습니까, 청명 도장. 나는 옳은 길을 가고 있는 겁니까?'

누구도 해 주지 않는 대답. 그 대답을 저 청명에게 듣고 싶었다.

"죄송합니다!"

당소소가 허리를 직각으로 꺾었다.

"못난 제자가 종남에 져 버렸습니다. 어떤 벌이라도 달게 받겠습니다."

백천이 낮게 헛기침을 했다. 저 씩씩한 모습을 보니 대견스럽기도 하고 안쓰럽기도 하다. 이럴 때는 사숙으로서 힘이 될 수 있는 말을……

"소소야. 잘……."

그때 누군가 앞으로 나가더니 당소소의 어깨를 팡팡 두드린다.

"잘했어! 잘했어!"

"사형?"

"살다 보면 이길 때도 있는 거고, 질 때도 있는 거지! 그거 한 번 졌다고 벌을 받아야 하면 세상에 멀쩡한 놈은 하나도 안 남아. 어깨 펴!"

답지 않게 좋은 말을 해 주는 청명을 보며 당소소가 눈을 휘둥그레 떴다.

이 새끼가 이럴 리가 없는데? 당장 백상이 패했을 때도 혀로 난도질을 해 사람의 넋을 빼 버린 사람이 청명 아니던가.

"저, 정말 괜찮아요?"

"흐으음."

청명이 당소소를 빤히 보다가 진중한 어조로 말했다.

"당소소."

"예! 사형!"

청명의 목소리가 낮아지자 당소소가 허리에 힘을 바짝 주었다.

"검에는 최선을 다했나?"

"……."

잠시 고민하던 당소소가 두 눈을 빛내며 대답했다.

"예!"

"그래. 그럼 그걸로 됐어. 다음에는 이겨라."

"……예."

당소소가 아랫입술을 질끈 깨물었다.

"반드시!"

청명이 씨익 웃었다.

'덤으로 주워 왔다고 생각했는데.'

검수로서의 당소소는 사실 큰 기대를 하지 않았다. 하지만 그녀는 청명의 생각 이상으로 잘해 주고 있었다. 절로 칭찬이 나올 만큼 말이다.

'다른 이들도 자극을 받는 것 같고.'

당소소가 보여 준 검이 생각 이상이었는지 화산의 제자들의 얼굴에 긴장감이 돌았다. 막내에게 따라잡힐 수는 없다는 거겠지. 문파에는 엉덩이를 찔러 주는 이가 필요하기 마련이다. 당소소가 그 역할을 해 줄 수 있다면 화산은 더욱 강해질 것이다.

꾸벅 인사를 하고 자리로 돌아간 당소소가 유이설을 보고 살짝 주춤했다.

"사고, 저……."

"물."

유이설이 옆에 놓아 뒀던 물병을 당소소에게 내밀었다. 잠깐 주저하다 받아 들며, 당소소는 살짝 떨리는 눈빛으로 유이설을 보았다. 유이설은 무표정한 얼굴로 짧게 말했다.

"잘했어."

"정말요?"

"다만 손목."

"……."

"검을 쓸 때와 암기를 던질 때는 손목의 쓰임새가 달라. 그 부분을 더 고민하면 더 날카로워져."

"명심하겠습니다! 사고!"

"그래. 앉아."

"네!"

표정이 밝아진 당소소가 유이설의 옆에 앉아 활기차게 재잘대기 시작했다. 그 모습을 흐뭇하게 바라보던 백천이 청명을 향해 고개를 돌렸다.

"청명아."

"왜?"

"방금 그…… 이송백이 보여 주던 검 말이다."

"응."

"내 생각인데 그거…….''

청명이 피식 웃었다.

"우리 동룡이 많이 컸네. 그것도 알아보고."

"하지 말라고."

"흐지 믈……. 아, 또 뭔 검을 뽑고 그래."

청명이 발을 쭉 뻗어서 검집에서 뽑혀 나오는 백천의 검을 꾹 눌렀다. 그러더니 가볍게 웃으며 말을 이어 갔다.

"사숙 생각이 맞아."

"역시나."

백천이 심각해진 눈빛으로 이송백이 있는 쪽을 바라보았다.

'화산의 검과 완전히 상극이다.'

화산의 검은 말하자면 공격의 검. 천하에서 가장 화려하고, 천하에서 가장 현란하게 상대를 거듭 공격하여 완전한 승리를 얻어 내는 검이다. 도가의 검치고는 지나치게 요사스럽고 살기가 짙다는 평을 받기도 하는 게 바로 매화검법 아니던가.

반면 이송백이 보여 준 천하삼십육검은 완벽한 방어의 검. 쏟아지는 공격을 막아 내고 또 막아 내고, 완벽한 방어를 통해 승리를 노리는 검이다.

당소소와 이송백의 충돌을 보니 그 사실이 확연하게 다가왔다.

"화산과 종남이 수백 년 동안 으르렁거린 이유가 단순히 옆에 붙어 있어서라고 생각했던 건 아니지?"

"……."

"맞아?"

"……넘어가자."

청명이 '뭐 이런 덜떨어진 놈이 다 있지?'라는 눈길을 보내자 백천은 나직하게 헛기침을 했다. 어, 좀 민망하네 이거. 다행히 윤종이 그런 백천을 대신해 말을 받아 주었다.

"무학이 상극이기 때문이라는 거냐?"

"거리가 가깝고 같은 구파일방이라 매번 충돌해야 하는데 무리가 완전히 반대인 격이니 사이가 좋을 수가 없지. 내가 저놈을 이겨야 내가 옳다는 게 증명되는 격인데."

"아……."

구파일방 중에서도 나름 관계가 애매한 곳이 있기는 하지만, 화산과 종남처럼 대놓고 으르렁대는 곳은 거의 없다. 그 기이한 관계가 무리(武理)의 해석에서 시작됐다는 사실이 새삼스러운 윤종이었다.

"그런데 저 검은 이송백만 쓰던데? 다른 종남의 제자들은……. 그래, 매화검법 비슷한 걸 쓰던데?"

"새로운 검이지."

청명이 굳이 덧붙이지 않아도 될 말을 덧붙였다.

"종남을 몰락시킬."

"……하지만 겉으로 보기에는 저 검이 더 강해 보이는데."

"겉뿐이야."

청명이 단호하게 말했다.

"문파의 무학이라는 건 더 강하고 약하고가 전부가 아냐. 모든 무학은 그 문파가 추구하는 하나의 도(道), 혹은 선(善)을 따르기 마련이지. 문파의 근본을 잃고 강함만을 추구하다 보면 결국은 그 강함마저 내어놓아야 하는 법이지."

"……그럼 종남이 무너진다는 거냐? 예전 우리처럼?"

"화산은 잃은 거야."

하지만 종남은 스스로 버린 것이다. 그 차이는 생각 이상으로 클 게 분명했다. 청명은 슬쩍 이송백이 있는 쪽을 바라봤다.

"하지만 모르지. 당장의 몰락은 피할 수 없을지 모르지만, 새 씨앗이 얼마나 잘 자라느냐에 따라서 언젠가는 지금 이상의 거목이 자라날 수도 있으니까."

그리고 진중한 어조로 말을 이었다.

"흥한 것은 언젠가는 쇠하기 마련이고, 쇠한 것은 언젠가는 다시 흥하기 마련이지. 그렇게 흘러가는 게 세상이다."

그런 그를 백천이 묘한 눈빛으로 바라보았다.

"그렇게 말하니까 너 꼭 도사 같다."

"그러게요."

"안 어울리네."

"……이것들이."

버럭 하려던 청명이 피식 웃고는 자리에서 일어났다.

"그럼 나는 가서 딴 돈이나 챙겨 올게."

"아! 그 전에."

조걸이 살짝 손을 들더니 물었다.

"그러니까 네 말은 저 이송백인가 하는 놈이 얼마나 잘해 주느냐에 따라서 종남이 어떻게 될지 정해진다는 거냐?"

"아마 그럴 거야."

"……그럼 망했네."
"패망이네. 답이 없어."
"애도."
청명이 고개를 갸웃했다.
"왜?"
"대진표 안 봤냐?"
"뭘?"
조걸이 미묘한 표정으로 웃었다.
"네가 오늘 이기면 다음 상대가 쟤야."
"……."
"사숙이 진금룡, 네가 이송백."
"진짜?"
"안타깝게도?"
어……. 그건 정말 안타까운 일이네. 허허허허.

20장

네가 불씨가 될 수 있을까?

"모두 잘해 주었다."

현종이 더없이 흐뭇하게 웃었다.

"오늘 패한 이들은 아쉽겠지만 실망하지 말거라. 길고 긴 너희의 삶에서 이 비무는 그저 스쳐 지나가는 짧은 시간에 지나지 않는다."

짤그랑. 짤그랑.

"낄낄낄낄낄."

"으헤헤헤헤헤헤헤!"

"……패배에 가슴이 아프겠지만, 그 상처는 너희를 더욱 단련시킬 것이다."

짤그랑. 짤그랑.

"ㅎㅎㅎㅎㅎ."

"꺄르륵! 꺄륵!"

"……그러니 실망하지 말고 본분을 다하…… 다하여……."

짤그랑. 짤그랑. 짤그랑.

"여기 자루 하나 더!"

"자루 하나 더!"

"화, 화산의 제자임을 잊지 말고……."

짤그랑. 짤그랑.

"에라이! 이 썩을 놈들아!"

현종이 손에 들고 있던 부채를 청명을 향해 냅다 던졌다. 그러자 청명의 옆에 있던 현영이 뒤도 돌아보지 않고 손을 뻗어 날아드는 부채를 휙 잡았다. 그러더니 옆에 턱 하고 내려놓는다.

"왜 또 화를 내고 그러십니까, 장문인?"

그 태연자약한 모습에 현종의 얼굴이 시뻘겋게 달아올랐다.

"그놈의 돈 좀 다른 데 가서 세면 안 되느냐!"

"저희가 먼저 자리를 잡았는데 장문인이 오신 것 아닙니까. 장문인, 최근에 권위적으로 변하셨습니다."

현종의 눈이 흔들렸다. 내가? 권위적으로? 옆에서 청명이 고개를 주억거리며 추임새를 넣었다.

"거기에 올챙이를 발로 차는 개구리가 되셨죠. 돈을 세는 데 방해를 하다니! 예전 같으면……!"

"……."

현종의 어깨가 축 늘어졌다. 그러자 백천이 가만히 다가와 현종의 양어깨를 잡고 가볍게 주물렀다.

"힘내십시오, 장문인. 저희는 다 이해합니다."

"……."

하지만 현종이 그러거나 말거나 현영과 청명, 그리고 위립산은 말 그대로 축제를 벌이고 있었다. 자루마다 가득가득 들어찬 금자와 은자, 그리고 전표를 분류하고 세는 손길이 쾌속하기 짝이 없다.
"으헤헤헤헤헤헷! 이게 다 얼마야!"
"장로님, 수수료로 번 돈이 장난이 아닙니다!"
"백상아! 가서 자루 하나 더 가져오거라! 하하하핫! 돈을 보관하는 게 문제구나, 문제야!"
"그건 제 자루예요! 건드리지 마세요! 손모가지 날아가니까!"
"거 깐깐하기는!"
그 혼란의 장을 보던 현종이 한 손으로 얼굴을 푹 감쌌다.
'숫제 도박판에서 큰돈을 번 흑도 놈들이 정산하는 모양새가 아닌가.'
만면에 비열한(?) 웃음을 띠고 돈을 세는 세 사람을 보고 있으니 여기가 화산의 처소인지 청명파의 처소인지 구분이 가지 않았다. 그리고…….
'저놈은 또 왜 저기 껴 있어.'
현영의 옆에서 열심히 돈을 나르는 백상을 보고 있으니 속에서 열불이 나다 못해 입으로 불도 뿜을 수 있을 것 같았다.
"끄으으응. 이 좋은 날에…….'

오늘 화산은 더없이 좋은 성적을 거두었다. 몇몇 패한 제자가 생겼다는 것은 안타까운 일이지만, 그럼에도 육십사 강에 열 명의 제자를 올리는 기염을 토했다. 천하의 명문들이 모두 참가한 비무 대회에서 살아남은 예순네 명 중 화산의 제자가 열 명이나 된다는 건 정말 대단한 일이다.

더구나 오늘 비무에서 화산의 제자들이 선보인 매화검법은 관중들과 타 문파에게 확연한 인상을 남겼다. 경사에 경사가 겹쳐 겹경사가 난 것이나 다름없는데…….

"……그래, 저것도 경사지. 그래."

돈을 번 것도 경사지. 돈을 번 것도. 저리 떼돈을 벌어 왔는데 지켜보는 사람이 속 터지게 만드는 것도 재주다! 이 망할 것들아!

현종이 깊이 심호흡을 하고 입을 열었다.

"여하튼 오늘은 푹 쉬고 내일도 최선을 다하거라."

"예, 장문인!"

"에잉!"

현종은 꼴도 보기 싫다는 듯 몸을 휙 돌렸다. 그때, 그의 등 뒤에서 나직한 대화가 들려왔다.

"왜 저러신대요?"

"쯧쯧쯧. 너는 아직도 장문인의 깊은 뜻을 모르느냐?"

"네?"

현영이 살짝 청명을 나무라는 소리에 현종이 살짝 미소를 지었다. 그래도 장로라고 저놈이…….

"돈을 그리 벌었는데 장문인 용돈도 안 챙겨 드리니 속이 상하신 것 아니더냐! 그 정도는 미리 짐작해서 적당히 찔러 드려야지."

"아! 그러네. 제가 그 생각을 못 했네요."

"어서 드리거라. 쯧쯧."

현종이 눈을 까뒤집었다.

'저…… 저런 걸 장로라고 내가……. 내가!'

그때 청명이 쪼르르 달려와 현종의 품 안에 금자를 슬쩍 찔러 넣었다.

"애들 모르게 쓰십시오, 장문인."

"……"

"헤헤. 부족하시면 또 말씀하시고요."

"청명아."

"예?"

"……고맙다."

"헤헤. 별말씀을요. 헤헤헤."

속이 뒤집어지는 건 뒤집어지는 거고, 오는 금자를 밀어 내지는 않는 현종이었다.

아니, 뭐 이 정도는 받아도 되잖아.

……안 그래?

* ◈ *

"패배는 있을 수 없다."

종리곡의 눈빛에 서늘한 살기가 어린다. 종남의 제자들이 바짝 긴장한 채 고개를 끄덕였다.

"나는 너희에게 우승 같은 것은 바라지 않는다. 할 수 있다면 좋은 일이지만, 하지 못해도 그저 아쉬운 정도일 뿐이다. 하나, 화산에 패배한다는 것은 다르다."

화산과 패배라는 말이 나오자 구석에 있던 종서한이 움찔하고 고개를 숙였다. 종리곡이 그런 종서한에게 매몰찬 눈길을 보냈다.

"다른 문파에 패하는 것은 상관없다. 하지만 화산에는 더 이상 패해서는 안 된다. 중인들은 오로지 결과만을 보고 말을 부풀리는 족속들이다. 우리가 또 화산에 패한다면 한동안 종남은 화산에 미치지 못하는 문파로 평가받을 수밖에 없다. 너희는 그 굴욕을 감내할 수 있느냐?"

"없습니다."

진금룡이 차가운 얼굴로 대답하자 종리곡이 마음에 든다는 듯 고개를 끄덕였다.

"진금룡."

"예, 장문인."

"특히 너는 패해서는 안 된다."

"명심하겠습니다."

종리곡의 시선이 진금룡과 뒤쪽에 좌정하고 있는 진초백을 훑었다.

"……그럴 리는 없겠지만, 사사로운 정에 휩쓸려 낭패를 보는 일이 없도록 하거라."

"절대 그런 일은 없을 것입니다. 저들을 모조리 쓰러뜨리고 종남의 명예를 수복하겠습니다."

"좋다."

종리곡이 가만히 고개를 끄덕였다. 그러더니 고개를 돌려 이송백을 바라보았다.

"이송백. 너도 마찬가지다."

"예, 장문인."

"네게 많은 것을 바라지는 않는다. 하지만 맥없이 지는 일은 없도록 하거라."

기대가 다르다. 상대가 다른 이유도 있겠지만, 이송백은 알고 있었다. 그가 익히는 것이 과거 종남의 무학이기에 딱히 제지하지 않을 뿐, 그에게 기대를 하는 이는 더 이상 종남에 존재하지 않는다.

특이한 이단아. 그게 최대한 좋은 말로 평가한 이송백의 처지였다.

"종남의 명예를 더럽히는 일은 없도록 하겠습니다."

하나 그는 그저 담담히 대답할 뿐이었다. 그 말을 끝으로 종리곡은 더 이상 이송백에게 관심을 주지 않았다.

"명예를 드높이는 자에게는 그에 걸맞은 상이 주어질 것이고, 명예를 더럽히는 자에게는 응당한 벌이 주어질 것이다. 너희 스스로 종남의 이름 앞에 부끄럽지 않은 이라는 것을 증명해라."

"명심하겠습니다, 장문인."

종리곡은 차가운 눈으로 모두를 훑어본 뒤 휙 밖으로 나갔다. 그러자 남은 종남의 제자들이 다들 억누르고 있던 한숨을 동시에 내쉬었다. 가장 뒤쪽에서 그 모습을 바라보던 이송백은 가만히 눈을 감았다.

'어쩌다 이렇게 되어 버렸을까?'

삭막하다. 너무도 차갑다. 과거의 종남은 이렇지 않았다. 그런데 종화지회의 참담한 패배 이후 종남은 마치 다른 문파가 되어 버린 것만 같았다.

"이송백."

저를 부르는 소리에 이송백이 고개를 들었다.

"사마 장로님."

과거 종화지회에서 종남을 이끌었던 사마승이 퀭한 눈으로 그를 바라보고 있었다. 그때의 참담한 패배 이후 사마승은 십 년은 더 늙어 버린 듯 초췌한 몰골이 되었다.

얼굴은 마음을 담는다고 하던가? 과거의 사마승은 엄격하고 차가운 사람이기는 했지만, 그럼에도 제자들을 품는 여유가 있었던 사람이다. 하지만 지금의 그에게서는 그저 신경질적인 괴팍함만이 느껴졌다.

"따라 나오너라."

"……예."

이송백은 잠자코 고개를 끄덕이고 사마승을 따라 밖으로 나섰다.

소림의 전각을 벗어나 한참 숲으로 들어간 사마승은 주변에 더 이상 인기척이 느껴지지 않는다는 것을 확인하고서야 이송백을 돌아보았다.

"네 상대가 누군지 알고 있겠지?"

"예. 화산신룡입니다."

"내 앞에서 그 저주스러운 별호를 입에 담지 마라."

"……예."

사마승의 얼굴에 독기가 어렸다. 화산신룡이라는 별호는 청명이 종화지회에서 종남의 이대제자들을 연파하며 얻은 별호다. 다시 말해, 그 별호에 종남의 굴욕이 고스란히 담겨 있다는 뜻이다.

"그래. 그 청명 놈이 네 상대다. 너는 그놈을 이길 자신이 있느냐?"

이송백은 대답을 하지 못했다. 청명을 이긴다?

"……그저 최선을 다할 뿐입니다."

"그런 물렁한 대답은 필요 없다. 대답해 보거라. 청명을 이길 자신이 있느냐?"

이송백이 낮은 한숨을 내쉬었다.

"……없습니다."

"그렇겠지."

자신이 원하는 대답이 나왔다는 듯 사마승은 쉴 틈도 주지 않고 몰아붙였다.

"너도 알겠지만, 지금 종남에서는 그놈을 막을 이가 없다."

"……."

"너는 물론이고, 진금룡도 그놈을 당해 내지 못한다. 알고 있겠지?"

"……예."

이송백이 작은 목소리로 대답했다.

"하지만 종남은 반드시 그놈을 이겨야 한다. 아니, 이기는 것도 중요하겠지만 반드시 죽여야 한다."

"자, 장로님."

"우선 들어라!"

"……예."

사마승의 눈빛에 한기가 넘실거렸다.

"화산과 종남은, 하나가 흥하면 하나가 쇠하는 운명을 타고났다. 화산이 맹위를 떨칠 때 종남은 쇠락했고, 종남이 전성기를 구가할 때 화산은 멸문 직전까지 갔었지. 알고 있느냐?"

"……그게 어찌 꼭……."

"현실을 부정할 것 없다. 사실을 사실이라 인정하지 못한다면 아무것도 할 수 없는 법이다."

사마승이 이를 갈아붙이며 말했다.

"너는 알고 있을 것이다. 지금 종남은 힘을 잃어 가고 있다. 그 망할 종화지회 이후 종남은 활력을 잃었고, 빛을 잃었다. 반면 화산은 완전히 몰락한 것이나 마찬가지였던 상황에서 부활하는 중이지. 이게 현실이다."

이송백은 고개를 푹 숙였다. 설령 그게 사실이라 해도 왜 사마승이 이리 따로 불러내어 이런 말을 하는지 이해할 수 없었다.

그때, 사마승이 의미심장한 눈으로 이송백을 바라보다가 입을 열었다.

"너는 종남을 위해 어디까지 할 수 있느냐?"

"……무슨 말씀이신지?"

"말 그대로다. 종남을 위해 네 목숨을 내어놓으라면 내어놓겠느냐?"

이송백이 가만히 사마승을 바라보다 고개를 끄덕였다.

"그럴 것입니다."

"네 명예를 내어놓으라면?"

"그리할 것입니다."

"그럼 너는 종남을 위해 모든 것을 내어놓을 수 있느냐? 설사 남은 세월은 그저 치욕으로 살아간다 하더라도?"

"망설이지 않겠습니다."

사마승의 입가에 비릿한 미소가 맺혔다.

"그래. 종남의 제자라면 그래야지."

사마승이 품 안에 손을 찔러 넣더니 작은 약병 하나를 꺼내었다.

"받거라."

이송백은 선뜻 손을 내밀지 못하고 사마승이 내민 병을 빤히 바라보았다.

"이게 무엇입니까?"

"긴말할 것 없다. 일단은 받아라."

이송백이 살짝 머뭇대다가 결국 그 작은 병을 받아 들었다. 사마승이 퀭한 눈으로 그를 빤히 바라보다 말했다.

"내일 비무에 나서기 전에 검에 그걸 바르거라."

"······장로님?"

"묻지 마라."

사마승이 단호하게 말했다. 눈이 괴이한 광채로 번들거리는 듯했다.

"비밀은 아는 이가 적을수록 좋은 법이다. 너조차 그게 뭔지 알 필요가 없다. 만약 문제가 생긴다면 너는 아무것도 모른다고 대답해야 한다."

"장로님, 이건…….."

"내 말하지 않았느냐. 네 모든 것을 버릴 각오가 되어 있느냐고."

이송백이 입술을 질끈 깨물었다. 물론 그는 종남을 위해 목숨까지 희생할 각오가 되어 있다.

하지만 그것과 이건 다른 문제가 아닌가?

"장로님. 화산신룡에게 독 같은 건 통하지 않습니다. 그리고 비무에서 독을 사용한다는 건 종남의 명예를…….."

"독이 아니다."

"……예?"

사마승이 득의양양한 미소를 입가에 담았다.

"내가 그리 허술한 사람으로 보이느냐? 아무도 알지 못하고 아무도 모를 것이다. 하지만 그건 그놈을 확실하게 죽일 수 있는 물건이다. 너는 그저 네 몸에 묻지 않도록 검에 그 액을 바르고 그놈의 몸뚱어리에 생채기 하나만 내 주면 된다."

이송백은 굳은 얼굴로 사마승을 바라보았다.

'이렇게까지 되어 버린 건가.'

이건 타락이다. 어찌 협과 의를 표방하던 종남에서 이런 치졸한 수가 나온다는 말인가?

"장로님, 저는…….."

"이송백."

사마승이 싸늘하게 그의 말을 자르며 일갈했다.

"사문의 명을 거역하겠다는 것이더냐?"

"…….."

"너는 어차피 진금룡이 될 수 없다. 사문의 기대를 받는 이도 아니고,

되레 예전보다 퇴보하고 있지. 네가 진정 사문의 은혜를 갚겠다면 스스로를 두엄 더미에 넣는 것도 마다하지 않아야 한다."

음산하기 그지없는 목소리였다.

"설마 너를 기르고 가르친 사문을 배반하겠다는 건 아니겠지?"

이송백의 눈이 거세게 흔들렸다.

"시키는 대로 하거라. 그럼 모든 것이 해결될 테니."

단호한 사마승의 말에 이송백이 막 입을 열려는 찰나였다.

"그게 해결일 리가 있습니까?"

등 뒤에서 싸늘한 목소리가 들려왔다. 깜짝 놀라 고개를 돌린 두 사람의 눈에 익숙한 이의 얼굴이 보였다.

"지, 진금룡."

"사형?"

진금룡은 숫제 철갑이라도 덧쓴 듯 차가운 얼굴로 다가왔다. 그러더니 이송백에게 손을 내밀었다.

"내놓아라."

"사형."

"내 말을 듣지 않을 셈이냐?"

이송백이 말없이 손에 든 병을 그에게 넘겼다. 그러자 그는 그것을 받자마자 바닥에 던지고 발로 짓밟았다.

퍼석!

병이 그대로 깨지며 안에 든 액이 바닥에 흩어졌다.

"뭐, 뭐 하는 짓이더냐!"

사마승이 기겁을 하여 소리쳤다. 그러나 진금룡은 그저 싸늘하게 대꾸할 뿐이었다.

"장문인께서 최근 사마 장로님을 멀리하신다 싶더니. 과연 이제는 노망이라도 나신 모양이군요. 모두가 지켜보고 있는 앞에서 이런 수작질을 벌이다 들키기라도 하는 날엔 종남은 기둥뿌리조차 남지 않게 됩니다."
"들킬 리가 없다고 하지 않느냐!"
"장로님."
진금룡이 사마승을 매섭게 노려보았다.
"문파의 녹을 먹은 이는 그 은혜를 갚아야 한다고 하셨습니까?"
"그렇다! 왜 모르느냐?! 이대로라면……."
"그럼 가서 그 검으로 청명과 동귀어진이라도 하십시오."
"……뭐, 뭐라?"
진금룡의 눈에 경멸이 어렸다.
"해야 한다면 본인이 직접 하십시오. 장로님께서 칼에 독을 바르고 청명을 습격한다고 해도 말리지 않겠습니다. 대신!"
잔뜩 굳어진 얼굴로, 그는 씹어 뱉듯 힘주어 말했다.
"제 사제를 건드리지 마십시오."
"…….."
사마승의 눈빛이 노기로 넘실거렸다. 그러나 진금룡은 한 치도 물러나지 않았다. 그저 싸늘한 눈빛으로 눈앞의 장로를 노려볼 뿐이었다.
"……멍청한 놈 같으니."
결국 사마승이 이를 갈며 몸을 휙 돌렸다. 그러고는 뒤도 돌아보지 않고 멀어져 갔다. 그가 사라질 때까지 뒷모습을 지켜보던 진금룡이 중얼거렸다.
"멍청한……."
이윽고 그의 시선이 이송백에게로 향했다.

"사형……."
"장로님을 비난할 생각은 하지 마라."
"……."
"사람의 여유는 곳간에서 나오는 법이고, 무인의 여유는 무학에서 나오는 법이다. 평생 믿어 왔던 문파가 흔들리는데 제정신을 유지할 이가 얼마나 있겠느냐."
"……비난하지 않습니다."
"그걸로 됐다."
진금룡이 몸을 휙 돌려 걸어갔다. 이송백은 다급히 그를 불러 세웠다.
"사, 사형."
"……."
진금룡이 걸음을 멈추었다.
"절 도와주신……."
"착각하지 마라."
그가 획 돌아보며 으르렁거리듯 말했다.
"나는 종남이 저따위 치졸한 수를 쓰는 걸 용납할 수 없을 뿐이다. 청명은 내 손으로 꺾는다. 네 도움 같은 건 필요치 않다."
"……예."
"그리고."
진금룡이 지금까지와는 다르게 조금 머뭇거렸다. 그러다 나지막하게 말했다.
"이송백."
"예, 사형."
"나는 네놈이 싫다."

"……."

"하나, 네가 싫다 해도 너는 나의 사제고, 나는 너의 대사형이다. 사제가 잘못된 길로 빠지지 않게 하는 것은 나의 당연한 의무다. 좋고 싫음을 떠나 네가 위기에 처한다면 나는 응당 너를 보호할 것이다. 그게 종남의 장문인이 될 사람으로서 가져야 할 마음가짐이니까."

"사형."

이송백과 시선을 마주한 진금룡이 나지막하게 단언했다.

"청명은 너로서는 넘을 수 없는 벽이다."

"……알고 있습니다."

"부딪쳐서 깨져라. 네 복수는 내가 해 줄 테니까."

"……."

그 말을 끝으로, 그는 뒤도 돌아보지 않고 산을 내려갔다. 멀어져 가는 대사형의 뒷모습을 가만히 바라보던 이송백은 낮게 한숨을 내쉬었다.

'사형.'

사실 종화지회 이후 가장 많이 변한 사람은 진금룡일 것이다. 청명에 대한 그의 집착은 지켜보는 이들마저 섬뜩하게 했다. 이제는 종남 내에서도 그를 경원시하는 이들이 생겨나고 있을 정도다. 다만…….

'그럼에도 사형은 사형이시군요.'

이송백이 눈을 감았다.

'내가 되돌릴 수 있을까?'

이 변해 가는 문파를 과거처럼 돌려놓을 수 있을까?

아직은 알 수 없다. 그 해답은 아마 내일 찾을 수 있을 것이다. 바로 내일.

• ◈ •

아침 햇살이 창으로 밀고 들어온다. 그리고 새 지저귀는 소리가 귀를 간질이기 시작했다.

백천은 가만히 눈을 떴다. 이불을 밀어낸 그는 상체를 일으키고 주변을 살짝 둘러보았다. 실로 고요하고, 평화롭기 짝이 없는 아침이다. 하나 백천에겐 단순히 평화로운 아침일 수 없었다.

'오늘이로군.'

창밖을 바라보는 백천의 눈빛이 낮게 가라앉았다.

이윽고 이마에 영웅건을 질끈 동여맨 백천이 동경(銅鏡)에 비친 자신의 모습을 가만히 바라보았다. 화산의 검은 무복과 가슴에 새겨진 매화 무늬, 그리고 이마에 맨 새하얀 영웅건까지.

새삼 그는 자신이 화산의 제자라는 것을 실감했다. 그리고 상상해 보았다. 화산의 무복이 아닌 종남의 무복을 입은 자신의 모습을.

'닮았군.'

자신의 모습에 진금룡의 모습이 겹쳐 보였다. 어린 시절 모종의 사고로 헤어졌다고 해도 마주치는 순간 서로가 형제라는 것을 바로 알 수 있을 만큼, 두 사람은 쏙 빼닮았다.

낮게 한숨을 쉰 그는 의자에 앉아 검을 뽑았다. 그리곤 삼베에 기름을 먹여 검을 닦기 시작했다.

스으으읏. 스으으읏.

검을 닦아 낼 때마다 마음이 조금씩 진정되는 느낌이다.

어쩌면……. 어쩌면 조금 다른 선택지가 있었을지도 모른다. 집을 뛰쳐나와 화산에 입문하지 않고, 종남에 남아 진초백의 가르침을 받으며 진금룡의 뒤를 좇는 삶 말이다. 그랬다면 아마 지금과는 많이 달라졌을 것이다.

후회하냐고? 천만에. 피가 이어지지 않아도, 태어난 이래로 쭉 함께하지 않아도 가족일 수 있다. 이제 그의 가족은 진씨 일가가 아니다. 오로지 화산만이 그의 가족이다.

오늘 비무는 그 모든 것을 확인하는 자리가 될 것이다. 그러니 조금 더 마음을 날카롭게 가다듬…….

쾅!

"…….”

"사숙, 일어났어?"

"…….”

문을 박차고 들어온 이에게로 향하는 백천의 눈이 떨렸다.

"문은 발로 차는 게 아니라 손으로 여는 거라고 내가 몇 번을…….”

"아, 뭐래. 장문인이 빨리 오래.”

"…….”

청명이 놈 뒤로 윤종과 조걸이 고개를 빼꼼 내밀었다.

"사숙, 가시죠.”

"저희는 준비 다 끝났습니다!”

백천은 세 사람을 가만히 바라보다가 피식 웃고 말았다. 그래, 아무렴 어떤가. 아무래도 좋다.

'내 가족은 이곳에 있다.'

그는 미소를 지으며 자리에서 일어났다.

"오냐, 이놈들아. 가자!”

"오? 자신만만한데! 형을 두들겨 패는 패륜을 저지를 의욕이 충만해 보이네!"

아……. 저 새끼는 빼자. 저 새끼는.

• ❖ •

관중들은 오히려 이전보다 조금 조용해졌다. 그 많고 많았던 참가 인원 중 이제 남은 이는 겨우 예순하고 넷. 그동안 어느 문파가 더 활약하는가에 관심을 가지던 관중들은 이제 슬슬 누가 우승하는가에 초점을 맞추기 시작했다.

"아무래도 남궁세가의 남궁도위가 가능성이 제일 높지 않겠나?"

"무슨 소리! 이번에야말로 팽가가 남궁세가를 넘을 때일세."

"이 답답한 사람아. 오대세가는 구파일방을 못 넘는다니까 그러네. 우승은 소림의 혜연이 할 게 분명하네."

"무당을 빼놓을 수는 없지!"

천 명의 사람이 있으면 천 개의 시선이 있기 마련이다. 같은 비무를 보았지만 제각기 서로 다른 이를 우승자로 뽑았다.

"구파일방과 오대세가가 아닐 수도 있지."

"그건 또 무슨 소린가?"

"화산이 있지 않은가."

"아, 화산! 그렇지!"

화산이라는 말이 나오자 중인들이 일제히 고개를 끄덕이기 시작했다. 대회가 시작되기 전이었다면 미친놈 소리와 함께 손가락질이 쏟아졌을 말이었다. 하지만 이제는 누구도 이의를 표하지 않았다.

"화산신룡이라면 충분히 우승을 노려 볼 만하지!"

"화산신룡은 물론이고 화정검 백천도 만만치 않아. 지난 비무에서 그가 보여 준 검은 정말 놀라웠네. 화산의 검이 그토록 아름답고 화려할 줄 누가 상상이나 했겠는가?"

"모르는 소리! 예전부터 화산은 매화검문이라 불리는 곳이었네. 그들의 검은 강호에서도 손꼽히게 강한 것으로 유명했지."

"그런데 왜 망했는가?"

"망하기는! 저리 강한데 뭘 망했다고."

"구파일방에서 쫓겨나지 않았는가."

"자세한 사정은 모르지만 하나는 알지."

"응?"

말을 하던 이가 씨익 웃으며 말을 이었다.

"이번에 화산이 우승을 한다면 다시 구파일방에 드는 것도 가능성이 없는 이야기는 아니겠지."

"허어. 그도 그렇구면."

사람들의 시선이 슬쩍슬쩍 화산이 있는 곳으로 향한다.

'구파일방이 바뀐다라…….'

예로부터 구파일방은 강호를 대표하는 상징이나 마찬가지였다. 그리고 흔치 않은 일이지만, 기세를 잃은 문파가 구파일방에서 빠지고 새로운 문파가 구파일방에 드는 일도 종종 벌어지곤 했다.

하나, 한번 구파일방에서 쫓겨났던 문파가 다시 그 자리를 되찾는 일은 지금까지 단 한 번도 없었다.

'정말 그런 일이 벌어진다면?'

'이거, 정말 재미있게 돌아가는군.'

중인들은 기이한 기대감을 안고 화산을 바라보기 시작했다.

"청명아."
"응?"
"너도 들리지?"
"뭐가?"
"사람들이 수군대는 소리 말이야."
"그게 왜?"
청명이 의아한 듯 조걸을 돌아보았다. 그러자 조걸은 주변에 장로들이 없다는 걸 확인한 뒤 나지막하게 물었다.
"우리가 우승하면 정말 구파일방에 복귀할 수 있냐?"
"응?"
청명의 눈이 크게 뜨였다. 그 순간 다른 사형제들의 시선이 두 사람을 향해 쏠렸다.
"구파일방?"
"우리가 구파일방에 들어간다고?"
화산 제자들의 얼굴이 뻘겋게 상기되기 시작했다.
'구파일방이라니.'
'세상에! 언감생심 그런 걸 바라도 되는 건가?'
빚쟁이들에게 전각을 빼앗기고 화산의 현판을 내려야 할 거란 말이 나왔던 게 불과 삼 년 전이다. 그런데 고작 삼 년 만에 구파일방이라니.
호사가들의 말을 진지하게 믿는 건 결코 아니지만, 저런 이야기가 나온단 사실 자체가 달라진 화산의 위상을 말해 주는 것과 다름없었다. 그러니 화산의 제자들로서는 뿌듯하기 이를 데 없었다.

때마침 윤종이 추임새를 넣기 시작했다.

"생각해 보면 이상할 것도 없지 않나?"

"예?"

"구파일방에 드는 조건이야 여러 가지가 있겠지만, 무엇보다 무력이지. 우리는 지금 화산의 무력이 구파에 뒤지지 않는다는 걸 증명하고 있잖아."

그는 잠깐 말을 멈추고 마른침을 삼켰다.

"지금 당장은 무리일지 모르지만, 이대로만 간다면 구파에 복귀하는 것도 꿈은 아닐지 몰라. 그렇게 되면 정말로 과거의 화산이 가졌던 영광을 재현하는 거지."

모두가 잠깐 생각에 잠겼다. 그리고 이내 꿈에 부풀어 올랐다. 하지만 세상에는 다른 사람이 행복해하는 것을 곱게 지켜봐 주지 않는 인간이 있기 마련이다.

"어딜 다시 들어가?"

"……응?"

"구파일바아아아아아아앙?"

"…….."

청명이 모로 고개를 꺾는 모습을 본 조걸은 자신도 모르게 눈을 질끈 감았다.

'왜 또?!'

'아니, 저건 갑자기 왜 저러냐?'

'누가 말실수했냐, 누가!'

사형제들이 슬금슬금 고개를 돌렸다. 이럴 때는 저 미친 악귀 놈과 눈을 마주치면 안 된다.

"아니, 이 양반들이 돈 없어 빌어먹더니 정말 거지 근성이 생겼나! 어딜 다시 들어가? 구파일방? 우리가 거길 왜 들어가. 사형들은 자존심도 없어?"

청명이 눈을 희번덕거리며 언성을 높였다.

"세상에, 얼마나 자존심이 없으면 화산이 쓸모가 없다고 걷어차 낸 놈들한테 고개를 숙이고 다시 들어갈 생각을 할 수가 있어? 왜? 그럴 거면 종남한테도 가서 다시 잘 지내보자고 궁둥이 살랑살랑 흔들어 보시든가!"

"아니, 그런 의미는 아니고……."

"저것들이 제발 다시 들어와 달라고 와서 무릎 꿇고 빌어도 구파에는 다시 안 들어가. 다 엿이나 까 잡수라 그래!"

청명은 이제 과열되다 못해 거의 게거품을 물 기세였다.

"내가 저 구파 새끼들만 생각하면 승질이 뻗쳐서! 아주 내가 승질이 그냥! 막 그냥!"

"지, 진정해라, 청명아! 내가 잘못했다!"

숫제 뒤로 넘어가기 직전인 청명을 보며 조걸이 식은땀을 뻘뻘 흘렸다.

사실 이건 청명의 입장에선 당연한 일이다. 다른 제자들이야 화산이 구파일방에서 쫓겨났다는 사실에 큰 감흥이 없다. 입문할 때부터 화산은 구파일방이 아니었으니까. 그저 문파가 쇠락하여 그 자격을 잃었을 거라 생각할 뿐이다.

하지만 화산이 쫓겨난 상황에 어떤 비사가 숨어 있는지 아는 청명은 구파 소리만 들어도 경추가 땅겨 왔다. 거들먹거리는 면면들에 하나하나 매화나무를 처박아 버리고 싶은 심정인 것이다.

그런데 뭐? 구파일방으로 복귀를 해?

"안 해, 안 해! 거저 줘도 안 해! 구파는 얼어 죽을, 다 꺼지라 그래!"

"알았으니 진정 좀 해라!"

조걸과 윤종이 청명을 잡고 힘겹게 만류했다. 하지만 그래도 진정할 기미가 없자 결국 도움을 요청했다.

"사숙, 이 녀석 좀 어떻게 해 주십시오!"

하지만 백천은 심드렁한 표정으로 인상을 찌푸렸다.

"왜? 틀린 말도 아니구만."

"……네?"

그러더니 단호하게 말했다.

"너희는 자존심도 없느냐? 우릴 버린 곳으로 다시 고개를 숙이고 기어 들어 가겠다고? 나는 반대다. 구파일방이 뭐 그리 대단하다고."

"……."

윤종과 조걸이 빙그레 웃었다. 아, 저 인간도 날이 갈수록 답이 없어지는구나. 하지만 백천은 싸늘한 어조로 다시 딱 잘라 말했다.

"농담이 아니다."

사뭇 진지한 어조에, 화산의 제자들이 살짝 긴장하며 얼굴을 굳히고 그를 바라보았다.

"우리가 해야 할 일은 좋은 성적을 내어 저들에게 잘 보이는 게 아니다. 화산이 구파일방에 들지 않아도 오롯이 훌륭한 문파일 수 있음을 증명하는 것이다."

청명이 크게 고개를 주억거렸다.

"그렇지, 그렇지."

그러더니 가만히 백천을 응시하다 입을 열었다.

"그러려면 뭘 해야 하는지 알지, 사숙?"

"그래. 알고 있다."

백천의 시선이 비무대로 향했다. 결전의 순간이 다가오고 있었다. 그는 검을 들고 자리에서 일어났다.

"화산의 검이 구파의 검에 뒤지지 않는다는 걸 이곳에 있는 모두에게 증명해야겠지."

청명이 씨익 웃었다.

"이기고 와."

"물론이지."

백천은 짧게 심호흡한 후 비무대를 향해 걸었다. 앞에서 현상이 결연한 얼굴로 그를 기다리고 있었다.

"장로님, 다녀오겠습니다."

"백천아."

"예."

그는 진중한 어조로 힘주어 말했다.

"네게는 큰 짐이 되는 승부임을 알고 있다. 하지만 네가 보여 주어야 한다. 다름 아닌 네가."

"알고 있습니다. 걱정 마십시오."

"그래. 믿고 기다리마."

현상이 응원과 격려의 의미로 백천의 어깨를 툭툭 쳐 주었다. 마침내 백천은 고개를 끄덕이곤 비무대로 향했다.

'내가 증명해야 한다.'

백천은 그 말의 의미를 알고 있었다.

청명이 아니다. 청명은 화산의 검을 증명할 수 없다. 그는 천재를 넘어선 이니까.

청명은 화산이 아닌 다른 어떤 문파에 들어갔어도 천하제일인이 되었을 것이다. 심지어 저잣거리 삼류 문파에 들어갔어도 그 무공을 뜯어고쳐 천하제일인을 노렸을 인재다. 그런 이에게 어떤 문파에서 성장했는가는 아무런 의미가 없다.

그러니 백천이 증명해야 한다. 화산의 검이 결코 구파의 검에 뒤지지 않음을. 아니, 구파라는 허울 없이도 오히려 그 허울을 뒤집어쓴 이들보다 더욱 강할 수 있다는 걸 말이다.

마침 비무대의 건너편에서 익숙한 이가 올라오고 있었다. 그래, 증명해 보일 것이다. 바로 저 진금룡을 상대로.

탁.

비무대에 오른 백천은 고개를 들어 하늘을 바라보았다. 푸르다. 구름 한 점 없는 하늘은 너무도 높아, 바라보고 있는 것만으로도 빨려 들어갈 것 같았다.

'그날도 이랬었지.'

그가 집을 뛰쳐나와 화산으로 향했던 날. 그날의 하늘도 이처럼 맑고 깨끗했다. 그때 그가 품었던 의지를, 그때 그가 선택한 길을 증명할 시간이다.

백천이 서서히 고개를 내렸다. 진금룡의 표정은 차갑기 그지없었다. 싸늘하게 굳은 얼굴과 언뜻언뜻 드러나는 냉막한 살기는 진금룡의 인상을 완전히 바꿔 놓았다. 과거의 진금룡을 아는 이라면 안타까워할 만한 변화다.

하지만 검수로서는?

'마치 잘 벼린 검 같군.'

너무나도 날카롭게 벼려져, 닿는 것만으로 모든 것을 베어 버릴 듯한 검.

지금 진금룡의 인상이 딱 그러했다. 그간 얼마나 자신을 몰아붙였으면 저렇게 된 걸까? 가는 길이 다르기에 대적할 수밖에 없지만, 진금룡의 의지에는 순수한 경의를 표하는 백천이었다.

"화산의 백천이 종남의 진금룡에게 비무를 청합니다."

짧게 기수식을 취한 백천이 진중한 눈으로 진금룡을 바라보았다. 그러자 진금룡의 입가가 살짝 말려 올라갔다.

"건방진 놈."

스르르릉.

이윽고 그의 검이 뽑혀 나왔다. 내리쬐는 햇살을 받은 검은 새하얗게 빛을 뿜어냈다.

"인정하지."

"……."

"너는 강해졌다. 과거의 그 어리숙하고 치기만으로 가득했던 놈이 어느새 한 사람의 검수가 되었구나."

백천의 몸이 움찔했다. 진금룡을 보는 눈에 당황한 빛이 스쳤다. 그는 지금껏 살면서 단 한 번도 진금룡에게 인정받지 못했다. 그 흔한 입에 발린 칭찬조차도 들어 본 적 없다. 한데 이런 상황에서 그 진금룡이 백천을 향해 인정한단 발언을 한 것이다.

"하지만."

그러나 진금룡의 말은 끝나지 않았다. 그는 입꼬리를 뒤틀며 웃었다.

"아직 멀었어."

"……."

"오늘 알게 해 주마. 네가 나아간 만큼 나는 더욱 나아간다는 것을. 그 차이는 평생 따라잡을 수 없다는 것을."

그리고 백천을 노려보며 싸늘하게 일갈했다.

"나는 여전히 너의 벽이다."

"……."

"그리고 평생 너의 벽이겠지."

백천의 입가에도 미소가 맺혔다. 진금룡의 뒤틀린 조소와는 다른, 부드러운 미소였다.

"그건 무리입니다."

"……뭐라고?"

"제 벽은 따로 있거든요. 형님 정도는 비견하지도 못할, 거대하기 짝이 없는 벽이 있습니다."

"……."

"그러니 제가 알게 해 드리지요. 벽이란 결국 뛰어넘기 위해 존재한다는 걸 말입니다."

"건방진 놈."

둘 사이에 더 이상의 말은 필요치 않았다. 그저 서로를 바라보며 긴장을 높여 갈 뿐이었다.

세상의 소리가 서서히 사라져 간다. 관중들의 웅성거림도, 쩌렁쩌렁 울리던 사형제들의 응원 소리도, 그러다 마침내 귓가를 스쳐 지나가는 바람 소리마저 잦아들었다.

그 순간.

"간다!"

"타아아아앗!"

백천과 진금룡이 누가 먼저랄 것도 없이 서로를 향해 전력으로 돌진하기 시작했다.

진초백이 주먹을 꽉 움켜쥐었다. 이 자리에 있는 이들이 모두 긴장하기는 했겠으나, 그만큼 복잡 미묘한 심정으로 비무를 지켜보는 이는 없을 것이다.

왜 그렇지 않겠는가? 종남의 기대주인 한 아들은 화산에 입문한 동생을 무너뜨리려 하고, 화산의 동량인 다른 아들은 종남의 기둥인 형을 쓰러뜨리려 한다. 진초백은 그 광경을 그저 쓰라린 심정으로 바라볼 수밖에 없었다.

쾅!

서로 검을 맞댄 두 사람이 달려들던 속도보다 더 빠르게 도로 튕겨 나왔다.

거리를 벌리고 서로를 노려보는 형제를 보며 진초백은 아랫입술을 질끈 깨물었다. 아직 본 실력이 나온 것은 아니겠지만, 겉으로 보기에 둘의 실력은 큰 차이가 없었다.

'언제 저 아이가 제 형과 비등해졌다는 말인가?'

백천이 강해졌다는 건 알고 있었다. 그가 이번 대회에서 보여 준 활약이 있는데 어찌 그걸 모르겠는가. 하나, 아무리 백천이 강해졌다 한들 제 형에게는 미치지 못할 것이라 생각했다.

불과 몇 년 전까지만 해도 전혀 상대가 안 되었으니, 그리 생각하는 것도 당연했다. 어린 시절부터 백천은 단 한 번도 진금룡을 당해 내지 못했다. 나이를 감안한다 해도 그 나이대의 진금룡이 보였던 재능의 절반도 보여 주지 못했다.

'한데…… 화산에서 무엇을 겪고 무엇을 얻었단 말이더냐?'

지금 그의 눈앞에서 백천은 진금룡에게 한 치도 밀리지 않은 채, 검을 펼쳐 내고 있다. 너무도 화려하고 눈부시게.

진초백이 다시 한번 세게 아랫입술을 질끈 깨물었다.

'내 실수다.'

재능이라는 것은 천편일률적이지 않다. 어떤 재능은 시작부터 눈부시게 빛나지만, 어떤 재능은 긴 겨울을 버티고 피어나는 꽃처럼 오랜 시간에 걸쳐 개화하기 마련이다. 그 재능을 미리 알아보고 키워 내야 하는 게 부모고 스승이다.

'나는 제대로 된 부모가 아니었구나.'

분명 미치지 못한다 생각했다. 제 형의 반도 따라가지 못할 것이라 여겼다. 그렇기에 기대하지 않았고 그것이 상처를 주었다.

'하나…….'

그의 시선이 비무대를 넘어 백천을 응원하는 화산의 제자들에게로 향했다.

'화산은 저 아이를 키워 내었구나.'

그가 하지 못한 것을 저들은 해냈다. 화산에는 백천이 필요하다 부끄럼 없이 말하던 현종의 모습이 떠올랐다.

'나라면 그리 말할 수 있었을 것인가?'

진초백은 눈을 질끈 감고 말았다. 그는 지금 종남의 장로로서 이곳에 와 있다. 자신의 본분을 생각한다면 당연히 백천이 아닌 진금룡을 응원해야 할 것이다.

하지만 종남의 장로가 아닌 백천의 아비로서의 그는 어쩔 수 없이 괄목상대한 아들에게 시선을 빼앗기고 있었다.

'보여 보거라.'

네가 무엇을 얻었는지. 내가 무엇을 놓쳤는지.

"사형, 사숙이 이기겠죠?"

"……."

조걸의 물음에, 윤종은 쉽사리 대답을 하지 못했다. 물론 백천에 대한 믿음은 확고하다.

'사숙은 우리와는 달라.'

청명이 등장하기 전까지 백천은 화산의 누구보다 뛰어난 이였다. 부드러움과 여유, 그리고 실력까지. 화산의 제자라면 그를 동경하지 않는 이가 없었다. 같은 백자 배조차도 그와 경쟁하는 것을 완전히 포기할 만큼 압도적인 이가 백천이었다.

그런 재능에 노력하는 끈기까지 갖췄다. 종남과 진금룡을 이기기 위해 스스로 폐관을 자처하고, 자신을 극한까지 몰아붙였던 이가 바로 백천이다. 그러니 어찌 신뢰하지 않을 수 있겠는가?

'하나…… 상대는 그 진금룡이다.'

청명에게 패하며 빛이 바래긴 했지만, 백 년 이래 종남 최고의 인재로 불리던 이다. 그가 장문인이 된다면, 이제껏 없었던 종남의 전성기가 열릴 것이라는 평이 너무도 당연시되던 인재다.

물론 청명이 온 이후로 화산은 더없이 강해졌다. 그러나…….

'정말 우리가 그 격차를 뛰어넘었는가?'

그걸 백천이 증명해야 한다. 다름 아닌 저 진금룡을 상대로.

"사형……."

"믿어라."

윤종이 비무대에서 눈을 떼지 않은 채 단호하게 말했다.

"사숙을 믿어라. 지금까지 우리가 해 온 수련을 믿어라. 우리는 충분히 강해졌다."

"하지만……."

조걸이 말을 하다 말고 입을 꾹 닫았다.

'진금룡도 놀고 있었던 건 아니잖습니까?'

진짜 천재를 하나만 고른다면 백천보다는 진금룡이다.

'그런 진금룡이 과거의 자신과 완전히 달라 보일 만큼 수련을 해 온 거란 말입니다.'

저 진금룡의 기세를 보면 누구나 짐작할 수 있다. 그가 얼마나 자신을 몰아붙여 왔는지 말이다.

그런데 정말 백천이 진금룡을 이길 수 있을까? 그 멀었던 격차를 좁힐 수 있었을까?

"사형이 이겨."

뒤에서 끼어드는 목소리에 조걸이 고개를 획 돌렸다. 유이설이 차갑게 굳은 얼굴로 비무대를 바라보고 있었다.

"죽을 만큼 열심히 했으니까."

태연한 목소리와는 다르게, 소매 아래로 드러난 유이설의 주먹은 꽉 움켜쥐어져 있다. 그녀도 그만큼 긴장한 것이다.

조걸은 살짝 입술을 깨물며 백천을 바라보았다.

'사숙!'

이기십시오. 반드시!

두 자루의 검이 서로를 향해 날아든다.

챙!

짧고 날카로운 금속음과 함께 검이 떨어졌다가 다시 맞붙는다. 백천은 자신의 검을 통해 전해져 오는 힘을 느끼며 이를 악물었다.

'무슨 내력이!'

내력만큼은 이미 진금룡을 초월했다고 생각했다. 그가 아무리 종남의 적자로서 사문의 모든 지원을 받은 이라고는 하나, 혼원단과 자소단을 복용한 자신보다 내력이 강할 수는 없다 생각했다.

하지만 진금룡의 내력은 결코 백천에 못지않았다. 새삼 종남이 진금룡에게 얼마나 공을 들였는지를 실감할 수 있었다.

쾅!

밀어 넣은 내력이 충돌을 일으켰다. 동시에 두 사람 사이에 작은 기의 폭발이 일어났다.

"큭!"

휩쓸려 뒤로 물러난 백천은 되레 자신을 향해 달려드는 진금룡을 보며 눈을 부릅떴다. 진금룡의 검이 빛살처럼 그의 머리를 향해 떨어졌다. 백천은 이를 악물고 검을 들어 맞받았다.

콰앙!

거대한 바위가 머리 위로 떨어진 듯한 충격이 백천의 전신을 훑고 지나갔다. 미처 정신을 차릴 틈도 없이 진금룡의 발이 그의 가슴팍을 걷어찼다.

쿵!

백천의 몸이 비무대 밖으로 떠밀릴 듯 밀려났다. 무릎을 굽혀 가까스로 자세를 잡은 백천이 진금룡을 노려보았다. 진금룡은 오만한 눈빛으로 그를 내려다보고 있다.

'언제나 그랬지.'

수도 없이 덤볐다. 그리고 수도 없이 싸웠다. 하지만 결과는 항상 같았다.

쓰러져 정신을 차리지 못하는 백천과 그 모습을 내려다보는 진금룡.

한 가지 달라진 것이 있다면, 과거에는 표정으로나마 걱정을 보이던 진금룡이 이제는 싸늘한 눈빛으로 응시한다는 정도였다.

"확실히…… 너는 화산이 어울리는 모양이군."

"……무슨 소리냐?"

진금룡이 백천을 보며 무감정하게 말했다.

"예전이었다면 벌써 쓰러져 있겠지. 분하다는 듯 얼굴을 잔뜩 일그러뜨리며 말이야."

"…….'

"격차가 좁혀졌다는 건 인정하지. 하지만 아무리 격차를 좁힌다고 한들, 추월하지 못하는 이상 결과는 언제나 같다."

- 나는 여전히 너의 벽이다.

그 말이겠지. 백천은 천천히 몸을 일으켰다. 그러곤 가볍게 검을 떨친 뒤 입을 열었다.

"벽이라."

그의 입꼬리가 슬쩍 말려 올라갔다.

"모르는군. 벽은 그저 거기에 있을 뿐이라는 걸."

"뭐?"

"말했잖아."

백천이 나직하게 일갈했다.

"네가 나의 벽이 되려 하는 이상, 너는 결국 나에게 추월당할 수밖에 없어. 벽은 그저 머물러 있을 뿐이고 나는 전진하니까."

그는 검을 들어 진금룡을 똑바로 겨눴다.

"아무리 높은 벽이라고 해도 오르고 오르다 보면 결국에는 그 끝을 드러내는 법이지. 질리도록 배웠거든, 어떤 망할 놈에게."

그러니.

"오늘 내가 너를 무너뜨린다."

"잘도 지껄이는군."

진금룡이 싸늘한 눈빛으로 백천을 바라봤다. 과거의 그였다면 지금 백천의 발언을 그저 웃어넘겼을 것이다. 그에게 있어서 백천은 아무리 노력해도 자신을 따라잡을 수 없는 적당한 장난감 그 이상도 이하도 아니었으니까.

하지만 지금은?

진금룡은 슬쩍 시선을 내려 검을 쥔 자신의 손을 바라보았다. 손바닥이 미묘하게 미끌미끌하다. 그럴 리가 없는데도 말이다.

'긴장하고 있다는 거로군. 이 내가……'

저 백천을 상대로. 진금룡은 그 사실을 외면하지 않았다. 억지를 부리지도 않고 자존심을 내세우지도 않았다. 그저 인정했다. 백천이 과거와는 비할 수 없이 강해졌고, 그들의 차이는 현격하게 좁혀졌다는 것을.

다만 한 가지만은 확실하게 지켜 낸다.

"설사 네 말이 사실이라고 해도……."

진금룡의 차가운 시선이 백천에게로 향했다. 싸늘하기 짝이 없는 표정이지만, 그 아래에는 단단한 자신감이 어려 있었다.

"그게 오늘은 아니겠지. 지금의 너는 나를 넘을 수 없다."

이내 살기가 넘실거린다.

"그리고 평생 그럴 날은 오지 않는다는 걸 증명해 주지!"

진금룡이 문답무용이라는 듯 단숨에 백천을 향해 달려들었다.

파아아앙!

그의 검이 공기를 찢으며 날카롭게 찔러 들어왔다. 날아들던 검이 순식간에 십여 개의 검영(劍影)을 만들어 내며 분열했다. 검에 어린 기세가 영혼마저 찢어 버릴 듯 거셌다.

하지만 백천은 이를 악물고 자신에게로 날아드는 진금룡의 검을 똑바로 바라보았다.

'피하지 마라!'

아무리 빠르다 해도, 아무리 강하다 해도. 이보다 더한 검은 질릴 정도로 겪어 보았다. 그러니 겁먹을 이유가 없다.

'보인다.'

백천이 자신도 모르게 입꼬리를 말아 올렸다. 머리로 생각하기도 전에 몸이 움직인다. 움켜잡은 매화검이 진금룡의 검을 정확하게 쳐 냈다.

카카카캉!

검기를 한껏 머금은 검들이 충돌하며 고막을 찌르는 소음을 자아냈다. 진금룡의 검을 튕겨 낸 백천이 검을 더 꽉 틀어쥐었다.

'나는 지금 진금룡의 검을 보고 있다.'

과거에는 전혀 보이지도 않던 검이다. 어떻게 지는지도 이해하지 못한 채 패배했다. 하지만 지금 이 순간 백천은 진금룡의 검을 분명히 보고 대항할 수 있었다.

머리털이 쭈뼛 설 만큼의 쾌감이 온몸을 내달린다. 그렇지만 막아 내는 것만으로 만족할 수는 없다.

백천이 곧장 한 발을 앞으로 내디디며 진금룡의 목 어귀를 찔러 들어

갔다. 그리고 그는 똑똑히 보았다. 비무대에 올라온 이후 처음으로 진금룡의 얼굴에 당혹감이 어리는 것을 말이다.

카앙!

쇄도하던 백천의 검이 맥없이 도로 튕겨 나왔다. 하나 그렇다 해서 아무것도 이루지 못한 것은 아니다.

'통한다!'

나의 검이! 내가 이룬 경지가! 저 진금룡에게 확실히 닿고 있다.

'나는 성장했다.'

뻔한 소리일지도 모른다. 과거와 비할 바 없이 강해졌다, 그리고 명문의 제자들을 연파해 냈다. 그 누구도 백천의 성장을 인정하지 않을 수 없을 것이다.

하지만 이상하게도 그 사실을 실감하기 어려웠다. 사제들 앞에서는 당당한 척했지만, 그간 백천은 뭐라 말하기 어려운 초조함에 내내 시달려 왔다. 심지어 지금 이 순간까지도.

그리고 그는 이제야 그 불안함의 이유를 알 수 있었다. 결국 진금룡을 넘지 않는 이상 그는 진정으로 성장할 수 없다. 실제로 진금룡은 백천에게 있어 여전히 거대한 벽이니까.

'뛰어넘지 않으면 나아갈 수 없다.'

단순한 호승심? 그게 아니면 질투? 시기? 천만에!

검수로서 더 나아가기 위해서 그는 뛰어넘어야 한다. 진금룡을, 종남을, 그리고 과거를!

"타아아앗!"

백천은 잡은 승기를 놓치지 않고 진금룡을 향해 연달아 검을 휘둘렀다.

'보여 주마.'

이 백천이 무엇을 이루었는지, 긴 겨울과도 같은 시간을 지나며 참고 또 참은 끝에 무엇을 피워 냈는지!

백천이 휘두른 검이 강하게 진금룡을 후려친다. 강격으로 상대를 밀어 낸 백천의 검 끝이 부드럽게 흔들리기 시작했다. 동시에 그의 검 끝에서 붉은 매화가 망울진다.

피어난다. 그의 매화가. 한 송이, 한 송이 소담스레 피어나던 매화가 순식간에 폭발적으로 번져 가기 시작했다.

그러나 바로 그 순간.

"너무 기분 내지 마라."

싸늘한 일갈과 함께 진금룡의 몸이 엿가락처럼 쭈욱 늘어난 듯 보이더니 순식간에 백천과의 거리를 좁혀 내었다. 그러곤 가공할 속도의 쾌검으로 매화를 만들던 백천의 검을 후려쳐 버린다.

카아아앙!

날카로운 소음과 함께 백천의 검이 뒤로 밀려 나갔다. 그와 동시에 폭발적으로 피어나던 매화가 환상처럼 모두 사라져 버렸다.

"멍청한 놈."

싸늘한 냉소와 함께 진금룡이 검에서 검기를 뿜었다. 흡사 그의 눈빛만큼 차디찬 푸른빛 검기가 백천의 손목을 향해 날아들었다.

서걱!

듣기만 해도 섬뜩한 소음과 함께, 시뻘건 선혈이 흩뿌려졌다.

"사숙!"
"사, 사형!"

"빌어먹을!"

화산 제자들의 입에서 비명이 터져 나왔다. 비무대 위에 선혈이 잔뜩 흩뿌려져 있다. 조결과 윤종, 심지어 유이설마저 두 눈을 부릅뜨고 자리에서 벌떡 일어났다.

유일하게 자리에 앉아 있는 이는 청명뿐이었다. 그는 차갑게 가라앉은 눈빛으로 비무대를 바라보았다.

'흥분했군.'

검법이란 올바른 쓰임새가 있는 법이다. 더 강한 초식만으로 상대를 이길 수 있다면 비무 따위는 할 필요도 없다.

얼마나 완벽한 시점에 얼마나 적절한 초식을 사용하는가가 실력의 척도다. 지금 백천은 바로 그 부분에서 실수를 저질렀다.

매화검법은 더없이 화려한 검. 하지만 그 매화를 피워 내기 위해서는 거리와 시간이 필요하다. 시시각각 날아드는 쾌검을 상대로 화려한 변화를 시도하다가는 검을 채 떨치기도 전에 목이 달아나는 법이다.

"분명 알고 있을 텐데."

청명이 조용히 이를 갈았다.

백천이 이 사실을 모를 리가 없다. 검에 대한 이론은 수도 없이 설명하고 또 설명했다. 객관적으로 봐도 기재라고 할 수 있는 백천이 그걸 알아듣지 못했을 리는 없다.

하나 흥분은 사람의 눈을 멀게 한다. 알던 것도 잊게 하고, 평소와는 다른 판단을 내리게 한다. 상대가 진금룡이 아니었다면, 진금룡이 아닌 비슷한 실력을 가진 명문의 제자였다면, 백천은 결코 저런 실수를 저지르지 않았을 것이다.

오직 진금룡이기에 백천을 흥분시키고 평상심을 무너뜨릴 수 있었다.

"저 멍청이가."

청명의 턱에 힘이 꽉 들어갔다. 가라앉은 시선은 여전히 비무대에 고정되어 있었다. 그때 조걸이 습관적으로 청명의 이름을 불렀다.

"처, 청명아."

"호들갑 떨지 마!"

하지만 청명은 나직하게 일갈했다.

"사숙이 평소에 워낙 멍청하고, 자존심만 세서 헛짓거리를 해 대고, 쓸데없이 사고를 치거나 재수 없이 굴기는 하지만!"

"……차라리 욕을 해라, 인마."

"그래도 검수라면 저 정도 상처쯤은 감수할 수 있어야지."

그의 시선은 평소와 달리 싸늘하고 무거웠다.

"검을 들 수 있으면 진 게 아니야. 그건 저 멍청이도 알겠지."

그 말에 조걸은 마른침을 삼키며 고개를 돌렸다. 피가 줄줄 흐르는 손목을 움켜잡은 백천이 눈에 들어왔다.

'사숙.'

조걸은 피가 바짝 마르는 심정으로 백천을 지켜보았다.

손목이 욱신거리며 끔찍한 통증이 느껴진다. 백천은 다치지 않은 손으로 상처를 꾹 누르며 지혈했다.

'방심했나?'

아니, 방심이 아니다. 이건 방심이라기보다는 오만. 그래, 오만했다.

'상대가 강하다는 건 알고 있었는데.'

내 노림수가 모두 통하지 않기에 강자다. 그런 이를 상대할 때는 검을 움직일 때마다 고민에 고민을 거듭해야 한다.

그런데 그만 순간적으로 자신에 취해 고민을 잊었다. 이 손목의 상처는 그 오만의 대가다.

백천이 지혈하던 손을 떼자 거의 뼈가 드러날 정도로 깊게 베인 상처가 드러났다. 그 상처를 본 진금룡이 가만히 입을 열었다.

"화산의 꽃은 아름답더군."

무덤덤한 목소리. 백천에게 부상을 입힌 것쯤은 너무도 당연한 결과라는 듯 진금룡의 목소리에는 고저가 없었다.

"하지만 꽃이 피기 전에 가지를 잘려 버리면 아무 소용도 없지. 지금의 너처럼 말이다."

백천이 지그시 아랫입술을 깨물었다. 진금룡의 말이 너무도 뼈아프게 그를 찔러 대고 있었다. 거기에 더해 진금룡은 싸늘하게 말했다.

"말하지 않았나? 건방지다고."

"……."

"청명과 어울리더니 네가 그쯤 된다고 생각한 모양인데, 호가호위(狐假虎威)는 이럴 때 쓰는 말이지. 화산신룡의 비호가 없는 너는 아무것도 아니다. 그래, 말 그대로 아무것도 아니지."

말이 심장을 찌르고 들어온다. 상처 때문인지 아니면 저 말 때문인지 심장이 제멋대로 뛰기 시작했다. 얼굴이 달아오르고 등이 식은땀으로 축축이 젖어 든다.

백천은 검을 잡은 손에 살짝살짝 힘을 주어 보았다.

'움직인다.'

끔찍할 정도의 통증 속에서도 다행히 손은 움직였다. 근맥은 다치지 않은 모양이었다. 이 정도라면 검을 펼치는 데는 큰 무리가 없다.

'아직 할 수 있어.'

그의 눈빛에 다시 투지가 어리는 걸 본 진금룡이 눈을 가늘게 뜬다.

"더 할 셈인가?"

"……물론이다."

"달라질 건 아무것도 없다. 모르나?"

"그럴지도 모르지."

백천이 이를 드러내며 으르렁대듯 말했다.

"하지만 뭐가 꼴사나운 것인지는 알아. 여기서 물러나면 나는 그냥 멍청한 쓰레기밖에 안 돼."

"……쓰레기라."

진금룡은 희게 웃었다.

"나름 주제 파악은 되는 모양이군. 다행이다. 나는 네가 주제를 잊은 줄 알았거든."

싸늘한 냉소가 백천의 귀를 파고든다.

"그럼 덤벼 봐라. 쓰레기."

백천은 이를 악물고 진금룡을 바라보았다.

'아직 할 수 있다.'

진 게 아니다. 아직……. 아직은 아니다. 적어도 최선을 다해 봐야 진다 해도 패배를 인정할 수 있다. 이대로 아무것도 해 보지 못하고 진다면 그는 평생 진금룡을 뛰어넘지 못할 것이다. 그러니 지금은 그저 최선을 다해야 한다.

검을 부러질 듯 부여잡자 손목에서 지옥 같은 통증이 밀려 올라왔다. 피를 너무 많이 흘려서일까? 눈이 흐려지는 느낌이다. 또렷하던 세상이 점차 흐려진다.

'집중해!'

집중해야 한다. 상처의 통증을 잊을 만큼. 하지만…… 정말 이길 수 있나?

심장이 쿵쾅대기 시작한다. 정상적인 상태에서도 그는 진금룡을 압도하지 못했다. 아니, 냉정하게 보자면 밀렸다고 봐야 한다. 그런데 손목에 부상을 입고서 저 진금룡을 상대로 승리할 수 있을까?

'빌어먹을.'

갑자기 진금룡의 모습이 더없이 커 보였다. 오만하기 짝이 없는 얼굴로 내려다보는 진금룡의 모습이 과거의 그것과 겹쳐 보이기 시작했다.

'항상 저런 얼굴이었지.'

- 너는 나를 이기지 못해.

그리고 항상 그 말을 들어 왔었지. 매번.

도전할 때마다 항상 결과는 같았다. 언제나 이길 것이라 믿고 달려들었지만, 항상 똑같이 패배했다. 그럼 이번에도?

'또 지는 건가…….'

잘난 듯이 떠들어 댔지만, 승산이 희박해졌다는 건 스스로도 알고 있다. 승부란 단순히 의욕만으로 어찌할 수 있는 게 아니다. 부상을 입은 상태에서 진금룡을 상대하기란 너무도 어려운 일이다.

그럼 대체 어떻…….

"야아아아아아아! 이 병신아아아아아아아!"

백천은 화들짝 놀라 고개를 돌렸다. 청명이 자리에서 벌떡 일어나 눈을 희번덕거리고 있었다.

"어……."

그는 이를 드러내며 으르렁거리더니 버럭 소리를 질러 댔다.

"어디 대가리를 숙이고 있어! 확, 마! 대가리를 깨 버릴라!"

"……."

"그러고도 네가 화산의 대제자냐!"

그러고도 모자란 듯, 청명은 숫제 입에 게거품을 물고 비무대로 달려들 것처럼 날뛰었다.

그러자 바로 옆에 대기하고 있던 윤종과 조걸이 지체 없이 달려들어 그의 팔다리를 붙잡고 늘어졌다. 말 안 듣는 힘 센 짐승을 누르듯, 윤종은 사색이 된 얼굴로 뒤쪽의 다른 제자들에게 외쳤다.

"덮쳐! 빨리!"

화산의 제자들이 뒤도 돌아보지 않고 잽싸게 청명에게로 달려들었다.

"말려! 말려!"

"청명아! 보는 눈이 많다! 저 사람 네 사숙이야!"

"입을 막아! 일단 입을!"

일제히 우르르 달려들어 청명을 덮쳐 누른다. 거의 작은 산처럼 청명 위로 타고 올랐지만, 청명은 그 아래 깔려서도 여전히 눈을 까뒤집으며 소리쳤다.

"어디 꼴사납게 기죽은 표정을 짓고 있어! 대가리가 깨져도 모가지는 뻣뻣해야지! 그게 화산이다! 이 빌어먹을 사숙 놈아!"

관중들은 모두 황당한 얼굴로 청명을 바라보았다. 심지어 비무대 위에 선 진금룡조차도 당황한 기색을 감추지 못했다.

오직 하나, 백천만이 청명의 말에 헛웃음을 흘렸다.

"빌어먹을 사질 놈 같으니."

이내 그의 허리가 쭉 펴졌다. 청명의 말이 옳다. 이기고 지는 게 중요한 게 아니다. 그가 진정 진금룡을 벽으로 느낀다면 그 앞에 절망해서는 안 된다.

"뭘 배웠어!"

"……."

"잊지 마! 네가 뭘 배웠는지!"

백천의 얼굴에 평정심이 돌아오기 시작했다.

'내가 뭘 배웠냐고?'

그는 슬쩍 입꼬리를 말아 올렸다.

"그야 이기는 법이지."

부우우욱!

옷을 찢어 낸 백천이 상처 난 쪽 손을 검 손잡이에 동여매었다. 피가 통하지 않을 정도로 단단히 손을 묶은 그는 검을 들어 진금룡을 똑바로 겨눴다.

얼굴에 다시 여유가 돌아왔다. 그 모습을 본 청명이 눈을 빛냈다.

"으라차아아!"

"악!"

"우와아앗!"

그를 덮쳐 누르고 있던 화산의 제자들이 사방으로 튕겨 나갔다. 몸을 벌떡 일으킨 청명이 씨익 웃으며 말했다.

"그래. 사숙은 조금 재수가 없는 쪽이 좋아."

쫄아 있는 것보다는 백배 낫지!

그러자 다시 다가온 조걸이 걱정 가득한 얼굴로 입을 열었다.

"청명아, 사숙이……."

"걱정할 것 없어."

청명은 뒤도 돌아보지 않고 단호하게 말을 끊었다.

"사숙은 사형이 생각하는 것보다 더 강하니까."

목소리에 단단한 확신이 담겨 있었다.

가라앉는다. 마음이 천천히 가라앉는다.
'멍청했네.'
흥분한 것? 물론 그것도 실수다. 하지만 그보다 더 큰 실수는 그가 화산의 가르침을 잊었다는 것.
- 냉정? 피가 튀고 살이 갈리는 전장에서 무슨 수로 냉정을 유지해? 그건 그냥 뭣도 모르는 놈들의 헛소리일 뿐이야. 사람은 누구나 흥분한다. 중요한 건 그 흥분 속에서도 자신의 검을 잃지 않는 거야.

웃기는 일이지. 수련을 하는 내내 귀에 못이 박이도록 잔소리를 들었다. 때로는 쫓아다니며 잔소리하는 청명의 입에 검집을 처박아 버리고 싶을 만큼.
그런데 그 끔찍했던 잔소리들이 지금 그에게 길을 열어 주고 있다.
'기억해라.'
화산의 가르침을. 저 빌어먹을 놈의 잔소리를.
- 누가 검을 손으로 쓰냐, 누가! 발모가지가 바닥에 붙어 있지 않은 놈이 검을 쓸 수 있어? 허공을 날아다니면서 칼춤이라도 추게? 다리가 버텨 주지 않는 검은 칼부림일 뿐이야! 모든 검은 발에서 시작한다! 뿌리 없는 매화는 꽃을 피우지 못한다고!
'그래.'
시작은 발, 그리고 하체. 모든 검은 하체에서 시작한다. 그 기본적인 것조차 잊고 있었다.
- 화려함을 좇지 마! 내가 펼치는 검의 화려함에 내가 홀려 버리면 결국 검에 휘둘리게 된다. 화산의 근본은 매화검법이 아니야! 육합검이지!

동중정(動中靜)! 화산 검의 기본은 동중정이다. 화려한 움직임 속에서도 마음의 고요함을 유지하지 못한다면 아무리 화려한 매화를 피운들 광대 놀음에 불과해!

'그래. 그것도 잊었다.'

백천이 피식 웃고 말았다. 배운 것을 모두 잊었으면서도 승리를 바랐다. 이런 멍청한 짓이 어디에 있는가?

피식피식 웃어 대는 백천을 본 진금룡이 눈을 가늘게 떴다.

"뭐가 우습지?"

"아……. 오해하게 한 모양이군. 걱정할 것 없어. 형을 비웃는 게 아니니까. 나를 비웃고 있었을 뿐이야."

"실성이라도 한 모양이군."

"그럴지도 모르지."

백천이 검을 한차례 크게 떨쳐 냈다. 그러고는 흔들림 없는 시선으로 진금룡을 바라보았다.

"잠시 잊었다. 내가 증명해야 할 건, 내가 형보다 강해졌다는 사실 따위가 아니라는 걸."

"……."

"내가 증명해야 하는 건 화산의 검이었지. 덤벼. 종남의 검이 화산의 검에 미치지 못한다는 걸 증명해 줄 테니까."

"그 상처 입은 손으로?"

"더 좋지."

백천이 이를 드러내며 미소 지었다.

"덕분에 좀 더 확실하게 증명될 테니까."

진금룡의 입에서 헛웃음이 흘러나왔다.

"실력이 따라 주지 않는 허세만큼 추한 것도 없지."
"동감해. 그러니……."
백천이 턱을 살짝 들어 올렸다. 그리곤 웃으며 말했다.
"허세 그만 부리고 덤벼."
그러자 진금룡의 눈빛에 차디찬 살기가 덧씌워졌다.
"오냐."
그가 더없이 쾌속하게 백천을 향해 돌진했다.
"어디 계속 지껄여 봐라!"
카앙!
빛살처럼 날아든 검이 백천의 목 바로 앞에서 튕겨 나갔다.
'뭐?'
진금룡은 순간적으로 당혹감을 감추지 못했다. 백천이 그의 검을 막아 냈단 사실에 놀란 게 아니다. 이전과는 달리 그의 검을 튕겨 내는 백천의 움직임이 너무도 자연스러웠기 때문이다.
'뭐냐!'
분명 뭔가 달라졌다. 진금룡이 이를 악물고 다시 검을 휘둘렀다. 순식간에 십여 번의 참격이 백천을 향해 쏟아졌다. 웬만한 수준으로는 눈으로 따라갈 수도 없는, 가공할 쾌검.
하지만 백천은 가라앉은 눈빛으로 그 모든 참격을 무리 없이 받아쳤다. 검 부딪치는 소리가 빠르게 연신 울려 퍼진다.
'머리는 차갑게.'
가슴은 더욱 차갑게. 하체는 굳건히 대지를 박차고 허리는 곧게 세워 몸을 떠받친다. 스스로의 중심을 세우지 못하는 이는 검조차 세우지 못하는 법.

'떠올려라.'

화산이 그에게 준 가르침은 그의 몸에 고스란히 녹아 있다. 그 가르침을 잊지 않고 좇을 수만 있다면 패배할 이유 같은 건 단 하나도 없다.

검격을 좇아가는 와중, 그의 시선이 진금룡을 넘어 화산의 제자들에게로 향한다.

'그런 눈으로 나를 보지 마라.'

나를 동경한다고? 나를 믿는다고?

멍청한 놈들아. 나는 지금까지 패하기만 했다. 단 한 번도 진금룡을 넘지 못했고, 제대로 너희를 이끌어 준 적도 없다. 패하고 또 패했다. 그럼에도.

'뭘 그렇게 선망 어린 시선으로 보고 있느냐.'

이 멍청한 놈들아.

카아아앙!

백천이 이를 악물었다. 날아드는 참격을 가공할 힘으로 밀쳐 낸 백천의 눈에 안광이 어린다. 완벽한 방어로 만들어 낸 틈을 놓치지 않고 그의 검이 방어에서 공세로 전환된다.

진금룡은 자신의 목을 향해 쇄도하는 백천의 쾌검에 놀라 자신도 모르게 뒤로 물러났다.

"이놈이!"

"닥쳐!"

백천이 거칠게 일갈했다. 저기 나를 믿는 놈들이 있다. 지고 또 지고, 또 패배해도 이번에는 반드시 이길 거라 믿어 주는 멍청한 놈들이 있단 말이다.

그런데 내가……!

"너한테 질 수는 없지!"

백천의 검이 눈부신 햇살을 받아 빛났다. 그 빛은 이윽고 진금룡의 전신으로 흩뿌려졌다.

청명이 그 모습을 보며 답지 않은 목소리로 낮게 말했다.

"똑똑히 봐 둬."

"……."

"지금 개화(開花)할 테니까."

쌓고 또 쌓아 온 것. 긴긴 시간 묵묵히 참아 내고 또 참아 내던, 말라 버린 꽃이.

비로소 봄을 맞이하기 시작했다.

"무학이란 이상하지."

청명이 홀린 듯 비무대를 바라보며 중얼거렸다.

"하루하루 죽어라 쌓는다고 해서 반드시 강해지진 않는다. 그렇기에 수련은 고통스럽지. 오를 수 없는 벽을 계속 타는 것과 같으니까."

"……청명아."

"하지만 그걸 참아 내고 또 참아 내면 반드시 때가 온다. 자신을 둘러싸고 있던 껍질이 깨지는 순간이. 그 순간을 보지 못한다면 필 수 없다. 터지지 못한 봉오리는 영원히 꽃이 되지 못하는 법이지. 피어날 때에만 마침내 꽃이라고 할 수 있다."

그게 개화. 생명의 잉태다.

청명은 알고 있다. 백천이 어떤 시간을 보내 왔는지 말이다.

아무리 강하다 해도, 어쨌든 청명은 백천의 사질이다. 그 사질에게 얻어맞고 욕을 퍼먹으면서 하루하루를 버틴다는 건 생각 이상의 인내심이 필요한 법이다.

하지만 백천은 그 모든 시간을 군소리 한마디 없이 버텨 냈다. 화산 최고의 기재로 불리던 이가 자존심을 모두 내던지고, 오로지 강해지기 위해서 바닥을 구르는 것조차 마다하지 않았다.

청명은 그런 백천의 의지를 믿었다.

'보여 봐라.'

화산이 어디까지 왔는지. 백 년을 넘어 다시 이어진 화산의 의지가 어떤 꽃을 피워 내는지.

청명의 시선이 백천의 모든 모습을 단 한 순간도 빼놓지 않고 좇았다.

마음이 가라앉는다. 몸은 더없이 쾌속하게 움직이고 있고, 전신에 열기가 가득한데도 마음은 낮게, 또 낮게 가라앉고 있었다.

'동중정.'

수도 없이 들었다. 그리고 수도 없이 새겼다. 그럼에도 미처 다 알지 못했던 것을 이제야 이해할 것 같다.

이상하지. 알고 있었다고 생각했는데 말이다. 통증 같은 건 느껴지지 않는다. 그의 마음이 움직이는 대로 검이 움직이고 있다.

보인다? 아니, 느껴진다.

쇄애애액!

진금룡의 검이 아슬아슬하게 그의 이마 앞을 스치고 지나갔다.

사라락.

머리카락 끝이 잘려 나가며 바람에 흩날린다. 하지만 백천은 눈 하나 깜빡하지 않고 그 검을 두 눈에 분명히 담았다.

알 수 있다. 그와 진금룡 사이의 거리. 저 검의 끝에 담겨 있는 검기의 간격. 진금룡의 내력이 회수되는 순간의 틈과, 그가 노리는 곳까지.
 지금 이 순간, 이 공간의 모든 것이 백천의 인식하에 있었다.
 ─ 나를 아는 게 전부가 아니야.
 '맞는 말이야.'
 ─ 검이란 결국 겨루는 것. 스스로를 완성하기 위해서라면 적 따위는 필요 없어. 하지만 역사상 누구도 산속에 처박혀 검만 휘두르다 자신을 완성한 적은 없어.
 '그것도 맞는 말이지.'
 ─ 몸은 검에 집중하지만, 시선은 상대를 바라본다. 검이란 나와 적 사이에 존재하지 않으면 그저 허공을 향해 검을 휘두르는 춤에 지나지 않아. 진정으로 검을 이해하고 싶다면 적을 이해해라.
 '진금룡을?'
 못 할 것도 없지. 보인다. 진금룡의 모든 것이.
 우습게도 지금 이 순간, 백천은 그 어느 때보다 확연하게 진금룡을 이해하고 있었다.
 제대로 보지 않았다. 그토록 뛰어넘고 싶었음에도 백천은 진금룡을 알려 하지 않았다. 그저 스스로를 갈고닦기만 하면 언젠가는 뛰어넘을 것이라 막연히 믿었을 뿐이다.
 우습지. 상대를 알지 못하는데 어떻게 상대를 뛰어넘을 수 있단 말인가?
 이해해라. 받아들여라. 그 모든 것이 나의 검에 깃들 것이다.
 진금룡의 어깨가 움직이는 순간, 백천은 그가 자신의 어디를 노리고 있는지 알 것 같았다. 검이 채 뻗어지기도 전에 백천이 한 발 앞으로 다가서며 비어 버린 진금룡의 가슴을 어깨로 들이받았다.

쿵!

강렬한 충격과 함께 진금룡의 몸이 뒤로 쭈욱 밀려났다. 백천은 그의 눈빛에 어린 당혹감을 놓치지 않았다.

자세를 바로잡은 진금룡은 믿을 수 없다는 얼굴로 백천을 바라보았다.

"……뭐냐?"

분명 뭔가 달라졌다. 검은 배로 쾌속해졌고, 일련의 흐름에 부자연스러움이 사라졌다.

'한순간에 이렇게 변할 수 있다고?'

진금룡은 이를 악물었다.

'이럴 리가 없다.'

마치 자신이 밀리고 있는 것 같지 않은가? 그것도 부상을 입은 백천에게 말이다.

"이럴 리가 없다고!"

진금룡이 광폭한 기세로 백천에게 달려들었다. 그의 검 끝에서 새하얀 설화가 폭발적으로 뿜어져 나온다.

백천은 자신에게 날아드는 새하얀 꽃잎들을 보며 낮게 심호흡했다.

'확실히.'

일전에 상대했던 종서한의 검과는 차원이 다른 정교함이다. 꽃잎 하나하나가 정말 살아 움직이는 것만 같다. 하지만 그 검을 보고 있으니 오히려 청명의 말이 어떤 의미였는지 이해할 수 있었다.

- 화려함을 좇지 마! 내가 펼치는 검의 화려함에 내가 홀려 버리면 검에 휘둘릴 뿐이야.

'그저 화려할 뿐이야.'

정교하다. 화려하다. 그래서 그게 뭐 어쨌단 말인가?

정교함도 화려함도 그저 검을 펼쳐 내기 위한 수단에 지나지 않는다. 검에 무엇을 담을지를 잊은 검은 그저 공허하다.

그럼, 나의 검에는 무엇이 담겨 있는가?

백천의 검이 천천히 움직이기 시작했다. 유려하게. 그리고 부드럽게. 검 끝에 실린 여유는 훈풍처럼 부드럽게 백천의 몸 주위를 감쌌다.

'나의 검이 화산에서 가장 강하지 않아도 좋다.'

가장 빠르지 않아도, 가장 화려하지 않아도, 가장 웅혼하지 않아도. 아무 상관없다. 그의 검이 좇는 것은 화산의 혼이니까.

청명의 검이 화산을 이끈다면, 그의 검은 화산의 제자들에게 본보기가 되어야 한다.

치우치지 않은 화산의 검. 그게 백천의 검이다.

백천의 검 끝에서 한 떨기 매화가 피어오른다. 소담스레 피어난 꽃은 이윽고 불어온 훈풍에 흩날린다.

'연화봉에 매화가 피어나니.'

화산이 붉게 물들어 가리라.

눈을 현혹시킬 만큼 화려하지도 않다. 진금룡의 그것처럼 정교하지도 않다.

그럼에도 백천의 매화는 지켜보는 이들을 빨아들였다.

"저······!"

무당의 장문 허도진인이 자리에서 벌떡 일어났다.

'어찌 저 나이의 아이가!'

그의 눈빛에 경악이 어린다.

"아미타불."

법정도 놀라움을 감출 수 없는지 연신 불호를 외어 댔다.

하지만 그중 가장 큰 반응을 보이는 이는 누가 뭐라 해도 종남의 장문인인 종리곡이었다.

그가 주먹을 꽉 움켜쥔 채 몸을 떨었다. 그의 입술 역시 애처로울 만큼 파들파들 떨리고 있었다.

'이럴 수는 없다. 이럴 수는……!'

설화십이식은 매화검법의 정수를 뽑아내어 새로이 발전시켜 나아간 검이다. 종남의 정수가 매화검법의 정수와 만났으니 단순한 매화검법 따위보다는 당연히 더 뛰어나야 한다.

한데, 어째서 그는 지금 백천의 매화에서 눈을 뗄 수가 없는 것인가?

'이럴 수는 없어! 빌어먹을!'

피어난다. 흩날린다. 봄의 매화가. 겨울이 끝났음을 알리듯 따뜻한 훈풍을 타고 매화 잎이 온 산으로 퍼져 나간다.

세상을 뒤덮는 화우(花雨). 그건 한때 천하를 웅비했던 화산의 매화검법이 다시 강호로 돌아왔음을 알리는 외침과도 같았다.

"아…….."

현종의 벌어진 입에서 신음이 새어 나왔다.

"아아……."

두 눈에 물기가 어리기 시작한다.

'보고 계십니까, 선조들이시여.'

그가 잃었던 것. 화산이 잃었던 것. 하지만 결코 잃어서는 안 되는 화산의 혼.

그 모든 것이 지금 세상에 다시 모습을 드러내고 있다.

어느 문파에 가도 환영받을 만한 재능을 가지고도, 단 한 번도 몰락한 화산을 떠나려 하지 않았던 이가 백천이다. 백천을 볼 때마다 현종은 더 없는 고마움과 애틋함, 그리고 아릿함을 동시에 느껴야 했다.

그런 그가 지금 현종이 생애 다시는 보지 못할 광경을 만들어 내고 있었다.

'백천아.'

일어나 외치고 싶다. 이게 화산의 검이라고. 그것이 너희들이 잊었던 검이라고!

현종이 비무대에 피어나는 매화를 물기 젖은 눈으로 바라보았다.

'검에 의지를 담는다.'

뜬구름 같은 말이다. 결국 검이란 손끝에서 움직이는 것. 그렇다면 의지는 애초에 담겨 있는 것이 아닌가?

'검에 의지를 담는 게 아니야.'

의지를 품어야 하는 건 내 가슴 안이다. 흔들리지 않는 중심을 유지할 수 있다면 검은 자연히 내 마음을 따르는 법.

한 걸음을 내디딘다. 멀기만 했던 세상이 그에게 다가온다. 그가 펼치고자 했던 검을 넘어, 단 한 번도 가 보지 못한 곳에 발을 내디딘다.

기묘하다. 날카롭게 검을 펼치고 있는데 이상하게 따뜻한 느낌이 난다. 마치 그의 검이 온몸을 쓰다듬고 있는 것 같다.

'검에 화산이 담겨 있다는 말이 이런 거였구나.'

검을 펼치면 펼칠수록 느낄 수 있다. 앞선 이들이 이 검에 무엇을 담으려 했는지. 무엇을 전하려 했는지.

검으로 이어진다. 매화검법을 만든 이의 의지가. 그리고 그 매화검법을 발전시켜 온 이들의 의지가. 그들이 후대에 전하려 했던 모든 것이

이 검에 고스란히 담겨 있었다.

이어 간다는 것. 그건 앞서 걸어간 이들의 의지에 나의 의지를 더하는 것. 그래, 이게 화산의 검이다.

백천의 안에서 무언가가 자라난다. 뿌리는 대지를 파고들고, 솟아오른 줄기는 굳건하게 의지를 세운다. 마침내 세상으로 뻗어 나간 가지는 이내 온 세상에 퍼져 간다.

개화(開花).

검이라는 가지의 끝에서 피어난 매화는 이제껏 그가 그렸던 것과는 다른 무언가를 품고 진금룡을 뒤덮기 시작했다. 새하얀 진금룡의 꽃과 붉은 백천의 꽃이 서로 얽혀들며 어우러지기 시작했다.

진금룡이 두 눈을 부릅떴다. 백천의 매화가 부드럽게 그의 꽃들을 사방으로 밀어내고 있었다. 결코 강하지 않게. 하지만 단호하게!

'어떻게?'

진금룡의 뇌리에 과거의 광경이 되살아나기 시작했다. 화인처럼 박혀 결코 잊을 수 없었던 그 광경. 청명의 매화가 그의 설화를 지워 내던 바로 그때가 말이다.

'어째서?'

도대체 왜 또 이런 일이 벌어진단 말인가?

수련했다. 몸이 부서져라 수련하고 또 수련했다. 저 악마 같은 청명 놈을 이기기 위해서.

그런데 청명은 고사하고, 신경도 쓰지 않았던 백천의 검 앞에 가로막힌다고?

"대체 뭐가 다르단 말이냐!"

진금룡의 안에서 무언가 거대한 것이 산산이 부서져 내리기 시작했다.

"아아아아아아악!"

광기 어린 비명을 내지른 그는 눈에 핏발을 세운 채 검을 휘둘렀다.

설화가 피어나고 또 피어났다. 차갑고 매섭기 짝이 없는 설화가 더없이 날카롭게 잎을 세운다. 마주하는 모든 것을 갈가리 찢어 버릴 듯 광포한 기세로. 그리고 태풍에 말려들어 부서지는 포말처럼 백천의 매화를 덮쳐 간다.

하나 아무리 파도가 몰아쳐도 바위를 밀어낼 수는 없는 법. 굳건하게 뿌리를 내린 백천의 매화는 진금룡의 설화에 흔들리지 않고 그저 전진했다.

날카로움도 화려함도 그저 밀려날 뿐. 자신의 검이 백천의 매화를 무너뜨리지 못한다는 것을 알아 버린 진금룡은 흔들리는 눈으로 눈앞의 매화를 바라보았다.

"나는……."

부드럽게 설화를 밀어낸 매화가 환상처럼 솟구치더니, 이내 봄바람을 맞은 화우(花雨)가 되어 쏟아졌다.

화아아아악!

훈풍에 밀려온 매화가 진금룡의 몸을 훑고 지나간다. 흩날리고 또 흩날린다.

그리고…… 비무장을 가득 채울 듯 흩날리던 매화는 어느 순간 모든 것이 환상이었다는 듯 사라졌다.

"……."

사위가 정적에 휩싸였다. 누구도 입을 열지 못했다. 그저 경악한 눈빛으로 비무대 위에 모든 신경을 집중할 뿐이었다.

그리고 그 비무대 위, 두 사람이 서로를 바라보며 서 있었다.

"하아……. 하아……."

한 손으로 붉게 물든 손목을 움켜잡고 밭은 숨을 내뱉는 백천. 말없이 그런 그를 바라보는 진금룡. 두 사람의 말 없는 대치가 한동안 이어졌다.

"너는……."

먼저 입을 연 것은 진금룡이었다. 하지만 뭔가 말하려던 그는 다시 입을 닫더니 가만히 백천을 바라보았다. 그리고 잠시 후에야 물었다.

"……이건 뭐였지?"

창백한 얼굴로 그를 응시하던 백천의 입이 열렸다.

"이십사수매화검법."

작지만 단호하게.

"매화만개(梅花滿開)."

금방이라도 쓰러질 듯 휘청거리면서도 끝끝내 버티고 선 백천에게, 진금룡이 희게 웃었다.

"매화가 흐드러지게 피어난다……라."

감탄인가? 아니면.

"엿 같은 이름이군."

진금룡의 몸이 무너졌다.

털썩.

의식을 잃고 쓰러진 진금룡을 내려다보며, 백천은 가만히 눈을 감았다.

'형님.'

승패를 가른 것은 그저 하나였을 뿐이다. 이어받았는가, 그렇지 않았는가.

백천은 진금룡을 이기지 못했다. 하지만 화산의 검은 종남의 검을 이겼다.

'지금은……'

그는 더없이 멋진 미소를 지었다.

'지금은 그걸로 충분하다.'

몸을 돌리는 그에게로 햇살이 쏟아져 내렸다. 스스로를 뛰어넘어 진정한 화산의 검을 펼쳐 보인 그를 축복하듯이.

"승자는 화산의 백천이오!"

우레처럼 쏟아지는 환성 속에, 백천은 천천히 걸음을 옮겼다. 환호하고 눈물 흘리며 그를 향해 달려오는 화산의 제자들을 향해서.

"사수우우우우우우욱!"

"사형! 으하하하하하하! 사형! 사혀어어엉!"

화산의 제자들이 비무대를 내려오는 백천을 덮쳐들었다.

"이겼습니다! 이겼다고요!"

"미친! 진금룡을 이겼어!"

가장 먼저 달려온 백상이 백천을 얼싸안고 눈물을 흘려 댔다.

"사형……. 사형! 흐윽……."

백상은 도무지 흐르는 눈물을 참을 수 없었다.

그는 안다. 백천이 진금룡을 이기기 위해서 얼마나 스스로를 몰아붙여 왔는지. 이곳에서 그 사실을 가장 잘 아는 이가 백상이었다. 그렇기에 눈물을 참을 수가 없었다.

"울지 마라."

"사형……."

백천이 싱긋 웃었다.

"기분 좋게 이기고 돌아왔는데 왜 우느냐. 축하를 해 줘야지."

"예. 정말…… 정말 축하드립니다, 사형."

백천이 가만히 고개를 끄덕였다. 그러고는 백상의 뒷머리를 잡고 가볍게 흔들었다.

"고맙다."

손목이 욱신거린다. 긴장이 풀렸는지 잊고 있던 고통이 다시 밀려오기 시작했다. 하지만 백천은 미소 지었다.

'이제 고통 같은 건 아무래도 좋아.'

영원히 까마득할 것 같던 벽을 마침내 넘어섰다. 백천에게는 그 사실이 무엇보다 중요했다.

"치료해야 해요."

"그래."

유이설이 무표정한 얼굴로 백천을 잡아끌었다. 하지만 그녀를 잘 아는 사람이라면 모두 알 수 있었다. 일견 차가워 보이는 표정이지만 그녀의 입꼬리가 미묘하게 올라가 있단 것을.

백천이 진금룡을 이겼다. 이건 단순히 두 사람의 승부에 결판이 났다는 것만을 의미하지는 않는다. 청명이 아닌 화산이 마침내 저 종남을 완전하게 뛰어넘었다는 것을 의미한다.

"정말…… 고생하셨어요, 사형."

"아니다."

백천이 가만히 고개를 저었다.

"너희가 아니었다면, 나 혼자서는 아무것도 못 했을 거다. 너희 덕분이다."

화산의 제자들이 서로를 마주 보며 환히 웃었다. 뜨겁게 달아오른 가슴…….

"웃어?"

……이 순식간에 싸늘하게 식어 가기 시작했다.

화산 제자들의 시선이 일제히 한쪽으로 돌아갔다. 청명이 고개를 삐딱하게 꺾으며 걸어오고 있었다.

'저건 왜 또 열받았냐?'

'이겼잖아. 이겼으면 됐지.'

'불똥 튄다. 물러나! 물러나!'

어느새 지척까지 다가온 청명이 눈을 부라리며 백천을 바라보았다.

"웃어?"

"……."

"그냥 잘만 싸웠으면 별 피해도 없이 이길 수 있는 상대한테 손모가지까지 잘려 놓고는 웃음이 나와? 어?"

백천의 얼굴이 순식간에 일그러졌다.

"그래도 이 정도면 별 피해 없이…….”

"피해가 없어어어어? 아이고, 세상에! 손모가지가 덜렁거리는데 피해가 없다네! 피해 좀 있었으면 모가지가 덜렁거렸겠다?"

"……."

백천이 눈빛으로 간절히 도움을 청하며 주변을 돌아보았다. 하지만 그와 눈이 마주친 사형제들은 모두 시선을 피하기에 급급했다.

'이 망할 놈들.'

뭐? 사형제 간의 의리? 따뜻한, 뭐? 개뿔이!

조금 전까지 그를 둘러싸고 환호하며 눈물짓던 사형제들이 다들 못 볼

거라도 본 양 슬금슬금 물러나고 있었다.

"그만큼 평정을 유지해야 한다고 귀에 못이 박이도록 말을 했는데, 말을 하면 뭐 하나! 내가 차라리 소귀에 경을 읽지! 소는 듣기라도 하지, 듣기라도! 아이고, 내 팔자야. 내가 이런 것들을 데리고 뭘 하겠다고!"

귀에서 피가 날 것 같다. 다친 손보다 귀가 더 욱신거리는 기분이다.

뭐? 잔소리가 길을 이끌어 줘? 백천은 잠시나마 그런 생각을 했던 과거의 자신을 때리고 싶었다.

이 상황을 어떻게 빠져나가야 할지 그가 진심으로 고심하던 때였다. 청명이 잔소리를 멈추고 백천을 빤히 보았다.

"뭐……."

그러더니 어깨를 으쓱하며 입을 뗐다.

"그래도 나름 잘했어."

"……응?"

"어찌 됐건 결과가 중요한 거지. 저 종남파의 칼 귀신을 꺾었으면 잘한 거야."

"……너 뭐 잘못 먹었냐?"

"난 돈 챙기러 간다."

청명이 손을 내젓고는 휘적휘적 걸어 도박판으로 향했다. 그 뒷모습을 보며 백천이 눈을 동그랗게 떴다.

'저놈이 웬일로…….'

평소였다면 한번 시동을 건 이상 정말 귀에서 피가 나도록 사람을 몰아붙였을 텐데. 여기서 끝낸다고?

"사숙!"

"사형!"

다시 쏟아지는 사형제들의 환호를 받으며 백천이 가만히 고개를 끄덕였다. 하지만 와중에도 그의 시선은 멀어지는 청명의 등에 꽂혀 있었다.
— 잘했어.
망할 놈. 삼 년 만에 드디어 칭찬을 해 주네.

◆◈◆

싸늘하다. 환호가 쏟아지는 아래와는 다르게 장문인들이 모여 있는 단상 위는 쥐 죽은 듯 정적만이 흐르고 있었다.
누구도 쉽게 말을 꺼내지 못했다. 비무의 결과 때문만은 아니다.
물론 화산의 백천이 종남의 진금룡을 이겼다는 사실은 분명 놀라운 일이다. 하지만 장문인들이 입을 닫아 버린 이유는 단순히 그 승패 때문이 아니었다.
'저 검은.'
허도진인이 제 사형제들에게 둘러싸여 있는 백천을 무겁게 가라앉은 눈빛으로 바라보았다.
물론 그들이 화산의 매화검법을 본 게 이게 처음은 아니다. 이미 과거의 무학을 되찾은 화산파에 축하의 말도 전하지 않았던가.
하지만 무학을 되찾는다와 무학의 본의를 되찾는다는 분명 다른 말이었다. 지금 백천은 화산이 그저 과거 무학의 껍데기만을 되찾은 게 아니라 그 본의를 되찾았음을 증명했다. 다시 말해…….
'천하를 호령했던 화산의 매화검법이 돌아왔다는 뜻이겠지.'
도무지 이해할 수 없는 일이다. 과거의 무학을 되찾았다 해서 바로 그 본의를 깨닫고 예전과 같은 수준으로 활용할 수 있다면, 스승의 존재란 왜 필요한가?

명문을 대표하는 무학이란 당연히 복잡하고 어렵기 마련이다. 설령 천하에 손꼽히는 기재라고 한들 그 무학을 이해하고 재현하는 게 쉬울 리가 없다.

'그러면 누군가 매화검법을 전수하기라도 했다는 말인가?'

하지만 벌써 수십 년도 전에 실전된 무학을 무슨 수로, 누가 전수한단 말인가?

허도진인이 살짝 아랫입술을 깨물었다.

'어쨌든 하나는 확실하군.'

무학을 되찾은 것이 확실하다면, 이제 천하의 누구도 화산파를 무시할 수 없게 될 것이다. 그리고 어쩌면…….

'천하의 세력도 자체가 다시 쓰일지도 모른다.'

크나큰 위기감이 밀려왔다. 이제는 완전히 끝났다고 생각했던 도가제일 검문을 향한 경쟁이 계속될 거라는 예감이 들었기 때문이다.

허도진인은 슬쩍 고개를 돌려 다른 장문인들의 표정을 살폈다. 이런 생각을 한 게 그뿐만은 아닌지, 대부분의 장문이 심각한 표정으로 백천을 응시하고 있었다. 물론…….

'저긴 거의 혼이 빠져 버렸군.'

종남의 장문인 종리곡은 경악한 나머지 아예 입을 못 다물고 있었다.

하기야 종남의 후기지수 중 최고수로, 훗날 종남 장문인의 자리에 오를 것이 확실시되던 진금룡이다. 그런 그가 화산신룡도 아닌 화정검에게 패했으니 그 충격과 여파를 어찌 감당하겠는가.

특히나 화산과 종남은 그 거리의 가까움과 문파 간의 관계로 인해 하나가 살면 하나가 죽어야 하는 사이다. 수많은 이들과 명문의 주요 인물들이 모두 모인 곳에서 화산의 제자에게 참패한 것은 종남에게 돌이킬 수 없는 치명타가 될 것이다. 그러니 저리 넋이 나갈 수밖에.

반면 화산 장문 현종은 감격에 젖은 얼굴로 자신의 제자들을 바라보고 있었다.

'허.'

허도진인이 슬쩍 헛웃음을 흘렸다.

'재미있는 사람이군.'

차라리 어깨에 힘을 잔뜩 주고 있다거나, 주변에 으스대는 기색을 조금이라도 보였다면 아무 거리낌 없이 미워할 수 있을 텐데. 저리 순수하게 좋아하는 모습을 보이니 악심을 품기도 껄끄러워진다.

'화산. 화산이라……. 대체 어디까지 갈 것이더냐.'

• ◈ •

"예?"

윤종과 조걸의 눈이 거세게 흔들렸다.

"추, 출전이 안 된다고요?"

윤종이 당황하여 소리치자 현상이 무겁게 고개를 끄덕였다.

"근맥이 완전히 상한 것은 아니지만, 무리를 하면 평생 문제가 생길 수도 있다. 그러니 다음 비무는 포기해야겠구나."

"아니, 그게 뭔……."

조걸이 기가 막힌다는 듯 허, 소리를 내었다. 이제야 진금룡에게 이겼다. 드디어 벽을 깨고 실력이 활짝 피어났는데 대회를 기권해야 한다니. 이런 날벼락이 어디 있단 말인가?

"다른 방법은 없습니까?"

"방법이야 수도 없이 많다."

"그, 그럼 왜……?"

뭐라도 해 달라는 듯 간절하게 묻는 조걸에게 현상은 단호히 잘라 내듯 말했다.

"하지만 그 방법 중 후유증이 남지 않는 방법은 없다. 이 대회가 뭐라고 그런 무리를 해야 한단 말이더냐?"

잠깐 뭔가 말하려던 조걸이 입을 닫았다. 현상의 말이 옳다는 건 그도 알고 있었다. 그럼에도 자꾸 아쉬움이 남는다.

"사숙…….'

조걸은 걱정 어린 눈으로 백천을 돌아보았다. 백천이 담담한 목소리로 말했다.

"그럼 기권하겠습니다."

"사, 사숙!"

조걸과 윤종이 놀란 눈빛으로 바라봤지만, 백천은 그저 조용히 웃을 뿐이었다.

"어쩔 수 없는 노릇이지."

"하지만……."

"아쉬울 것도 없다."

그는 가만히 고개를 내젓고 물었다.

"우리가 이곳에 온 이유가 무엇이냐?"

"그야……."

사질들이 대답을 하지 못하자 백천이 그 대답을 대신 해 주었다.

"나는 이곳에 우승하러 온 게 아니다. 화산의 검을 세상에 선보이고 우리가 결코 몰락하지 않았다는 것을 알리러 온 것이지. 그러니…… 내 역할은 이걸로 됐다."

"사숙…….."

"그 뒷일은 너희가 해 주면 된다."

정말 미련이 없다는 듯 맑게 웃는 백천을 보며, 두 사람은 결국 가만히 고개를 끄덕였다. 이상하게도 백천이 예전보다 조금 커 보인다.

"물론 부상당하지 않았다면 조금 더 좋은 성적을 노려 봤겠지만, 이리된 이상 어쩔 수 없는 일이지."

"무리예요."

"응?"

갑자기 끼어든 목소리에 백천이 고개를 돌렸다. 유이설이 무심한 얼굴로 그를 바라보고 있었다.

"사매?"

"어차피 부상 안 당했어도 사형은 여기까지."

생각지 못했던 말에 백천이 슬쩍 미간을 찌푸렸다.

"……내 실력이 아직 미진하다는 건가?"

유이설이 고개를 내저었다.

"그런 게 아니라."

"응?"

"다음 비무에서 이기는 사람이 사형의 다음 상대."

"……."

"그리고."

유이설이 슬쩍 뒤쪽을 가리켰다.

"저게 다음 비무 나갈 사람."

"……."

그녀가 가리킨 건, 좌판 위의 돈을 쓸어 담고 있는 청명이었다.

"저거?"

"네. 저거."

"……."

빤히 청명을 바라보던 백천이 유이설을 돌아보고 세상 다시없을 편안한 미소를 지었다.

"……미련이 깨끗이 사라졌다."

"그러네요."

"어차피 의미 없었네."

아니, 비무대 위에서 '저것'과 마주하느니 차라리 여기서 탈락하는 게 나을지도 모른다.

– 호오오오? 감히 날 상대하겠다고 칼을 뽑으셨겠다?

자연히 귓가에 맴도는 목소리에, 백천의 몸이 부르르 떨렸다.

"차라리 잘된 일인지도 모르겠군."

"저도 그렇게 생각합니다."

"……깔끔한 게 낫죠."

그때였다.

"뭔 이야기를 그렇게 해?"

"히익!"

윤종이 깜짝 놀라 뒤를 돌아보았다.

'언제 왔어?'

돈 자루를 든 청명이 서 있었다. 분명 조금 전까지 저기 좌판에서 돈을 담고 있었는데!

"아, 아니. 그냥 다음 비무 너라고."

"아, 그래?"

청명이 슬쩍 고개를 끄덕이더니 돈 자루를 바닥에 내려놓았다.

"이거 잘 지켜."

"……그래."

"그러니까 내 상대가……."

"이송백이다."

"흐음."

청명은 뭔가 마음에 걸린다는 듯 턱을 긁었다.

"종남은 전에 충분히 패 준 것 같은데, 희한하게 자꾸 얽히네. 하기야 이게 화산과 종남의 전통이기는 하지만."

"그래서 살살 해 주려고?"

"내 사전에 살살은 없다!"

청명이 눈을 부라렸다.

"살살 처맞고 싶으면 비무를 나오면 안 되지! 내 앞에서 칼 든 새끼는 일단 돼지는 거야! 남녀노소 가릴 거 없어!"

불타오르는 청명을 보며 백천이 흐뭇하게 웃었다.

'처음으로 고맙다, 진금룡.'

저 '남녀노소'에 자신이 포함될 뻔했다는 걸 깨달은 백천은 감사하는 마음을 가득 담아 종남의 진영을 아련하게 보았다.

"……사형."

실려 나온 진금룡을 본 종남 제자들의 얼굴이 모두 새파랗게 질렸다.

진금룡이 졌다. 다른 사람도 아니고, 진금룡이.

종남이 느끼는 진금룡의 패배는 화산이 느끼는 백천의 승리와는 비할 수 없이 큰 감정의 파동을 가져다주었다.

누구도 진금룡이 종남 후기지수 중 최고수라는 것을 부정하지 않는다. 종남의 이대제자 중에서 그는 말 그대로 군계일학과 같은 사람이었다. 경쟁심마저 앗아 갈 정도로 압도적인 재능과 노력으로 종남을 평정해 버렸던 이가 바로 진금룡 아니던가.

그런데 그런 그가 청명도 아니라 백천에게 패해 버렸으니, 그 충격이란 슬픔과 분노마저 휘발시켜 버릴 정도였다. 이곳에 모인 종남 제자들 모두가 거의 공황 상태에 빠져 있었다.

나락으로 떨어진 듯한 분위기를 느끼며 이송백은 눈을 감아 버렸다.

'끝났다.'

이건 돌이킬 수 없다. 진금룡의 패배는 단순한 문제가 아니다. 설화십이식이 꺾인 이상, 종남의 제자들은 더 이상 화산을 상대로 고개를 들지 못할 것이다.

과거 화산의 제자들이 종남에게 느꼈던 절망감을, 이젠 종남이 화산을 상대로 느껴야 한다. 아니, 그 이상의 절망감일 것이고, 빠져나갈 수 없게 될 것이다.

그럼…… 그럼 이제 어찌해야 하는가?

이송백은 고개를 들어 비무대를 바라보았다. 어느새 터덜터덜 비무대로 오르는 청명의 모습이 보였다.

잠깐 복잡한 표정으로 그를 응시하던 이송백이 입을 열었다.

"……다녀오겠습니다."

그의 등 뒤로 힘없는 종남 제자들의 눈빛이 꽂힌다.

"차라리……."

말은 이어지지 않았지만, 그 뒷말을 짐작하는 건 어렵지 않았다. 차라리 기권하는 게 낫다는 말을 하려 했겠지.

이해한다. 진금룡이 백천에게 졌는데 이송백이 청명에게 이길 수는 없을 테니까. 모두의 앞에서 종남이 연패하는 모습을 보여 돌이킬 수 없어질 바에야 차라리 기권하는 게 낫다는 뜻일 것이다.

일리가 있는 말이다. 분명히. 그러나 이송백은 그저 담담한 표정으로 다시 걸음을 옮겼다.

그래, 어쩌면 멍청한 짓일지도 모른다. 하지만.

'걷지 않는 자는 나아갈 수 없지.'

그의 걸음이 올곧게 청명에게로 향했다. 비무대로 올라가는 계단을 바라보며 이송백이 낮게 심호흡을 했다.

아무것도 아닌 계단이다. 하지만 이 계단 위에 청명이 기다리고 있다면, 더 이상 별거 아닌 계단일 수 없다.

'계단은 합리적이지.'

오르면 위로 갈 수 있다. 조금의 체력을 소모하는 대신 확실한 상승을 바랄 수 있다.

하지만 그 명확하기 짝이 없는 계단과는 달리, 무학은 노력에 대한 대가를 확실하게 보장해 주지 않는다. 검을 휘두르고 또 휘두른다고 해도 자신이 올바른 길을 가고 있다는 확신은 더욱 흐려지기만 한다.

그렇게 생각해 볼 때, 어쩌면 이송백은 행운아일지도 모른다. 그에게는 있으니까. 그가 가고 있는 길이 정말 옳은 길인지 확인해 줄 상대가.

저벅. 저벅. 저벅.

굳건한 발걸음으로 계단을 올라 비무대에 선 이송백은 건너편에 선 사내를 응시했다.

산책이라도 나온 듯 긴장감 없는 표정. 길게 자라난 머리를 질끈 묶어 올렸지만, 그마저도 잔뜩 헝클어져 얼굴에 흘러내렸다. 거기에 표정은 정말 심드렁하기 그지없었다. 누가 봐도 고수로는 보이지 않는 풍모.

하지만 이송백은 알고 있다. 눈앞에 서 있는 이자가, 진금룡이나 백천과는 비교도 되지 않는 강자임을 말이다.

"다시 뵙소, 화산신룡."

"……그냥 청명이라고 불러."

"그럼 그러겠소이다. 청명 도장."

이송백이 새삼스럽게 청명을 바라봤다.

'참 이상한 사람이지.'

청명을 처음 봤을 때, 그에게는 명성이랄 게 존재하지 않았다. 화산은 무관심 속에 망해 가는 문파였고, 청명은 그 다 무너진 문파의 막내 제자였을 뿐이다. 그런데 지금은 천지가 개벽했다는 말이 어울릴 정도로 달라졌다.

지금의 청명은 천하에 폭풍을 몰고 온 화산파 후기지수 중 최고수이고, 나아가 천하제일 후기지수로 당당히 인정받고 있는 사람이다. 그럼에도…….

"웃어?"

"아, 아니오."

이송백이 황급히 자신의 입가를 주물렀다.

"청명 도장이 예전과 전혀 달라진 게 없다고 생각하니 이상하게 웃음이 나서."

청명이 고개를 갸우뚱했다.

"그게 왜 웃기지?"

"그건 나도 모르겠소. 여하튼 재미있구려."

"……뭐, 맘대로 생각해."

청명 역시 피식 웃어 버렸다.

'달라지지 않는 게 당연하지, 이것들아.'

청명이 정말 어린아이였다면 지금쯤 어깨가 화산만큼 승천해 있을지도 모른다. 눈에 보이는 게 없을 것이다.

하지만 실제로 그는 산전수전은 물론, 수중전과 공중전까지 가리지 않고 모두 겪은 애늙은이다. 그런 인간이 후기지수로 인정 좀 받는다고 내내 어깨에 힘이 들어갈 리가 있겠는가? 되레 자괴감이 들 지경인데.

슬쩍 고개를 든 청명이 이송백을 바라보았다. 이송백의 표정이 나름 담담해 보인다는 것을 확인한 그는 미묘한 미소를 머금었다.

"아, 종남 망한 것 같던데?"

"……."

"그것도 폭삭."

"……."

대뜸 날아드는 깐죽거림에 이송백의 어깨가 부르르 떨렸다.

'저 입은 정말이지 조금도 변하지 않았군.'

상처를 후벼 파다 못해 벌려서 소금을 뿌리는 격이다.

"……아직은 희망이 있습니다."

"에이. 희망 없는 것 같던데? 거기서 희망 찾을 수 있으면 거지 굴 안에서도 황금이 나는 거지. 하긴, 그래. 혹시 알아? 거지 굴도 잘 파 보면 금맥이 나올지."

어찌 저리도 훌륭히 빈정댈단 말인가. 이송백의 이마에 핏대가 섰다.

'말을 말아야지.'

이 사람과는 말을 섞으면 안 된다. 예전에도 교훈을 얻었던 것 같은데, 왜 또 휘말리는지 알 수가 없었다.

그때, 청명이 빙그레 웃으며 말했다.

"어때, 화산으로 옮겨 와 볼 생각 있어?"

"예?"

이송백이 화들짝 놀라 눈을 번쩍 치켜떴다. 솔깃해서가 아니라 너무 놀라서 나온 반응이었다.

"저는 종남의 제자입니다."

"알아."

청명이 귀를 후비적대더니 입으로 훅 불었다.

"그런데 그게 뭐? 거 종남에서 배운 구정물 싹 정리하고 화산의 맑은 물로 다시 채우는 데 일 년이면 돼. 음…… 아니다. 너는 반년이면 되겠다."

"……."

"망한 문파 붙들고 있는 것보다는 잘나가는 데로 옮기는 게 낫지 않아?"

이송백의 입에 쓴웃음이 걸렸다. 불과 삼 년 전이었다면, 저 말을 종남이 청명에게 했을 수도 있다. 그때 종남에서 청명이 어떤 존재인지 알아보았다면 말이다. 하지만 이제는 그 말을 청명이 이송백에게 하고 있었다.

"솔직히 터놓고 말하자면 그 제안이 조금 기쁘기는 한데."

"……한데?"

"거절하겠습니다."

"호오?"

그 단호한 대답에 청명이 재미있다는 듯한 표정으로 이송백을 바라보았다.

"이유는?"

"너무 간단합니다. 저는 종남의 제자기 때문이죠."

"……."

이송백이 천천히 검을 뽑았다.

"당신이 몰락한 화산을 버리지 않았듯이, 저도 제 사문을 버릴 수 없습니다."

"다 타서 재만 남았는데도?"

"그럼……."

그의 담담한 대답이 이어졌다.

"제가 다시 불씨가 되어 불을 일으키면 되겠죠."

이송백의 눈빛에는 흔들림이 없었다. 이건 강함과 약함의 문제가 아니다. 자신의 길을 흔들림 없이 고수하는 검수만이 저런 눈빛을 보일 수 있다.

청명의 입가에 미소가 피어났다.

"네가 불씨가 될 수 있을까?"

"그걸 확인하기 위해서 이 자리에 섰습니다."

"호오."

청명이 가면 갈수록 마음에 든다는 듯 고개를 끄덕이고는 허리춤에 맨 검을 끌렀다.

"그렇단 말이지?"

그러고는 검집째 들어 올렸다.

"그럼 어디 한번 확인해 볼까?"

청명이 검을 겨누자 이송백은 살짝 미간을 찌푸렸다.
"검을 뽑지 않으실 겁니까?"
"필요하면 뽑을 거야."
이송백은 가만히 고개를 끄덕였다.
그는 확실하게 청명과 자신의 실력 차를 이해하고 있었다. 자신은 청명에게 검을 뽑으라 요구할 정도로 강하지 않다.
'흔들리지 말자.'
그가 해야 할 일은 스스로를 확인하는 것이지, 쓸데없는 자존심을 세우는 게 아니다.
이송백이 살짝 심호흡하며 고개를 숙였다.
'내 모든 것을 여기다 쏟아 낸다!'
그리고 마침내 두 눈에 의지를 담고 고개를 번쩍 들었다.
"자아! 오십시……."
"뭐래?"
"응?"
그 순간 청명이 이송백에게 벼락같이 달려들어 그의 머리를 향해 검을 내리쳤다. 이송백의 눈이 찢어질 듯 부릅떠졌다.
쿠우우우우우우우웅!
"……."
순간적으로 무거운 정적이 내려앉았다.
철푸덕. 나무토막처럼 뻣뻣이 굳은 이송백이 앞으로 쓰러졌다.
"어디 허세를 부려."
그런 그의 앞에, 청명이 씨익 웃으며 쪼그려 앉았다.

비무대 아래서 그 광경을 바라보던 백천은 저도 모르게 박수를 치고 말았다.

"죽었네."

"죽었겠지?"

"에이, 저 정도면 죽어야지."

그 옆에서 비무를 지켜보던 화산 제자들이 저마다 감상을 늘어놓았다.

"그런데 저 새끼 종남의 씨앗이 어쩌고저쩌고하지 않았어요?"

"씨앗을 한데 모아서 불 질러 버릴 셈인가 본데?"

"과연 청명이답네요. 희망을 만들어 주고는 희망째 목을 잘라 버릴 모양이네. 역시나 사람이면 못 할 짓을 아무렇지도 않게 해 댄다니까. 대단해. 아주 존경스러워."

하지만 비무대 아래에서 무슨 감상이 오고 가건 청명의 귀에는 들리지 않는 모양이었다. 청명은 앞으로 엎어진 채 부들부들 떨고 있는 이송백의 어깨를 검집으로 콕콕 찔렀다.

"죽었어?"

"……."

"안 죽은 것 같은데?"

"……."

"에이. 일어나야지. 이 정도로 쓰러지면 안 되지. 종남 되살린다면서? 한 방에 뻗는 놈이 무슨 종남을 살려. 빨리 일어나 봐."

"……."

백천을 비롯한 모두가 그 광경을 보며 다시 빙그레 웃었다.

"아수라가 따로 없군. 쓰러진 상대를 굳이 일으켜 세워 다시 패겠다는 거네."

"훌륭해, 훌륭해. 저 정도면 지옥에 떨어져도 충분히 제 역할을 할 수 있지. 염왕이 형님으로 모시겠군."

"사숙, 감사히 여기셔야 합니다. 사숙이 다음 비무에서 저 꼴이 날 수도 있었습니다."

"……내가 오늘부터 자기 전에 형님이 계신 방향으로 두 번 절하고 잔다."

"그건 죽은 사람한테 하는 거잖습니까?"

"그러니까."

"……."

조걸이 입을 떡 벌렸다. 아, 확실히 이 인간도 정상은 아니야.

잠시간 상황을 살펴보던 심판이 손을 들어 올렸다.

"이 승부는 화산 청명의 승……."

"아, 잠시만!"

"음?"

청명의 외침에 잠깐 다시 주위가 조용해졌다. 그러자 쓰러진 이송백의 입에서 흘러나온 신음 소리가 들려왔다.

"끄으으……. 으으……."

이송백이 파들파들 떨리는 손으로 땅을 짚고 가까스로 몸을 세웠다. 겨우겨우 일어선 그는 잠깐 휘청이더니 다시 검을 들고 자세를 잡았다.

"저, 저는 괜찮습니다. 계속……."

심판을 보던 이가 다가와 걱정 어린 표정으로 물었다.

"정말 괜찮겠는가?"

"저, 저는 계속할 수 있습니다. 제가 멍청하게 방심……해서 그렇습니다."

"……과한 기습이었던 것 같은데."

"아닙니다. 제가 방심하여……."

이송백이 계속 부인하니 심판도 어쩔 수 없이 떨떠름한 얼굴로 고개를 끄덕였다.

"그럼 조심하게나."

"예!"

심판이 훌쩍 뒤로 물러나자 이송백이 청명을 보며 사과했다.

"죄송합니다. 너무 흥분해서. 저는 괜찮으니 계속……."

주르륵. 이송백의 머리에서 흘러나온 한 줄기 피가 얼굴을 타고 흐르기 시작했다.

"……안 괜찮아 보이는데?"

"정말 괜찮습니다."

"그러다 죽을 것 같은데?"

"괘, 괜찮습니다! 자, 잠시만."

옷을 찢어 머리를 칭칭 감싼 그는 완전히 지혈을 마치고서야 어색한 얼굴로 청명을 보며 고개를 꾸벅 숙였다.

"기다려 주셔서 감사합니다."

"흐음."

피 묻은 얼굴을 닦아 내니 나름 몰골이 나아지기는 했지만, 그럼에도 뭔가 애처롭게만 보였다. 관객들도 그런 이송백에게 몰입이 되었는지 하나둘 응원의 말을 외치기 시작했다.

"힘내라, 이송백!"

"저 마귀 놈을 쓰러뜨려!"

"비겁하게 기습이라니!"

"양심도 없느냐! 양심도!"

그 말을 들은 청명이 귀를 후볐다.

"뭐래."

비무대에서 한눈판 놈이 잘못이지. 여기가 비무대니까 대가리만 깨졌지, 전장이었으면 목이 잘려도 할 말 없는 일이다.

관중들과 달리 이송백은 그 사실을 잘 아는 듯 무척이나 미안해하는 표정으로 말했다.

"염치없는 일인 걸 알지만, 그래도 다시 한번 부탁드려도 되겠습니까."

"흐음."

청명이 살짝 볼을 긁었다.

"넌 이미 죽었어."

"……역시나."

이송백이 실망한 얼굴로 한숨을 내쉬었다.

"그런데 뭐……. 한 번 죽어도 기회는 있더라."

"……예?"

"아, 뭐. 네가 이해할 수 있을 만한 이야기는 아니고."

청명은 피식 웃고는 다시 검을 들어 이송백을 겨누었다.

"다시 해보지."

"감사합니다!"

이송백은 이번엔 절대 방심하지 않겠다는 듯 의지에 찬 눈빛으로 청명을 노려보며 검을 들었다.

'나는 한 번 죽었다.'

그의 검은 방어의 검. 그런데 상대의 일격을 막지 못했다. 목이 잘려도 할 말이 없는 실수. 상대가 청명이 아니었다면 없었을 일이라는 변명은 소용없다. 어쨌든 지금 그의 상대는 청명이니까.

'그러니 무서울 게 없다.'

긴장되었던 육체가 느슨하게 풀려 간다. 피를 흘린 게 오히려 조금 도움이 되는 느낌이다.

터질 것처럼 복잡했던 머릿속이 간명하게 변해 간다. 이송백의 세상이 좀 더 선명해지기 시작했다. 비무대 위에 선 자신과 청명을 제외한 다른 것들이 흐릿하게 사라져 갔다.

"호오?"

그 가공할 집중력을 본 청명이 입꼬리를 쭉 말아 올렸다. 역시나 볼 때마다 흥미가 가는 놈이다.

그럼 어디 진짜 확인해 볼까? 네가 과연 이 길을 걸을 자격이 있는지 말이야.

청명이 가만히 상단세를 취했다. 양발을 어깨너비로 벌리고 검을 가만히 앞으로 내미는 자세. 모든 검수에게 있어 기본이 되는 자세이자, 화산의 근본. 육합검의 기수식이 되는 자세다.

"네가 완벽을 추구하시겠다?"

"……어렵다는 건 알지만, 그렇소."

"어렵다고?"

청명의 목소리가 살짝 가라앉았다.

"그래?"

그 순간이었다. 청명이 앞으로 한 발 내디디며 검을 내려쳤다.

그리고 이송백은 보았다. 그저 한 걸음 다가섰을 뿐인데, 청명이 훌쩍 단번에 거리를 좁혀 내는 것을 말이다.

'이게 무슨……?'

이윽고 청명의 검이 이송백을 향해 떨어져 내렸다.

콰아아아아아앙!

순간적으로 비무대 위에 쌓여 있던 먼지들이 사방으로 밀려 났다. 기파는 이내 충격파가 되어 관중들을 휩쓸었다. 이송백의 눈에 핏발이 섰다.

'이, 이게 뭔…….'

단순한 내려치기. 그저 단순한 내려치기일 뿐이다. 하지만 그것을 막아 내는 것만으로도 이송백의 손은 금방이라도 꺾어 버릴 것처럼 뒤틀렸고, 다리와 허리는 비명을 질러 대고 있었다.

맞닿은 검 사이로 보이는 청명의 눈이 한없이 차게 빛났다.

"철저하게 느껴 보는 게 좋아. 네가 가려는 길이 어떤 것인지."

서늘한 목소리와 압도적인 위압감. 이송백의 등골을 타고 식은땀이 흘러내리기 시작했다.

눈. 차갑기 짝이 없는 시선이 이송백을 내리누른다. 그 눈과 마주하는 순간, 이송백은 지금까지 살아오면서 단 한 번도 느껴 보지 못한 감각에 전율했다.

더없이 날카롭게 벼려진 비수가 심장에 맞닿아 있는 것 같은 감각.

'대체…….'

충분히 알고 있다고 생각했다. 지금 상대하는 이가 어떤 이인지. 하지만 지금의 일격과 저 서늘한 눈빛을 본 순간 이송백의 생각은 완전히 뒤

바뀌었다.

'어쩌면 나는 이 사람을 전혀 모르고 있었던 게 아닐까?'

우드드득!

"끄윽."

청명이 검을 내리누르자 이송백의 허리가 뒤틀리며 비명을 질러 댔다.

"뭘 추구한다고?"

싸늘한 목소리가 이송백에게 와 닿았다.

"주둥아리로 지껄이는 건 더없이 쉽지. 하지만 그걸 실천하는 건 별개의 문제야. 너 따위가 뭘 해내겠다고?"

쾅!

청명이 손목을 살짝 움직이며 맞닿은 검을 강하게 밀어 낸다. 이송백은 폭풍을 맞은 가랑잎처럼 속절없이 뒤로 튕겨 나갔다.

콰당!

바닥에 처박힌 그는 이내 이를 악물고는 몸을 일으켰다. 몸이 사시나무처럼 덜덜 떨리기 시작했다. 고개를 들자 검을 사선으로 떨치고 걸어오는 청명의 모습이 보인다. 이송백은 자신도 모르게 입술을 꽉 깨물었다.

'저 모습이 저리 잘 어울리는 이가 세상에 또 있을까?'

청명이 가라앉은 눈으로 입을 열었다.

"하루에 만 번 검을 휘두른다. 그건 별로 어렵지 않은 일이야."

느릿한 걸음.

"하나 세상은 매일이 같지 않다. 때로는 폭풍우가 치고, 때로는 폭설이 내리고, 어떤 날은 나 같은 놈을 만나게 되지. 그러면 그날 이후로도 네가 계속 검을 휘두를 수 있을까?"

"……."

이송백이 청명에게 검을 겨눴다.

"말로는……."

청명의 검이 다시 한번 강렬하게 내리쳐졌다.

쿠우우우우웅!

검을 들어 청명의 내려치기를 막아 낸 이송백의 입술을 비집고 억눌린 듯한 신음이 흘러나왔다.

"못 할 게 없지."

콰아아아아아아앙!

청명의 검이 다시 이송백을 향해 떨어졌다. 검이 부러질 듯 휘어지고 뼈가 비명을 질러 댄다. 검을 잡은 손아귀가 찢겨 나가 피가 흐르고, 꽉 깨문 입술이 터져 입 안에 비릿한 쇠 맛이 감돈다. 실핏줄 터진 눈은 피라도 흘릴 듯 시뻘겋게 물들어 있었다.

청명은 그런 그를 빤히 내려다보았다. 무심한 얼굴. 평소의 그답지 않은 무감정한 표정이 이송백의 심혼을 얼려 버릴 것만 같았다.

그때, 청명이 맞대고 있던 검을 떼고는 슬쩍 뒤로 물러났다. 그러더니 다시 이송백을 향해 검을 찔러 왔다. 군더더기 없는 정확한 동작. 마치 연습하듯 지르는 검이었다. 하지만 그 검을 맞이하는 이송백의 감상은 전혀 달랐다.

'무슨!'

이송백은 필사적으로 몸을 뒤틀었다.

좌악.

청명의 검이 아슬아슬하게 그의 목 바로 옆을 스치고 지나갔다. 검집을 두른 채로 찌른 검인데도, 그 풍압만으로 목의 피부가 찢겨 나가 붉은 선혈이 방울방울 흩날렸다.

'대체 어떻게?'

이송백의 눈에 마지막으로 보인 것은 뒤로 물러나 상단세를 취하는 청명의 모습뿐이었다. 그리고 그다음으로 본 것은 어느새 그의 목 바로 앞까지 다가온 검이었다.

중간이 없다. ……아니. 아니다! 너무도 완벽한 동작으로 구현된 검이다 보니 검을 찔러 오는 일련의 과정이 마치 한순간에 벌어진 것처럼 느껴지는 것이다.

완벽. 그가 추구해야 할 것.

'이렇게나 멀었다고?'

목표를 잡는 것은 어렵지 않다. 그리고 그 목표를 향해 몸이 으스러지도록 노력하는 것도 그리 어렵지 않은 일이다. 진정으로 어려운 것은, 까마득한 목표까지의 거리를 실감하고도 그 무게에 짓눌리지 않는 것이다.

자신이 추구해야 할 목표를 제 눈으로 봐 버린 이송백은 그 끝없는 길 앞에 아연실색할 수밖에 없었다.

"잡념."

쾅!

순간적으로 비어 버린 옆구리로 청명의 검이 파고들었다.

우드드득.

갈비뼈가 통째로 부러져 나가는 것과 같은 충격에 이송백이 피를 토하며, 아이가 던진 돌멩이처럼 비무장 바닥에 처박혔다 튀어 올랐다.

"끄윽."

쿵!

형편없이 널브러진 그가 비무장 바닥을 움켜잡았다. 코와 입에서 연신 선지피가 흘러내렸다.

하지만 그럼에도 이송백은 부들부들 떨며 몸을 일으켰다.

"아무리 힘들어도 의지 하나로 버텨 낸다?"

청명이 차갑게 이죽거렸다.

"그게 그렇게 쉬웠으면 세상에 고수 아닌 이가 어디에 있지? 일어나. 어디 증명해 봐. 네가 완벽 운운할 자격이 있는 이라는 걸."

이송백이 검을 들어 올렸다. 무릎이 휘청대며 꺾이고, 검을 잡은 손이 제멋대로 후들거렸지만, 이송백은 어떻게든 상단세를 만들어 내는 데 성공했다.

"하……. 하아아앗!"

그가 기합을 내지르며 청명에게로 달려들었다. 그의 검은 동시에 열 개의 검영을 만들어 내며 청명의 전신 요혈을 노렸다. 후들거리는 몸과 달리 새파랗게 빛나는 검기는 더없이 또렷하고 선명했다. 하나.

"어설퍼."

청명은 자세 하나 흐트러뜨리지 않고 그 검영들을 일일이 맞받아쳤다. 바닥을 디딘 발은 한 치도 움직이지 않았고, 곧게 뻗은 허리엔 흔들림이 없었다. 움직이는 건 오로지 느슨하게 풀린 어깨와 더없이 절도 있게 뻗어졌다 회수되는 검뿐이었다.

쾅쾅쾅쾅!

이송백의 검이 뒤로 휙 밀려났다. 어깨가 열리며 드러난 가슴으로 청명의 검이 사정없이 휘둘러졌다.

쿠웅!

이송백은 다시 한번 피를 내뿜으며 허공으로 튕겨 나갔다. 이쯤 되니 관중들의 얼굴에도 아연한 기색이 역력해졌다.

"마, 말려야 하는 것 아냐?"

"상대가…… 안 되잖아."

"이, 이미 끝났는데 심판은 왜 안 말리는 거야? 저러다 죽겠어!"

"대체 저자가 어떻게 여기까지 올라왔지?"

이 정도면 몇 수 차이가 나느냐의 문제가 아니다. 이건 애초에 상대가 되지 않는다. 비무라는 것이 서로의 수준을 겨루는 대련이라는 의미를 가진다면, 이 대결을 기점으로 그 의미는 퇴색되었다.

"또, 또 일어난다."

"미친 거 아니야? 대체 왜 일어나는 거지?"

"……저런."

관중들은 모두 몸을 일으키는 이송백을 넋을 잃고 바라보았다. 손목이 퉁퉁 붓다 못해 손과 팔의 경계를 잃었고, 입에서 흘러내린 피가 가슴을 붉게 물들이고 있다. 그저 단정하고 단아해 보이던 그는 머리마저 산발이 되어 흡사 반쯤 죽은 사람처럼 보였다.

누가 봐도 승산은 존재하지 않는다. 그럼에도 이송백은 몸을 일으켜 다시 상단세를 취했다. 그리고 그 순간.

스르르륵.

이송백의 검이 물 흐르듯 자연스럽게 움직이더니 허공을 사선으로 내리그었다.

쇄애애애액!

그의 검에서 발출된 푸르른 검기가 청명의 바로 옆을 스쳐 지나가 비무장의 모서리에 틀어박혔다.

서걱!

단단한 청석으로 만들어진 비무대의 모서리가 날카로운 칼로 무를 벤 양 깔끔하게 잘려 나갔다.

쾅아아아!

비무장을 베어 버리고도 기세를 잃지 않은 이송백의 검기는 관중석 바로 앞에 있는 땅까지 파고들어 깊은 상흔을 남겼다.

쿵!

허공으로 솟아올랐던, 사람보다 더 큰 크기의 청석이 바닥으로 곤두박질쳤다.

"……."

관중들은 동시에 할 말을 잃었다. 지금까지 이곳에서 수백 번의 비무가 벌어졌지만 이런 일이 벌어진 적은 단 한 번도 없었다.

우승을 자신하는 수많은 기재들이 자신의 무학을 남김없이 펼쳐 냈지만, 비무장에 상흔을 남기는 것도 아니고 비무대 자체를 잘라 버린 경우는 분명 처음이다.

"저……."

누군가 입을 열다 말고 다시 꾹 닫아 버렸다. 그들도 알아 버린 것이다. 저 이송백이라는 자가 결코 약하지 않다는 걸. 아니, 어쩌면 지금까지 비무에 올라온 이들 중에서도 손꼽히는 강자일지도 모른다는 걸.

그럼 지금 눈앞에 펼쳐지고 있는 광경은 대체 뭔가?

그러나 이 큰 소동에도, 청명은 침중한 눈빛으로 이송백을 응시할 뿐이었다.

"나는 종남의 검 같은 건 모른다."

안다고 해 봐야 수박 겉핥기겠지. 청명은 스스로를 과신하지 않았다. 할 수 있는 것과 할 수 없는 것은 분명히 구분한다.

종남이 설화십이식에 아무리 심혈을 기울였어도 화산의 혼을 얻어 갈 수는 없었던 것과 마찬가지다. 청명이 제아무리 객관적이고 냉철하게 천하삼십육검을 분석한다고 해도 그 안에 담긴 종남의 혼마저 이해할 수는 없다. 그건 온전히 이송백의 몫이다.

청명이 할 수 있는 건 그저 한 가지. 질문하고, 확인하는 것이다.

'너는 걸을 수 있는가?'

어쩌면 청명이 걸어야 하는 것보다 더한 가시밭길이다. 과연 이송백이 그 길을 걸을 수 있는 인재인지, 그리고…….

스슷.

청명의 발이 부드럽게 보법을 밟는다. 매화검법은 지금 필요하지 않다. 화려한 검도, 화산의 혼도 지금은 의미가 없다. 그는 지금 태산이 되어 이송백을 가로막을 뿐이다.

쾅!

내리쳐진 청명의 검을 이송백의 검이 단단히 틀어막는다. 지금까지 위태위태하기만 했던 검이 아니다. 부드러움 속에 한 줄기 강함을 품은 검이 단호하게 청명을 가로막았다.

'부족해.'

하지만 이걸로는 어림도 없다.

쾅! 쾅! 쾅! 쾅!

물이 흐르는 것 같은 연격이 이어졌다. 머리로 내리쳤던 검을 회수하자마자 허리를 찔러 들어간다. 그것이 튕겨 나오는 순간 부드럽게 회전하여 발목을 노린다.

발목으로 향하던 검이 일순 방향을 틀어 다시 옆구리를 찔러 들어가고, 막는 검을 튕겨 낸 뒤 다시 가슴을 베어 간다.

이어진다. 결국 검이란 찌르고 막고 휘두르는 것. 찌르고 막아 내고 또 휘두르는 것을 완벽하게 이어 가는 순간 검은 형이 되고, 형은 법이 된다.

그것이 검법. 단순한 것에서 출발한 검이 일정한 형태를 갖추고, 이내 초식으로 화한다. 그건 마치 검이 발전하는 과정을 보여 주는 것만 같았다.

하나 그 결과는 결코 단순하지 않았다. 마치 폭풍이 몰아치는 것 같은 연격이 이송백을 향해 떨어졌다. 수도 없이 불어난 검의 잔영이 이송백의 전신을 말 그대로 뒤덮어 버릴 기세였다.

그 쏟아지고 쏟아지는 검의 폭풍 속에서 이송백은 자신을 놓아 갔다.

'나는…….'

그는 몽롱하게 풀린 눈으로 자신에게로 연신 날아드는 검을 바라보았다.

'나는 무엇을 위해 서 있는가.'

육체는 이미 한계를 넘었다. 얻어맞은 옆구리는 아예 감각조차 느껴지지 않았다. 검을 잡고 서 있는 것도 힘겹기 짝이 없다.

승리? 그런 것은 꿈도 꿀 수 없다는 걸 알고 있다. 그런데 왜 지금 이 자리에 서 있는가? 주저앉아 버리면 편해질 것을?

하지만 혼란한 머릿속과는 다르게 그의 검은 의지와 상관없이 움직이기 시작했다.

하루에도 수천 번. 아니, 수만 번. 바람을 맞고, 비를 맞고, 눈을 맞으며 휘두르고 또 휘둘러 온 검은 의지를 담지 않아도 스스로 움직여 적의 검을 방어해 내고 있었다.

세상을 가득 메우며 쏟아지는 검.

하나 겁을 먹을 이유가 있는가? 어차피 세상은 서른여섯 개의 방위로 이루어진 것. 그 모든 곳을 막아 낼 수 있다면 그의 몸에 닿을 검은 존재하지 않는다.

이송백의 검이 서른여섯의 방위를 점하며 떨쳐진다. 빠르지 않게, 하지만 느리지 않게.

정도(正道). 그것만큼은 온전히 담아낸 검이, 깔끔하게 떨어지기 시작했다.

쾅! 쾅! 콰앙!

막아 낸다. 또 막아 낸다.

세상은 너무도 두렵고, 너무도 급격하다. 그렇기에 나아가려는 자는 스스로를 온전히 지켜 내어야 한다. 그의 검은 막는 검. 흔들리지 않고 자신을 고수하는 검이다.

천하삼십육검. 수백 년 세월을 고스란히 담아낸 종남 검술의 정화가 지금 이송백의 손에서 펼쳐지고 있었다.

지켜보던 이들이 모두 입을 쩍 벌렸다. 쉼 없이 이어지는 연격과, 그 연격에 함몰되지 않고 중심을 지키며 막아 내는 검.

백천이 주먹을 꽉 움켜쥐었다. 손목의 상처가 살짝 벌어지며 핏물이 배어났지만, 지금 그에게 고통 따위는 느껴지지도 않았다.

'끝없는 대립인가.'

저 광경은 마치 지금껏 화산과 종남이 서로를 이기기 위해 싸워 온 역사를 고스란히 보여 주는 것만 같다. 그 환상과도 같은 공방은 이곳에 모인 이들의 시선을 과격하게 빨아들였다.

하나 그 꿈결과도 같은 광경은 오래 이어지지 못했다.

퍼퍼퍼퍽!

뚫으려는 자와 막는 자. 그 공방은 영원할 수 없는 법. 이송백의 방어를 비집고 열어젖힌 청명의 검이 이송백의 육체를 난타하기 시작했다.

이송백은 비명 한 번 지르지 못하고 피를 뿜으며 튕겨 나갔다.

쿵!

전신이 너덜너덜해진 그는 비무대 끄트머리에 곤두박질쳤다.

"아……."

중인들은 저마다 입술을 질끈 깨물고 그런 그를 바라보았다.

패배다. 더없이 처참한 패배다. 하지만 이곳의 누가 감히 이송백을 비난하고 조롱할 수 있겠는가?

모두 치열한 비무가 드디어 끝났다 여겼다. 그리고 패한 이송백에게도 우레와 같은 박수를 보낼 준비를 했다. 하지만 단 한 사람.

턱.

청명만은 바닥에 쓰러진 이송백을 겨눈 검을 내리지 않았다. 여기저기서 웅성거리는 소리가 들불처럼 번졌다.

"설마…… 더 할 셈인가?"

"너무 잔인하지 않은가. 의식을 잃은 자를…….''

그때였다.

움찔.

죽은 듯이 바닥에 늘어져 있던 이송백의 손가락이 작은 경련을 일으켰다. 그러더니 부들거리며 바닥을 내리누른다.

"…….''

모두가 숨을 죽였다. 손으로 바닥을 짚고 몸을 일으키던 이송백이 다시 힘없이 바닥에 고꾸라졌다. 부러진 팔이 몸을 지탱하지 못한 것이다. 그 처절한 광경에 눈을 질끈 감는 이도 있었다.

'그, 그만해.'

'제발 누가 좀 말려 줘.'

하지만 이송백은 멈추지 않았다. 아직 부러지지 않은 다른 팔로 바닥을 짚고, 덜렁거리는 다리를 끌어당기며 몸을 일으킨다. 몇 번을 휘청이고 또 휘청이며.

바늘 떨어지는 소리마저 들릴 것 같은 정적이 소림에 내려앉는다.

또옥. 또옥.

이송백의 몸에서 핏방울이 떨어지는 소리가 선명하게 울려 퍼진다.

가까스로 몸을 일으킨 이송백이 초점 없는 눈으로 멍하게 청명을 바라보았다. 그러더니 부러진 손까지 끌어 올려 검을 움켜잡고는 양다리를 어깨너비로 벌린 뒤 검을 앞으로 겨눈다.

상단세. 화산 검의 시작이자, 종남 검의 시작. 모든 것은 돌고 돌아 다시 처음으로 돌아온다.

의식은 이미 없는 것이나 마찬가지다. 하지만 이송백은 끝끝내 몸을 일으켰다. 검수로서 끝없는 고행의 길을 선택한 그의 의지가 그를 쓰러지게 내버려두지 않았다.

청명은 그런 그를 가만히 바라보다가 고개를 끄덕였다. 그리고 자신이 담을 수 있는 최대한의 예의를 담아 입을 열었다.

"화산의 제자 청명이 종남의 이송백에게 비무를 청합니다."

"……."

대답은 들려오지 않았다. 하지만 그래도 상관없다.

청명이 검을 늘어뜨렸다. 바닥으로 향했던 검이 완벽한 원을 그리며 회전하여 하늘로 향한다. 상단세. 이송백과 똑같은 자세를 취한 청명의 검이 높이 치솟아 올랐다.

일 검.

지금 그가 만들 수 있는 최고의 일 검이 이송백의 머리를 향해 떨어져 내렸다.

파아아아아아아아앙!

귀를 찢을 듯한 파공음과 함께 비무장 위의 공기가 태풍이 되어 사방으로 밀려 나갔다.

"……."

검은 이송백의 이마 바로 앞에서 멈추었다. 청명은 검을 회수하여 허리춤에 차고는 이송백을 바라보았다.

선 채 의식을 잃어버린 이송백의 초점 없는 눈동자가 여전히 그를 응시하고 있었다.

'어쩌면 너는 나보다 더 어려운 길을 걸어야 할지도 모르지. 하지만…….'

청명이 이송백을 향해 포권 하며 말했다.

"잘 배웠습니다."

의식이 없음에도 그 말을 들었음인가. 이송백의 몸이 스르륵 쓰러졌다. 청명은 손을 뻗어 그런 그를 끌어안고 지탱했다.

"넌 훌륭했다."

그의 손이 가볍게 이송백의 등을 두드렸다.

여기에, 종남의 혼이 여전히 살아 있다. 여전히.

종남의 제자들이 떨리는 눈으로 비무대를 바라보았다.

'저토록 강했나?'

이미 청명의 위력은 뼈저리게 알고 있다고 생각했다. 그 진금룡조차도 그에게는 제대로 생채기 하나 내 보지 못하고 속수무책으로 당했으니까.

하지만 지금 비무대 위에서 청명이 보여 준 모습은 그들이 알고 있던 것과는 또 달랐다.

차마 오를 엄두도 나지 않는, 깎아지른 절벽. 구름에 가려 그 정상이 어디인지도 확인할 수 없는, 너무도 높디높은 절벽. 그게 지금 종남의 제자들이 바라보는 청명이었다. 다만……

"사제……"

"사, 사형."

저기에 있다. 그 엄두도 나지 않는 절벽을 오르고 또 오르고, 다시 오르려 했던 이가.

종남의 제자들은 그런 이송백에게서 시선을 떼지 못했다.

'그토록 무시했는데.'

종서한은 입술을 질끈 깨물었다. 새로운 것을 받아들이지 못하고, 낡아 버린 것에만 집착한다고 비웃었었다. 한때는 종남의 기재로 인정받던 이가 제 편한 길만 찾다가 바닥까지 추락해 버렸다고 혀를 찼었다.

하지만 그게 아니었다. 이송백은 멸시의 시선을 받으면서도 그저 묵묵히 자신의 길을 걷고 있었던 것이다.

"승자는 화산의 청명이오!"

마침내 선언이 터져 나왔다. 하지만 살짝 당혹한 기색이 어린 그 목소리는 어떤 것도 바꾸지 못했다. 종남, 화산, 심지어 관중들마저도 그저 입을 다물고 비무대의 두 사람을 바라보기만 했다.

"웃차."

청명이 의식을 잃은 이송백을 번쩍 들어 어깨에 메고 종남의 진영을 향해 걸어갔다.

저벅. 저벅. 저벅.

점점 다가오는 그를 보는 종남 제자들의 눈빛이 복잡하게 물들어 갔다. 마침내 걸음을 멈춘 청명이 입을 열었다.

"뭐 해?"

"……."

"안 받아?"

그제야 종남의 제자들이 너나 할 것 없이 앞으로 뛰쳐나가 이송백을 받아 들었다. 생각보다 더 위중한 상처를 눈으로 확인한 그들이 일제히 얼굴을 일그러뜨렸다.

'사형…….'

종서한은 소맷자락을 꽉 움켜쥐었다. 평소였다면 청명에게 불같이 화를 터뜨렸을 것이다. 어찌 이리 잔인할 수 있냐고 그를 비난하고 힐책했으리라.

하지만 지금의 종서한은 그럴 수 없었다. 그건 이송백에 대한 모독이기 때문이다.

"사형을 안쪽으로! 서둘러!"

"예, 사형!"

사형제들이 조심스레 이송백을 안아 들고 뒤쪽으로 향했다. 종서한은 조용히 고개를 들어 청명을 바라보았다.

진금룡은 의식이 없다. 그렇다고 다른 장로들이 나설 상황도 아니다. 그렇다면 여기에서 청명을 맞을 이는 종서한뿐이다. 하지만 대체 무슨 말을 해야 한단 말인가?

종서한이 복잡하기 짝이 없는 내심을 채 다 정리하지 못하여 머뭇거리는데, 청명이 먼저 입을 열었다.

"잘 키워라."

"……."

"그럼."

그 말이 끝이었다. 청명이 더는 할 말이 없다는 듯 몸을 휙 돌렸다. 종서한은 입술을 질끈 깨물고는 그런 그의 등에 대고 소리쳤다.

"어째서요?"

"응?"

청명이 몸을 돌리지 않은 채 고개만 슬쩍 뒤로 돌려 종서한을 바라보았다.

"……내가 아무리 눈이 낮다 해도 그쪽이 사형에게 가르침을 내렸다는 것쯤은 알고 있소. 어째서요?"

그의 물음에 청명은 어깨를 으쓱했다.

"글쎄."

그는 잠깐 말이 없더니 가벼운 한숨과 함께 말했다.

"단순한 변덕이라고 해 두지."

그러고는 이내 휘적휘적 화산을 향해 걸어가 버렸다. 수없이 많은 감정이 실린 종남 제자들의 눈빛이 그의 등에 꽂혔다.

증오, 분노, 적의, 그리고 동경까지. 나아가…….

'두려움인가.'

사형제들의 시선에 청명에 대한 경외와 두려움이 뒤섞여 있다는 것을 알아 버린 종서한은 눈을 질끈 감고 말았다.

아마 저 사람이 살아 있는 한, 종남은 다시는 화산을 넘지 못할지도 모른다. 화산이 감내했던 그 길고 긴 겨울이 이제는 종남에 찾아올 것이다.

종서한은 망연히 뒤를 바라보았다. 사형제들과 장로들이 이송백에게 달려들어 지혈하고 있었다. 하지만 종서한의 눈에 들어온 것은 이송백이 아니라 그 옆쪽에 누워 있는 진금룡이었다.

미동도 없이 누워 있는 진금룡. 그러나 종서한은 진금룡의 주먹이 미미하게 떨리는 것을 놓치지 않았다.

'사형……'

종서한 역시 주먹을 움켜쥐었다.

"아미타불. 훌륭합니다."

법정이 가만히 반장 했다.

"종남의 이송백이라는 아이가 보여 준 모습이 더없이 인상적입니다."

"문파의 아이들이 저 모습을 똑똑히 기억했으면 좋겠습니다. 이게 얼마 만에 보는 진정한 무인의 모습인지."

허도진인이 종리곡을 바라보며 미소를 띠었다.

"종남에 이토록 훌륭한 인재가 있으니, 미래가 밝다 하지 않을 수 없겠습니다."

여기까지는 더없이 훈훈한 분위기였다.

"미래요?"

하나, 종리곡이 입을 연 순간 주변의 분위기가 싸늘하게 식어 갔다. 차가운 목소리. 듣기만 해도 섬뜩한 목소리가 그의 입에서 흘러나왔다.

"패자에게 무슨 미래가 있단 말씀이십니까?"

"……장문인?"

종리곡이 얼음장 같은 얼굴로 모두를 돌아보았다.

"여러 장문인들께서 이리 좋은 말씀을 해 주실 수 있는 이유는 저 아이가 약하기 때문입니다. 만일 저 아이가 강했다면 이 덕담의 절반도 나오지 않았겠지요."

법정이 반장을 했다.

"아미타불. 종남 장문인께서는 흥분을 가라앉히십시오. 기분은 이해하오나……."

"이해한다 하셨습니까?"

하지만 그의 말허리를 뚝 끊어 먹은 종리곡은 피식 웃었다.

"글쎄요. 과연 소림의 방장께서 제 기분을 이해하실지 모르겠습니다. 아닌 말로 다들 지금 내심으로는 화산 청명의 실력을 가늠하고 계시잖습니까."

"장문인, 어찌 이곳이 실력만을 겨루는 자리겠소. 의기라는 것은 단순히……."

"의기?"

종리곡의 입가에 명백한 비웃음이 걸렸다.

"강호에 의기가 사라진 지는 이미 백 년이 지났소이다. 의기를 믿고 협의를 실천하며 자신을 내던지기를 주저하지 않던 이들이 어떻게 되었는지 모르는 분이 이곳에 있습니까?"

"……."

장문인들이 일제히 입을 다물었다. 무거운 침묵이 내려앉았다. 그들이 가장 꺼리던 이야기가 하필이면 종남 장문인의 입에서 나온 것이다.

"중요한 건 실력입니다. 의기 따위가 아니라. 패배한 개는 입을 다물고 꼬리를 말아 주는 게 예의겠지요."

싸늘하게 씹어뱉은 종리곡은 이윽고 고개를 휙 돌려 현종을 바라보았다. 그의 눈빛은 적의를 넘어 살기까지 담고 있었다.

"축하드립니다, 화산 장문인. 화산은 곧 과거의 영광을 되찾겠군요. 이웃으로서, 수많은 역사를 함께해 온 악우(惡友)로서 화산의 약진을 진심으로 축하드립니다."

"장문인……."

종리곡이 모두를 둘러보고는 깊게 포권 했다.

"본인의 수양이 얕아 여러 장문인들의 심기를 어지럽혀 드린 점 사과드립니다. 하나, 이제 비무 대회에 단 하나의 제자도 남기지 못한 문파의 수장으로서 이 자리에 뻔뻔히 앉아 있기는 어려울 것 같습니다. 이 비무 대회가 훌륭히 마무리되기를 진심으로 기원합니다."

그러고는 미련 없이 몸을 돌려 나가기 시작했다.

"자, 장문인!"

"저…… 저런!"

타 문파의 장문인들이 당황하여 그런 그를 바라보았다. 종리곡은 단상을 내려가다 현종의 앞을 지나칠 때 싸늘한 목소리를 남겼다.

"이대로 끝났다고 생각하지 마시오."

"물론이외다."

"……."

무시무시한 눈빛으로 현종을 노려본 그는 감정 없는 얼굴로 단상을 내려갔다.

"말려야 하는 것 아닙니까?"

"내버려두십시다. 저 심정을 이해 못 하는 분이 여기에 있소이까?"

허도진인의 말에 장문인들이 입을 닫았다.

하긴 그들이 저 입장이었어도 버티기 힘들었을 것이다. 모든 제자가 탈락한 상황에서 화산 제자들의 활약을 지켜보며 박수를 보낸다? 그건 종남의 장문인에게는 고문과도 같은 일일 것이다.

이내 장문인들의 시선이 슬쩍슬쩍 현종에게로 향했다. 현종은 어색한 미소를 지어 보였다.

'끄응. 끝까지 상황을 이리 만들어 놓고 가는군.'

안 그래도 화산을 주시하고 있던 장문인들이다. 그런데 종리곡이 저리 악담을 해 대고 가 버렸으니 그를 향한 시선이 조금 더 노골적으로 변할 수밖에 없었다.

"크흠."

"으으음."

모두의 시선에는 미묘한 불편함이 담겨 있었다. 하지만 현종은 그저 담담한 표정으로 받아들였다.

'경계가 된다는 뜻이겠지.'

천하의 명문들도 이제는 화산을 경계하지 않을 수 없다는 뜻이다. 바로 저 청명이 보여 준 모습 때문에.

현종의 시야에 자신의 자리로 돌아가는 청명의 뒷모습이 들어왔다.

'여하튼 저 알 수 없는 놈.'

평소에는 보는 것만으로도 위장이 자리에서 이탈하고, 남은 수명이 삽시간에 줄어들듯 심장까지 빨리 뛴다. 그만큼 사고뭉치인 놈이다.

그런데 그런 놈이…… 한 번씩 꼭 저런 모습을 보여 준다.

현종은 청명이 보여 준 도(道)를 생각하고 또 생각하며 살짝 눈을 감았다.

'네 뜻을 행해 보거라.'

그 길을 보좌하는 게 현종이 해야 할 일이 될 것이다.

청명뿐 아니라 저기에 있는 모든 화산의 제자들이 걷는 길을 현종이 닦아 주고, 또 뒤에서 밀어주어야 한다.

"무량수불."

짧게 도호를 왼 현종이 더없이 따뜻한 눈으로 청명을 바라보았다.

자리에 털썩 앉는 청명을 백천이 묘한 눈빛으로 바라보았다. 청명이 퉁명스레 물었다.

"왜?"

"아니, 뭐……."

백천은 잠깐 말끝을 흐리며 빤히 청명을 바라보다 입을 열었다.

"나는 도무지 너를 알다가도 모르겠다."

"뭐가?"

백천이 뭔가 주저하는 듯하자 조걸이 그 말을 대신 받았다.

"너 종남 싫어하는 거 아니었어?"

"어, 싫어. 생각 같아서는 지금 당장 종남으로 뛰어가서 전각에다 기름 붓고 불 질러 버리고 싶어. 내친김에 무림 역사를 기록하는 사관들을 모조리 찾아가서, 역사서에서 종남 이름 죄다 지우라고 칼부림이라도 하고 싶고."

"……너 진짜 사람 맞냐?"

"뭐가? 왜?"

"……아니, 아무것도."

말을 꺼낸 조걸은 당황하여 움찔하면서도 물었다.

"그럼 왜 저 이송백에게는 그렇게까지 해 주는 거냐?"

"호오?"

청명이 피식 웃으며 주변을 돌아보았다. 청명과 해 온 가락이 있어서

인지, 이들은 그가 이송백에게 나름의 가르침을 주었다는 사실을 이해한 모양이었다.

하기야, 생각해 보면 운남으로 다녀오는 내내 비슷하게 두들겨 맞았으니 모를 수가 없겠지.

"종남을 망하게 하려면 저 이송백이라는 놈을 가르치면 안 되는 거잖아."

"뭐…… 그것도 그렇지."

백천이 살짝 심각한 얼굴로 말했다.

"네가 내 형을 가르쳤다면 이런 말은 하지 않았을 것이다. 하지만 저 이송백은……."

그러다 다시 입을 다물었다. 가능성이라기에는 너무도 미약하다. 하지만 자꾸만 신경에 거슬린다. 언젠가는 무너졌던 종남이 저 이송백 때문에 다시 재건될 수도 있겠단 생각이 든다.

물론 지금 이 정도로 종남이 무너졌다고 하는 것도 웃긴 이야기지만.

"으음."

가만 듣고 있던 청명이 살짝 뺨을 긁적였다.

"나답지 않기는 했지."

"그래, 너답지가 않다."

"나는 네가 종남 애들 팔다리를 모조리 부러뜨려서 불구로 만들 줄 알았다."

"나는 처음에 대가리 깼을 때 죽인 줄 알았어."

"……."

청명의 눈빛이 떨떠름해졌다. 그런데 주변의 반응이 어째…… 진심 같다.

"내가 그렇게까지 한다고?"

"그 정도면 많이 착해진 거지."

"남 눈이 있으니까 그 정도만 할 거라 예상한 거지. 사람들 없었으면 뭔 일이 벌어졌을지……. 어휴, 끔찍해."

"……."

청명은 살짝 서글픈 눈빛으로 하늘을 올려다보았다.

'자식새끼 키워 봐야 아무 소용없다더니.'

이놈들이 이럽니다, 장문사형!

- 잘 알고 있구만.

"에라! 썩을!"

청명이 자리에서 벌떡 일어나 버럭 소리를 질렀다. 그러고는 영 못마땅하다는 얼굴로 다시 털썩 앉았다. 하지만 그 반응에도 아랑곳하지 않고 조걸이 재차 물었다.

"그래서, 왜 그런 거야?"

"사형, 사숙들 대가리 깨지라고."

"농담하지 말고."

"진짜야."

"……응?"

백천이 청명의 얼굴을 빤히 바라보았다.

'응?'

이 얼굴은 농담인 척 진담을 할 때의 얼굴이다.

"……그게 무슨 소리야?"

"종남은 망할 거야."

청명이 심드렁하게 말했다.

"패배감이라는 건 그리 쉽게 사라지는 게 아니고, 세상 사람들의 인식이라는 건 냉정하기 짝이 없지. 오를 때는 세상에 무서운 게 없지만, 떨어질 때는 바닥이 없는 법이야. 종남은 처절하게 망할 거야."

"으음."

백천이 고개를 살짝 끄덕였다. 저 강성한 종남이 망한다는 건 쉽게 상상이 안 되지만, 어쨌든 지금까지는 청명이 말한 대로 되어 왔다.

'우선 예전의 종남 제자들이 아니었다.'

그 자신감 넘치고 여유롭던 이들이 뭔가에 쫓기는 이들처럼 조급하게 굴고 있었다. 사라진 자신감을 다시 회복하는 건 결코 쉽지 않은 일일 것이다.

"그리고 화산은 더없이 강성해지겠지. 구르는 만큼 세질 테니까. 아마 앞으로 더 어마어마하게 세지지 않을까?"

"……내가 방금 이상한 말을 들은 것 같은데?"

"저기도 지옥이고 여기도 지옥이라는 건가?"

어마어마하게 굴리겠단 말을 저렇게 하네……?

청명과 얽힌 이상 어디에도 행복은 없다는 걸 실감하는 화산 제자들이었다. 잠깐 씩 웃은 청명은 이내 다시 얼굴을 굳혔다.

"하지만 그게 언제까지 갈까?"

"……응?"

"말했잖아. 강하면 쇠하고, 쇠한 것은 언젠가 다시 강해진다. 화산의 강함도 영원하지는 않아."

"우리가 노력하면 되지 않느냐."

"우리가 다 죽고 나면? 그때는 누가 화산을 이끌어 가는데?"

"……."

청명이 고개를 내저었다.

"등 뒤에 칼이 겨눠지면 노력할 수밖에 없지. 하지만 자신을 노리는 이 없이 내내 풍족하기만 한 이들은 나태해질 수밖에 없어. 지금의 소림을 만든 것은 어찌 보면 팔 할이 무당이지."

"으음."

백천이 청명의 말을 이해한 듯 물었다.

"종남이 화산의 등 뒤를 노리는 칼이 되어 주어야 한다는 거냐?"

"그래야지."

"……그러다가 화산이 종남의 손에 망하기라도 하면?"

"그건 어쩔 수 없는 거지."

백천의 눈이 떨렸다. 어쩔 수 없다고?

그때 청명이 그답지 않게 차가운 표정으로 말했다.

"나아가지 못하고 머무르다 나태해진 화산이라면 차라리 잿더미가 되어 버리는 게 나아. 의식할 상대가 없는 무인은 결국은 자신만의 세상에 갇히게 되지. 종남이 완전히 폭삭 망하는 게 화산에 꼭 좋은 건 아니라는 뜻이야."

"으음."

"그리고……."

"응?"

청명이 씨익 웃었다.

"화끈하게 망해 버리는 것보다는 적당한 희망을 부여잡고 서서히 몰락하는 게 백배는 힘들거든."

"…….."

"화산이 겪은 걸 저놈들도 똑같이 겪어 봐야지! 어디 고작 이 년 고생하고 힘든 척이야, 뒈지려고! 앞으로 백 년은 더 바닥에 처굴러야지! 그때까지는 절대 못 망해! 내가 그렇게 안 둬!"

눈을 희번덕대며 낄낄 웃는 청명을 보며 백천이 빙그레 웃었다.

'그럼 그렇지.'

이제야 그가 아는 청명 같아서 속이 개운해진 백천이었다.

＊ ◈ ＊

"서른하나……."

법정은 묘한 얼굴로 대진표를 바라보았다.

"처음 생각했던 것과는 무척 다른 결과가 나와 버렸군."

그 말에 곁에 있던 소림의 장로 법계가 조금 불편한 표정을 지었다.

"무당이 크게 힘을 쓰지 못할 것은 어느 정도 예상했습니다. 무당의 무학은 대기만성(大器晩成)의 무학. 아직 어린 후기지수들이 제 위력을 발휘할 수는 없었을 겁니다. 그러니 한계가 있겠지요."

"으음."

무당과 소림이 가진 무학의 공통된 특징은, 익히는 시간이 늘어날수록 그 위력이 배가된다는 점이다. 그렇기에 아직 수련 기간이 길지 않은 이립 이하의 나이에서는 타 문파에 비해 크게 힘을 쓰지 못하는 일이 잦았다.

"그리고 남궁과 팽가 역시 두각을 나타낼 것이라 생각했습니다. 누가 뭐라 해도 당금 강호를 이끌어 나갈 문파로 조금의 부족함도 없는 이들 아닙니까?"

"그렇지."

구파일방과 오대세가. 당금의 정파를 이끌어 가는 두 축이다. 하나, 같은 이름으로 엮인다고 해서 그 안에 속해 있는 이들의 세가 다 비슷한 것은 아니다.

구파는 소림과 무당을 중심으로 종남과 개방이 그 뒤를 따르는 형세에 가깝고, 오대세가는 남궁세가와 팽가를 중심으로 당가가 그 뒤를 받치는 형세다. 물론 실력만 두고 보자면 사천당가가 하북팽가 이상이라 평가받지만, 아무래도 사천에 위치한 당가가 중원에 끼치는 영향력엔 한계가 있을 수밖에 없고, 팽가 역시 당가에 비해 그리 손색이 있는 문파는 아니니까.

그러니 처음 이 대회를 시작할 때부터 이들이 선전할 것은 이미 예상을 했다. 문제는…….

"종남이 무너지면서 세가 완전히 기울어 버렸습니다. 삼십이 강에 남은 구파일방의 제자가 열을 겨우 넘습니다."

"음."

법정이 낮은 침음을 흘렸다. 보통 구파일방과 오대세가를 천하의 명문으로 엮어 말하는 이들이 많지만, 냉정하게 말하면 구파일방과 오대세가는 그리 가깝지 않다.

피로 이어지는 가문과 뜻으로 이어지는 문파는 그 개념부터가 다르다. 결국 크고 작은 부분에서 일일이 부딪칠 수밖에 없다. 그러니 소림에서 주최한 비무 대회에서 구파일방이 오대세가에 비해 약세를 보인다는 건 결코 기분 좋은 일이 아니었다.

"구파와 오대세가의 남은 제자 수가 배 가까이 차이가 납니다. 그리고 구파도 오대세가도 아닌 이들이 넷이나…….."

말을 하던 법계가 한숨을 푹 내쉬었다. 지금 남은 이들 중 구파일방도 아니고 오대세가도 아닌 곳은 단 하나밖에 없다.

"화산의 활약은 솔직히 예상하지 못했습니다."

삼십이 강에 남은 화산의 제자는 모두 넷이다. 넷이라고 하면 작은 숫자로 보일지 모르지만, 지금 삼십이 강에 네 명의 제자를 남긴 문파는 화산이 유일했다. 천하의 소림조차도 겨우 셋을 남겼을 뿐이다.

"그들에게 원래 배정된 배첩이 무엇이었더냐?"

"은첩이었습니다. 하나 항의를 받은 혜방이 임의로 그들에게 금첩을 내어 주었다고 합니다."

법정이 다행이라는 듯 한숨을 내쉬었다.

"혜방이 아니었으면 큰 망신을 당할 뻔했구나."

만약 화산이 은첩을 든 채 소림으로 와 이런 성적을 냈다면, 천하동도들은 화산의 실력을 알아보지 못한 소림을 두고 손가락질했을 게 분명하다.

화산보다 못한 주제에 자신들은 백금첩을 가지고 화산에 은첩을 주었다는 비웃음이 쏟아졌겠지. 그 망신을 피한 것만으로도 다행이다 싶은 법정이었다.

"다행스럽기는 하나, 한편으로는 억울하지요. 대회가 시작되기 전에 화산이 이토록 활약할 것이라 생각한 이가 누가 있겠습니까?"

"그러게 말이다."

법정이 빙그레 미소를 지었다.

"특히나 그 청명이라는 아이는 보면 볼수록 놀랍더구나. 어쩌면 혜연이가 고전할 수도 있겠어."

"그 정도입니까? 물론 대단하기는 했지만, 제 눈에는 혜연에게 견줄 정도는 아니었습니다만……."

"네가 본 것이 다가 아니다."

법정이 눈을 가늘게 떴다.

'그리고 어쩌면 내가 본 것조차 다가 아닐지 모르지.'

재미있는 일이다. 그의 반도 살지 않은 아이한테서 그 깊이를 모두 들여다볼 수 없는 일이 벌어지다니.

혜연이 너무 맑아 보는 것만으로도 기분이 좋아지는 냇물이라면, 그 청명이라는 아이는 너무도 깊어서 감히 들여다볼 엄두도 나지 않는 못과 같았다.

"하늘은 때로 가없이 냉정하지만, 그 냉정함의 끝에는 필시 온정을 내려 주시기 마련이지. 그 아이가 화산에 나타난 것이 하늘의 뜻과 무관하지는 않을 것이다."

법정이 작게 불호를 외었다.

- 의기를 믿고 협의를 실천하며 자신을 내던지기를 주저하지 않던 이들이 어떻게 되었는지 모르는 분이 이곳에 있습니까?

문득 머릿속을 스쳐 가는 종남 장문인의 목소리에, 법정의 몸에 살짝 힘이 들어갔다.

'모를 리가 있겠는가.'

모를 리가. 그들을 그렇게 만든 것이 이 강호일진대.

외면하고자 했다. 돌아보지 않고자 했다. 그러나 화산은 끝끝내 자신의 힘으로 돌아와 그들의 앞에 다시 섰다. 진정으로 의기를 좇는 이들은 고난을 겪을지언정 무너지지는 않는다는 듯 말이다.

때문에 법정은 화산의 제자들을 볼 때마다 가슴 한구석이 바늘에 찔리는 듯한 껄끄러움을 느껴야 했다.

"아미타불."

낮은 목소리로 불호를 외며 잡념을 날려 버린 법정이 고개를 내저었다.

"이 대회도 이제는 끝이 보이는구나. 서로가 서로를 더 잘 알아 가는 화합의 장이 되었다면 좋았을 것을."

"더 잘 알게 되기는 했을 겁니다. 특히나 화산은 이제 천하에 모르는 이가 없는 문파가 될 겁니다."

"흐음."

"특히나 그 청명이라는 아이가 결승에 오르기라도 한다면 구파일방의 명예는 바닥을 치겠지요. 물론 그 와중에 오대세가들도 얼굴을 붉혀야 겠지만."

"그렇겠지."

"그리고 그렇게 되면······."

법계가 슬쩍 법정의 얼굴을 바라보다가 시선을 내리깔았다.

"저희도 과거의 결정을 되돌려야 할지도 모릅니다."

"그래야 한다면 그래야겠지."

법정이 다시 불호를 외었다. 법계가 말하는 과거의 결정이란 화산을 구파일방에서 쫓아낸 일을 뜻함이다.

"하나, 후기지수들만의 비무로 그만한 일을 정할 수는 없지 않겠느냐."

"그건 그렇지만······."

"그래. 네 말이 무슨 의미인 줄은 안다. 결국은 그리될 일이니 미리 준비를 해야 한다는 뜻일 테지."

"그렇습니다, 방장."

화산의 구파일방 복귀. 이건 소홀히 치부할 일이 아니었다. 어쩌면 강호의 세력 판도를 온통 뒤흔들어 버리는 커다란 사건이 될지도 모른다.

"그게 순리라면 그리 가야겠지."

법정이 고개를 끄덕였다.

"어쨌든 지금은 조금 더 지켜보자꾸나. 비무 대회가 끝나고 논의해도 늦지 않을 일이다."

"예, 방장."

"아미타불."

법정은 눈을 감고 생각에 빠져들었다. 법계는 잠깐 망설이다 자리를 비우는 대신 슬며시 다시 입을 열었다.

"조금은 부럽습니다."

"음?"

"아마 지금 화산은 날아갈 것 같은 기쁨을 느끼고 있겠지요. 그리 생각하니 좀 배가 아프기도 하고."

그 솔직한 말에 법정은 슬쩍 미소를 지었다.

"노력의 보답을 받는 게지. 그저 축하하자꾸나."

"예, 방장."

　　　　　　　＊ ◈ ＊

"그러니……."

현종의 입에서 살짝 막힌 듯한 음성이 흘러나왔다.

"삼십이 강에 네 명의 제자를 올린 쾌거를 선조들도……."

"으르르르……."

"다들 기뻐하실……."

"으르릉……."

"그러니 다들 이 쾌거에 기뻐할……."

"으르르르……."

그는 말을 하다 말고 망연한 눈으로 제자들을 바라보았다. 모두가 거의 초상집에 온 듯한 표정으로 그를 바라보고 있었다. 그리고…….

한쪽으로 고개를 슬쩍 돌렸다. 문제의 원흉이 있는 곳으로. 구석에서 백천 무리에게 사지를 붙들린 청명이 성난 사냥개처럼 으르렁대고 있다.

'저건 또 왜 저러고 있나.'

현종이 한숨을 푹 내쉬었다. 백날 좋은 말을 해 봐야 제자들의 귀에는 들리지 않는 모양이었다. 숱한 격려의 말에도 화산의 제자들은 마치 성난 부모가 뒤에서 기다리는 학동들 같은 표정으로 영혼 빠진 눈빛을 보일 뿐이었다.

"어……. 흐흠."

현종이 헛기침을 했다.

"그럼 나는 일단 장로들과 몇 가지 좀 논의하고 돌아올 테니 너희는 쉬도……."

"자, 장문인!"

"장문인, 어디 가십니까! 저희도 데리고 가십시오!"

"저희만 놓고 가지 마십시오! 장문인!"

망연자실하게 앉아 있던 제자들에게서 돌연 절박한 반응이 터져 나왔다. 하지만 현종은 슬쩍 고개를 돌리며 제자들의 시선을 외면했다.

물론 지금 이 아이들을 지켜 주는 것이야 그리 어렵지 않겠지만, 결국 저 화산광견 놈을 멀찍이 떨어뜨려 놓지 않는 이상 언젠가는 벌어질 일이다. 매도 먼저 맞는 게 낫다고, 차라리 후다닥 처리를 해 버리는 게 더 옳은 길일지도 모른다.

"그, 그럼 나는 이만."

현종이 종종걸음으로 이 층으로 향하자 화산의 제자들이 절규를 토해 냈다.

"장문이이이이이인!"

"장문인, 어디 가십니까! 현상 장로님! 운검 사숙조오오오!"

"저희만 두고 가지 마십시오! 저희도 데리고……! 제발!"

하지만 현종은 그들의 절규를 듣지 못한 사람처럼 뒤도 돌아보지 않고 사라졌다.

"……."

남겨진 화산의 제자들이 천천히, 아주 천천히 고개를 한쪽으로 돌렸다. 이제 악귀를 마주할 시간이었다.

"……쾌거?"

세상에 존재하는 심통과 삐딱함을 모조리 쑤셔 넣은 듯한 목소리가 마귀의 입에서 흘러나온다.

"쾌거어어어어?"

청명이 몸을 뒤틀었다. 그의 양팔을 붙들고 있던 유이설과 윤종이 이번에는 순순히 놓아주었다.

"금이야 옥이야, 불면 뒈질세라 가르쳐 놨더니 싸그리 다 떨어졌잖아. 그런데 쾌거어어어어?"

그의 눈이 까뒤집히기 시작했다. 화산의 제자들이 질린 얼굴로 다급하게 백천을 바라보았다.

'어떻게 좀 해 주십쇼, 사형!'

'저거 보십쇼, 저거! 눈 돌아가잖습니까!'

그 간절한 시선을 받은 백천이 크게 헛기침을 하고는 입을 열었다.

"청명아. 물론 많이 떨어지기는 했지만, 그래도 우리가 제일 많이 남지 않았느냐. 이건 축하할……."

"사숙."

"응?"

"누가 들으면 사숙은 올라간 줄 알겠다?"

"……."

"거 은근슬쩍 여기 있지 말고 저기 탈락자들 모여 있는 곳으로 가. 같은 공기 마시면 패배 옮으니까."

"……."

백천이 힘없이 터덜터덜 탈락자들이 모인 곳으로 가더니 무릎을 감싸고 앉았다.

"사형?"

"……뭐."

"……아닙니다."

그의 처연한 눈빛을 본 이들은 모두 아무 말도 하지 못하고 눈물만 삼켰다.

'가엾게도.'

'저 새끼 인생에는 왜 예외라는 게 없냐.'

하지만 그들이 무슨 생각을 하건 청명은 까뒤집은 눈을 풀지 않았다.

"이것들이 다 빠져 가지고, 구파일방에 져? 내가 승질이 뻗쳐서 살 수가 없어! 승질이 뻗쳐서! 질 데가 없어서 저 구파 새끼들한테 진단 말이야? 손모가지를 다 분질러 버릴라! 전부 딱 갖다 대!"

"저기!"

그때 누군가가 손을 번쩍 들고 자리에서 일어났다.

"뭐?"
"나는 오대세가에 져서 탈락했는데?"
"앉아. 뒈지기 싫으면."
"네."
반란은 빠르게 진압되었다.
"그런데…… 우리도 나름 잘한 것 같은데."
"잘하긴 뭘 잘해!"
"그래도 종남 놈들은 짐 싸서 집에 갔는데 우린 이 정도면……."
"크으으. 그건 그렇지."
영영 흉살악귀같이 일그러져 있을 것 같던 청명의 표정이 순식간에 눈 녹듯 풀렸다.
"그 새끼들 봇짐 들고 내려가는 것 봤어? 크으! 그건 정말 평생 못 잊을 광경이었지!"
"어깨가 축 처져 가지고!"
"뒤도 안 돌아보더만!"
"그렇지, 그렇지! 못 돌아본 거지!"
사형제들은 기회를 놓치지 않고 열심히 맞장구를 쳤다. 이렇게라도 기분을 풀어 놔야 한 대라도 덜 맞는다는 걸 경험상 알고 있기 때문이다.
분위기를 살피던 백천도 슬쩍 맞장구를 쳤다.
"완전 초상집이던데?"
"그렇지. 사숙 손모가지도 초상날 뻔했지."
"……."
그리고 곧장 후회했다. 가만히 있을걸. 괜히 꺼져 가던 불똥만 다시 튀었다.

"쪽팔리게 대사형이 되어 가지고 겨우 삼십이 강에서 떨어져? 심지어 남들은 다 멀쩡한데 혼자 손모가지 반 날려 먹고? 내가 승질이 뻗쳐서, 내가! 아오!"

청명이 버럭 소리를 지르며 백천에게 달려들려 하자, 윤종과 조걸이 다급하게 그의 사지를 잡고 늘어졌다.

"청명아, 참아라! 사숙이다! 사숙!"

"부상자잖아! 낫고 나서 패!"

순식간에 영혼까지 털린 백천이 희게 질린 얼굴로 휘청이자 그 옆에 있던 백상이 어깨를 붙들어 주며 빙긋 웃었다.

"사형, 제가 그 기분 이해합니다."

"……이해하지 마, 이 새끼야."

백천은 그저 혼자 울고 싶었다. 청명은 으르렁대며 화산의 제자들을 노려보았다.

'이렇게는 안 돼!'

사실 백천 일행을 제외하면 나머지 제자들은 청명과 함께 수련한 시간이 그리 길지 않았다. 심지어 가진 바 재능도 그리 좋지 않다. 그런 이들을 여기까지 이끌고 온 것만으로도 대단한 일이리라.

그 증거로 타 문파에서는 화산의 선전을 도무지 이해 못 하고 있지 않은가.

이번에 탈락한 제자들도 이대로만 성장해 간다면 지금 패배한 이들을 발가락으로 후려 깔 경지까지 올라갈 수 있다. 하지만 청명은 절대 여기에서 만족할 수 없었다.

'내가 진짜 승질이 뻗쳐서.'

이 결과를 보면 선계에 있는 사형제들이 뭐라고 하겠는가?

- 낄낄낄낄. 너도 가르치는 재능은 없는 모양이구나.

"아아아아아악! 내가 저 영감탱이를 그냥!"

잠깐 잠잠해지는 듯하다 도로 눈을 까뒤집는 청명을 윤종이 황급히 부여잡았다. 유이설과 조걸도 그를 제압하는 데 죽을힘을 다했다.

"제발 곱게 좀 미치자, 청명아!"

"정신 좀 차려라. 정신 좀!"

청명이 이를 악물고는 자신을 제압한 셋을 바라보았다. 공교롭게도 삼십이 강 안에 든 넷이 한 덩어리가 되어 있었다.

"이제 화산에 패배는 없다!"

"……"

"여기 네 명 다 사 강에 못 들면 전부 화산까지 기어서 가는 거야! 알았어? 특히 구파한테 지는 사람은 내가 화산까지 굴려서 갈 거니까 어디 한번 져 봐! 어디 한번!"

발악하기 시작한 청명을 보던 백천이 옆에 쪼그리고 앉은 백상에게 슬쩍 물었다.

"쟤 다음 상대가 누구냐?"

"……남궁세가의 남궁도위입니다."

"……뒈졌네."

"그렇겠죠?"

백천은 눈을 감고 진심으로 남궁도위의 명복을 빌었다. 물론 겸사겸사 자신의 명복도 함께.

◆ ◈ ◆

허리의 요대를 꽉 조인 남궁도위가 자신의 애검을 내려다보았다. 스르

링 소리를 내며 천천히 뽑혀 나온 검이 햇빛을 받아 희게 빛난다.

다시 검을 밀어 넣은 그는 동경 앞에 서서 자신의 모습을 점검했다. 하늘색의 무복과 가슴팍에 새겨진 구름 문양, 그리고 창천(蒼天)이라는 두 글자가 오늘따라 더욱 돋보이는 느낌이다.

"후우."

짧게 심호흡을 한 그는 이내 살짝 입꼬리를 말아 올렸다. 동경에 오만하기 짝이 없는 미소를 지은 미남이 보인다.

"표정을 조심하라 하지 않았더냐."

그때 뒤에서 갑작스레 들려온 목소리에 남궁도위가 고개를 획 돌렸다.

"아버지."

그의 아비이자 남궁세가의 가주인 남궁황(南宮晃)이었다.

"네가 속으로 오만하든, 그렇지 않든 사람들은 괘념치 않는다. 하지만 그것을 겉으로 드러내는 순간, 너를 따르던 이들이 적이 될 것이라 누누이 말했거늘."

우렁우렁한 남궁황의 목소리에 남궁도위가 살짝 고개를 숙였다. 남궁황이 혀를 차며 말을 이었다.

"위에 선다는 것은 그런 것이다."

말 한 마디, 한 마디에 무게가 실려 있었다.

"세인들은 제가 가진 커다란 흠에는 눈을 감지만, 위에 선 이의 조그마한 흠은 결코 참아 내지 못한다. 그렇기에 타인을 지배하는 위치에 선 이는 언제나 몸가짐을 바르게 해야 한다. 그리고 그것이 남궁의 성을 타고난 이의 자세다."

"명심, 또 명심하겠습니다, 아버지."

남궁황이 흡족하다는 듯 고개를 끄덕였다. 하지만 그것도 잠시, 그의 표정이 이내 다시 언짢은 듯 굳어졌다.

"그나저나 구파일방 놈들이 같잖은 수작질을 부리는구나. 부정을 방지하기 위한 재추첨이라니. 명분이야 좋다만 실제로는 어떻게든 너를 떨어뜨리겠다는 거겠지."

남궁도위가 가볍게 고개를 끄덕였다.

"어떠냐? 네가 원한다면 지금이라도……."

"아버지."

남궁도위는 가볍게 고개를 저었다. 그러고는 옅은 미소를 띠며 말했다.

"소림의 혜연이든, 화산의 청명이든 우승을 위해서 언젠가는 꼭 꺾어야 할 이에 지나지 않습니다. 그게 조금 빨라진다 해서 뭐가 다르겠습니까?"

"그래. 그래야 남궁의 후예라 할 수 있지."

남궁황의 얼굴에 옅은 비웃음이 어렸다.

'어차피 그놈들은 화산의 청명이든 우리든, 누가 떨어져도 손해 볼 게 없다는 의미겠지.'

간악한 구파 놈들 같으니라고.

"그리고……."

그때 남궁도위가 차분한 목소리로 입을 열었다.

"설사 불만이 있다 하더라도 저 화산이 불만을 표하지 않는데, 남궁이 나서서 불만을 표할 수는 없습니다. 그럼 제가 화산신룡을 꺼리는 것 같지 않습니까."

"그도 그렇다."

아들의 말에 남궁황이 천천히 고개를 끄덕이고는 물었다.

"어떠냐. 이길 자신이 있느냐?"

남궁도위는 슬쩍 미소 지으며 답했다.

"화산의 청명. 분명 강하더군요."

"그렇지."

"하지만 그런 가벼운 검으로는 제왕의 검을 상대할 수 없습니다. 천하제일검문은 화산도 무당도 아닌, 바로 남궁이라는 사실을 제가 오늘 증명해 보이겠습니다."

"그래."

남궁황이 부드럽게 웃었다.

"그걸로 됐다."

전각을 나온 남궁도위를 중심으로 하늘빛 무복을 입은 남궁세가의 식솔들이 도열했다.

"몸은 좀 어떻더냐?"

"최상입니다."

"형님! 형님만 믿습니다."

"물론이다."

"소가주의 어깨에 남궁세가의 명예가 걸려 있소. 결코 상대를 좌시해서는 안 되오!"

"물론입니다, 숙부님."

남궁도위는 연신 쏟아지는 격려와 덕담에 일일이 화답을 해 주고는 남궁황의 걸음에 맞춰 비무대가 있는 곳으로 향했다.

전각을 벗어나 조금 걷자 드넓은 광장이 나왔다. 그 광장을 꽉 채운 사람들이 일제히 그들 쪽으로 시선을 돌렸다.

"남궁세가다!"

"창천남궁세가(蒼天南宮世家)가 왔다!"

"오오오오오!"

경탄과 찬사가 그들에게 쏟아졌다.

이것이 명문의 힘. 오대세가의 수장으로 불리는 남궁세가는 수백 년의 세월 동안 강호제일 명문가 자리를 지켜 왔다. 강호에 잠깐이라도 적을 둔 이라면 창천남궁세가라는 이름을 들어 보지 못할 수가 없다. 그러니 모두가 동경 어린 시선으로 그들을 바라보는 것이다.

하나 남궁도위는 쏟아지는 환호에도 딱히 즐겁지 않았다.

'마음에 안 들어.'

그의 미간이 미세하게 찌푸려졌다.

사람들의 앞에서 여유 있는 모습을 보여야 한다는 가문의 가르침 때문에 표정을 완전히 일그러뜨리지는 못했지만, 그의 내심은 무겁게 가라앉아 갔다.

이유? 그건 무척 간단하다.

"화산이다!"

"우와아아아아아아! 화산이 왔다!"

"화산신룡! 화산신룡이다!"

"청명과 화산파가 왔다!"

남궁세가에게 쏟아지던 것과는 비교도 되지 않을 만큼 어마어마한 함성이 소림을 뒤흔들기 시작한 것이다.

남궁도위는 저도 모르게 지그시 입술을 깨물었다. 어제 진금룡과 백천, 그리고 청명과 이송백의 비무가 있고 난 뒤, 화산의 인기는 하늘을 뚫어 버렸다.

대회 초반이 지난 시점부터 화산의 인기는 굉장히 높은 편이었다. 구파일방이었다가 몰락하여 제외된 화산파가 뼈를 깎는 인내 끝에 화려하게 귀환했다. 이는 지켜보는 강호인들의 가슴을 울리기에 충분한 이야깃거리였다.

모두가 내심 화산이 구파일방과 오대세가의 콧대를 꺾어 주길 바라고 있었고, 그 기대가 종남과의 비무에서 말 그대로 폭발해 버렸다.

더없이 화려하고 멋진 화산의 매화검법을 모두 앞에서 펼쳐 보인 백천의 이름이 세인들의 입에 쉴 새 없이 오르내렸고, 종남의 이송백을 맞아 모두의 시선을 앗아 가 버린 청명의 이름은 그 이전보다 배로 회자되었다. 그러니 아무리 남궁세가라 할지라도 인기로는 화산을 당해 낼 도리가 없는 것이다.

슬쩍 인상을 찌푸린 남궁도위가 걸어 들어오는 화산파를 바라보았다.

"헤헤. 뭐 대단한 사람 왔다고. 헤헤헤헤."

가장 앞에서 해맑게 웃고 있는 청명의 모습을 보자 이상하게 배알이 뒤틀리는 기분이었다.

'경박하기 짝이 없군.'

고수는 무게감이 있어야 한다. 하지만 청명은 지금까지 그가 본 어떤 이보다 경박했다. 도무지 강호에 명성을 떨치는 신진고수이자 천하제일 후기지수라고는 생각할 수 없다.

'그것도 오늘까지다.'

어울리지 않는 위명은 본인에게 해가 되는 법. 청명을 위해서라도 오늘 저자에게 패배를 알려 주어야 한다.

그리 생각을 굳힌 남궁도위가 가라앉은 눈빛으로 청명을 노려보았다. 남궁황이 그런 남궁도위를 보며 낮게 말했다.

"만만치 않은 자다."

"……."

"상대를 경시하지 마라."

"하지만 겁을 먹을 필요도 없다. 그리 말씀하고 싶으신 거겠죠."

남궁황이 그 대답이 마음에 든다는 듯 고개를 끄덕인다.

"가서 보여 주고 오거라. 제왕의 검이 무엇인지."

"물론입니다."

남궁도위가 한 손으로 검을 움켜잡고 천천히 비무대 위로 올랐다. 쏟아지는 환성을 받으며 비무대 위로 오른 그는 비어 있는 건너편을 보며 미간을 좁혔다.

'무례하긴.'

지금까지 누구도 이렇게 남궁도위를 기다리게 하지는 못했다. 하지만 저 청명이라는 이는 상대가 누구인지 알 텐데도 딱히 서두름이 없어 보였다.

그의 눈에 사형제들과 왁자지껄 떠들던 청명이 미적미적 비무대로 다가오는 모습이 보였다. 그런 청명의 등에 대고 사형제들이 눈을 흘기거나 주먹감자를 먹인다.

'개판이군.'

남궁도위는 일그러지는 얼굴을 어찌할 도리가 없었다. 어찌 무파가 저리 경박할 수가 있단 말인가?

자고로 무학이란 몸가짐을 바로 하는 것에서부터 시작하는 법이다. 하지만 저 화산이라는 곳은 무슨 산 도적 같은 것들만 모여 있는 것 같다. 저래서야 흑도와 다를 것이 없잖은가.

"기다렸어요?"

기다렸냐고? 남궁도위가 인상을 찌푸리며 건너편에 선 청명을 바라보았다.

슬쩍 옆으로 뻗어 나온 다리. 몸은 분명 탄탄해 보이지만 자세가 삐딱하고 구부정해서 그런지 영 힘이 느껴지지 않는다. 게다가 나름 준수하게 생긴 얼굴임에도, 얼굴에 잔뜩 배어 있는 심술과 짜증이 보는 이로 하여금 절로 눈살을 찌푸리게 만들었다.

남을 이끄는 이는 그 몸가짐과 표정 하나까지 신경을 써야 한다던 아버지의 가르침을 이 순간 고스란히 이해하게 된 남궁도위였다. 이런 이를 보고 아랫사람들이 당최 뭘 배우겠는가?

"후."

짧게 심호흡을 한 남궁도위가 청명을 향해 반듯하게 포권 했다.

"남궁세가의 남궁도위라 하오."

"화산의 청명이에요."

심드렁한 표정과는 다르게 청명은 나름 예의를 차려 맞포권을 했다. 그런 그를 바라보는 남궁도위의 눈빛에 살짝 이채가 어렸다.

'그래도 아주 경우가 없지는 않군.'

건성으로 예를 표하는 이와 나름의 마음을 담아 예를 표하는 이를 구분하지 못할 남궁도위가 아니었다. 확실한 것은 저자의 내심이야 어떻든 예는 제대로 배웠다는 점이다.

살짝 기분이 풀린 남궁도위는 천천히 검을 뽑았다.

"화산의 검이 무척이나 날카로운 것 같던데."

"뭐 보통이죠."

"하나 그 검이 내게도 통할 것이라 생각하지 마시오."

그러고는 빙그레 웃으며 말했다.

"남궁의 검은 화려함에 휘둘리지 않소. 그대는 오늘 하늘 위에 하늘이 있음을 알게 될 것이오."

"아. 네에, 네에."

청명이 심드렁하게 대꾸하고는 검을 뽑았다.

"거 알았으니 빨리 시작하죠. 내가 지금 마음이 좀 급해서."

"평정을 되찾는 게 좋을 거요. 나는 지금까지 그대가 상대한 적들과는 다를 테니까."

"네, 많이 다르죠. 참 많이요."

청명은 진심으로 한숨을 푹 내쉬었다. 어디 마교 놈들 소굴에다 던져 놓으면 앉아서 덜덜 떨다 오줌 싸게 생긴 놈이 자꾸 딴지를 걸어오니 그럴 수밖에.

'그냥 대가리부터 깰까?'

잠깐 진지하게 고민했지만 결국 고개를 도리도리 저었다.

'아니지. 장문인이 좀 상대해 주는 척하라고 했으니까.'

청명이 한숨을 푹 내쉬었다. 아침부터 현종의 신신당부가 있었다. 요즘 자신을 보는 타 문파 장문인들의 눈초리가 영 심상치 않으니 적당히 검을 섞는 시늉은 해 주라는 것이었다.

그 말만 아니었으면 저런 놈은 그냥 걷어차 날려 버렸을 텐데. 앓느니 죽어야…….

"이해를 못 하는군."

그때, 남궁도위가 조금 가라앉은 목소리로 말했다.

"네?"

"나는 지금까지 그대가 상대했던 이들과는 그 격이 다르다고 했소."

남궁도위의 입가에 미묘한 비웃음이 어린다.

"그들의 검을 생각하고 나를 상대한다면 크게 낭패를 볼 것이오. 나는 그들이 갖지 못한 것을 가지고 있으니까."

"오?"

청명이 묘한 눈으로 남궁도위를 훑었다.

"아, 격이 다르다 이 말씀?"

"그들을 비하할 생각은 없소. 하지만 냉정히 본다면 그들만 한 검수야 세상에 넘쳐 나지. 훗날 천하제일에 오를 자격을 갖춘 이는 몇 되지 않소."

남궁도위가 턱짓으로 청명을 가리켰다.

"그쪽이나 나 정도가 그렇겠지."

"호오?"

청명이 고개를 두어 번 갸웃하고는 물었다.

"혹시나 해서 묻는 건데……."

"음?"

"본명이 혹시 은룡이라든가?"

"……그게 무슨 뜻이오."

"아니, 뭔가 재수 없는 게 너무 비슷해서. 그쪽 핏줄인가 했지."

"재수가 없다?"

기분이 상한 남궁도위가 얼굴을 일그러뜨렸다. 하지만 청명은 나름대로 억울했다.

'잘생기고 재수 없으면 진가(秦家)지.'

금룡이가 그렇고, 동룡이가 그러니 은룡이도 그렇겠지.

남궁도위가 애써 표정을 갈무리하며 말했다.

"그쪽의 오만함도 충분히 이해하오. 지금까지 제대로 된 상대를 만나지 못했겠지. 저 화정검이나 종남의 진금룡, 이송백 따위는 그쪽을 만족시킬 수 없었을 테니까."

가만 듣던 청명의 고개가 살짝 삐딱해지기 시작했다.

"아, 그래서 그쪽은 다르다?"

"그야 겪어 보면 알겠지. 하지만 확실히 실감시켜 드리리다. 격의 차이라는 게 무엇인지."

청명이 빙그레 웃었다.

"아, 그러니까 진금룡도, 이송백도, 우리 백천 사숙도 네 상대는 아니다. 이거지?"

아주 자연스럽게 청명의 말이 조금씩 짧아져 갔다.

"당연한 말을."

"네가 천재니까?"

"물론 그런 의미는 아니오. 다만……."

"뺄 것 없어."

청명이 슬쩍 입꼬리를 올리며 남궁도위의 말을 잘랐다.

"너는 천재니까. 뭐, 난 인정해."

"흐음. 낯부끄럽소만."

"지랄한다."

"음?"

여유롭게 미소 짓던 남궁도위의 얼굴이 굳어졌다. 더불어 그의 눈이 가늘어졌다.

청명은 좌우로 우드득 소리를 내 가며 고개를 꺾어 대고 있었다.

"하여튼 요즘 애새끼들은 희한해. 어디서 말 돌리는 법만 배웠나. 그래서, 네가 천재라 여기 있는 애들이 다 같잖아 보인다 이 말이 하고 싶은 거 아냐."

"그저 가진 게 다를 뿐이오."

"이거 웃긴 새끼네?"

청명이 피식피식 웃었다.

"뭐 좋아. 마지막으로 하나 묻고 싶은 게 있는데."

"말하시오."

"형제는 있어?"

"……그게 왜 궁금한 건지는 모르겠지만 있소이다."

"그럼 됐어."

청명이 검을 다시 검집에 꽂고는 검집째 들어 올렸다. 화산 제자들 쪽에서 경악하는 음성이 튀어나왔지만, 남궁도위는 그 행위가 무엇을 의미하는지 전혀 알지 못했다.

"뭐 어쨌든 시작할 거니까. 괜히 나중에 기습이 어쩌고 하지 말고."

"물론이오. 선공하시오."

"이야. 선공까지 양보하시고. 이거 황송해서 제대로 공격해 드려야겠는데."

청명이 이죽이기 시작했다. 먼 곳에서 그 모습을 바라보던 백천 무리의 얼굴이 창백하게 질렸다.

"사, 사숙! 말려야 하는 것 아닙니까?"

"……어떻게 말려. 비무 중인데."

"저 새끼 저러다 죽어요."

"……설마 죽이기야 하겠어?"

"예."

"……그래. 그럴 수도 있을 것 같다."

백천은 불안한 시선으로 청명을 바라보았다. 하지만 그가 뭔가를 시도할 틈 따윈 없었다. 청명이 검을 번쩍 들더니 남궁도위를 향해 빛살처럼 돌진한 것이다.

쇄애애애애액!

검이 어마어마한 파공음을 뿜어내며 남궁도위의 머리를 향해 떨어져 내렸다. 하지만 남궁도위는 그 속도와 기세에도 조금도 당황하지 않고 검을 들어 올렸다.

"뻔한 수작!"

이 상단세로 상대들을 공격하는 건 벌써 몇 번이고 봤다. 이자는 이유는 모르겠지만 상대의 머리를 공격하는 것에 이상할 정도의 집착을 보인다. 선공을 양보하면 머리를 노려 올 것이라는 건 이미 계산을 끝마쳤다.

'이만한 도발에 넘어오다니. 얄팍해 빠졌군!'

남궁도위의 검이 청명의 검을 정확하게 막아 갔다.

'검이 마주치는 순간 비껴 흘리고 옆구리를 벤…….'

뻐어어어어어어어어억!

그 순간, 끔찍한 소리가 비무대를 넘어 소림 전체로 퍼져 나갔다.

"히이이이이이이익!"

"으아아아아아아아아!"

"아. 아아……. 아아아아…….''

그와 동시에 관객석에서 괴로워하는 비명이 동시에 터져 나왔다. 일부는 자신의 입을 틀어막았고, 일부는 양손을 내려 사타구니를 움켜잡았다.

하지만 반응이 어떻든 간에 모든 이들의 시선은 단 한 곳으로 집중되어 있었다. 남궁도위의 시선 역시 마찬가지로, 천천히 아래로 향했다.

발. 청명이 뻗은 발이 정확하게 남궁도위의 사타구니에 틀어박혀 있었다.

"……끄륵."

남궁도위가 그대로 고꾸라졌다. 그리고…….

"아아아아아아아아아아아아아악!"

양손으로 사타구니를 움켜잡은 채 바닥을 뒹굴기 시작했다. 그 처절한 비명에 장내의 남자들은 차마 그 모습을 더 보지 못하고 시선을 돌려 버렸다. 화산의 제자들 역시 양손을 앞으로 모으고는 새파랗게 질린 얼굴로 진저리를 쳤다.

"으……. 차라리 죽이지."

"죽이기만 할 줄 알았는데. 그래, 저놈이 그걸로 끝내 줄 리가 없지. 으아아아……."

"저 마귀 같은 놈. 진짜 악랄하다, 악랄해."

하지만 그들의 비난이 들리지 않는 청명은 그저 이죽거리며 남궁도위의 골반을 검집으로 톡톡 쳐 주었다.

"괜찮아, 괜찮아. 형제 있다며. 대는 이을 수 있을 거야."

응? 그게 문제가 아니라고? 그건 내 알 바 아니고. 낄낄낄낄.

"끄르륵."

남궁도위가 경련을 일으켰다. 마음 약한 청명은 차마 그 광경을 외면하지 못하고 계속 남궁도위의 엉덩이를 검집으로 톡톡 두드려 주었다. 물론 이 광경을 만들어 낸 게 본인이라는 사실은 딱히 중요한 일이 아니다.

"괜찮니?"

청명이 혀를 찼다.
"그러게 왜 나대고 그래. 아, 물론 너는 천재지. 천재 맞지."
그런데 그게 뭐? 청명의 입술에서 피식 웃음이 새어 나왔다.
"이 새끼야. 내가 지금까지 본 천재를 다 모아서 줄 세우면 소림 담장을 두 바퀴 두르고도 세 놈쯤은 당과 사러 보낼 수 있다. 천재? 그게 뭐 대단한 거라고 주둥아리를 털어, 털기를."
남궁도위의 엉덩이를 두드리는 청명의 검에 점점 힘이 들어간다.
"별것도 아닌 게 건방지게 우리 애들을 무시······. 아니, 아니지. 진금룡이랑 이송백은 우리 애들이 아니니까. 어쨌든 걔들을 무시해? 우리 동룡이가 여기저기서 맞고 다니니까 만만해 보여? 너 같은 건 동룡이가 후려 까면 숨도 못 쉬어. 확 마!"

비무대 아래에서 청명의 말을 들은 백천은 흐뭇한 미소를 지었다.
'맞고 다닌 적 없어, 이 새끼야!'
그리고 동룡이라 하지 말라고! 남들도 다 듣잖아, 이 망할 놈아!
"이야, 들으셨어요? 쟤가 사숙을 생각해 주네요."
"걸아."
"예, 사숙."
"주둥아리 닫아라. 뒈지는 수가 있다."
"······네."
백천이 부글거리는 속을 달래며 청명을 바라보았다.
'근데 은근히 또 기분이 괜찮기도 하고.'
저 남궁도위가 천재라고 그리 치켜세워 주더니. 아무래도 청명의 입장에서 천재라는 건 그리 큰 칭찬이 아닌 모양이다.

그게 아니면 백천을 자극하기 위한 말이었거나.

'하여튼 볼수록 알 수 없는 놈이라니까.'

이리저리 청명에게 휘둘리기만 하는 기분이지만……. 어쨌든 바닥에서 낑낑대는 남궁도위의 모습을 보고 있으니 나름 기분이 나쁘지 않은 백천이었다.

"끄으……."

남궁도위가 비틀거리며 자리에서 일어났다. 그러고는 핏발이 선 눈에 살기를 가득 담아 청명을 노려보았다.

"이…… 이…… 개 같은 놈이!"

끝내 험한 말이 튀어나오고 말았다.

맞아서 쓰러진 것은 참을 수 있다. 겨루다 보면 상대의 검을 허용하는 일이야 어쩔 수 없이 생기는 법이고, 검수라면 응당 이를 감수해야 하니까. 설사 팔다리가 잘려 나가고 목이 잘린다 해도 원망하지 않을 자신이 있었다.

하지만 이 많은 사람들 앞에서 사타구니를 움켜잡고 뒹굴게 만든 것만큼은 용서할 수 없다. 이 광경을 지켜본 이들의 기억을 모두 지우지 않는 이상 소문이 퍼지는 것을 막을 수 없다. 이건 남궁세가의 가주가 될 그에게 있어 평생 잊히지 않는 치욕이 될 것이다.

거기까지 생각하자 노화가 치솟다 못해 머리를 뚫고 나오는 느낌이었다.

"죽여 버리겠다!"

남궁도위가 끓어오르는 분노를 참지 못하고 소리를 지르자 청명이 낄낄 웃어 댔다.

"화났네?"

"이……. 이 개 같은 놈!"

"낄낄낄낄."

청명이 히죽 웃으며 검을 들어 올렸다.

"그러니까 주둥아리는 함부로 놀리는 게 아니지."

"입 닥쳐!"

"재능이고 뭐고 그건 제대로 갈고닦았을 때 얘기지. 너는 사숙은커녕 금룡이도 못 이겨. 그런 주제에 어깨에 힘만 잔뜩 들어가선 뭐가 어쩌고 저째?"

청명이 검을 까딱였다.

"와 봐. 그 어깨 예쁘게 내려 앉혀 줄 테니까."

"이…….."

남궁도위가 핏발이 선 눈으로 청명을 향해 달려들었다. 아니, 달려들려고 했다. 하지만 청명이 검을 좌우로 크게 흔들며 그를 세웠다.

"아. 잠깐, 잠깐."

"…….."

"거, 흥분 좀 가라앉히고 덤비지? 나중에 개처럼 처맞고 나서 흥분해서 졌다고 변명하지 말고."

이를 뿌드득 갈아붙인 남궁도위는 이내 깊게 심호흡을 했다. 이마에서 김이 날 만큼 화가 솟구쳤지만, 청명의 말에는 틀린 것이 없다. 흥분한 채 적에게 달려드는 것은 검수에게 있어 가장 금기시되는 사항 아니던가.

"후우!"

심호흡으로 마음을 다스린 남궁도위가 이윽고 안정된 자세로 검을 늘어뜨렸다.

"……내게 냉정을 되찾을 시간을 준 걸 후회하게 될 거다. 철저하게 무너뜨려 주마!"

그 살기 어린 위협에도 청명은 그저 피식 웃었다.

"보통은 대가리 한 번씩 깨지면 정신을 차리던데, 너는 웬만해서는 안 되겠다. 하기야…… 그러고 보니 너희 집안은 원래 그랬지."

그거…… 누구였지. 아, 그래. 검왕 남궁천명(南宮天明). 그 새끼가 딱 저런 성격이었지. 오만하기 짝이 없고, 사람을 발아래로 깔아뭉개는.

"대대로 나한테 처맞으면 좀 억울할 텐데."

"뭐?"

"아냐. 너한테 할 말은 아니다."

이젠 죽고 없을 남궁천명에게 할 말이지.

청명이 심드렁하게 손을 내젓자 남궁도위가 눈에 살기를 띠고 청명을 향해 검을 겨누었다.

"검을 뽑아라."

"어디서 명령조야. 모가지 확 뽑아 버릴라."

청명이 검집째 검을 흔들었다.

"뽑게 해 보시든가."

남궁도위는 더 이상 청명과 말을 섞지 않기로 했다. 저 망나니 같은 놈과 말을 섞어 본들 득 될 게 없다는 걸 깨달은 것이다.

"남궁의 검이 뭔지 똑바로 보여 주마!"

파아아앙!

남궁도위의 검이 어마어마한 검기를 내뿜기 시작했다. 백색으로 빛나는 검기는 순식간에 마치 검을 삼켜 버린 것처럼 불어났다.

쿵!

그는 검을 늘어뜨린 채, 앞으로 한 발 전진했다. 그와 동시에 어마어마한 기세가 청명을 압박해 오기 시작했다.

"저, 저건!"

단상 위에서 비무를 지켜보던 장문인들의 입에서 경악성이 흘러나왔다.

"제왕검형(帝王劍形)!"

"벌써 제왕검형을 익혔다는 말인가?"

남궁세가를 대표하는 검은 철검십이식(鐵劍十二式)과 창궁무애검법(蒼穹無涯劍法)이다. 하지만 남궁세가 최고의 검법을 논하라면 누구나 첫손에 꼽는 검이 바로 이 제왕검형이다.

그토록 강한 검이 남궁세가를 대표하는 검이 되지 못한 이유는 이것이 오로지 남궁세가의 직계에게만 전수되기 때문이다.

워낙 난해하고 막대한 내력이 필요한 검법. 철검십이식과 창궁무애검법을 대성하기 전에는 입문조차 할 수 없다는 제왕검형이 지금 남궁도위의 손에서 펼쳐진 것이다.

그의 몸에서 가공할 기세가 뿜어졌다. 제왕검형은 말 그대로 제왕의 검. 검이 뿜어내는 기세와 압력으로 상대를 굴종시키는 검이다. 극의(極意)에 달하면 기세만으로 사람의 목숨을 앗아 가는 의형살인(意形殺人)의 경지에 오를 수 있다고 알려져 있다.

그 소문이 과언이 아니라고 증명하듯, 남궁도위가 뿜어내는 기세는 과연 어마어마했다. 지켜보던 관중들이 그 기세에 눌려 분분히 뒤로 물러났고, 화산의 제자들마저 기운을 끌어 올려 대항해야 할 정도였다.

쿵!

남궁도위가 다시 한 발을 내디뎠다. 배로 불어난 기세가 청명의 전신을 짓눌렀다. 자신의 몸을 눌러 오는 압력에, 청명은 한숨을 푹 내쉬었다.

"아니, 요즘 애새끼들은!"

그러더니 검을 움켜잡고 남궁도위를 향해 저벅저벅 걸어갔다.

'다가온다고?'

남궁도위는 경악하여 눈을 부릅떴다. 이 기세를 전신으로 받아 내며 접근한다고? 그것도 저리 아무렇지도 않은 듯이?

남궁도위가 이를 악물며 한 걸음을 더 전진했다. 그가 뿜어내는 기운 역시 더욱 강해졌다. 하지만 청명은 기세 따위는 아무렇지도 않다는 듯이 심드렁하게 그를 향해 다가올 뿐이었다.

"내가 네 할애······. 아니, 그 여하튼 네 조상 중 하나를 대신해서 가르침을 내려 줄 테니 달게 받아라."

"뭐, 뭣?"

"기본! 이 새끼야! 기본!"

청명의 검이 검집째 내리쳐졌다. 남궁도위는 비웃음을 흘리며 검을 들어 올렸다.

'멍청한 놈이 또 같은 수를! 이번에는 당하지 않는다!'

하지만 남궁도위의 생각과는 달리, 청명의 검은 그저 정직하게 그의 검을 내리칠 뿐이었다.

그리고 두 검이 맞부딪친 순간 일어난 일도 남궁도위의 예상과는 조금 달랐다.

콰아아앙!

또각!

두 가지 소리가 동시에 울려 퍼졌다. 남궁도위는 자신의 검에 맞닿은 청명의 검을 가만히 바라보다가 시선을 슬쩍 돌려 자신의 손목을 바라보았다.

손목이 덜렁대며 힘을 잃고 축 처져 있었다.

'……저거 왜 저래?'

어……. 저게, 저게 저러면 안 되는데? 그거 한 번 받았다고 저게 부러지면 말이 안 되는데. 저게…….

"요즘 애새끼들은!"

쾅!

청명이 사정없이 검을 내리치기 시작했다.

"어디서 겉멋만 들어서!"

쾅!

다시 한번.

"나 때는 안 그랬는데! 나 때는!"

쾅!

"어디 하체도 덜 만든 놈이 제왕검형질이야!"

쾅!

"끄르르륵."

남궁도위가 결국 신음을 내며 휘청였다. 부러진 손목으로는 청명의 검을 제대로 막아 낼 수 없었다. 그 탓에 청명의 검이 벌써 네 번이나 그의 어깨를 후려치고 지나갔다.

"어깨에 힘 안 빼? 확 뽑아 줘?!"

청명이 두 눈을 부라렸다. 그 순간 그들의 귀에 커다란 목소리가 우렁우렁 들려왔다.

"도위! 대체 뭐 하는 것이냐!"

단상 위에 올라 있던 남궁황이 참지 못하고 자리에서 벌떡 일어나 소리친 것이었다.

그 고함을 들은 남궁도위가 두 눈을 번쩍 떴다. 그러곤 빠르게 양손으로 검을 잡고 휘두르기 시작했다. 어마어마한 검기가 그의 검을 감쌌다. 동시에 가공할 기세가······.

퍼억!

남궁도위는 멍하니 고개를 돌렸다. 이번엔 자신의 발목에 틀어박힌 청명의 검이 보였다.

"이 새끼가 어른이 말을 하는데 칼을 휘둘러?"

저기······. 여기 비무대 위거든요? 여기서 칼을 안 휘두르면 대체 어디서······.

"요즘 것들은 아주 기본이 안 되어 있어, 기본이!"

청명이 뒤로 한 걸음 물러나더니 검을 꽉 움켜잡았다.

"어차피 네 머리로는 말해 봐야 이해 못 할 테니, 그냥 몸으로 처맞아라. 그럼 이해가 가!"

아래에 있던 백천은 그 광경을 보다 눈을 질끈 감았다. 뭔가 기시감이 들었다. 그 역시 과거에 분명 저 말을 들었던 것 같다······.

그 말을 듣고 나서는?

"간다!"

청명이 남궁도위를 향해 달려들었다. 남궁도위가 반사적으로 검을 휘둘렀지만, 기세로 상대를 압박하지 못하는 제왕검형은 철검십이식만도 못한 반쪽짜리 검일 뿐이었다.

"하체!"

따아아악!

청명의 검이 남궁도위의 허벅지를 후려쳤다.

"끅!"

남궁도위의 입에서 고통에 겨운 신음이 흘러나왔다.

"하체! 하체! 하체! 하체!"

따악! 따아악! 딱! 따악!

"이 새끼야! 네 번을 치는데 한 번을 못 막아? 머리는 안휘에 두고 왔냐?"

쏟아지는 고통과 막말에 남궁도위가 정신없이 뒤로 물러났다.

'뭐, 뭔 속도가…….'

검이 눈에 보이지도 않는다. 대체 이걸 어떻게 막으란 말인가?

"이게 감히 물러나? 누가 보내 준대?"

청명이 으르렁거리며 남궁도위를 몰아붙이고 사정없이 후려쳤다.

"옆구리! 어깨! 발목! 뭐가 이렇게 많이 비어! 다시 손목!"

옆구리와 어깨에 이 검을 허용한 남궁도위가 빠르게 뒤로 피하려 했다. 하지만 청명의 검은 물러나는 그의 손목을 신속 정확하게 후려쳤다.

패애앵!

남궁도위의 창궁검이 팽그르르 회전하며 허공으로 솟아올랐다. 그와 동시에 남궁도위의 몸이 무방비로 청명에게 노출되었다.

화산의 모든 제자들이 동시에 자리에서 벌떡 일어섰다. 이제부터 벌어질 일이 그들의 뇌리에 훤히 펼쳐지기 시작했다.

백천이 신음하듯 입을 열었다.

"대가…….”

호쾌한 기합 소리가 그들의 귀를 파고들었다.

"대가리! 대가리! 대가리! 대가리! 대가리!"

쾅! 쾅! 쾅! 쾅! 쾅!

남궁도위의 머리로 청명의 검집이 다섯 차례 거세게 쏟아졌다. 그 공격을 고스란히 받으며 움찔움찔 경련하던 남궁도위의 눈이 초점을 잃었다.

"아, 맞다!"

쾅!

의식을 잃어 가는 남궁도위의 머리에 또 한 번의 일격이 떨어졌다.

"이거 다섯 번 말하고 여섯 번 때리는 게 정석이거든."

'……왜?'

청명의 마지막 말을 이해하지 못한 남궁도위는 깊은 의문과 함께 의식을 놓았다.

털썩.

바닥에 쓰러진 남궁도위를 바라보던 청명이 아쉽다는 듯 말했다.

"아, 어깨 내려앉혀 주기로 했는데!"

이 대가리 집착증 좀 버려야 하는데. 에이잉!

넝마가 되어 바닥에 쓰러진 남궁도위를 보며 청명이 혀를 끌끌 찼다.

"하여튼 요즘 애새끼들은."

마! 예전에는 칼질 좀 하려면 칼에 사람만 한 돌덩어리 매달고 천 번씩 휘두르고 인마! 어? 몸뚱이를 절벽에서 굴려도 '어허, 시원하다.' 소리 나올 정도로 단련하고 나서야 간신히 검법 한 쪼가리 받고 그랬는데!

다리도 빈약해 빠진 놈이, 뭐? 제왕검혀어어엉? 제왕검혀어어어어어엉?

"마, 대가리를 확 그냥."

아, 이미 깼나?

"에잉."

청명은 영 마음에 안 든다는 듯이 몸을 획 돌렸다. 이래서 천재니 어쩌니 하는 것들은 안된다. 다음 단계로 빠르게 나아가는 쾌감에 사로잡힌 이들은 그 속도감에 취해 발밑을 보지 못하는 경우가 부지기수니까.

이송백 같은 놈이 꾸물꾸물 기어서 기어코 자신을 추월할 때가 되어서야 알게 될 것이다. 자신이 놓친 것이 무엇인지. 사실 알려 주려면 알려 주지 못할 이유도 없지만…….

'내가 왜?'

남궁세가에 관심도 전혀 없는데 굳이 그런 수고를 감수할 필요가 없다. 화산 가르치는 것만으로도 바빠 뒈지겠는데 남궁세가 따위 알 게 뭔가!

청명이 휘적휘적 걸어 비무대를 내려왔다. 여기저기서 탄성이 쏟아졌다.

"크으으으!"

"캬아아아아!"

"크으으!"

자신을 향해 엄지를 치켜세우는 사형제들을 보며 청명은 고개를 갸웃했다.

"왜 그래? 새삼스럽게."

"새삼스럽다니! 남궁도위잖아, 남궁도위!"

조걸이 감탄스럽다는 듯 연신 고개를 끄덕였다.

"남궁가의 단악검 남궁도위면 이번 대회 최고의 우승 후보로 꼽히던 자 아니냐. 그런 놈을 저리 개 패듯이 패 버리다니."

"한 번씩 나는 이놈이 정말 나랑 같은 밥 먹는 사람인지 궁금하다니까."

평소보다 더 격한 반응에 청명이 피식 웃었다.

"뭐 별것도 아닌 걸로 그렇게······."

"아니. 대단한 건 대단한 거지."

"진짜 대단했다, 청명아!"

청명의 입꼬리가 조금씩 씰룩이기 시작했다.

"아니. 뭐, 고작 애 하나 팬 걸로 뭐······."

"그 애가 남궁도위면 그냥 애가 아니잖아?"

"크으으으. 진짜 속이 다 시원하다. 청명아, 정말 수고했다!"

"······헤헤헤."

청명이 머쓱하게 뒷머리를 긁적였다. 진짜로 별거 아닌데 자꾸 이렇게 띄워 주니 은근히 기분이, 뭐랄까······.

"저거 좋아 죽는다, 저거."

"동룡이는 조용히 해."

"······."

백천이 조용해졌다. 어깨를 으쓱한 청명은 자리에 앉더니 옆에 놓인 자루에서 자연스레 육포를 꺼냈다.

"조걸 사형. 돈 받아 놨지?"

"아, 그래! 청명아! 대박이다! 엄청나게 벌었어! 이번에는 상대가 남궁도위라서 그런지 반대편에 거는 사람들이 엄청 많았다!"

"쯧쯧쯧. 이래서 사람은 도박을 하면 패가망신을 하는 거지."

어디 남궁 따위에 돈을 걸어! 어어딜! 그럼 망해야지!

청명이 낄낄거리며 차지게 육포를 씹기 시작했다. 그 모습을 지켜보던 백천은 슬쩍 비무대 위의 남궁도위를 바라보았다. 아직 정신을 차리지 못한 듯 비무대에 쓰러져 있는 그의 주변으로 남궁세가의 무인들이 몰려들었다.

'충격이 크겠지.'

솔직히 동정한다. 단악검 남궁도위. 그 명성이 높았던 만큼 자신에 대한 확신도 컸겠지.

검수가 가져야 할 마음가짐을 가슴에 굳건히 새겼다면 패배 정도는 받아들일 수 있을지 모른다. 하지만 지금 저건 그냥 패배라기에는 너무도 뼈아프고 고통스러운 일이었다.

하긴, 그건 청명을 만나는 이라면 누구나 한 번쯤은 겪어야 하는 일이긴 하다.

백천은 슬쩍 시선을 내려 육포를 찰떡처럼 씹어 먹는 청명을 바라보았다.

"……."

옆자리를 바라보는 허도진인의 표정은 떨떠름하기 짝이 없었다. 그도 그럴 게…… 망둥이처럼 눈이 툭 튀어나온 남궁황이 입을 쩌억 벌린 채 비무대를 멍하니 보고 있었다.

"어……. 저……. 어?"

보다 못한 허도진인은 눈을 질끈 감고 말았다.

소림이 은인자중하던 동안 구파일방을 대표하는 문파는 무당이었다. 그리고 오대세가 쪽은 남궁세가가 대표 격이었다. 그러다 보니 자연히 무당의 장문인인 허도진인은 남궁황을 볼 일이 꽤 잦은 편이었다.

하지만 그리 숱하게 만나는 동안 허도진인은 단 한 번도 남궁황의 저런 얼굴을 본 적이 없었다.

'그럴 만도 하지.'

천하의 자랑거리였던 자신의 아들이 동네 흑도방과 건달패에게 끌려간 점소이처럼 신명 나게 얻어맞았는데, 저런 반응이 나오지 않으면 그게 더 이상한 일 아니겠는가?

허도진인은 비무대에서 내려가는 청명을 떨떠름하게 바라보았다.

'정말 폭주하는 마차 같군.'

다른 곳에서 이런 일을 보았다면 허도진인 역시 지금 환호하는 관중들처럼 박수를 쳤을지도 모른다. 인정하고 싶지는 않지만, 솔직히 보는 것만으로도 속이 뻥 뚫리는 기분이었다.

하나 문제가 있다면 그 시원한 활약의 희생자가 구파일방과 오대세가라는 점이겠지.

"……대체 어찌 저럴 수가 있습니까."

"허어…….'

장문인들의 입에서 경악과 감탄이 연신 새어 나왔다.

허도진인은 알고 있다. 이 단상 위에서는 청명에 대한 언급을 자제하자는 암묵적 동의가 있었음을 말이다. 화산신룡에 대한 평가를 내리는 순간 그를 품은 화산이라는 문파를 제대로 인식해야 한다. 그렇기에 애써 외면해 왔다.

그런데 이제는 더 이상 저 괴물 같은 놈을 무시할 수 없는 순간이 와 버렸다.

"……저건 단순히 재능이 뛰어나다는 말로 형용할 수 있는 게 아니잖습니까."

청성 장문인의 말에 모두가 고개를 끄덕였다.

"종남 장문인이 그토록 절망했던 이유를 이제 좀 알 것 같습니다. 저만 해도…….”

누군가가 말을 다 맺지 못하고 입을 다물었다. 대대로 경쟁해야 하는 문파에서 저런 괴물이 나와 버린다면 침착함을 유지할 자신이 없다는 말이겠지.

그래. 괴물. 저건 숫제 괴물이다. 그리고…….

'이제는 그걸 모두가 알아 버린 모양이로군.'

관중들 역시 크게 동요하며 수군거리고 있었다.

“……남궁도위가 저렇게 진다고?”

“세상에, 아무리 그래도 그렇지.”

“그럼 대체 저 화산신룡은 얼마나 강한 거야?”

남궁이라는 이름은 절대 가볍지 않다. 오대세가의 수장이자 강호를 대표하는 명문가가 바로 남궁세가다. 그들은 대대로 천하를 호령하는 검수를 배출해 냈고, 시대마다 반드시 천하제일검을 논하는 고수를 보유해 왔다.

그리고 천하의 모든 이가 다음 대를 이을 남궁의 검으로 남궁도위를 뽑는 걸 주저하지 않았다. 다시 말하자면 남궁도위는, 다음 대 천하제일검 후보 중 하나라는 의미다. 그런 남궁도위가 제대로 검을 휘둘러 보지도 못하고 일방적으로 박살이 났다는 건 뜻하는 바가 너무도 크다.

허도진인이 살짝 눈살을 찌푸리며 한쪽을 바라본다.

미소. 현종의 옆에 앉아 있는 당군악의 입가에 미묘한 미소가 맺혀 있었다. 허도진인은 순간 그 미소의 의미를 생각하다 뱃속이 차가워지는 걸 느꼈다.

그때, 당군악이 가만히 입을 열었다.

"축하드립니다, 장문인."

"별말씀을요."

"새삼 궁금합니다. 대체 어떻게 저런 괴물을 키워 내신 겁니까?"

당군악의 말에 장문인들의 시선이 일제히 현종에게로 쏠렸다.

허도진인은 능숙하게 화제를 이끌어 가는 당군악을 보며 인상을 찌푸렸다. 저리 모두의 앞에서 말을 걸게 되면 어쩔 수 없이 모두가 현종에게 주목할 수밖에 없지 않은가.

현종은 가만히 고개를 내저으며 입을 열었다.

"제가 저 아이를 키울 자격이 있겠습니까."

차분하고 담담해 보이는 모양이, 대회가 시작될 때의 모습과는 사뭇 달라 보였다.

"범의 새끼는 날 때부터 범인 법이지요. 개가 키운다고 해서 범이 개가 되지는 않습니다."

"겸손이 지나치십니다, 장문인. 화산신룡 하나라면 그 말이 그리 틀리지 않을지도 모릅니다. 하지만 화산은 지금 다른 문파들을 압도하는 활약을 하고 있지 않습니까?"

주변이 조용해졌다. 모두가 차마 꺼내고 싶지 않았던 말들을 당군악이 하나하나 강제로 끄집어내고 있었다.

"하하하. 화산 때문에 당가도 망신이 이만저만이 아닙니다. 우리 아이들의 실력에도 나름 자신이 있었는데, 화산에 비하니 부끄럽기 짝이 없습니다."

"과찬의 말씀이십니다."

당군악은 대화를 나누는 중에도 가만히 장문인들의 표정을 살폈다. 다들 불편한 기색을 감추지 못하고 살짝 일그러진 표정을 짓고 있었다. 자신의 감정을 속이는 데 능숙하기 짝이 없는 장문인들이 저렇게까지 티를 내다는 건, 속으로는 몇 배의 불편함을 느끼고 있다는 의미다.

당군악은 고소를 머금었다.

'화산신룡이 우연히 사천에 들르지 않았더라면 나도 저들과 같은 얼굴로 앉아 있었겠지.'

아무리 생각해 봐도 화산과 동맹을 맺은 건 당군악이 가주가 된 이후로 내린 결정들 중 최고의 한 수였다.

'그리고 그 대가를 이리 빨리 받게 될 줄이야.'

적어도 오 년에서 십 년은 더 뒤에야 화산을 지원한 대가를 받을 수 있을 거라 생각했거늘. 하여튼 저 화산신룡은 어떤 일에서건 그의 상식 안에서 놀아 주는 법이 없다.

"여하튼······."

당군악이 조금 더 화산을 띄워 주려는 찰나였다.

"화산신룡은 확실히 대단합니다."

상황을 지켜보던 허도진인이 선수를 쳤다. 당군악이 살짝 미간을 좁히고 그를 바라보았다. 허도진인이 말을 이었다.

"단순히 강한 수준이 아닙니다. 검에 대한 저 아이의 이해는 불가해합니다. 어찌 이립도 되지 않은 이가 저리 능숙할 수 있는지 놀라울 따름입니다."

그는 연신 고개까지 끄덕이며 칭찬을 퍼부었다. 그러더니 슬쩍 현종을 보며 말했다.

"다만······."

지금부터가 진짜 하고픈 말이라는 것을, 이곳에 있는 모두가 알고 있었다.

"참으로 아쉽습니다. 저만한 재능을 가졌는데……. 문파에서 이끌어 주고 밀어줄 수 있다면 정말 고금을 논할 검수가 될 수 있을 텐데요."

허도진인은 짐짓 안타까운 듯 낮게 한숨까지 쉬었다.

"모든 것을 가질 수는 없는 법이라지만, 그래도 아쉬운 건 어쩔 수 없습니다. 범이 날개까지 달 수 있었을 텐데."

교묘한 화법이었다. 청명을 띄워 주는 듯하면서 화산을 깎아내린다. 더 교묘한 것은, 여기에서 현종이 조금이라도 불편한 기색을 내보이면 당군악이 기껏 조성해 놓은 분위기가 모두 깨져 버린다는 점이다.

하나 허도진인이 간과한 점이 있었다. 현종은 지금 이곳에 있는 이들은 물론, 천하를 통틀어도 참고 버티는 것 하나는 절대 지지 않는 사람이라는 점. 특히나 그는 무시받는 것에 있어서는 이골이 난 사람이다.

"저도 그 점이 무척 아쉽습니다."

"흐음?"

담담한 현종의 목소리에 허도진인이 미간을 좁혔다.

"하지만 괜찮습니다."

현종은 평화롭게 빙그레 미소 지으며 아래를 내려다보았다. 육포를 씹어 먹고 있는 청명과 그의 주변에 옹기종기 몰려 있는 화산의 제자들이 보였다.

"화산이 해 줄 수 없는 것을 녀석의 사형제들이 해 줄 수 있을 테니까요."

제자들을 바라보는 시선에 봄날 햇볕 같은 온기가 어려 있었다.

"화산에는 청명만 있는 것이 아닙니다. 저 아이들은 충분히 청명의 곁을 지켜 줄 수 있는 아이들입니다. 이끌어 줄 이가 없다고 해도 함께 나아갈 이가 있다면 그것으로 좋지 않겠습니까?"

그 인자한 미소에 마음이 불편해진 허도진인이 헛기침했다.
"쉽지 않은 일일 텐데요."
"저 아이들은 강합니다."
현종의 목소리는 더없이 단호했다.
"그리고 이제 저 아이들이 그 사실을 증명할 것입니다."

화산귀환 6

발행 I 2024년 5월 31일

지은이 I 비가
펴낸이 I 강호룡
펴낸곳 I ㈜러프미디어
디자인 I 크리에이티브그룹 디헌
기획 편집 I 러프미디어 편집부

ISBN 979-11-93813-36-2 04810
     979-11-93813-32-4 (set)

출판등록 I 2020년 6월 29일
주소 I 경기도 부천시 송내대로 29 리슈빌딩 3층
전화 I 070-4176-2079
E-mail I luffmedia@daum.net
블로그 I http://blog.naver.com/luffmedia_fm

해당 도서는 ㈜러프미디어와 독점 계약되었으며, 저작권법에 의해 보호받는 저작물입니다.
무단 전재와 무단 복제를 엄금합니다.